鸽灾

The Plague of Doves

【美】路易丝·厄德里克 著
张廷佺　邹欢 译

上海译文出版社

《鸽灾》人物关系图

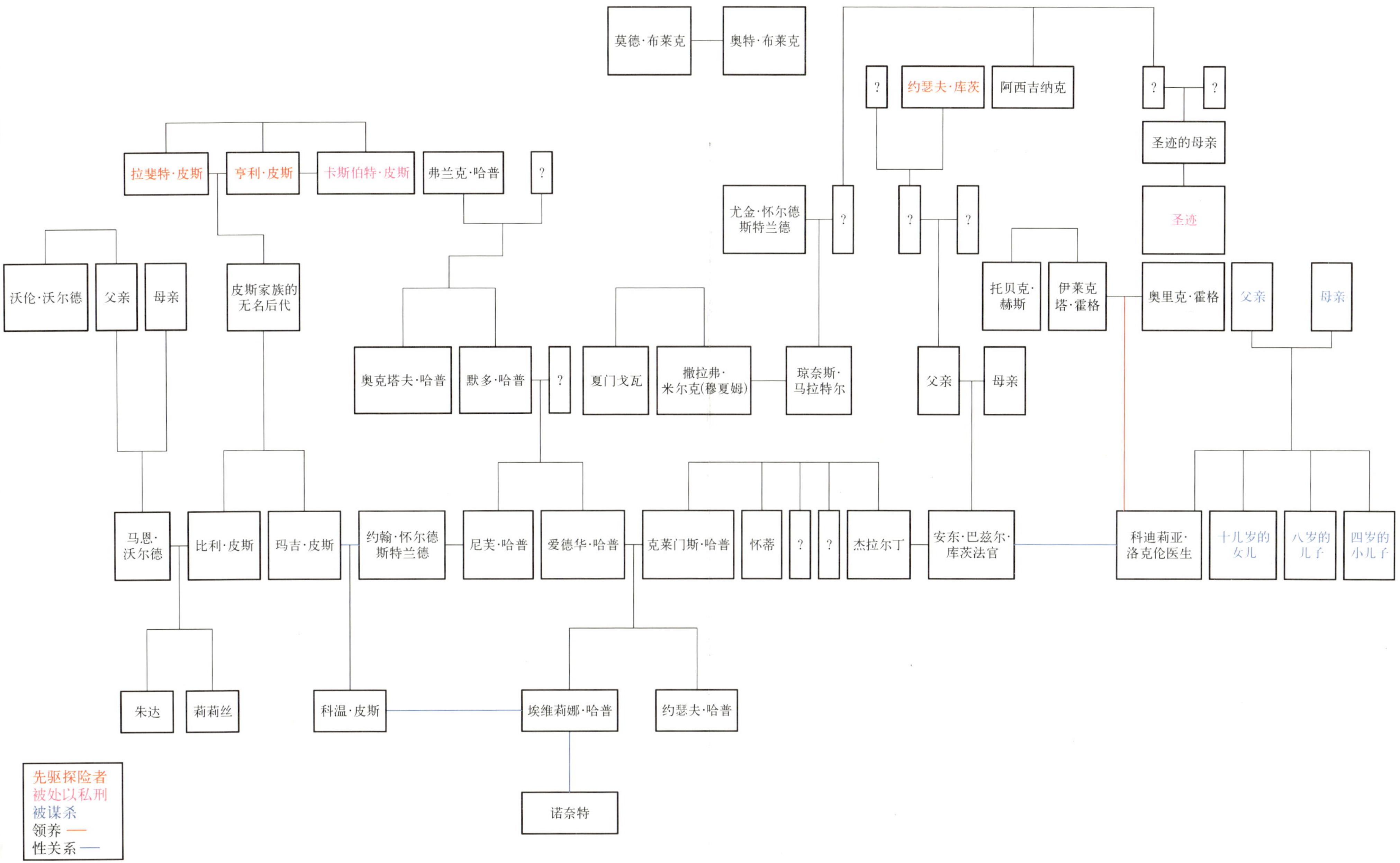
莫德·布莱克
奥特·布莱克
?
约瑟夫·库茨
阿西吉纳克
?
?
圣迹的母亲
拉斐特·皮斯
亨利·皮斯
卡斯伯特·皮斯
弗兰克·哈普
?
尤金·怀尔德斯特兰德
?
?
?
圣迹
沃伦·沃尔德
父亲
母亲
皮斯家族的无名后代
托贝克·赫斯
伊莱克塔·霍格
奥里克·霍格
父亲
母亲
奥克塔夫·哈普
默多·哈普
?
夏门戈瓦
撒拉弗·米尔克(穆夏姆)
琼奈斯·马拉特尔
父亲
母亲
马恩·沃尔德
比利·皮斯
玛吉·皮斯
约翰·怀尔德斯特兰德
尼芙·哈普
爱德华·哈普
克莱门斯·哈普
怀蒂
?
?
杰拉尔丁
安东·巴兹尔·库茨法官
科迪莉亚·洛克伦医生
十几岁的女儿
八岁的儿子
四岁的小儿子
朱达
莉莉丝
科温·皮斯
埃维莉娜·哈普
约瑟夫·哈普
诺奈特
先驱探险者
被处以私刑
被谋杀
领养 ——
性关系 ——

美国印第安人生活全息图

（译者序）

《爱药》中文本问世后，路易丝·厄德里克对中国读者来说已不再陌生。厄德里克是当代最有才华的美国作家之一。1984 年，长篇小说《爱药》获美国书评家协会奖，年仅三十岁的厄德里克由此蜚声文坛。1986 年，厄德里克的第二部小说《甜菜女王》获美国书评家协会奖提名。2001 年，《小无马地奇迹的最后报告》入围全国图书奖。2006 年《沉默的游戏》获司各特·奥台尔历史小说奖。2009 年，长篇小说《鸽灾》入围普利策文学奖。2012 年，长篇小说《圆屋》获全国图书奖。2015 年，厄德里克获得国会图书馆美国小说奖。2017 年 3 月，幸运再次降临，长篇小说《拉罗斯》获美国书评家协会奖。迄今，同时获得过美国书评家协会奖和全国图书奖两个桂冠的均是声名显赫的文坛大家，他们是：约翰·奇弗（John Cheever）、约翰·厄普代克（John Updike）、埃德加·劳伦斯·多克托罗（Edgar Lawrence Doctorow）、科马克·麦卡锡（Cormac McCarthy）、菲利普·罗斯（Philip Roth）、雪莉·哈扎德（Shirley Hazzard）和路易丝·厄德里克（Louise Erdrich）。

厄德里克不仅是成就卓著的长篇小说家、诗人，还是优秀的短篇小说家。她自幼浸淫于齐佩瓦部落口头叙事传统，是讲故事的行家里手，可谓最会讲故事的美国作家。她在短篇小说创作上取得的成就与印第安口头叙事对她的滋养、她从小养成的讲故事能力是分不开的。她曾获纳尔逊·阿尔格伦短篇小说奖（1982），七次获欧·亨利短篇小说奖。厄德里克是《纽约客》《大西洋月刊》等杂志短篇小说栏目的常客。长篇小说《鸽灾》中的多个故事在纳入长篇小说出版前就已在《纽约客》等杂志上作为短篇小说单独发表：《恶魔撒旦：星球劫匪》和

《哥斯拉修女》分别在1997年和2001年发表于《大西洋月刊》；《夏门戈瓦》2002年发表于《纽约客》；《鸽灾》和《普路托的灾难邮票》2004年发表于《纽约客》；《城镇梦》2006年发表于《北达科他季刊》；《毁灭》和《请进》（发表时名为《格利森》）同年发表于《纽约客》；《爬虫园》2008年发表于《纽约客》。《恶魔撒旦：星球劫匪》和《鸽灾》分别于1998年和2006年获欧·亨利短篇小说奖[①]，《夏门戈瓦》和《普路托的灾难邮票》分别入选2003年和2005年《美国最佳短篇小说》。

《鸽灾》(2008）一书除曾入围普利策文学奖，还获得了阿尼斯菲尔德·伍尔夫图书奖与2009年明尼苏达州图书最佳小说奖，入选《纽约时报》畅销书，被《华盛顿邮报》《芝加哥论坛报》和《基督教科学箴言报》列为年度最佳图书。该小说与《圆屋》(2012）和《拉罗斯》(2016）构成厄德里克“正义三部曲”，第一部和第三部的出版时间相隔八年。这三部小说每一部都获大奖，实属罕见。《鸽灾》有浓郁的地域色彩，属于典型的地域小说，开辟了厄德里克作品中继小无马地保留地之后又一处虚构的故事发生地——普路托小镇和保留地。厄德里克沿用她钟爱的写作模式，用四个叙述者（埃维莉娜、安东·库茨、马恩·沃尔德和科迪莉亚·洛克伦）讲述二十个故事。相比她的其他长篇小说（如《爱药》)，《鸽灾》的叙事者数量并不多。她串珠成链，将这二十个故事组织成长篇小说。《鸽灾》借不同族裔、不同年龄的四个叙述者之口，讲述了在一个不大的空间里（主要是小镇和保留地）近一百年中沃尔德（白人）、皮斯、哈普（白人）、穆夏姆、库茨、洛克伦（白人）等家族数十个人物间的枝节交错。“一些人身上既流淌着罪人的血

---

①据网站 http：//www. randomhouse. com/anchor/ohenry/resources/faq. html 介绍，2005年的欧·亨利短篇小说奖颁奖时间是2005年1月（历年为10月），因此2004年发表的部分短篇小说未能及时纳入评选，而被列入2006年评选。《鸽灾》应该是出于该原因获2006年欧·亨利短篇小说奖。

液，也流淌着受害者的血液”，其中的关系“剪不断，理还乱”；白人约翰·怀尔德斯特兰德“身陷错综复杂的家庭关系中，同他爷爷如出一辙：他爷爷也有个私生女，也就是穆夏姆的妻子”。多个案件驱动着小说的情节发展：农场主白人洛克伦一家数人被杀，凶杀案扑朔迷离，穆夏姆等人被白人认定为凶手，伊莱克塔·霍格的弟弟疯狂地爱上了洛克伦家的一个女儿，他在凶杀案发生后连夜逃跑，也被误以为是此案的真凶；比利·皮斯绑架姐姐情夫的妻子；他的外甥科温·皮斯偷盗小提琴，后来神奇地成为一个杰出的小提琴演奏家。《鸽灾》中，农场主白人洛克伦一家五口被杀案始终笼罩在小镇和保留地数代印第安人和白人心头，而这一凶杀案以历史上的斯派瑟凶杀案为原型。

小说《鸽灾》的凶杀案是血腥的。1911 年，在虚构的北达科他州普路托镇上，洛克伦农场的一个白人家庭两代五口被枪杀，农场主背部中枪，现场血腥。印第安人穆夏姆、阿西吉纳克、卡斯伯特和圣迹路过该农场，救下了幸存的女婴，偷偷写信告知当地治安官农场还有一人幸存。治安官等人前去找到了女婴。一天，醉酒的穆夏姆说出以上事实，一群白人就此栽赃穆夏姆等四名印第安人，指责他们是凶手，还愤怒地骑马冲进保留地上的教堂，从神父手中抢走藏匿在那儿的穆夏姆等人。

白人要求杀人偿命，决定将穆夏姆等四人绞死。卡斯伯特被绑在马车后一路拖行，其他三人被押在马车上。半路遇到赶来阻止的治安官，白人便用枪威吓，赶走了治安官。白人想在一个白人屠夫家绞死这四个印第安人，但遭到屠夫拒绝，后在保留地上找到一棵大树，将阿西吉纳克、卡斯伯特和圣迹绞死在树上。穆夏姆的妻子是尤金·怀尔德斯特兰德（参与绞刑的白人）的私生女，他因此逃过一劫。在绞刑现场，有白人不赞成对印第人施以绞刑，但其他人毫不理会。参与绞刑的白人没有受到任何追究。

在 1911 年的十四年之前，历史上发生过斯派瑟凶杀案。1897 年 2

月14日，在北达科他州埃蒙斯县的威廉斯波特镇（现已不存在），印第安人弗兰克·布莱克·霍克、阿莱克·科多特、乔治·迪芬德、菲利普·艾尔兰和保罗·圣迹五人去奥特·布莱克（小说《鸽灾》中也有同名人物，即女农场主莫德·布莱克的丈夫奥特·布莱克）开的酒吧[1]买威士忌，奥特·布莱克说酒被一个叫佩博的车夫拉走了。五人于2月17日找到佩博，佩博谎称酒藏在白人斯派瑟家。佩博可能只是想开个玩笑，因为众人皆知斯派瑟是虔诚的信徒，并不喝酒。酩酊大醉的印第安人信以为真，赶往斯派瑟家的农场。当天，斯派瑟一家四代六口（男女主人托马斯·斯派瑟和玛丽·斯派瑟，女儿莉丽·斯派瑟·罗斯，女儿的双胞胎儿子阿尔弗雷德·罗斯和阿尔文·罗斯，以及女主人母亲艾伦·沃尔德伦）在自家农场被枪杀，斯派瑟在牲口棚背部中枪，女主人也在牲口棚中被枪杀，其余四人在农场住房中被杀，无人幸存。

五个印第安人很快被拘。阿莱克·科多特和乔治·迪芬德二人先行受审，其他三人待审。阿莱克·科多特有明确的在案发当天不在场证明，但仍被清一色由白人组成的陪审团当场判处绞刑。一审判决后，科多特上诉至北达科他州最高法院，最高法院不支持对科多特处以绞刑，要求有关方面搜集新证据并再审。乔治·迪芬德在庭审中否认杀人，陪审团经过六十个小时的激烈争论仍无法达成一致，庭审陷入僵局。在法庭上，菲利普·艾尔兰和保罗·圣迹对杀害白人斯派瑟一家的罪行供认不讳，并指认阿莱克·科多特也参与杀害了斯派瑟。

白人认为如果按照最高法院的命令再审，没有新证据的支持，科多特肯定会无罪获释，因此决定在再审前劫狱。1897年11月13日晚，一群白人蒙面冲进监狱，持枪威胁治安官，要求放人，最终将关押在一

---

①1889年，北达科他州在加入联邦时颁布了禁酒令，全州的酒吧都不得售酒，但仍有地下的非法买卖进行。

起的科多特、圣迹和艾尔兰三人劫走。科多特等三个印第安人脖子上被套上绳索，被一路拖行至神志不清，根本没意识到会被处以绞刑。白人在屠夫迈尔 · 拉什家的绞盘上将三人绞死。科多特、圣迹和艾尔兰已死，无人指证迪芬德和霍克也参与了凶杀案，二人因此无罪获释。当地三十多个白人参与了这起绞刑，无一人有前科，绞刑后没有任何白人受到追究。

很明显，小说中的凶杀案借鉴了历史上的真实事件，二者之间的相似处甚多。第一，案发时间相近、地点背景相似。小说中的凶杀案发生于 1911 年的一个农场，位于北达科他州保留地边缘的一个日渐衰落的虚构小镇普路托附近，对应现实中 1897 年北达科他州威廉斯波特镇。威廉斯波特镇在此后也逐渐没落，现已不存在。第二，小说与现实中的嫌疑犯都是印第安人，受害者则为住在农场的白人一家，且男主人的死状相同，均为背部中枪。第三，现实中的绞刑地最初都定于白人屠夫家里，不过小说中的白人屠夫不同意提供场地。第四，印第安人在被拖去绞死前都被治安官劝阻。洛克伦农场凶杀案中绞死印第安人的白人和斯派瑟凶杀案中劫狱的白人都有法不依，实施披着“维吉兰提正义”①外衣的私刑，使私人行为闯入本来由国家机关行使的公共权力空间。第五，也是最相似的一点，小说中出现了与现实事件中相重叠的人物——“圣迹”，只是小说中的圣迹年龄略小一些。第六，参与绞刑的白人都没有受到法律的追究。

虚构与现实并非完全一致，而是保持了一定的张力。二者的不同点主要有以下几点。第一，小说中没有搜捕、收集证据、庭审等司法程序介入，而历史上的斯派瑟案有过庭审。这样的设定凸显出白人理所当然地认为印第安人是罪犯，仓促定罪，残忍地实施绞刑。第二，小说中

① 在一些国家被称为官方法律制度之外的个人“自助”司法。它不承认国家是拥有合法暴力的唯一垄断者。它认为，当法律鞭长莫及或失去正义时，或者当政府漠视、草菅人命时，公民有权将法律握在自己手中，抵抗不义。

的印第安人没有喝酒，完全清白，真凶是一个名叫沃伦的白人，而现实中斯派瑟案中的五个印第安人均处于醉酒状态。小说中的圣迹年仅十三岁，无辜、虔诚、孝顺，深受保留地上天主教神父喜爱，绞刑时他因体重太轻，吊了很长时间后才断气；而斯派瑟案中的圣迹约十九岁，身上有受害者艾伦·沃尔德伦（斯派瑟家女主人的母亲）的戒指，戒指上刻有其名字的首字母，他与菲利普·艾尔兰承认杀害了斯派瑟一家。第三，小说中有一个女婴幸存，而现实中无人幸存，且连七个月大的双胞胎都被残忍杀害。小说中的真凶为白人疯子且有女婴幸存这一点可能借鉴了沃尔夫一家凶杀案（The Wolf Family Murder）。

厄德里克吊足了读者的胃口，直到小说接近结尾才点明白人沃伦是真凶。在《鸽灾》中，是印第安人发现了凶杀案唯一的幸存者科迪莉亚·洛克伦，并告知当地治安官，这个婴儿才因此得以活下来。而在毫无任何证据的情况下，穆夏姆等四个印第安人被确认为凶手，其中三人被绞死，成为替罪羊，白人可谓恩将仇报；霍格离奇出走，也被误以为是此案的真凶；埃维莉娜在精神病院实习，看到病人沃伦疯疯癫癫，整天说“我要把他们都宰了”，猜疑沃伦可能是洛克伦农场凶杀案的真凶；科迪莉亚·洛克伦医生从小就收到神秘人送来的礼物，沃伦在临终前委托律师在他死后给她送去一沓钱，与她小时收到的钱的叠法一模一样，这些让她断定白人沃伦就是凶杀案的真凶。三个印第安人被无端夺去生命，蒙受不白之冤，实在是对美国法制的莫大讽刺。1890 年的伤膝谷屠杀事件（Wounded Knee Massacre）标志着美国印第安战争的结束。不管是小说中的 1911 年印第安人被处以绞刑，还是事实中的 1897 年印第安人被处以绞刑，都发生在印第安战争之后，这说明虽然白人对印第安人的屠杀结束了，但是仇恨、歧视难以消除，依然存在。小说中的科迪莉亚·洛克伦医生与库茨法官长期保持着婚外情，耽于肉体上的欢乐，但她不愿与库茨法官结婚，即使真相大白、沃伦被确认为凶手，也就是说确定凶杀案与印第安人毫不相关，她依然拒绝为印第安人诊疗。由此可见科迪莉亚 · 洛克伦对印第安人的歧视、偏见、仇恨之深。

在美国官方文件和白人的书写中，是白人把印第安人从黑暗带入光明，从野蛮带入文明，从原始带入现代。如果我们把这样的叙述比作漂亮的十字绣，那么厄德里克的小说则让我们看到了十字绣的反面。除了白人对印第安人的歧视、偏见、仇恨，小说里还可以读到美国政府对印第安人采取的一系列复杂多变的政策。“最近，我们去了一趟华盛顿，抗议一项意欲终止我们和美国政府关系的政策——这关系是受协定保护的。”在探险、测绘、建镇等一系列过程中，白人和印第安人不可避免地交往、通婚、冲突。尤其是实施《道斯法案》后，白人掠夺了印第安人的大片土地，与印第安人的冲突更为频繁；专为印第安人开设的寄宿学校在印第安人心中留下的伤口永远难以愈合；天主教传教士一心要改变印第安人的宗教信仰。这些都在厄德里克笔下受到无情地揶揄、嘲讽。

小说里充满了野蛮、暴力、歧视和仇恨，但也揭示了人性美好的一面。年轻的白人约翰 · 沃格利富有同情心，他坚决阻止父亲等白人对穆夏姆等人实施绞刑。“他噌地跳下马，向他父亲的怀里猛扑过去，他父亲从马鞍的一边飞了出去。两人着地后滑行了一段距离，他仍压在他父亲身上——他父亲的背就像雪橇一样。约翰坐在父亲的胸口，抡起拳头，像捶桌子一样打他父亲的脸。他把整个手臂的力量都集中在拳头上，像是要把木头或是肉给打穿。他的另外一只手扼住他父亲的脖子。”善良的白人女性莫德 · 布莱克对穆夏姆和他的女朋友琼奈斯十分友好，收留他们六年，“教他们套索、骑马、射击，还有做美味的鸡肉面疙瘩羹”，为他们举办盛大的婚宴。莫德竟为一对印第安夫妇举办婚宴，这是非常难能可贵的。印第安人救下了七个月大的科迪莉亚 · 洛克伦，随后奥里克 · 霍格和伊莱克塔 · 霍格夫妻收养了她，很宠爱她，不惜花很多钱送她去东部读大学。

在《鸽灾》中还可以看到埃维莉娜、安东·库茨、马恩·沃尔德、科迪莉亚·洛克伦等人心灵的成长。小说中的穆夏姆让人想起厄德里克其他小说中的纳纳普什，他酗酒、满口谎言、好色，调戏年轻的马恩·沃尔德，迷恋尼芙·哈普，是美国印第安文学传统中典型的恶作剧式人物（trickster）。"鼓在我们看来是有生命的，需要我们给它们食物和水分，庇护它们，关爱它们。鼓在主人睡着时会演奏乐曲给他听。"这些向读者展示了印第安人特有的文化。《鸽灾》呈现了美国印第安人生活全息图，不愧为一部文学名著。在阅读本书之后，再阅读厄德里克"正义三部曲"的另外两部，将会加深理解作家对历史和现实的关怀，体味作家对正义这一主题的深刻关注。

厄德里克的十五部长篇小说里人物众多，有大大小小数百个人物，时间跨度一百余年。厄德里克在她的文学世界里从容娴熟地驾驭、调度如此众多的人物，真让人佩服不已。《鸽灾》的人物在厄德里克此前十一部小说中大都没有出现过。阅读《鸽灾》这样多角度叙事的小说如同不断地拼魔方，也像不停地拼图，从支离破碎、看似毫不相关的片段中寻找内在逻辑和相互联系的线索。为方便读者阅读，译者在译本后附上了人物关系图。

多年来，我教授、研究、翻译美国印第安文学，先后翻译过莫马迪的《日诞之地》、厄德里克的《爱药》《鸽灾》和《圆屋》等美国印第安文学名著。目前正受邀翻译厄德里克的长篇小说《拉罗斯》和《甜菜女王》。要读懂厄德里克，读出她富有诗意的细腻笔触背后的深意，然后在中文中恰如其分地再现，都不是容易的事。在本书的翻译中我们得到了诸多帮助。美国印第安文学专家罗伯特·尼尔森（Robert Nelson）教授在我翻译《日诞之地》时曾给予无私的帮助。在《鸽灾》的翻译过程中，他同样耐心解释了所有难点。他广博的学识和谦逊的为人让我们感佩交并。美国威斯康星大学密尔沃基分校印第安文学与文化专家玛格丽特·安·努丁（Margaret Ann Noodin）教授热心解答了书中与齐佩瓦语相关的问题，她的帮助弥足珍贵。与年轻译者邹欢女士的合作非常愉快，相互间的讨论加深了对作品的理解。她对原文的理解独具只眼，表达地道巧妙，译艺别有炉锤，不由让我心生感叹： 后生可畏，优秀的译者大多是天生的。

张廷佺

2017 年 3 月于上海外国语大学

目　录

独　奏

枪在最后一发子弹卡膛了。小婴儿站在婴儿床里，瞪着圆圆的眼睛，手抓栏杆，大声哭喊。男人坐到有软垫的椅子上，开始拆卸手里的枪，想看看哪儿出了问题。孩子的哭声让他快要抓狂。他放下枪，环顾四周，想找把斧子，却只看到一架留声机。他走了过去。留声机的转盘上放着一张唱片。他一阵捣鼓，把唱针拨到唱片上，然后坐回椅子上，一边重新拆起枪，一边听着流泻而出的音乐。孩子安静下来。唱片放到一半，一阵天籁般的小提琴独奏让男人停下了手中的动作。他手握着枪的零部件倾听着。音乐结束后，他站起来，把唱片重放了一遍。他总共重放了三遍。孩子睡着了。男人修好枪，子弹可以顺利上膛。他又上了几次膛，然后站到摇篮边上。小提琴曲发散出一种怪异的甜美，曲调渐强，达到高潮。他举起枪。紧闭的房间里，原始的血腥气息包围了他。

埃维莉娜

鸽 灾

1896年，大外公作为当地第一批印第安血统的天主教神父之一，召集教区的居民身穿肩衣①、手持弥撒书②在圣约瑟夫教堂集合。他们将从那儿出发，排成声势浩大的长队，穿过田地，大声祈祷，把鸽子赶走。大外公那群人曾与德国和挪威的移民一起犁地耕种。这些移民不像法国人会与我的祖先打交道，他们对本地的女人毫无兴趣，不和她们通婚。事实上，挪威人很排外，对外族不理不睬，只管自己的事，但鸽子可不管你是哪国人，照样偷吃他们的作物。

白人和印第安人都点起篝火，想把飞到地上的鸽子赶进网兜。它们啄食小麦的秧苗、黑麦、玉米，吃掉新开的花骨朵儿、苹果树新抽的嫩芽、橡树又老又硬的叶子，甚至去年的谷壳。这些鸽子肥肥壮壮，熏了吃非常美味。成百上千只鸽子被拧断了脖子，但数量却一点儿也不见少。不论是混血儿的土屋，还是身穿传统服饰的印第安人的树皮小屋，都被鸽子压垮了。人们把鸽子烤着吃，夹在馅饼里烘烤，炖煮，在木桶里盐腌，或者用棍棒打死，任随它们慢慢腐烂。但死掉的鸽子却成了活物的饲料。每天早上一醒来，你就听到翅膀的摩擦声和拍打声，窸窸窣窣的细小声响，令人心烦的咕咕声。这些动物隔着窗玻璃（要是玻璃还完好无损的话），看上去既好奇又无辜。

大外公匆忙赶制了一些十字形的木架来保护教区长住所的窗玻璃。说是教区长的住所，其实不过是一间小木屋罢了。单间小木屋的一角是他弟弟睡的简陋的木床，床板是用棉白杨枝条搭成的，床垫里塞的是干草。他帮弟弟走出了放纵的生活。这是男孩睡过的最柔软的床，他一点也不想起床，但大外公硬给他披上唱诗班男童穿的那种白袍，叫他去把枝形大烛台擦亮，等会儿捧着它跟着队伍走。

这男孩便是我的外公，穆夏姆[3]，他的真名是撒拉弗·米尔克。他活了一百多岁，我十一岁时，他一遍又一遍地讲了他人生中最重要的那一天的故事。故事要从人们想驱除鸽灾讲起。在印第安事务管理局[4]保留地[5]上的公房里，他坐在一把硬椅子上，两边分别是我们的第一台电视机和嵌入墙壁的小书架。他常告诉我们，当鸽子爬上他哥哥做的木架时，他能听到鸟爪摩擦的声音。他不敢上茅坑，因为好多鸽子掉在坑里，发出绝望的尖叫。其他鸽子听到这声音后发狂似的冲向茅坑，想救出同类。但穆夏姆也不敢去别的地方解决。为了不踩到鸽子，他在一阵翅膀扑打中好不容易走到茅坑，闭着眼完成了必要的动作。离开茅坑时，他把门紧紧关上，这样就不会再有鸽子掉进去了。

穆夏姆每次讲起那最为重要的一天，总是先说这个茅坑的故事，其中不乏我和哥哥觉得好玩的细节：我们已经听过无数遍外面的茅坑（当然现在我们都用抽水马桶），也知道鸽子被屎尿恐怖地溺死，故事开头的其他一些细节都让我们听得入神。我们最喜欢看电视、听穆夏姆讲故事。爸爸取下了电视机的旋钮，藏了起来。我们挖空心思找，却怎么也找不到。他肯定是把旋钮揣身上了。因此我们只好听穆夏姆讲故事，坐在厨房的椅子上，一边玩头发，一边听他讲。妈妈给他一个红色的咖啡罐，让他吐痰用。他穿着破旧柔软的绿色西尔斯[6]工作服，一双

---

①天主教徒披的用以表示虔诚的肩布。

②弥撒仪式上用的书，包含经文、祝祷等内容。

③Mooshum，梅蒂语，意为“外公”、“爷爷”。

④1824年，美国政府设立了印第安事务办公室（Office of Indian Affairs，简称OIF），专门负责印第安事务，1947年更名为印第安事务管理局（Bureau of Indian Affairs，简称BIA），其主要职责是协调美国政府与印第安人之间的关系。

⑤美国联邦政府或州政府划分给印第安人的土地，由美国内政部印第安事务局负责保护。保留地的最初作用是隔离印第安人和白人，政府限制印第安人只能在此区域活动；如今的保留地由印第安部落管理，印第安人可自由出入。

⑥美国连锁百货商店。

磨坏了的棕色系带靴，头戴斜纹布鸭舌帽，即使在家他也如此打扮。他眼窝很深，双眼闪闪发光；左耳的上半部分没了，耳朵一高一低。他弯腰驼背，形容枯槁，耳边和颈上散落着一缕缕白发。当他开口说话时，我们时不时能看见他牙齿上黑色的坑坑洼洼。他故事讲得棒极了，惟妙惟肖，让人很容易地想象出他十二岁时的模样。

大外公穿上制服，那是从明尼阿波利斯[①]的一个教区拿到的二手衣，他最好的一件衣服。正宗的熏香很难弄到，因此他用干鼠尾草卷成球代替，塞满香炉。小屋里有一个铁制手泵和水槽，穆夏姆的哥哥，或者说是同父异母的哥哥，塞弗林·米尔克神父把梳子沾湿，梳了梳头发，又给弟弟梳头。教堂是座大木屋，位于院子的另一头。在之前的一个多小时里，四轮马车陆续停到那儿，每辆车上都拴着一两条狗，防止鸽子在人们要坐的干草堆上拉屎。鸽子飞来飞去，一刻不停，几匹马被弄得焦躁不安。许多马匹都戴着眼罩，人们在马具上系上了束束甘菊，让它们平静下来。穆夏姆穿过院子，看到教堂的屋顶上立满了鸟。它们似乎在嬉戏，飞上来，又把同伴从教堂标志性的十字架上推挤下去。大外公身高六英尺多，瘦削内向。他想把正聊着天的教区居民组织起来。两兄弟站在队伍中间，虔诚的教徒们散到两边，他们慢慢地走下山坡，向第一片需要驱赶鸽子的地里出发。

那天，厚实的云层笼罩天空，阳光黯淡，空气凝滞得令人压抑。因此当链子上吊着的金属香炉晃来晃去时，一团团辛辣刺鼻的鼠尾草白烟也随之飘动。第一片地里鸽子密密麻麻的，女人们走动时没注意，鸽子被罩在裙子里，吓了她们一跳。而鸽子呢，也惊慌起来，和裙子越缠越紧。队伍突然停下，穆夏姆看到女人们激动地蹦跳起来，旋转、跺脚、拍打、抖裙子，动作幅度很大，周围的鸽子立即飞起，其他鸽子也因此受惊，顷刻间整片地里卷起了一场鸽子的风暴。鸽子冲着底下的人嘶

---

① 明尼苏达州东南部城市。

叫，向人们冲去，但人们依然稳稳站着，将弥撒书打开，遮在头上。为了让队伍能继续前进，女人们放下矜持，将裙子卷起至大腿处打结，攥着念珠和肩衣，对着翅膀扑打产生的旋风吟诵“万福马利亚”[①]。穆夏姆几乎从未见过女人的下肢，趁哥哥手忙脚乱地不让熏香灭掉时，一个人暗自欣喜地落在后面。他看着女人们裸露出来的丰满而黝黑的腿掠过田地，用哥哥给他的大烛台遮挡自己的脸。但很快，一只在空中疾飞的鸽子撞上他的前额，仿佛是上帝亲手把鸽子甩到穆夏姆脸上，想惩罚他似的，及时教训了他一下，让他闭起眼别再垂涎。

每次说到这节点上，穆夏姆总会激动不已，当场上演被鸽子砸中的情景。为了逗我们开心，他还会摔倒在地，手脚胡乱比划，然后睁开眼，抬头凝望空中。即便是现在，他还能清楚地看见圣神的幻象，不是以棕色鸽群中的一只白鸽而是以一个女孩的肉体显灵。

我们家族历来以接连不断的浪漫邂逅而闻名。就连我爸爸这么一个沉稳的科学老师也不例外，二战期间他对我妈一见钟情。我的姨妈杰拉尔丁被一个年轻男人的微笑弄得魂不守舍：他在驶过的列车上微笑，而她则站在采莓子的那条沟里朝他挥手，却没看到他也挥手了。但不知怎的，她还是在那儿采到深夜，并露宿了一宿。第二天，她坐在小矮凳上默默等了一整天，才等到从六十英里外的火车站一路走过来的他。我的舅舅怀蒂和哈斯克尔印第安公主[②]好过一阵，公主就在她死于肺结核的当晚剪断了自己的辫子赠送给舅舅。在公主的记忆中，他一直是单身，直到五十几岁才娶了小镇上的脱衣舞娘。我的另一个姨妈阿加特，她也叫“快乐”，为了一个神父而离开了修道院，从此杳无音信。我哥哥约瑟夫曾心血来潮，加入了一个公社[③]。爸爸的妹夫约翰绑架了

---

① 天主教的祈祷词。

② 由在哈斯克尔学院（现哈斯克尔大学）举行的集会上推选而出。

③ 上世纪六七十年代由嬉皮士引领的反抗社会、拒绝传统的风潮，人们一起过返璞归真的生活，实行财产、子女乃至性爱的公有制。

自己的妻子，拿赎金在法戈[1]养情妇。爸爸的叔叔奥克塔夫·哈普为了一个女人而自杀，是溺死的，水深才两英尺。如此种种。同爸爸一样，这些亲戚的奇遇虽然夸张，但与之相比，他们此后的婚姻和工作却平淡无奇得多。我们这些人中有办公室职员、银行出纳、读书人和官员。其中最野的（怀蒂）是个快餐厨子，最有出息的（爸爸）是教师。在我看来，我们家族代代人都会经历这一系列戏剧性的邂逅。我和哥哥听穆夏姆讲故事，不仅出于好奇，更是想为自己的将来做准备：等到哪一天我们见到那个意中人、浪漫邂逅降临时，我们会知道该怎样做。

一百万个名字

事实上，我想我早已邂逅了那个意中人。就当我坐在那儿听穆夏姆讲故事时，我的手指着了魔似的在手臂上、手心里或是膝盖上比划我意中人的名字。我相信如果我在身体上把他的名字写上一百万次，他就会吻我。我知道他爱我，他也知道我爱他。但我们就读于二十世纪六十年代早期的一所罗马天主教小学，男孩女孩们即使彼此相恋也几乎不与对方说话，更别说肢体接触了。我们一起打垒球、踢球，通过其他热心传话的孩子来沟通和行动。我把这些转手的甜言蜜语抄录在豹纹印花的小日记本里，日记本配有金锁，钥匙藏在我床架的球形捏手的内部。我把蚊子咬的包抓破，蘸了血把心上人的名字写在衣柜的内侧。他的名字对我来说就像无形的手在火焰中写下的《旧约》一样神圣。弥尼，弥尼，提客勒，乌法珥新[2]。我无法大声念出他的名字，只能用手指在皮肤上写下来，以至于妈妈担心我身上长了虱子，在我的头发上涂了一层

---

① 北达科他州东南部城市，位于俾斯麦东部红河岸边，是该州最大的城市。

② 出自《圣经·旧约·但以理书》，意为“数过，数过，称过，分掉”。这是伯沙撒王举行宴会时出现在王宫墙上的文字，但以理向伯沙撒王解释说这是王国即将灭亡的预言。

蛋黄酱，又给我戴上一顶淋浴帽，让我坐在浴缸里，放的热水烫得快让我受不了。

浴室、浴缸和水管都是新安的。爸妈是学校和部落办公室的员工，因此我们只好用内部的供水系统。我锁上浴室的门，用脚指头调热水。我闲着无聊，决定把名字再写上几千遍。我一边写，一边感觉身体有些部位开始发烫，对写了一遍又一遍的字母作出反应。我当时根本不知道为什么光是写这些字母就让我亢奋不已。我仔细地一笔笔描画他的名字，头顶的蛋黄酱都化了。我相信自己已经冲破了百万大关，不敢再继续往下写了。

那阵子我们刚过完圣灰星期三①，我还没忘记自己不过来自尘土，一旦生命结束又将归于尘土。我身上每一处都刻下了科温·皮斯这个神圣的名字（现在我可以说出来了），而这具身体不过是一时的表象，像冰一样短暂即化，很快就会像树叶一样凋零。和往常一样，进入四旬期②后，我们不吃糖果、椒盐卷饼等食物。我们知道这些生理的渴求只是假象，而灵魂的渴求才是真实存在的。我很幸运，并不知道在自己身上写下男朋友的名字是不洁的行为。因此在我看来，我做的最需要赎罪的坏事就是和哥哥一起找到工具箱里的钳子，拿它代替电视机的旋钮。每次爸妈一出门，我们就能看《三个臭皮匠》③，这是我们与穆夏姆最爱看的节目，但爸妈却觉得它烂透了。棕榈主日④那天，爸爸中途回家，刚好把手搁在发热的电视机机身上，接着狐疑地盯着我们，他的学生见到那眼神就怕。很快我们便从实招来。钳子和旋钮一起被藏了起

---

① 又称大斋首日，四旬斋的第一天，复活节前的第七个星期三，该日信徒用灰抹额以示忏悔。

② 又称大斋期，从圣灰星期三开始至复活节前日，为期四十天。在此期间，天主教徒通过守斋等方式以忏悔自己的罪恶，为复活节做准备。

③ 又译《活宝三人组》，美国喜剧。

④ 复活节前的星期日，纪念耶稣受难前顺利进入耶路撒冷。因当时民众曾用棕榈树枝欢迎耶稣，故得此名。

来，穆夏姆的故事再次继续。

显 灵

后来成为我外婆的这个女孩因为不好意思把裙子卷上去，落在了其他女人后面。她叫琼奈斯。她发现只要缓慢地走，鸽子就能慢慢地、温顺地让到一边，而不会直接冲上来。她穿着长长的白色礼服裙，裙子由一层层薄纱制成。她非要穿这条裙子不可，照顾她的姨妈只得让步，但警告说如果回家时裙子上有一道裂口或污点，就要打她。琼奈斯没像其他女人一样乱碰乱跳，一是因为她文静，二是因为她姨妈的这声警告。她跪到一片鸽粪里，想拾起烛台，这一举动也许是两人缘分的开始；而当她用腰带擦掉穆夏姆额头和耳朵上的鲜血时，则确定了他们的未来。从穆夏姆口中，我们得知在他昏过去的时候鸽子啄掉了他半只耳朵。

她就在那儿！穆夏姆停下来，张开双手，脸上的千百条皱纹绽放出无与伦比的幸福。我们有一张她在那个年代的照片，她长得很漂亮，黑发上系了条白丝带，白裙的束腰处绣有白色花瓣和叶子。她皮肤白皙，一双梅蒂人[①]的黑眼睛弯弯的。教区主教特地给神父们写信，警告他们，建议他们在这些混血儿面前更用心地祷告，谨记她们虽然外表美丽，内心却野蛮脆弱，恶魔随时都会乘虚而入。当然，琼奈斯·马拉特尔纯真无邪，冰雪聪明。她的姓是某个法国人传下来的，意思是“北达科他州的崎岖地”：巨大岩石上的裂缝，贫瘠的山谷，条纹状的岩层，玫瑰色、灰色、棕色和紫色的石头组成的错综复杂的地貌。穆夏姆和琼奈斯一路走到了这样一个地方。

“我们心宁相东（心灵相通）了！”穆夏姆的话带有温和的老保留地口音。说到这儿，我们仨总会陷入片刻沉默。穆夏姆眼前浮现出自己

---

①加拿大的白人（尤指法国人）与印第安人所生的混血儿。

描述的场景。我不知道哥哥看到了什么——从群居村回来后，他似乎很长一段时间都没谈恋爱。他会和爸爸一样做一个科学老师，也许在一场小小的交通事故后，和自己的保险理赔员过上平淡又幸福的日子。而我呢，看到两个人：男孩皱眉颤抖着，一袭白衣的女孩跪在他身旁，优雅地将腰带攥在手里，接着给他止血。更重要的是，我看到他们深情对视。圣神在他们之间盘旋。她的腰带被染红了。他的血一反地心引力的作用，向她的胳膊上流去。她张开嘴。他们有没有接吻呢？我没能问穆夏姆。也许她只是笑笑。她没来得及在身体上写下他的名字，哪怕是一次，再说她也不知道他叫什么。他们已看透了彼此的灵魂，知道对方就是那个人，名字无关紧要。穆夏姆说他们私奔后才想到要问彼此名字。于是他们决定暂时抛开自己的名字——最重要的是他们逃出来了，摆脱了家人对他们的束缚与控制。

琼奈斯私奔了，她把自己的裙子弄脏了，却逃过了姨妈的训斥，更是从照顾六个堂弟妹的无休止的苦差中解放出来。这些孩子在接下来的冬天全部死于百日咳。穆夏姆呢，则逃离了哥哥为他选择的神职道路。这两个身穿白衣的孩子融入了鸽群。他们的礼服很快变得和泥土一样污浊，同大地的颜色融为一体。他们沿着田地边缘一路前行，穿过开阔的乡村，到了无法耕种的地方。这儿地面干裂，开始出现崎岖地因冲刷侵蚀而成的小丘和峡谷。他们真心相爱，尽管好几年后他们才真正成为夫妻（穆夏姆讲到这时作了暗示，却从不明说）。他们活了下来。他们会生火，一开始的几天全靠烤鸽子才活下来。那时正青黄不接，在当地很难找到其他食物。他们偷鸟蛋，挖野草，诱捕兔子，向远处的牧场乞讨，能讨一些是一些。

灼热的瞪视

有一次星期一，我们在学校编织祝圣棕榈枝，那天我戴上了牙套。

不像现在，孩子矫正牙齿司空见惯，矫形器在当时还是稀罕物。家里条件那么一般，爸妈竟还让我矫正牙齿，真难得。我们的牙医住在保留地外的普路托镇上，他是个守旧的人，深信要保护我前牙的珐琅质免受金属丝的损害，就得在上面镀一层金。于是某一天，当我戴着两颗长长的金光灿烂的门牙和满嘴的金属器具出现在学校时，我压根儿没想到自己会沦为笑柄。有人低声嘲笑道："复活节兔子！"午休时，男孩子们都围在我身边，戳我，想让我笑出来。突然，一阵强风把其他人都从光秃秃的沙砾地上吹走了，我身边只剩下科温·皮斯。他推推我，冲我大笑。然后其他男孩把他带走了。我躲在操场唯一的庇荫处，那是南面砖墙间的一个角落，正对着加油站后面堆着的废车。我站在安静的角落里，揉着他推我时碰到的锁骨，心想：怎么了？我们的恋情告急，也许已完结了，都怪金牙。这种情感剧变也让我难以承受。尽管我们家有那样的历史，我还是鼓起勇气来应对。浪漫的故事中总夹杂着几段失败的插曲。这对我不公平，再说了，他们向我保证过摘掉牙套后我会变漂亮的。当我们像往常那样排两列进入教室时，我在女孩那队，他在男孩那队，我调整步子，从科温面前穿过，用拳头重重地打了他胳膊一下，说："要么爱我，要么滚开！"然后我走开了。我的膝盖变得软弱无力，心怦怦直跳。我从没像刚刚那样疯狂过。很快，所有人都听说了我这段电视剧里才有的大胆表白，连八年级的女生都知道我，其中一个叫贝利尔·胡普的主动帮忙，帮我痛揍了科温一顿，让我占了上风。到了复活节前一周，除了我们教堂格外形象逼真的苦路十四处①塑像外，其他塑像都用紫色的帘子遮盖着②。

如今，苦路十四处或被刻成雅致的木刻作品，或被抽象地画成画，

① 天主教排列于教堂中或道旁供人膜拜的十四个十字架，各配有介绍耶稣受难经历的图画或塑像。

② 天主教习俗，起源为何说法不一。一说是为了纪念耶稣受难，因为耶稣穿着紫色的袍子背负十字架走到髑髅地，随后被钉上十字架。

但我们教堂的那个由石膏塑成，经过涂画后显得有些血腥。翻着白眼，嘴巴歪曲，肢体受连枷的拷打，耶稣的这些形象全被刻画了出来。教堂里边侧的过道很宽敞，有足够的空间让学校的孩子们跪在石地板上，静静思考苦难中蕴含的难以参透的道理。我们中最多愁善感的那个女孩，还有那个没能做成神父转而在社区剧院大获成功的男孩，都当场嚎啕大哭起来。其他人或是心怀愧疚，或是暗自看着血迹斑斑的石膏像，都偷偷把重心挪到屁股上，放松膝盖。某些时候，我们可以坐上教堂的长凳。在那儿，在耶稣受难日①下午最神圣的三小时里，耶稣在紫色的长袍下奄奄一息，而我们必须保持肃静。那段时间里，我决定要把科温的名字倒写一百万次，从我的身体里抹去。斯皮·温科。我从手掌心开始写，然后转移到膝盖。我刚写完一百次，突然发现科温正想方设法吸引我的视线，我兴奋极了——这种事以前可从没有过。就如我曾说过，我们的恋爱是通过中间人来进行的。用拳头打他胳膊那次是我第一次肌肤之亲，那句现在已出名的台词是我第一次和他说话。我猛烈的拳击似乎点燃了他的热情。他竟变得如此冲动、急切，直接来找我！一股羞怯而又害怕的感觉涌上心头。我的呼吸变得急促。我想回应他，但现在不能。我一动不动地待在原地，直到下课。

复活节到了。我穿着尼龙料的蓝色圆点娃娃裙。裙子接缝处有些扎人，脖子处也直痒痒，但我觉得总体来说还算漂亮。在头顶上别个纸巾做的蝴蝶结不是我的风格。我有一顶帽子，上面装饰着仿真铃兰花，帽子的皮筋扣住下巴。但临出门前，我哀求着要戴妈妈的蕾丝纱巾，就是很像杰基·肯尼迪②的那条，只有最时髦的女人才配戴的头饰。我打扮得漂漂亮亮，但对圣餐仪式③结束后的事儿毫无准备。我跪在长凳

---

① 复活节前的星期五。

② 美国第三十五任总统约翰·肯尼迪的夫人。

③ 纪念耶稣基督救赎的圣礼，神父对代表耶稣身体与血的面饼和葡萄酒进行祝祷，随后分给信徒。

一头。老师要我们必须绝对安静，好让耶稣降临到我们中间。我乖乖听老师的话，但随即看到科温排在我这边的圣餐队伍中。也就是说，他回到自己座位去时将与我擦肩而过。我可以矜持地低下头，或者抬头看他。我的选择让自己头晕目眩。我真的看了。他绕过第一排座位。我一直注视着他。他看到我在看他——雀斑，涂过发油的顺滑黑发，细长的棕色眼睛——他没避开我的视线。尽管嘴里还含着圣饼，我的初恋苦苦压抑着欲望，瞪了我一眼，瞬间点燃了那一百万个无形的名字。

小胡子莫德

那一整个夏天，我的外公外婆靠一袋走私过来的斑豆度日。他们杀死了来河床捕食猎物的响尾蛇，用火烤了烤，加了点含矿土里的盐分做调料。他们找到了一些莓子丛，逮了几只囊鼠和兔子。如今，他们特别想吃到一顿热乎的。初获自由的滋味已被对热餐的渴望所取代。崎岖地虽然荒凉，但还不至于荒无人烟。在穆夏姆他们的年代，那儿住着恶棍、歹徒和淳朴的牧场主。一天，穆夏姆和琼奈斯听到灌木丛中传来兽类的尖叫，他们在那儿的深沟里设了陷阱。他们小心翼翼地进去后，发现一头野猪的后腿被陷阱困住。他们正吵着要如何杀掉它时，一个硕大的人影突然冒了出来。那人戴着宽边软呢帽，骑在马上。他们本可以逃跑，但骑手靠近时，他们呆若木鸡，一动不动，也可能是不想逃了，因为现在光线照亮了这个身形硕大、穿着男装的女人。她的眼睛虽小但有精光，鼻子和脸颊肉鼓鼓的，薄薄的嘴唇翘起。充满母性的丰满胸脯旁垂下一条长长的麻花辫。她穿着斜纹布裤子、靴子和皮套裤，戴着皮手套，还有银色带扣的牛皮皮带。她的宽边帽镶了一圈蛇皮，棕色纯种马立即乖巧顺从地停了下来。女人对着一条安静的蜥蜴吐了口烟草汁，大笑着看它飞快地逃窜而过，然后命令两个孩子站着别动。她敏捷老练地跳下马，用绳把猪绑在马前鞍上，再解开它后腿上的圈套。

“爬上去，”她命令道，示意他们上马。孩子们照做后，她紧抓缰绳，开始步行。被绳捆住的猪在后面小跑。就这么走了几英里，到达这个女人的牧场时，两个孩子已在马背上睡着了。女人让人把熟睡的两个孩子抱下来，安置到一间卧室里。房间虽宽敞却破破烂烂，是用草皮、框架建起来的，里面有两张小床和她自己有时睡的平推车。当她和丈夫，臭名昭著的奥特·布莱克怄气时，她会过来睡，打鼾像引擎似的。穆夏姆和他未来的新娘一起在这儿生活了六年，直到牧场被砸，而穆夏姆也差点被绞死。

在厄林·尼科莱·罗尔夫斯拉德编写的北达科他州历史人物大全中，小胡子莫德·布莱克被描写得还算像个女人，她抽烟、喝酒，是个神枪手，是牧场主里的厉害角色。除了以上的记录，穆夏姆还说莫德·布莱克还为人善良，偶尔也会偷别人的牲口，这些都是真的。偷牲口对她来说就是好玩儿，并非想做坏事。她有时会偷猪，灌木丛里的那头就是她偷来的。小胡子莫德有时留着小胡子，有时也会拔掉。她的鸡舍干净，厨房整洁。她渐渐喜欢上穆夏姆和琼奈斯，教他们套索、骑马、射击，还有做美味的鸡肉面疙瘩羹。她把穆夏姆赶到牛仔的宿舍去，让他和琼奈斯分房睡，来维护他们神圣的爱情。在那儿他很快学会了将来可以与琼奈斯生孩子的技巧。他在心里默默练习，迫不及待地想付诸实践。但莫德直到他们都十七岁时才允许这桩婚事。那天，她终于把婚宴给办了，那已经挂在嘴边好几年了。宴会上有好几道可口的烧烤，可食材似乎恰好是在座客人的牧场里被偷的，不管是种类还是大小都一模一样。客人们一阵骚动，但莫德让大家吃好喝好，大部分牧场主也就对此一笑了之。不过有些事是没法一笑了之的，并且还会招来怨恨与猜忌，比如说莫德竟为一对印第安夫妇（或许是混血，但这都无关紧要）举办了如此盛大的婚宴。这就是上个世纪之交时的北达科他州西部。甚至几年后，普路托镇边上一家人全家被杀，路过的四个印第安人成了替罪羊，被一群暴徒抓了起来，其中一个还是孩子，叫圣迹。

穆夏姆还说过另一桩杀人案。西边农场的一个女人被杀，丈夫突然失踪了，邻居们竟没起疑心，却怀疑凶手是离得最近的印第安人。穆夏姆说，那个印第安人就是我。一天晚上，牛仔宿舍、莫德厨房和睡房之间的院子里尘土飞扬，那儿聚集了一群高举火把的男人。他们的咆哮声把莫德从床上惊醒了，她生气了。她事先得知他们要来抓穆夏姆，出于防范，早已让他带着毯子到厨房的地窖里过夜。因此穆夏姆只是通过妻子的回忆才得知当时发生了什么，他自己什么也没听到，在睡梦中逃过一劫。

“把他交出来，”他们大吼道，“不然我们就自己动手找了。”

莫德穿着睡袍站在门口，腰间系着手枪皮套，两手各握一把手枪，枪口朝天。她从不喜欢睡到一半被吵醒。

“你们谁先下马，我就请他吃枪子儿，”她说，然后指指身边那个睡眼惺忪的男人，“奥特·布莱克会解决剩下的。”

人们都醉醺醺的，很难驾驭他们的马。其中一个从马背上跌了下来，莫德击中了他的腿。他大声尖叫，叫声比掉进陷阱的那头猪还凄厉。

“哪个小子想成为下一个？”莫德大吼。

“把该死的印第安人交出来！”他们嚷道。但这次的叫喊声有些底气不足，刚受伤的男人还不时嘶叫着。

“什么印第安人？”

“那个男孩！”

“他可不是什么印第安人，”莫德回答，“他是来自加利利[1]的犹太人！以色列消失的部落之一[2]！”妻子的机智差点让奥特·布莱克

---

① 巴勒斯坦北部的多山地区。

② 出自《圣经·旧约·约书亚记》，约书亚命令十二个部落共同管理以色列。据摩门教考证，其中一个部落来到了北美。

噎住。

“傻帽，她有一箱书呢！”他拿枪一一瞄准他们。那群人略带紧张地笑了，仍然要求交出男孩。

“我刚跟你们开玩笑呢，”莫德说，“事实上，他是奥特·布莱克的亲生儿子。”

听了这话，他们坐回马鞍上。奥特眨眨眼，接着吼道：“在没见识过莫德·布莱克之前，你们这些男人永远不知道什么才是真正的女人！”

男人们消逝在夜色中，抛下那个从马上跌落的倒霉蛋。要是那倒霉蛋没死，日后也会参与绞刑的。他在一片尘土里乱踢，祈求上帝大发慈悲。莫德的子弹可能击中了他的神经或骨头，这男人痛得死去活来，似乎不只是腿部中枪那么简单。他开始说胡话，口吐白沫。于是莫德把他绑在马鞍上，出门去找医生，她不想让他在她家得到救治。在路上，他因失血过多而死。拂晓前，莫德回来了，她挑了两匹最好的马给我外公外婆，让他们赶紧沿几年前的来路返回。他们就这样回到了原来的家，正巧赶上土地分配。他们在分配地上用政府分发的种子和犁耕地，养育了五个孩子，其中之一就是我的妈妈克莱门斯。每年夏天蝉鸣开始时，爸妈就会带我们来这儿骑马玩。

故 事

就像我前面说的，这个故事也许是真的。的确有小胡子莫德·布莱克这么一号人物，而且她有个丈夫叫奥特。只是故事的版本不一。有的版本莫德声称穆夏姆是她的儿子，有的版本里她还说她和高尔酋长有一腿。还有版本说奥特·布莱克一枪打在酋长肚子上。即使这些故事添油加醋，但还是基于事实的。圣约瑟夫教堂的名字来源于一个深信妻子的丈夫，他养育了不是自己亲生的儿子，被我们勇敢热情的梅蒂人尊为守护神。毫无疑问，那些鸽子是旅鸽①，见证了传说与真相。旅鸽如此之多，谁也想不到它们后来会绝种。

那年春天，穆夏姆身体不好，没法到园子里去。他更多时候坐在椅子里，因此爸妈放松了对他的管制。爸爸现在常把神奇的塑料环套在旋钮上转来转去，把频道调清晰。有时，我们全家一起看《三个臭皮匠》。穆夏姆说黑头发的那个很像救过他的女人，一边点头一边指着画面。我记得我曾看着他粗糙晒黑的手指，想象他还是个强壮的小伙子时犁地的手，想象他还是个孩子时端着大烛台的手。对了，我外婆把烛台一路拖拉到崎岖地，用它来杀蛇和囊鼠十分顺手。他们曾把这唯一的财产赠给莫德，以表谢意，但他们逃走那晚，她又硬塞还给了他们。

这座高高的、有六个分枝的镀银烛台现在端放在我们餐厅桌子正中央，以示纪念。烛台有些地方已经磨损，露出了点点锡底。烛台上装着蜂蜡长蜡烛，最近在复活节晚餐时点了起来。复活节后的星期一，我在学校操场凹进去的砖墙那儿吻了科温 · 皮斯。我们像大人一样接吻，热情似火。然后，我独自走回家。我走得很慢。半路上，我停下来，凝视着人行道上我曾跨过上千次、无比熟悉的一块地方。那儿有一道锯齿状的裂缝，又深又长，黑漆漆的。那天，古老而巨大的棉白杨飘絮了。空中都是棉絮，川蔓藻②上和排水沟里仿佛覆盖着一层白雪。我本以为自己会很高兴，但事实上却不知为何有些难过，也有可能是恐惧——我的人生似乎只是一个充满渴望的故事，而我，这个故事的来源，因为这个吻开始了这一段讲述。

---

① 曾是世界上最常见的一种群居鸟类。据估计，美国的旅鸽曾多达五十亿只，但因人类捕杀和森林砍伐于 1914 年灭绝。

② 水生植物，细干，顶生穗状花絮。

一小口

❧

夜里，厨房的墙上那座黑色锡质钟的镭制指针闪烁着毒光，钟旁挂着三张照片：约翰 · F. 肯尼迪[1]、教皇约翰二十三世[2]和路易斯 · 瑞尔[3]。前两张彩色照片是我爸妈从学校和教堂搜罗来的。最后一张是报上的照片，薄脆的纸片已泛黄，当初是妈妈把照片剪下来，然后小心地放进从廉价商店买来的相框。照片里的瑞尔衣衫不整，板着脸，面貌略显模糊。他可是我们族人心目中的大英雄，差一点就成为我们梅蒂人的民族领袖。穆夏姆和妈妈都很崇拜瑞尔，尽管当初要不是因为他，穆夏姆的父母会在萨斯喀彻温省[4]的巴托什[5]附近惬意地过日子，他们的大农场也会顺利传给几个儿子。米尔克一家始终怀揣瑞尔的理想，资助他的事业，收留他的妻儿，给他的中尉饭吃，与他并肩战斗，结果惹恼了当地的几个神父，他们扬言要把瑞尔的追随者驱逐出教会，最后害得这些追随者被迫害。就这样，穆夏姆还没学会说话，家里的农场就被人一把火烧了个精光。

巴托什溃败后，米尔克一家往南边逃，在夜色中穿过国界线，连逃到哪儿都茫然不知。他们一找到适合的地方，就打算重振家业，但他们早就没有从前的热情了，还失去了一个孩子，心灰意冷，生活困窘，而当瑞尔被审判绞死的消息传来时，他们崩溃了。瑞尔死的时候，脚上穿着鹿皮软鞋，手握银质十字架。他对在场的神父说的最后遗言是：勇气，我的神父[6]。我们的曾外祖父约瑟夫 · 米尔克特别喜欢这个混血儿，这个看上去郁郁寡欢的天主教先知。曾外祖父对其他神父都骂骂咧咧的，甚至连自己刚获得神职的儿子塞弗林也不放过。

穆夏姆还有一个拉小提琴的弟弟，叫夏门戈瓦。不像穆夏姆邋邋遢遢，夏门戈瓦总是整洁得体。要是他那手臂没畸形，整个人简直优雅至极。兄弟俩是他们那代仅存的老人，虽然很多方面不一样，仍然喜欢彼此作伴。他们在同一栋充满忧伤往事的房子里长大，那段历史却对他俩产生了不同的影响：夏门戈瓦爱上音乐，穆夏姆则迷上讲故事。虽然他们早早逃离了那栋房子，但往事却一直挥之不去；现在两个人都上了年纪，回忆往事给他们不少安慰。夏门戈瓦串门时，会笔直地坐在硬硬的餐椅上，常拉几首老曲子，而穆夏姆喜欢懒散地斜躺着，或向前探身，敲着膝盖打着拍子。夏天，穆夏姆在屋外抢占了一张长凳式旧汽车座椅，不肯让妈妈拖走扔掉。屋里，那个高低不平、松松垮垮、有加厚软垫的沙发是他的专座。有时，哥俩坐在厨房里喝加了糖的热茶，穆夏姆会往里面“加点料”。不过，没什么比当着令人生厌的天主教神父的面尽情谈论过往更让他们开心。那位已经跟干花一样脆弱的退休老神父几乎被人遗忘在山上。所以，当他跌跌撞撞费力地下山看望两兄弟，或者坐在大婴儿车似的代步车上由好心的方济各会[7]修女推来时，兄弟俩好不兴奋。他们千辛万苦要来威士忌，缠着妈妈或杰拉尔丁姨妈做从琼奈斯那儿学来的炸虾球，或者松软的特制格雷馅饼[8]，因为别的食物他们吃了不消化。但三个老头却异口同声地说肉汤和面包多蘸点黄油能帮助消化，效果奇佳。老神父拄着一根抛光的柳木拐杖，慢慢走过布满车辙、凹凸不平的路，坐到沙发上靠着酒红色的靠垫，把拐杖放在双

---

① 肯尼迪是迄今为止唯一一个信奉天主教的美国总统。

② 自 1958 年至 1963 年任罗马教皇，曾召开第二次梵蒂冈大公会议。

③ 加拿大西部平原梅蒂人的领袖，为保护梅蒂人的土地，曾两度（1869—1870，1884—1885）领导梅蒂人反抗加拿大政府，后一次反抗被镇压后瑞尔以叛国罪被处以绞刑。

④ 加拿大的一个省，南面与美国的北达科他州和蒙大拿州接壤。许多印第安部落历来都居住于该省，十八世纪时欧洲殖民者于此定居。

⑤ 加拿大萨斯喀彻温省中部村庄，约 1870 年开始有人定居。1885 年加拿大政府军在此击败瑞尔的军队，昔日的战场现已划为巴托什国家历史公园。

⑥ 原文为法语。

⑦ 由圣方济各创立的修道会，规定修士恪守苦修，麻衣赤足。

⑧ 一种法国甜点。

腿间用力撑着。他坐到那儿点着头，总是轻声细语的，哥俩觉得他太和和气气了。有时候，因为老神父一句话也不反驳他们，他们觉得挺扫兴，就不再吭声。但到最后，大家还是客气地敬酒，一杯接一杯。不过，后来这位好脾气的神父死了，兄弟俩很长时间没有神职人员可以取笑，直到从蒙大拿州转来一位自负又热心得讨人嫌的神父。他是个脸色苍白的大个子，绰号跳脚神父，因为他出身牛仔，本名叫卡西迪，而且很滑稽的是，用洒水器向大弥撒仪式上的礼拜者身上撒圣水时，他喜欢踮起脚尖，极其优雅地一蹦一跳。

❧

那年夏天我的初吻过后，电视出了问题，一点声音都没。我们只能偶尔听到吱吱的杂音，画面快速闪动，看着难受。但我们可以去外面活动，只要我们想，我和约瑟夫就能找杰拉尔丁姨妈的花马来骑。那两匹马步态矫健，都喜欢奔跑。黑白花马天生温驯，而另一匹褐白斑纹马曾被迎面揍过，要是你踏进它的盲区①，它就会狠咬一口。我们骑马不挂马鞍，用缰绳控制。要是我们回家吃东西，就把它们拴在院子边上。一天，我们把马拴在后院的树下，坐在穆夏姆和夏门戈瓦对面蘸着汤吃面包，这时，天下起了小雨。那两匹马还在忙着吃身边茂密的草，它们头上有浓密的树叶挡雨，所以当妈妈应声开门、领着卡西迪神父进门时，我们没打算溜走，而是决定留在门旁玩金罗美②牌戏，等天转晴。

两个老头特别开心地跟神父打招呼。

---

①马的视野宽广，可达三百多度，但两眼视线的重叠部分存在盲区，看不到正前方的东西和前蹄附近的地面，也看不到正后方。若从这些方位靠近，马匹容易受惊。

②一种双人牌打法，以得到同花色十张牌为胜。

“欢迎！欢迎您[①]，卡西迪神父！您来看我们真是太好了！您真精神，请坐，跟我们一起坐，吃点东西，喝口汤，来块面包吧！”

“也许还能来点罐子里的玩意儿，克莱门斯？”

“好啊，”卡西迪神父说着哆嗦了下，但天气并不冷，他只是嘴馋罢了。“喝口酒能祛祛身上的寒气。”

约瑟夫看看我，习惯性地抬了抬眉毛，嘴角向下一拉。外面一点儿都不冷。天很暖和，雨水变成蒸汽从草地上升起。所以这是明摆着的：我们的神父口渴难耐。穆夏姆乐得咯咯笑，当克莱门斯吝啬地只倒了一点儿酒时，他按下她的手又倒了点，说：“女儿，别那么小气嘛！”

妈妈皱皱眉，恼怒地叹了口气，但还是把酒瓶留在了桌子上。

“这么说，卡西迪神父，您到这儿好几个月了。您觉得我们的风俗怎样呢？”

神父只是仰起头，喝光了烈酒杯里最后一滴威士忌。

“哎哟！我记得过去的神父们喝威士忌要掺水，但这位神父直接就把这烈酒喝下去了。兄弟，咱们也这么干了！”

“这才像个蒙大拿人，”卡西迪神父说，他不想在仰头喝时显得太贪婪。“我们蒙大拿人最爽快，喝威士忌不掺水，但我们认为人人都得参加弥撒。克莱门斯现在定期参加弥撒，她把爱德华也拉去了，年轻人每周五都必须做忏悔，一周至少参加三次弥撒。但你们两个，自从我来到这儿我还没在教堂里见过你们。这至少说明一点，你们已经欠下太多忏悔了。”

“是啊[②]，卡西迪兄弟[③]，你说得没错。但老头子可没什么机会犯罪[④]，”穆夏姆遗憾地说。他看了看夏门戈瓦。“兄弟，你今年犯过

---

①原文为梅蒂语。

②原文为梅蒂语。

③原文为法语。

④指违反天主教教规。

罪吗？”

夏门戈瓦拉长脸，叹了口气，怨恨地说，“兄弟，你知道，要是有，我会立马告诉你，让你嫉妒。但没有，没有啊，我可没犯罪。”

“我也是，”穆夏姆说。他的下巴在抖动。

“你们确定？”卡西迪神父眼睛盯着酒瓶说。他一只手紧握着空空如也的酒杯，冲着瓶子举了举杯子。“不是大罪也要忏悔。你们没以主的名义发过假誓？”

“天啊！从没有！”听神父这么说，兄弟俩显得既震惊又生气，匆忙给神父斟了一杯，又把自己的杯子斟满。

卡西迪神父若有所思，也许是因为发现兄弟俩清清白白的，竟有点沮丧。但他喝了一大口后，又来劲了。“很多犯罪的方式不是一眼就能看出的！比如说，你们自己没犯罪，但知道别人犯罪没有制止，就是犯了缄默罪。你们知道有人犯罪吗？”

兄弟俩茫然而吃惊地摇摇头。神父环顾四周，挥动胖乎乎的手寻找灵感。“你们可能因为拒绝接受显而易见的真理——比如弥撒——而变得铁石心肠，拒绝接受圣恩的眷顾，这是违抗圣神之罪。”

卡西迪神父似乎特别满意，但兄弟俩好像受到极大的冒犯，因为神父竟然觉得他们铁石心肠，两人用手护住跳动的心脏那儿。神父并没有就此罢休，哇啦哇啦说出一连串的可赦之罪：“一丝嫉妒或自大或者……没有？脾气坏，或者撒个小谎，没有？甚至，我不知道该不该说……”神父柔软的手颤抖着握住了杯子，他看着里面的酒，微微笑着，一边轻晃金黄色的液体一边说话。他现在有点精神恍惚了。“不纯洁的想法，”他低声说，“这很常见。”

听到这话，穆夏姆瞥了弟弟一眼，受伤的眼神透着困惑，抬起头看着天花板，好像在寻找什么。夏门戈瓦用那只健全的胳膊划十字，然后喝了一小口酒。

“我们应该明白他的话是什么意思，”穆夏姆摸了摸那只重度伤残的耳朵，然后说，“但我们得承认，我们一点也不明白……”

“不纯洁的想法，”约瑟夫从门口冲里面说，看着手里的牌皱起眉头。

“我赢了，”我说。

“啊。”

“不纯洁的想法，”夏门戈瓦说，“尊敬的神父，您能跟我们说说，您提到的这些不纯洁想法到底是什么意思呢？如果这些不纯洁的想法像您说的那么常见，我们肯定亲身体会过，不过我们从没留心过。”

“也许我们无意中犯过罪，”穆夏姆说，他从举起的杯子上方注视着神父，眼神是那么真诚。他努力表现出不失尊严，但他被咬过的耳朵让他看上去很滑稽。“这样的话，真是……”

“可悲……”约瑟夫说。他赶紧洗了几下牌，想把嗤笑声压下去。

“可悲……要是我们死了，一下子就得到那个可怕的地方去了！”

“这些不纯洁的想法会让我们下地狱吗？”

兄弟俩惊慌失措，坐得笔直。神父皱起眉，看着空无一物的杯子，穆夏姆利索地给他加满。

“色欲，”卡西迪神父说，他把杯子轻轻举到与法衣领口齐平的位置，抬起一根手指。另一只手拽着法衣衣领，好像嫌它太紧。“我认为源自拉丁语 *Concupisserry*，意思是沉溺于或是期待不洁分泌物，比如说明白点，任何想象中抑或真实的通奸！”

“啊，通奸！”兄弟俩兴奋起来，互相举杯示意，然后向卡西迪神父举了举杯。神父漫不经心地把杯子倾斜了一下，表示回敬，然后困惑地看着地面，喃喃自语道，“源自拉丁语……”

“源自拉丁语 *forn*，像 *foreign* 这个词一样，指与他人的关系，”约瑟夫大声说道。

“嗬，嗬！”兄弟俩喊着，再次举杯。这时约瑟夫放下牌，跑出门。

我赶紧跟上他，但卡西迪神父和妈妈也紧跟我们出了门，妈妈说："你们两个给我站住，向神父道歉。"不过，卡西迪神父可能想证明自己是个懂马的蒙大拿人，跟着我们大步走上前，面团一样的胖下巴突兀地耷拉在衣领上，说道，"不用，不用，你们的马？这匹杂种小马挺温顺，不错。不过当然啦，骨架很难看，马腿也内弯得厉害。得用马梳好好刷洗一下啊。"脖颈修长的花斑马眼里闪过一丝凶光。卡西迪神父走到它脑袋近旁，伸出手。花斑马像响尾蛇一样迅速，张嘴就咬，狠命咬住神父肉乎乎的肱二头肌。神父尖叫一声，打算挣脱。但小母马咬得很紧，就像母亲捉住淘气的儿子一样。卡西迪神父张开手想拍小母马的鼻子。马的眼珠转回来，嘴里发出咳嗽似的呼噜声，听上去像一阵阵的笑声，更加用力地咬了一口，最后才松开咬紧的嘴巴。神父的眼神里夹杂着痛苦和震惊。

"哦，"妈妈说，"真对不起，神父。请回屋里，我给您被咬的这一小口冰敷一下。"

"一小口！"神父叫道。他一只手按住上臂，似乎要把肉按回原位，然后侧身向他停在我们房前的车慢慢退去。"再见，克莱门斯，真谢谢你们。啊……喝酒时谁会想到这酒还能当麻醉药使！"

"麻醉药这个英文单词来源于拉丁语，意思是笨蛋！"约瑟夫告诉我。

卡西迪神父坐进车里。"告诉你父亲和他弟弟，他们不参加弥撒仪式是要下地狱的！"

"我会告诉他们的，神父，一定，您别担心。"

妈妈走上前，彬彬有礼地向卡西迪神父挥手告别。等她转过身怒气冲冲地来收拾我们时，我们早就骑上马跑远了。所以我觉得，那天她进屋后，肯定把满腔怒火都发泄在她爸爸和叔叔身上了，虽然她爱这两个老人，而且向来对他们很温柔，就跟爱我俩一样。我们回家吃晚饭时，他俩很平静。夏门戈瓦一直没走，因为妈妈不许他“偷偷溜走”(用妈妈的话来说）。电视发出刺耳的声音，画面慢慢向上滚动，接着停在中间不再动，结果一个女人的腿跑到她自己的脑袋上去了。接着，那个女人的脑袋上升，两条腿在身体后方抖了一阵，后来，脑袋消失不见，接着又突然出现在屏幕下方。两位老人难以忍受如此令人眩晕的画面，靠着沙发，合上双眼，渐渐睡着了。他们轻轻打着呼噜，显得那么无辜。

❧

事情还没结束。穆夏姆和他弟弟参加了弥撒，然后故意犯错，无非是想把卡西迪神父再招来。卡西迪神父看到大限将至的两位老人坐在他面前的长凳上，心中燃起了希望，想拯救他们的灵魂。他第二次来我家跟第一次一样荒唐： 穆夏姆答应冒险违反一次教规，好去忏悔。年少的约瑟夫觉得自己已看透他们的诡计，无奈地在一边看着。

哥哥小时候日子并不好过。作为保留地学校科学老师的儿子，他常被人指指点点；而我却不然，对女孩来说有个出名的爸爸是件好事。对约瑟夫来说，更糟糕的是，他活脱脱一个书呆子，热爱科学，而且正在自学很多动植物的拉丁语名称。为了改善这种“书呆子”形象，他骑着杰拉尔丁的这匹或那匹花马到处跑，一直跑到丛林里，一有机会就偷着买酒，喝得酩酊大醉。我们都有朋友，按照血缘关系远近有八九个姓皮斯的堂兄弟姐妹，还有十六个叫得上名字的表兄弟姐妹，还有科温。我有女性朋友，也不讨厌上学。但除了同学，有亲密的家人对我来说就足够了。我们一家人都不善交际。此外，约瑟夫和爸爸也因为他们的嗜好与外界比较疏远。他俩喜欢集邮——当然啦，这样不必出行便可神游世界——还喜欢星星、天象、草类、树木、爬行动物和偶然捉到的昆虫，他们把收集品都钉到纸板上的白色方格里，贴上标签，很有章法。

约瑟夫对一种胖乎乎的黑色蝾螈特别感兴趣，他认为这是本地特有的物种，说服爸爸到田间观察，帮他追踪蝾螈一年的生命周期。所以，隆冬时他们常带着铁锹和鹤嘴锄，到杰拉尔丁姨妈田间，从那冻得硬如石头的泥土里挖出冬眠的动物；或者在夏天，就像现在，给动物们建起游戏场，观察它们的每个动作，用精致的印刷体做好笔记。不知什么原因，他俩意见一致，不写草书。

也许是因为我从小到大一直崇拜约瑟夫，他对我比对大多数表亲、堂亲兄弟都心软。我们也知道家里不会再有别的孩子了，妈妈是这么说的。所以每当我们吵架，她要让我们闭嘴时总是说："想想吧，你们其中一个要是出什么事，另外一个是什么感觉！"一想到对方会死掉，我们就格外珍惜在一起的时间。为了让约瑟夫高兴，我背了几个拉丁文名字，还帮他把样本收集在偷来的罐头瓶里。我喜欢俗称斑泥螈的蝾螈，这更让约瑟夫高兴。它们像团泥，身上有黄黑色斑点，一离开水就活不长了。每逢下大雨，它们便缓慢而笨拙地从地面湿乎乎的裂缝里成群结队地爬出来，无声无息却又数量可观，平添一股庄严可敬的气势。穆夏姆说，修女曾经认为斑泥螈是那些下地狱的人的使者，是魔鬼派来的，而且地狱里满是斑泥螈。我们慢慢从草丛里走过，轻轻地把这些胖胖的家伙踢得仰面朝天，再捡起来，藏在高处，用湿树叶盖住。它们成堆地出现在学校房子周围潮湿的洼地里——采光井里有十个、二十个一堆的。温暖的晚春时节，倾盆大雨来临时，约瑟夫总是早早把我叫醒，我们第一个赶到学校把这些家伙捞出来，以防男孩们发现，把它们踩死。

那年夏天，约瑟夫和爸爸用铁锹和鹤嘴锄在后院挖了一个深深的池塘。那年地下水位很高，水池很快就满了。他们在池塘边种上香蒲和柳树，然后又放进青蛙和蝾螈。池里不养鱼，因为鱼是蝾螈幼虫的天敌。不过他们从杰拉尔丁家旁边的沼泽地捉来北美雨蛙和豹蛙，还有蝾螈，装在桶里带回家，放进池塘。让约瑟夫失望的是，蝾螈好像钻到池塘的泥里不见了。即便找到一条，他们也很难观察到它在做什么，要花一整天才能看到它张开嘴。约瑟夫渐渐失去耐心，从爸爸那儿偷来一套解剖工具。纸箱里装着解剖刀、镊子、大头针、载玻片、一瓶氯仿[①]溶液和一些棉球。里面还有一张青蛙解剖图，标着所有器官的名称。

我俩把一间小房间一分为二，约瑟夫把解剖工具小心翼翼地摆放在窗台上。他从床底下拿出一个罐子，里面装着虎纹钝口螈（即东方虎螈）的标本。他把蘸了氯仿的棉球扔进罐子里，然后放到床底下。爸爸不太喜欢解剖。

那晚，我端来一根蜡烛打算在约瑟夫需要时照亮一点。我注视着他划开蝾螈的腹部，露出内脏里滑溜溜的秽物——一团弯弯绕绕的管状器官里满是透明的黏液。

“它快要释放精囊袋[②]了，”约瑟夫惊叹道，用刀捅了捅那团小小的白色糊状物。门外传来脚步声。我吹灭了蜡烛。爸爸打开门。

“别点蜡烛，”他说，“容易失火。拿来。”

我从床底下把蜡烛滚到他脚边。他说，“埃维[③]，出来，上床睡觉！”

第二天早上，我比约瑟夫醒得早，发现蝾螈苏醒后想爬走，留下了约瑟夫钉在衣柜软木上的那团内脏。它拖拉着肠子一路爬到窗台上，鼻子抵在纱窗上死了。那天，我们为它举行了葬礼，约瑟夫把解剖工具埋在了蝾螈旁边。我们掩埋那胖乎乎的黑色小尸体时，约瑟夫一直在叹气，但没说话，我也没说话。过了好几个月，他才把解剖工具挖出来，过了足足一年才用来解剖别的动物。

---

① 三氯甲烷，可用于镇定麻醉。

② 即快要交配了。

③ 埃维莉娜的昵称。

❧

穆夏姆和夏门戈瓦坚持认为，要是当初路易斯·瑞尔允许英勇无畏的总司令加布里埃尔·杜蒙负责巴托什战役以及之前的各项决策，不仅瑞尔会为混血儿和印第安人在世界上赢得更有影响力的地位，而且这一胜利也会激励国界线附近的美国印第安人在关键的历史时刻团结起来，那情况就会大不一样。两兄弟还喜欢推测梅蒂人的天主教会是什么样的，是否会有自己的神父。穆夏姆认定，允许持教会分裂论[①]的神父结婚更明智，而夏门戈瓦则认为梅蒂人的神父应保持童子身。不过，两人一致认为路易斯·瑞尔说的应该是对的。当瑞尔得知他自己和他的追随者被驱逐出教时，他得到了神的启示。神秘主义者瑞尔思考了很长时间后宣称地狱既非永恒，亦不灼热。

“我也相信这一点，”穆夏姆强调，“因为瑞尔得到天使的眷顾，而且这么说合乎情理。”

“给我讲讲啊。”

爸爸去参加弥撒只是为了让克莱门斯高兴，所以他一看到卡西迪就回来了。他是个没有坚定信仰的天主教徒。

“如果地狱之火热得足以吞噬肉体，也就不会有肉体留下去受苦，”穆夏姆说，“灵魂是看不见的，如果地狱之火意在灼烧灵魂，那火必是虚假的，你也不会觉得疼。”

“所以，不管怎么说，地狱之说是矛盾的。”

“是的。”

“我认为这很有可能，”爸爸点点头，“很有道理。当然，从科学角度来说，没有取之不尽用之不竭的燃料，就不可能永远燃烧下去。因

① 主张抛弃传统教会而分裂成各自的教会。

此，这不能不让人怀疑。”

克莱门斯说她相信灼热的地狱之火可以不停地燃烧，烧到人的骨头里，所以，听到这几个人的话她怜悯地摇摇头。她认为不相信地狱是一种人性弱点，人们因此心安理得地做出种种劣行。她早就发现，这臭毛病在那些没希望进天堂的人身上最明显，也最顽固。她一心想着这样教育孩子，好让他们日后能进入天国（因为她的虔诚），但孩子不争气，而她自己又经常同情心泛滥，因此真是白费苦心。

比如，别人一劝，她给穆夏姆倒酒时就过于大方；她自己时不时也喝一口。还有，谁都能看出，她对卡西迪神父并不待见。神父第一次来了以后，她对他的到来就不再热情，有时还会背着他无意中发一两句牢骚。在卡西迪神父发表了关于上帝在女人子宫里创造婴儿的布道词之后，我和约瑟夫当时听到她说神父是蠢胖子，我们对此很肯定。神父在布道词里反对人为干涉上帝的造人计划，但他的话晦涩难懂，我根本听不懂。我问妈妈卡西迪神父在说什么，她盯着我看了许久，然后说道，“他说上帝的计划是让我再次怀孕，然后去死。不过，我咨询的医生并不同意上帝的计划，所以我还在这儿活蹦乱跳的。”

我猜，她见我一脸担忧才意识到自己刚才说了什么。“等你十四岁了，我会跟你说明白的，”她用安慰的语气说。可我一点也不安心，忍不住问约瑟夫是不是明白卡西迪神父的意思。

“当然，”约瑟夫说，“他说的是控制生育。如果你需要性方面的知识，去找杰拉尔丁姨妈。她会在纸上画给你看。”

所以我后来去借马时，弄懂了那方面的东西。感谢杰拉尔丁，我也明白什么是不纯洁的想法了，我意识到那种奇妙的感觉是上帝的安排，当我满头蛋黄酱在浴缸里洗澡时，那时的感觉也被认为是有罪的。

“这些都要忏悔吗？”我对未来感到恐惧。

“要是我就不会，”杰拉尔丁说。

卡西迪神父再次出现在我家门口时，我坦然地朝他打了招呼，接过他的浅色外套和帽子，放在门边的椅子上，然后退到房间一角。这次，神父坐下后，妈妈倒好酒，没再把瓶子留在桌上，而是拿到另一个房间。瓶子一拿走，男人们都觉得有点扫兴。

“哦，是啊，”穆夏姆说，“他们在巴托什战壕里没喝过葡萄酒，神父们也饿得半死。卡西迪神父，您熟悉我们的历史吗？”

“我可是蒙大拿人，”神父说，“我知道他们是怎么镇压叛乱的。”

“叛乱！”穆夏姆鼓起腮帮子。他小杯子里的酒还没喝。

“用的是加特林机枪！”夏门戈瓦说道，“从东部运来的。那玩意儿，懦夫的发明。”

卡西迪神父耸耸肩。穆夏姆突然火了。他的脸涨成了猪肝色，受伤的耳朵一耸一耸的，眉毛低垂，牙齿咬得咯咯响，浑身恨恨地颤抖着。

“这是权利问题，”他拍着桌子喊道，“梅蒂人和白人已经证明自己是土地的主人，要求政府承认他们的权利。还有老庞德梅克[①]。他们想让政府有所作为，仅此而已。政府却百般推诿，所以瑞尔说，‘这事儿我们来搞定！’哈！哈！嘿！‘这事儿我们给你们办！’”他微微举了举杯，眯起眼睛看着卡西迪神父。

夏门戈瓦浑身透着欢喜劲儿。他抿了一小口，品着滋味，面露微笑。“啊，”他说，“这酒够醇！”

“我的房租上周收来了，”穆夏姆说，“克莱门斯，她给我买了瓶好的。哎，不过她真小气！要是像瑞尔说的，我们有自己的权利，卡西迪神父，你可就得为我们服务，而不是欺压我们！酒，克莱门斯也会多倒点！”

---

① 加拿大西部平原克里部落酋长。1881 年坎贝尔总督视察西北时，他曾担任向导。1885 年参加瑞尔领导的起义，老庞德梅克在瑞尔被俘后即投降，被处三年徒刑，服刑一年后获释，不久死去。

“嗯，这点我表示怀疑，”夏门戈瓦说，“但别的事还有很多呢。”夏门戈瓦一开心，人也精神起来。“哥哥，我想过这事儿。要是瑞尔打赢了，我们爸妈，我们全家都会留在加拿大，不会被弄得支离破碎。我们也会得到应有的教育。我的胳膊也不会这样。”

“真是三言两语说不清，”穆夏姆淡淡地说道，“说不完啊……但是，老弟，有个词是毋庸置疑的。”

“什么词儿？”

“尊重。”

“尊重要用行动说话，”卡西迪神父说，“这个星期你们尊重我们的主的意愿了？”

“我们是上帝创造的吗？”穆夏姆挑衅地问。

“那还用问吗，”卡西迪神父回答。

“主创造了我们，创造了我们的肉体？”穆夏姆说。

“当然啊。”

“包括每个部位？甚至那玩意儿吗？”

“你什么意思？”卡西迪神父问。

“要是我主创造了我们的身体，包括我们的那玩意儿，那么那玩意儿的欲望也是他创造的。我可以跟你这么说，这个星期，我尊重了这些欲望。”

卡西迪神父还没来得及张嘴，夏门戈瓦插了句。“尊重，”夏门戈瓦说，“我的哥哥，涵义可比你说的男人的那玩意儿要广。你刚才说的是对我们民族的政治尊重。你说得很对，简直太对了，因为这点是毫无疑问的。要是瑞尔赢了，我们肯定能获得尊重。”

“敬我们的国家！我们的民族！”穆夏姆一饮而尽。

“敬我们的土地，”夏门戈瓦沉思道。

“敬我们的女人，”穆夏姆醉醺醺地说。

“找女人这事儿可连了不起的瑞尔也帮不上你。”

“但我们的族人不会被绞死，如果……”

“啊，是啊，”卡西迪神父说，眼睛盯着杯底，“绞刑！当地的一位历史学家——”

“别说她坏话，神父。我爱她呀。”

“我才没……”

“别提绞刑的事，”夏门戈瓦坚定地说，“我们还是说说怎么问克莱门斯再要杯这玩意儿吧。嗨，侄女，亲爱的侄女！”

“别亲爱的亲爱的，”妈妈回到房间，又给他们一一倒上。她拿着酒瓶再次飞快地走人，都没看到我在那儿。我蹲伏在沙发后面，因为这会儿我不想被她缠着去给豆苗除草。她招待神父还是不太热情，证实她的确瞧不上他，但那一刻我也意识到神父来访其实是要找她。

“我们能聊两句吗？”卡西迪神父想凭嘴巴拴住她匆忙的脚步，把她从厨房来拽出来，但她穿过后门到花园里去了。

❧

千真万确，穆夏姆爱上了那个被我们视为眼中钉的姑妈——尼芙·哈普太太，一位自诩为小镇历史学家的普路托镇女士。用她的话说，她常“不请自来”，而我们家每次都得招待她。她是那种大家俗称为“打扮狂”的女人，总是浓妆艳抹，衣着讲究。她很有钱，养尊处优，但却有点疯疯癫癫，有时会哈哈大笑，怎么也停不下来，似乎无法控制自己。妈妈说她很同情哈普姑妈，但没说为什么。尼芙·哈普驯服了两任丈夫，她对此似乎很得意，其中一个还被她送进了监狱。她现在有了第三任，还炫耀男方的子女，却已经开始在署名栏中使用结婚前的姓以减少混淆。穆夏姆不能随心所欲地去看尼芙·哈普，就只好给她写信。有几天晚上电视机没出问题，我和约瑟夫就看电视，而穆夏姆则坐在桌旁，用他从修女学校学会的流畅字体写信，边写边从爸爸那儿刺探消息。

“你妹妹喜欢花吗？最喜欢什么花？”

“带刺的荨麻。”

“你说说看，她喜欢哪种颜色？”

“鱼肚白。”

“她年轻时有什么爱好？”

“她能用屁奏国歌。”

“一整首吗？”

“嗯。”

“哇！她的头发一直这么漂亮吗？”

“那是染的。”

“她是用什么本事勾到那么多丈夫的呢？”

“下三滥的本事。”

“她都想些什么？她脑子里有些什么想法呢？”

爸爸勉为其难地笑了笑。“脑子？”他说，“想法？”

“她的牙都还在，对不？所有的？”

“除了她留在她丈夫们身上的。”

“她对我在保留地上赛马的那些事感兴趣不？那可都是些历史大事。”

“你两年前才停止参加比赛。”

“但那些事可以追溯到……”

谈话一直继续，直到穆夏姆对自己的信感到满意。他把信纸折起来，用拇指捋平折痕，放进信封，小心翼翼地从整页的纪念邮票纸上撕下一张。他把信放在上衣口袋里，一直等到妈妈去商店，然后跟她一起去，把信直接交到女邮递员班诺克太太手里。他知道大家都不赞成他追求尼芙·哈普，而且他也知道，要是自己不亲手送出去，克莱门斯肯定会把他的信扔进垃圾箱。

❧

我可能没有意识到我们家在保留地上相对舒适的条件，也不觉得家里条件有多好。虽然除了爸爸以外，家里每个人都有不同程度的齐佩瓦[①]和法国后裔的血统，虽然夏门戈瓦的妻子有传统的纯正印第安血统，虽然穆夏姆后来脱离教会，改信异教，但事实上，我们住在印第安事务管理局盖的房子里。就像我之前说过的那样，镇上有水有电，还有时断时续的电视信号。杰拉尔丁姨妈仍旧住在远在保留地的老房子里，得自己打水。她的马是穆夏姆赛马的后代。我们的书装满了好几个书架，有些是我们永久收藏的，有些每个星期都会更换。因为我们住在镇上，所以神父来得更频繁。实际上，卡西迪神父最后一次来我们家，发生了一件颇有戏剧性的事，对我们家有深远的影响。影响一，妈妈把这次争执归咎于酒精，说什么也不让穆夏姆再喝酒；影响二，随着穆夏姆令人震惊地与教堂决裂，教会对我家的影响日渐减弱。

那是一个下着毛毛细雨、云层低垂的夏日。刚下过雨，我和约瑟夫抓了很多蝾螈，正忙着把它们从镀锌锡桶里放进后院池塘，这时卡西迪神父出现在院子里，沉重的身体蹦跳着穿过草地来看着我们在忙什么。我们从他的大肚子下面抬起头往上看去，惊讶地发现他在胸前快速地画着十字。

“怎么了？”约瑟夫问。

“有人相信那些动物代表魔鬼，”神父说，“我呢，当然不赞成迷信。”

但我们后来发现，这话也许有点道理。

---

① 又称奥吉布瓦人。原生活在美加边境湖泊两岸，现主要生活在密歇根州、明尼苏达州、北达科他州、威斯康星州等地的印第安保留地。

等我和约瑟夫放完蝾螈回到屋里，他们正谈得起劲，而那瓶酒因为妈妈不在也被喝了个精光。三个人心满意足地朝我俩点点头。他们没用酒杯，而是用硬塑料咖啡杯喝的。那套咖啡杯是我妈妈最喜欢的金色大丰收套装。

“我们还是留在这儿看着他俩吧，”约瑟夫轻声对我说，我舀了点冷水给我俩喝。我们坐在沙发上。毫无疑问，好戏很快就要开场。卡西迪神父问了穆夏姆一个特别的问题，一个他从来没给过相同答案的问题。问题是这样的：穆夏姆的耳朵到底怎么了？穆夏姆后来告诉我们，其实不是给鸽子啄掉的。

穆夏姆眯着眼睛，噘起嘴唇，问卡西迪神父有没有听说过吃人肝的约翰逊。

卡西迪神父宽容地微笑着，开了个小玩笑：“他肯定是从蒙大拿来的！”

“对，”穆夏姆说。

“老哥，讲讲当时的情景！”夏门戈瓦说。

穆夏姆假装是一个体格笨重的野人，用爪子摸摸下巴，表示这个人蓬乱的胡子上沾满鲜血。然后，他说起了这个憎恨印第安人的吃人肝的约翰逊的恐怖故事，讲述在那无法无天的年代这个邪恶的败类是怎么追捕猎物的。据说他把肝从活人身上割下来，当着受害者的面吞下去。他还喜欢长距离追赶猎物，耗尽他们的体力。

卡西迪神父倒吸一口气，勉强笑了一声。“够了！”但穆夏姆从咖啡杯里喝了一口，不管不顾地继续讲。

“我，那时我还是个孩子，还没成年呢，一个人在草原上想抓点什么吃。被家里人赶出来了，嗯？大老远我就看到有个什么东西在跑，像是个浑身是毛的亡命之徒。但我呀，我什么也不怕。”

夏门戈瓦瞥了我们一眼，拍拍自己的脑袋，又冲我们眨了眨眼。

“我没改变自己的步速，因为我正在找东西吃。一只兔子，或者松鸡，就是条响尾蛇我也能拿来充充饥啊。我当时已经饿坏了。”

“男孩子容易饿，”夏门戈瓦说。

“我四周张望，希望这个陌生人有食物分给我。他直奔我而来。他身上披着破破烂烂的兽皮，乱蓬蓬的胡子，那胡子，噢？离近了我才突然发现，他胡子上挂着干了的血块。我这才知道是他。”

“吃人肝的约翰逊，”夏门戈瓦说。

“我看出了他眼里的那种目光。他也饿坏了！我跟你说，我开始跳，像只兔子，动作敏捷地跳开了。我速度不慢，但我知道他耐力好。要是我们跑一天，他肯定会超过我，把我累垮。果然，我一放慢脚步，他就向我扑过来。我加快速度。这是猫捉老鼠，猞猁猎兔。结果，他铆足劲儿，蹿到我身上。”

卡西迪神父满脸惊骇，连喝酒都忘了。穆夏姆慢慢伸手摸了摸他剩下的耳朵。

“是啊，是他咬下来的。他牙齿锋利。但他一定是把猎刀丢了，因为他没用刀捅我。我挣扎着逃出了他的魔爪。”穆夏姆从自己的臂膀里挣扎出来，挣脱他自己抓得牢牢的双手。“我挣脱后又跑起来，他紧跟在我身后，但我一路狂奔，耳朵在风中滴着血，边跑边想。瑞尔！要是他赢了，才有正义可言！这个魔鬼就不敢追杀印第安人了。嗨，我想起来，我也饿了！让我们‘以牙还牙’吧！我的牙齿也很锋利。所以我突然停下脚步。”椅子里的穆夏姆身体一晃。

“浑身毛发的白人一下子扑到了我身上，我也如法炮制，咬下他一根手指。”

“哪一根呢？”夏门戈瓦说。

“我正好咬到他的小指，”穆夏姆说，“但他当时口吐白沫，像要发狂似的，所以我又让他朝我扑来。这次，我像黄鼠狼一样出击。啪，一根大拇指掉了下来！”

“你吃掉了吗？”约瑟夫问。

“我只能整个吞下去，没嚼。难吃死了！”穆夏姆说，“但我需要补充体力，孩子。我们又跑起来。我一慢，他就直奔我的肝，但只撕下我左臀的一块肉。”穆夏姆指着裤子松垮垮的臀部。“我也从他后臀上咬下一口，接下来又把他按倒，咬了他大腿一口。我又开始追他，因为我年轻啊。我们跑了肯定有二三十英里。这些路程跑下来，我把他‘咬得’越来越小。”

“哇！”夏门戈瓦喊道。

“等他失血过多累垮时，已经少了六根手指。我还咬下他一只耳朵，一整只。还卸掉他几根脚趾，让他跑不快。这些东西，我都吐掉了。我还咬掉他的鼻子。”

“呸，”我说。

“这可是我的护身符，”穆夏姆说，“想看看吗，神父？”

“不想，我不想！”

但穆夏姆已经从口袋里抽出手绢，毕恭毕敬地打开，露出一块皮革一样黑的黏糊糊的东西。

“草原束带蛇①身上的一块，”约瑟夫的眼光越过穆夏姆的肩，盯着那东西看了看，接着问道，“你为什么要随身带着呢？”

“因为能带来桃花运啊，”夏门戈瓦说。

“这……简直是胡说八道！”卡西迪神父语无伦次地说。听到这话，穆夏姆眼睛突然一亮。

“怎么是胡说八道，尊敬的神父？”他故作天真地问，往卡西迪神父颤颤巍巍的手里端着的咖啡杯里倒了些威士忌。

“是一只鼻子！”卡西迪神父叫起来。

“圣约瑟夫②身上的一部分不也有一块供奉在我们教堂的圣坛里

---

①原文为拉丁语，北美的一种无毒条纹小蛇。

②耶稣母亲马利亚的丈夫，耶稣的养父。

吗？”穆夏姆问。他的语气像个修女，温和但又带几分责备。

卡西迪神父嘴巴紧抿，随后又皱眉说道：“比，竟然拿吃肝人的鼻子和圣人比……”

“有人告诉我，”约瑟夫马上接着说，“当然啦，他是跟我同名的圣徒，不过有人告诉我，我们的圣坛里放着圣约瑟夫的脊椎骨。”

卡西迪神父喝光了整杯酒。

“亵渎圣物！”他摇摇头，晃着手里的空杯子。穆夏姆立马又给他斟满了。

“这让我难过又生气，”卡西迪神父说，闷闷地呷着杯边的酒。“让我难过又生气，”他重复着，声音越来越轻。接着，他似乎想到了什么，打破沉闷，完全清醒了。这是他先前已有的想法。

“比……”他冲口而出，差点涕泪横流。

“不过，我还是得比，”穆夏姆说，“要是你停下来好好想想，每次弥撒上都要吃基督的身体，喝基督的血。”

卡西迪神父的眼泪刹那间被气没了。穆夏姆的话让他火冒三丈，鼓起腮帮子，笨重的身体摇晃着站了起来。

“那是圣餐变体[①]，所以，你刚才说的是我们天主教弥撒中最神圣的部分。”

卡西迪神父的呼吸越来越重，嘴角很快出现了一串泡沫。穆夏姆俯身向前问道。

“那么，你是想告诉我，基督的身体和鲜血，嗯，呃，只是想象出来的。面饼代表的是真东西吗？那我就懂你的意思了。不然，圣餐真的就是食人者的大餐了。”

卡西迪神父嘴唇发紫，他想大吼，却发出“咯”的一声，“什么鬼

---

① 天主教神学理论，认为面饼和葡萄酒在弥撒时经神父祝祷后变成耶稣的身体和血。

话！你说的什么话。真是胡扯！面饼千真万确会变成基督的身体。葡萄酒千真万确会变成基督的鲜血。不过，这怎么也不能跟活生生地与吃人等同起来。”卡西迪晃着一根手指继续说道，“你们的话恐怕太过了吧！你们恐怕已说了不该说的话！你们恐怕得专门郑重地忏悔，我们才允许你们回教堂。”

“那我宁愿回归印第安传统！”穆夏姆又气又高兴。“古老的方式对我来说已经够好了。你们的教堂我看够了。我怀疑很久了。你们神父怎么就那么爱听别人肮脏的秘密呢？”

“好，你就做个异教徒，被地狱之火炙烤吧！”卡西迪神父忍住没打嗝，把杯子伸出去要酒。酒瓶快空了。

“我们不相信地狱是永恒的，记得吗？”夏门戈瓦一本正经地说。

“我们相信地狱是仁慈的，”穆夏姆说，“所以我什么也不用做。”

卡西迪神父举起双手，蹒跚着向门口走去，摸索着找到了出去的路，走下台阶。我和约瑟夫坐在沙发上，依旧小口喝着凉水。夏门戈瓦和穆夏姆盯着门口沉思。夏门戈瓦刚动身拿过小提琴，这时外面传来一声巨响，伴着一声啪的回音，好像牛肉掉在地上。我离门口最近，第一个跑了出去。卡西迪神父像一具硕大的尸体四肢张开，躺在草地上，好像死了，但我弯下腰看他时，发现他的呼吸还吹得唇边的泡沫一动一动。

“哦不！”约瑟夫跪在卡西迪神父脚边大叫一声。他从卡西迪神父黑色法鞋鞋底剥下什么东西，捧在手里。他捧着被压扁的蝾螈走开，回头愤怒地看了一眼跌倒的神父。

穆夏姆手里扶着木头栏杆，张大嘴巴看着我们。他和夏门戈瓦不敢走前门的台阶，只好从台阶旁边小心翼翼地下来，好像从陡峭的山坡下来。

“他踩到一只蝾螈滑倒了，”我说。

“他还活着吗？”

“还有气。”

“那我先告辞了，兄弟，”他说着的时候，夏门戈瓦已经小心地沿着小路朝自己的房子走去了。夏门戈瓦挥挥那只健全的手臂，头也不回地。穆夏姆走到后面草坪上，横躺在他的汽车座椅上，睡着了。卡西迪神父在草地上睡了一会儿，我陪在他身边。他醒来后，我扶他站起身上了车。他开着车摇摇晃晃地上了山。

卡西迪神父后来的日子更难过了。我回到屋里，藏好空酒瓶，然后把妈妈的咖啡杯洗干净。我知道肯定会传出风声说神父喝醉了，被化形成斑泥螈的魔鬼绊倒在地上，嘴里咒骂着让那两个老不死的下地狱。穆夏姆和夏门戈瓦跟他们的老友聊天时，会一一细数这些事儿。穆夏姆喝醉时嚷嚷着要改信异教，他真的做到了：不久后，他便改信了印第安人自己的宗教，和传统人士一起参加在保留地另一边举行的仪式。克莱门斯对穆夏姆叛教火冒三丈，他每次参加仪式都是爸爸偷偷开车送他去，不敢让她知道。当我问起穆夏姆为什么要在这把年纪做出这样的剧变时，他是这么跟我说的。

“人一辈子会有那么一刻非常清楚自己要做什么。跳脚神父歪打正着，正是他帮我认清自己。”

“但你喝醉了，穆夏姆。”

“啊，没错，我的小姑娘，你说的对。我喝醉了，却正好让我的头脑清醒了。撒拉弗 · 米尔克的母亲是个血统纯正的印第安人，她去世时没神父听她忏悔。我突然发现自己是那个善良的女人的儿子，虽然她总是沉默寡言。还有，我和信天主教的女人无缘。我觉得在保留地那边的丛林里说不定能找到几个漂亮的。”

“那也算不上什么理由。”

“那你就错了，这是最好的理由。”

穆夏姆朝我眨眨眼，好像知道我上教堂是为了见科温。

哥斯拉修女

❧

科温·皮斯和别的男生说他亲了我。我原本是爱他的，但现在却生气得很，感到被背叛了。我对他又爱又恨，恨不得狠狠修理他一顿，虽然这么做也会让我心疼。但很快，我发现自己根本没有因此难过，反而觉得折磨他我很开心。那年夏天，只要他敢来打比赛，我都会把他三振出局。瞧他那使劲儿挥棒却打不着球的窘样，有时他还会打裂队友的防护罩，之前还笑哈哈的队友立马痛得哇哇叫。我还拿 BB 气枪①打他呢。几年后，他说我的气枪弹打进他的身体，接着又从肾脏里穿出来，疼得他要命。我和我哥哥骑着小马到处跑，轮流给大家骑，但就不让科温上马。有一次，我骑着马，绕铁桶②似的把他包围，慢慢地让他身边尘土四起，而他则站着，束手无策，伸出双手看着我。

但不管我怎么欺负他，他仍爱着我。我们一起长大。一年夏天，我虽然不清楚他衣服下面的身体有没有变化，却发现自己的胸部发疼肿胀起来，以前没毛的地方长出了毛，我吓得差点大叫。我默默接受了这些变化，把它们当做秘密，谁也不说。夏天过去了，天气渐渐变凉。我有了一条新裙子，胸部那儿垮垮的。我们终于升到六年级。开学第一天，妈妈叫我们起床，把我们赶出门，我们走在那条通往山丘的土路上。我们听到操场上有其他孩子的声音后，终于不再慢悠悠地晃荡，跑了过去。和往常一样，我们排成两队。我们都知道教室在哪儿，进门后教室门就关了，教室里只有学生和老师。

方济各会的修女们穿着修道服，浑身上下除了脸都裹得严严实实，所以我们得记下每个修女的面部特征。我们把我们班修女的特征念了四十遍，对她的长相有些吃惊。她穿着硬挺的麻布袍，眼睛、鼻子和嘴巴都向外凸出，牙齿参差不齐，活像豺狼的血口，整张脸像戴了面具似的。

“噢，上帝，”科温的声音不大，但我正好能听见。

我之前已经想好了，开学后起码一个月不理他。但这个修女长得实在太丑了，我忍不住和科温交头接耳，品评一番。

“哥斯拉[③]啊，”我转过身一边挑起眉毛一边对他说。

这位老师其实叫玛丽·阿妮塔修女。她是巴肯多夫家的，那些早在她成为修女前就认识她的人说。她很年轻，才二三十岁。她人高马大，却灵活得很。当她从教室后方走到前面时，学生们惊讶地发现她有一双运动员的腿，只不过被黑色的羊毛衣料掩盖住了。她抬手在空中划出一个让我们听她讲话的手势。就在这时，我们都望着她的手，移不开视线。和她的脸恰恰相反，她的双手十分优雅，乳白玻璃[④]般白净，手指如青葱般细长。这样的手我们在大堂的画中看到过，是十字架下的圣母马利亚的手。这是传道者的手，有些塑料摆设会做成这样的手型，放在电视机上，晚上还会亮起。这是一双祈祷的手。

这也是一双球手的手。课间休息时，她又令我们大吃一惊。她走到砾石球场上，衣领抠进大下巴下面的皮肤里。她面无表情地从袖管里掏出一只芥末黄的皮质手套，往手套里扔了个球。很明显，她球技高超。优秀的选手的表情几乎从不变化。他们的手仿佛磁铁似的吸引着球，接着一切水到渠成。作为投手，玛丽·阿妮塔的动作无比流畅，同佐罗被风吹起的斗篷一样优雅。她的身姿让我惊叹。等到我挥棒时，我在本垒那块橡胶垫上练习了两次挥棒，握住球棒中段，全神贯注地想打出本垒打。

但我没成功。我打得比科温还差劲，三个球没有一次打中或击出

①一种气枪，利用压缩空气作为推动力，将子弹射出。
②马术项目的一种，选手骑马沿着三叶草的路线以最快的速度绕桶跑。
③日本系列电影《哥斯拉》中一个巨大的史前怪物。
④源自十六世纪威尼斯的一种玻璃工艺，成品呈半透明或白色。

界。我生起自己的闷气，坐到自行车停放架边上，看着修女投出几个球，轻轻松松地把球投给队友。似乎从一开始，我和修女俩就知道比赛会怎样。我以前的老师就住在学校对面红砖砌成的修道院里，或许修女是从他们那儿了解到我的情况——很难对付，很聪明，转身时要注意。他们说得很准。课间休息结束后，我自尊心严重受挫，坐到自己的座位上，画了一只穿着修女服的恐龙。它张开血盆大口吼叫，灰白的牙齿又长，又参差不齐。我画得入神了，想把阴影部分画好，画出牙齿后面黑漆漆的咽喉。因为画得太过认真，我都没注意到全班在我身后突然噤声。不过我还是有所察觉，感受到修女站在边上、从头顶上方投来的视线。我没有理会她，洋洋自得地接着画。

我画完最后一颗牙齿的阴影，身体往后一靠，皱眉审视自己的作品。修女迅速抽走画纸，快得我都来不及反应，我假装伸手去抢。教室里一片沉默。我好兴奋，心越跳越快。

“放学后留下来，”修女说道。

半小时后放学了。其他人从我身边成列走过，幸灾乐祸地笑着，窃窃私语。接着，我的画纸突然被摆到我的课桌上。画里的恐龙经过我的细心描画，正张嘴大吼。我气鼓鼓地盯着画，心里想着修女会作何反应。我才不怕她呢。

“看着我，”修女说。

我想，就是在那一刻，我整个人都不对劲了。我抬不起头，喉咙发紧，只能望着桌子上刻的缩写字母，我名字的缩写。

“对不起，”我说。

我从没说过这三个字。说完这句话后，我意识到事情糟糕了。血直往头涌，冲得我耳朵发疼，但手指头却麻木得动不了。我感觉眼睑刺痛，流鼻涕的同时又口干舌燥，这两种反应自相矛盾。

“我还是孩子时，”修女说，“和你一样大时，别人嘲笑我长得丑，我难受极了。很久以前，我就接受了自己……畸形的模样。我们家的人下巴都是凸出的。但我不得不承认，即便到现在，当我偶尔听到别人嘲笑或是看到你这样画，我还是会介意，心里难受。”

我开始咕哝，又停住了，因为我的喉咙发涩。过了一会，修女把她的手帕递给我，我把脸埋了进去。她用这块手帕擦过紧贴额头的方形帽檐下的汗。手帕上没喷香水，有一种更加干净的气味，也许是薰衣草、金盏花，或是某种香辛叶。

“对不起，”我被手帕熏晕了。我擤擤鼻子。我想留下这块白色的方帕，但修女摇摇头，从我手里拿回了那一团皱的手帕。

“我可以走了吗？”

“当然不行，”修女说。

我弄不明白，我都已经道歉了。那三个字我很少说，也很少有不管用的时候。可她还觉得不够。她究竟要干嘛呢？

“我想让你明白些道理，”她说。“我已经告诉你我很难过，希望你下次别再这样。”

她等着我回答，直到我们眼神相会。我张开嘴，眼睛里满是眼泪。一股奇怪的感受让我呆住了，我知道，修女也有这样的感受。我从没有过这样的体验，从没有。

“我不会再让您难过的，”我说道。我从没想到会和修女有同样的感受，不知道遇上这种事该怎么办。“再有下次我就先自杀。”

“别把话说得那么重，”修女说。

接着，我快速地转过身，想挽回我的自尊。我没得到修女的允许，就自顾自地跑出教室，跑下楼梯，再跑到马路上。终于，我们之间那股奇怪的力量减弱了，我突然又能顺畅呼吸了。不过，我的呼吸同以前不一样了。我一边走，一边发觉自己的身体仍然不对劲。我的肺里充满了空气，但每次一呼吸，肺下面的一块地方挤压得剧痛，让我意识到了一件事。

“我爱上她了，”我脱口而出。我在地上的一条裂缝处停下来，踩上去，又重重踩下，感到一阵晕眩。“上帝啊，我恋爱了。”

❧

科温为了讨好我，使出浑身解数。他吃树皮，差点把自己的形象毁于一旦。接着，他又往鼻子里插上两根蜡笔，假装它们是象牙。粉色的蜡笔粘在鼻子上，修女把他送到了印第安卫生局那儿。在急诊室洗了个胃，他这才维护住了自己的形象。现在，我瞧不起他，但这似乎只让他越来越喜欢我。

九月的第二周，在一个微凉的、天色明亮的清晨里，科温走到学校里，朝我跑过来，滑着步子停下了，仿佛在偷垒似的。

“哥斯拉，”他喊道，“好，这名字起得真不错！”

他站起来又转身走开，球鞋的鞋带拍动着。我看着他，觉得脑袋又在嗡嗡疼了。我真想把那名字塞回自己嘴里，塞到科温嘴里也行。

“祝你跌一跤摔死，”我大叫。

可惜，科温没摔跤。虽然他横冲直撞，但他走得好好的。当我走到一半停下来一动不动时，我看到他飕飕地从一堆人里跑到另外一堆，哈哈大笑做着手势，又轻声地冷嘲热讽。修女跑到教室门外，手里拿着木柄黄铜摇铃。她上下一摇铃，原本三三两两在一起玩的学生都朝她走去。他们或是眯眼或是瞪眼，兴奋地看着彼此。有些人开始大笑。在我听来，他们的声音很响，难以描述，显得十分动听，可又像喝醋一样，一股酸劲涌上我的喉咙。

“哥斯拉，哥斯拉，”他们悄悄地说着，“哥斯拉修女。”

修女站在他们前方的台阶上，仍朝他们微笑。她没有听到他们说的……暂时还没听到。但我知道，她会听到的。她摇着铃，深色的眼里神采飞扬。她微微一笑，露出难看的牙齿。我朝她跑去，从午餐包里掏出妈妈做的饼干，饼干的做法是她从燕麦盒子和糖浆罐子上刮下来的。

“给您，”我朝她手里塞了一大块甜甜的饼干。饼干碎了，这让她分了心，没听到同学们经过她身边时说的话。

❧

那一整个星期里，我的同学们似乎有时记得，有时又会忘记哥斯拉这回事。有时候，他们找到了新的取笑对象——其他老师，又或是班级里发生的一些小事。但这时候，科温总会在课间跑到他们中去；修女走到本垒板上时，科温常常在她背后挥舞手臂，做出咆哮的样子。她一转身投出球后，奋力奔跑，头巾飞了起来，肩膀上的肌肉仿佛猛禽的翅膀似的拱起。科温在她后面跟着跑，摆腿模仿“金刚对哥斯拉”①那怪兽的姿势。她十分投入，并没有发现科温的小动作，从一垒跑到另一垒，双腿修长灵活，穿着黑色的修女靴。我不知所措地在一旁看着，感觉像吞了硬币一样难受。

❧

“蛇是穴居的爬行动物，这是科学常识，”我向全班大声念着科学书《探索》上的内容。“蛇身上不是湿哒哒的，它们产卵，有些蛇寿命很短。”“很好，”修女说，“你还能说出栖息在其他地方的爬行动物吗？”我的舌头像被粘在喉咙上一样，声音低哑地回答，“可以。”她耐心地看着我，等我回答。

“还有锦龟，泽龟科锦龟属；草原束带蛇和红边袜带蛇，游蛇科带蛇属。这些动物都栖息在这儿。”

修女有些吃惊地向我点点头，可随后似乎想起我爸爸是科学老师，

---

①1962 年上映的《哥斯拉》系列电影，是该系列的第三部。

于是朝我露出了一个可怕的笑容说，“非常好。”

“还有人能说出其他地方的爬行动物吗？”她问。

科温·皮斯举起手，修女让他发言。“哥斯拉对不对？”

班里有些人抽了口气，在下面小声议论。有些人嘴一张再也闭不起来，呆住了。他们都佩服科温的胆量，对他的钦佩仿佛田野上的一阵风掠过全班。修女的大下巴开了又合上，肩膀不停地抖动。大家一开始都不知如何是好，但随后，修女笑出了声。声音尖细，像鸟叫一样，像钢琴上音最高的琴键发出的声音。其他学生都张大了嘴，不知道该不该笑。但很快，他们都笑了，科温也笑了。大家都互相对视，科温看着我笑了。

但我气得快吐了。趁修女没注意，我在身侧捏紧拳头，俯身朝科温打过去。

“赏你一拳吃吃，”我说。

我朝科温胃部打了一拳——这是从我舅舅怀蒂那儿学来的，他可是参加过金手套[1]比赛呢。我在他肚子上用力一击，疼得他倒抽凉气。然后，我转身面向前方，镇定自若地听修女讲课。

❧

刺眼的阳光。黑色的布料。我坐在铁艺秋千上，屁股下的铁条硌得我双腿生疼。我一边荡秋千，一边看着修女。她顶着强风，戴了一双帅气的黑色露指手套，好让自己把球棒拿得更稳。球沿着抛物线向她飞来，她用力一击，发出干脆利落的声音。球飞向空中，飞过操场，掉到神父住的地方的院子里。修女的袍子在身后飞起，脸因为寒风冻得通红。她跑到三垒，看了一眼，又喘着气跑回本垒。她轻轻触垒后，又跳

① 美国的业余拳击选手赛，每年都会举办。

开了。

我感到自己的双臂沉重无力。我从秋千上跳下来，靠着教学楼的砖墙，只听到怦怦的心跳声。我已经看到自己长大后会干什么了。我会做个修女，成为修道院的一员。我会和玛丽·阿妮塔修女住在一起，形影不离。我们吃饭，工作，吃饭，做饭。有时候，我们得祈祷。空闲时，她会打出内野腾空球[①]，而我则负责接球。

有一天，我们会一起走在路上，双手揣在袖管里，长长的修女服在身后翻飞。

“亲爱的修女，”我会对她说，“还记得您教我时我给您取的绰号吗？”

“当然记得，”修女笑着说，“怎么会忘记呢。”

随后，我会想到，我曾保护了她。

❧

我的情况越来越糟。我写起信来，又把信撕了。修女在过道里走过我身边时，我双眼紧闭，手都在抖。我吸一口气，闻到了肥皂的气味，刺鼻的肥皂味，微微的碳酸味，还有金盏花味，毫无疑问。那是修女的气味，令我晕眩。我握紧拳头，指关节按住眼睛，大声说要上厕所。我进女厕所后，站在一间隔间里。我的生活糟透了。事实上，我不想做修女。

“肯定还有别的出路！”我悄悄说道，心里很急。我一手拍在隔间的墙上，刷白了的锡板微微颤动。我下定决心，要让修女背弃自己的誓言[②]，和我、我的家人一起住到印第安事务管理局的房子里。有人站在

---

① 在两人出局以前，一、二垒有跑垒员或一、二、三垒有跑垒员时，击球员击出界内高飞球，而守备员轻易接住该球时的情况。

② 神职人员入职前宣誓成为上帝的仆人，侍奉上帝。

外面，我把门拉开一条缝隙，看到了修女粗糙的大脸。

“你还好吧？要不要回家？”修女关切地问道。

我的四肢仿佛着火似的。安静的女厕所里，光线十分明亮。这是一个充满秘密的地方，嵌有磨砂玻璃，让我浑身无力。我回过神，觉得这好像是上帝赐予我的良机。

“求您了，”我轻声对她说，“我们一起逃跑吧！”

她顿了顿问，“你与家里有什么不开心的事吗？”

“没有啊。”

修女伸出奶白的手，伸到隔间里盖住我的额头。我脑袋里急切的想法如同脉搏般在她冰凉的很瘦的手掌下跳动。我望着心爱的人儿，一手抓住门内侧的把手，往外一推。接着，我慢慢朝前倒去，感觉自己仿佛风中的一片落叶似的，在安宁的风声里飘飘浮浮。我似乎永远也碰不到修女的手臂，但当我最终还是碰到时，猛地往后一颤。

“你生病了啊，”修女说，“去办公室，我们打电话叫你妈来。”

❧

打从女厕所里的那一刻起，我就已知道以后会发生什么。那天终于来了，最后审判日[①]到了。

早上，趁着弥撒结束、第一节课开始前的空档，所有人都在校园里围着科温。他手里拿着一个上发条的哥斯拉大玩偶，足足有人的小腿那么高。玩偶照着电影中怪兽的原型，身上涂有绿色和金色的颜料，吓人的眼睛做得十分精细。上面的鳞片层层叠叠，躁狂的巨大眼睛黑漆漆的，但奇怪的是，和人的眼睛十分相像。科温给玩偶披上了一条黑围

---

① 《圣经》中的最后审判日，上帝会让所有死者复生，对之进行审判，分为永生者和打入地狱者。

巾，当作斗篷。我推开他们想挤进去，但这时铃响了，科温把玩偶塞进了大衣，在人群中看到了我。

“我要去买个新的！”他叫道。他并没有因为那一拳讨厌我，反而更加喜欢我了。他转身快速跑进学校厚重的酒红色大门。我盯着地面看了会儿，盘算着离家出走这件事。我可以逃跑的，我可以搭一辆棚车。此时，整个世界都变得让人讨厌，各种颜色都变得刺眼。校园里小小的棕色鹅卵石卡在地上。我踢了一脚，那些石头似乎裂了开来，在我脚下吹起口哨。

“最后一道铃了！”修女喊道，“你要迟到了！”

❧

早祷，立誓。科温吊足了大家的胃口，别人的目光和低语让他好不得意。玩具在他的课桌里。他时不时地打开桌盖，看看四周有多少人望着他把手伸进去，东摸摸西摸摸。修女开始上阅读课时，教室里气氛紧张，科温再也忍不住了。

我们的教室很大，也很高，铺着上过蜡的木地板。圆圆的照明灯用铁链吊着，巨大的长方形窗户采光极佳。我们班在这间教室已待了两年，我每一天都在这儿度过。我知道哪儿有裂缝，深色的课桌用螺丝固定在地板上，取暖器发出隆隆声，好像有一千只精灵被囚禁在里面。我听到咔哒一声，接着是科温上发条的嘎吱声。但修女没听到。她面向黑板，书本摊放在讲台上，在黑板上写下今天我们要抄写的内容。

她十分专注，一边写，一边大声朗读。她的手臂上上下下地移动着，我觉得她写得很来劲。她正在教我们新课，告诉我们一些新的道理，但我们一句都听不进去。所有人都望着第三排的科温，看着他的手，看着他上好发条，弯腰把玩具放到地上。他把手松开，接着，大家都盯着玩具，看它一点点地前进。

围在上面的围巾没有阻碍玩具怪兽的脚步。玩具的双腿往前踢，一对爪子仿佛活塞似的上下挥舞，空心的锡制尾巴从一边甩到另一边。它在走道正当中一步步朝着修女前进，而修女呢，则背对着我们站在黑板前，认真地板书。

我已把自己换到第一排，就是想和自己喜欢的人更加亲近。怪兽在走到教室前方打蜡的地板前的时候，我正好从旁边看它走过。哥斯拉有力的上下颚从黑色的围巾上凸起，血盆大口露出巨大的牙齿，涂着颜料的眼睛似乎锁定了攻击目标，眼神犀利。

到修女身边时，怪兽的动作停顿了一下。全班都屏住呼吸，但好在它接着又动了，慢慢地靠近，让人移不开眼，直接朝修女的长袍底下走去。她似乎没看到，仍在板书、朗读，在黑板上圈起几个数字，用下划线强调哪几个词是重点。就在怪兽快撞到她时，我的脑袋里终于警铃大作。我从座位上跳起来，走两步到了教室前面。但当我弯腰想把玩具捞到胸前时，一只干净的黑色靴子停在我鼻子前几英寸处。修女已转过身来，手里拿着粉笔。她提起长袍，优雅地随意一踢，把怪兽踢到空中。它不断向上，摆动着带有利爪的双脚，黑色的围巾像降落伞似的兜在背后。它直直地往上冲，一头撞在天花板上，接着又掉到地上，粉身碎骨。全班都低下头，想躲开锡制玩具的残渣碎片。只有我和修女一动不动，沉浸在只属于我们的这一刻。

除了修女那儿，我没别处可看。可当我抬眼看时，修女却没朝我看。她别过脸，粗糙的脸颊发红，仿佛被抽过一巴掌似的，眼睛朝下望。修女走到窗边背对我和其他人。接着，她低哑地笑了出来，越来越尖，越来越响，笑声好像自己有了生命。我感到一个温柔的声音在耳边沸腾，无法平静。我在心里祈求修女转过身来，让这声音停下。但她并没有，她放任这声音在教室里回响。当她望向外面的校园时，我已看不到她那无法用语言形容的体态。她沐浴在明亮的阳光下，整张脸空白如纸，就像天空一样，像所有进入天堂的东西一样，没有特征，平淡无奇。

圣 迹

虽然打那以后玛丽·阿妮塔修女对我不冷不热，也没惩罚我，但她不理不睬的态度让我很伤心。我一封接一封地写信，又把信撕掉，最后无计可施，我开始收集信息，研究玛丽·阿妮塔修女。一时冲动下，我把她写了字的纸找来，后来又都扔了。她的字千篇一律地斜向一边。就算把有她写的大写字母的纸一张张地摞起来，堆得有灯那么高，你也看不出来这些字母在大小和花哨程度上有什么差别。但严格说来，她的字迹不是帕尔默字体[①]，非常像她自己的发明。

有一天，我惊奇地发现她对巧克力过敏，还出过荨麻疹。脸上的红痕让她看起来像个勇士。她从来不抓不挠，但肯定没少遭罪。即便如此，有时她还是抵挡不住巧克力的诱惑，众所周知，她会在婚礼上拿一块糖果或巧克力，拿的时候还说"管它什么后果，去他的"，尽管"去他的"对修女来说已算是脏话了。

与其他来自肯塔基州、在学校教书的修女不同，玛丽·阿妮塔修女在保留地附近的一个农场里出生长大，农场离霍普丹斯和普路托都不远。这是她在历史课上告诉我们的。其他孩子都觉得这没有什么特别的，但我却认为这说明了什么。我经常在家谈起她。有一天妈妈瞅了我好久。

"玛丽·阿妮塔修女这个，玛丽·阿妮塔修女那个的，你的确说了玛丽·阿妮塔修女的很多事儿，那她全名到底是什么呢？"

我转过头去，咕哝道，"玛丽·阿妮塔·巴肯多夫修女。"我回头偷偷看了妈妈一眼，她却扬眉瞥了爸爸一眼。他丝毫没有表露出这个名字有多重要，而是继续往邮集里贴邮票。这些抛光的皮革邮集代代相传，爸爸正慢慢地往一组排列奇特的邮票里贴一些新的，那些邮票最先是叔叔奥克塔夫收集的，他已惨死了——为了爱情。爸爸只要一捣鼓邮集，就会全神贯注，除了邮票没什么能吸引得了他。穆夏姆坐在桌边，正和约瑟夫玩拉米纸牌②。但他听到了这个名字，叫道："巴肯多夫！"他还想接着玩，可约瑟夫碰了碰他的胳膊，让他别玩了。眼看暴风雨就要来了，可妈妈还是到屋外把湿衣服晾在绳子上。和弟弟一样，我也从穆夏姆的声音中觉察出同样的信息，我又看了爸爸一眼，他正仔细观察着放大镜下他用镊子夹起的邮票。爸爸全神贯注，深吸一口气，微笑着，好像那脆弱的残碎纸片中隐含着一个不为人知的秘密。我挪到桌子一头，问道，"这个名字怎么啦？"

"什么名字？"穆夏姆知道我们已经上钩了。

"你知道的，我老师，玛丽·阿妮塔·巴肯多夫修女。"

"哦！巴肯多夫四兄弟！"他扭曲着嘴巴说道。

"她是个修女！"

穆夏姆塞了一团嚼烟，鼓着腮帮子，对着痰盂点点头。约瑟夫发出干呕的声音，向外走去，手里拿着装嚼烟灰的罐子——一个红色蔡斯山伯咖啡③罐，罐子上一个身穿黄色长袍的男人边走边喝着咖啡。我们总是把罐里的东西倒到妈妈种的蓝云杉树下，它终究还是承受不了这致命的饮料，慢慢变黑，然后枯萎。

"我的外孙女，可你知道她为什么做修女吗？"约瑟夫出去后，穆夏姆说道，"没多少人有幸亲眼见证世道不公。"他说的是"系道不公"，因为他几乎不发 sh 这个音。

外公将双手垂在身前，推了空气两次，像是在把空气往盒子里塞。

---

① 十九世纪末期奥斯丁·诺曼·帕尔默创造了帕尔默字体，这种字体是斜体草书，强调清晰和快速。

② 基本玩法是形成三或四张同点的套牌（如四个 8，三个 6 等），或者形成不少于三张的同花顺（如方块 6－5－4－3 等）。

③ 美国咖啡品牌。

“她看到了。不存在正义。”

“真的？”

约瑟夫回到屋里，我们等着，但穆夏姆突然背对我们，在衬衣口袋里找什么东西。我们看不见他在干什么。他转过身，往空咖啡罐里吐了一口，发出很大的声音，爸爸抬头瞥了一眼，但还不等目光落在我们身上就又被邮票吸引了。穆夏姆动了动罐子，继续眯着眼打量我们。我们静静地坐着，努力控制住自己的情绪，目不转睛地看着他。电视信号被干扰了，无论怎么精细地调整那根长天线，屏幕上还是白花花的一片。我们百无聊赖，但还好，我又掌握了一些关于玛丽·阿妮塔修女的信息。关于她，或至少是关于她的家族，穆夏姆似乎知道一些我不知道的，而且我猜这些事其他人更不愿说。

穆夏姆挺直腰板，椅子嘎吱响了一声，他向前摇晃着找到平衡后，蹭地一下站起来。我们跟在他身后，推开纱门，走下木头台阶，踏上被蹂躏的草坪。他在一把掉了漆的黄色餐椅上坐下，这把椅子他春天拿出来，霜冻后拿进屋。虽然已是九月底了，可还是很暖和。他喜欢坐在长满枯草的院子里，仔细观察前往管理局的行人。我们赶紧抓起两把折椅坐下，看着他思考。他嘴巴周围的肌肉松弛地耷拉着，整张脸僵着。他挠了挠下巴，瞪着我们。和往常不同，穆夏姆不愿意讲述这个故事，这反而更激起了我们的兴趣。他越不想多讲，我们越想听。他又转过脸去，低下头，偷偷摸摸地把手伸进衬衣。他喝了一小口什么，我们看不见。喝完他赶紧转身去看妈妈。妈妈拿一个木头衣夹咬在嘴里，又从篮子里拿起两个，然后弯腰抓起一个枕套，利落地拍了一下，用手里的两个衣夹把它夹在绳子上。嘴里咬着的那个衣夹永远是多余的，或许她要用这个衣夹把她的内衣夹在薄床单下吧。她就是那么保守。

穆夏姆吐了口痰，把罐子弄得叮当响，看看妈妈会不会转身。见她没转身，他便开始小声跟我们说话，好像回到了他年轻的时候，但还没有早到漫山遍野尽是鸽子的年代。他说，接下来要讲的这个事情发生后，鸽子就都没了。约瑟夫问是不是祷告起了作用，把它们都赶跑了。穆夏姆说，从那以后所有东西——就连水牛——都越来越少了，别人告诉他以前水牛多得数不清。都被杀光了，他边说边耸肩吐烟渣。我们后来偷了鼻烟，试着学过这动作。穆夏姆说我们不能把他下面要讲的事告诉爸妈。我们一听，马上屏气凝神，凑得更近了。

靴　子

穆夏姆若有所思地吐了口烟渣，又往嘴里塞了一些嚼烟。他一遍一遍地念着圣迹这个名字，声音一次比一次小。然后，像其他老人一样，他突然精神抖擞，滔滔不绝地说起他和琼奈斯骑着小胡子莫德的骏马，他们回到保留地时，是如何被告偷了这些马。有一阵子，新上任的部落警察对纯种马垂涎欲滴，穆夏姆他们差点招架不住。多亏塞弗林神父帮忙，他们才保住这些马。当局受到神父的斥责后作罢。琼奈斯骑的那匹小母马，四肢修长，健壮好斗，所以跑得飞快。穆夏姆赌赢了一大笔钱，买了头奶牛，给农场配置了风车。他把自己的马拿去做种马，用赚来的钱盖了间橡树小屋。但自从认识了赛马的那群人——不是什么好人，穆夏姆说——他开始喝威士忌，生平第一次。

“我对它一直都拿得起放得下，”他停顿片刻，作出龇牙咧嘴的怪相，弄得满脸褶子，然后又低声说有时威士忌却总黏着他。威士忌有自己的思想。或者说性情，他说。这狡猾的性情。它有时愚弄他，有时给他自由。

一个小男孩和他的母亲住在穆夏姆农场的边上，那个女人是琼奈斯的堂妹，真可怜呐！小男孩母亲的肺已腐烂。穆夏姆双手贴在胸前，手指张开。她身体非常虚弱，几乎没法起床照顾小男孩。男孩十三岁，又高又瘦，天真无邪。男孩母亲身体衰弱之前，男孩每天陪着他母亲走路去教堂。教堂仪式结束后，她仍然待在那儿，虔诚祷告，这时，她的儿子会背诵拉丁文弥撒，一丝不苟地学习怎么帮塞弗林神父把面饼和葡萄酒变成圣子的身体和血。有时琼奈斯会陪她去，然后三个人一起走回来，琼奈斯和男孩一左一右地搀扶着这个病弱的女人。她时不时地停下来，俯身咳嗽，把腰弯得厉害，小心翼翼地把血咳到地上，以免溅到裙子上。

整个秋天都是这么过来的，直到后来天气太冷。过完冬天，母亲已没什么力气了。等积雪全都融化，嫩绿的树叶变成深绿色时，她已经奄奄一息。琼奈斯让穆夏姆每天去一趟那间屋子，看看自己的堂妹当晚能否挺过去。在春天的某个上午，应圣迹母亲的要求，他带去了一把锤子和几根细钉。在场的除了小男孩，还有他的一个姨妈，在加拿大一家疗养院照顾结核病患者。按规定，那个地方是不接收印第安人的，但修女觉得她很虔诚，就破例给她安排了一个病床。

母亲两手各握着一个小十字架，小十字架是给儿子的，奖励他背下那么长的祷词。她朝男孩简陋的厚底靴点点头，示意他把靴子脱下来交给穆夏姆，然后她让穆夏姆在靴子的靴底各钉一个十字架。他一本正经地把钉子从鞋底钉进去，然后用她事先特意剪好的碎毛毯片把尖头包住。等穆夏姆钉好，她摇摇晃晃地走到她妹妹跟前，她妹妹把她扶到一辆小马车的床上，马车套在一匹结实的、上了年纪的矮马身上。

“把靴子穿上，”她小声对儿子说，“疾病就不会缠着你，魔鬼就不会惹你，你就能活下来。”

男孩穿上靴子，悲伤地站在穆夏姆身边，姨妈驾着马车穿过青草小路，转到宽阔的马路，向北行进。穆夏姆把男孩带到一个老人跟前，老人叫阿西吉纳克，得名于伟大的黑鹰酋长[1]。阿西吉纳克一个人住在偏远的荒野中，是男孩的小爷爷。

一开始，男孩肯定被靴子划伤过，穆夏姆说。但当他再次见到男孩

---

①奥马哈部落酋长，最先与欧洲探险家建立通商关系。

时，他发现男孩用皮革条把脚绑起来了，而且已慢慢适应了靴子的重量。人们开始相信母亲在靴底钉十字架的做法是对的，因为穿上后她儿子连咳嗽都没有过。没过多久，人们开始叫他圣迹，因为他走过的路上都留下了十字架的印迹。

晾衣绳

穆夏姆抬起头，眼神一亮，然后点点头。妈妈篮子里的衣服都夹在晾衣绳上了。爸爸的蓝色教师制服、全家的牛仔裤、白色床单，还有我讨厌的那条棕色连衣裙在绳子上飘动，沐浴在微弱的阳光里。透过槭树叶的缝隙，我们能看到大片大片的云向西飘去，在远处蓝灰色天空的映衬下，它们就像粉色的塔楼，光芒四射。妈妈看着我们。她有个本事，能面无表情地看着你，让你不由自主地联想到你觉得最愧疚的事。穆夏姆停了下来。她把空篮子放在钢丝绳下，穿过干枯的草地，坚实的步伐扬起了身后的尘土。

"他们没必要听这个，"她说。

"听哪个？"穆夏姆问。

"你知道的。"

"啊，那个，还真是，我的女儿！"

换作平常，妈妈一定会让穆夏姆就此打住，或者给我们每个人分配一些任务，让我们严格照她的话做，但那天她好像有些心不在焉，说完就走上了后面的台阶。她一进屋，我们就朝穆夏姆靠拢。

编篮子的

他们住的小屋周围长了一大片柳树，所以阿西吉纳克教圣迹编篮子的手艺。那年春天，他们将砍下的柳枝扎成捆放在阴凉处，再把白蜡树[1]劈成条，搭起篮子的框架，这些篮子有的带雕花手柄，有的是婴儿篮[2]，也有宽大的托盘，有的甚至是心形的，给农场女工用。他们每天把柔韧的柳条编进白蜡树条做成的框架里。到后来，他们的手指变得和棍子一样坚硬。编到三四十个，再多就拉不完的时候，他们就出门去卖。

人们很乐意从圣迹手里买篮子。这个男孩稚气的白牙长得歪歪斜斜的，笑容羞涩，眼睫毛很长，在脸颊上留下投影，阿西吉纳克本想给他剪一个白人的发型，可有的地方剪得过短，这样头发长一点的地方看起来就像毛茸茸的羽毛。

初夏，长在田地边上的小草莓熟了，小鸭从沼泽表面飞快地掠过。这天，他俩动身前往保留地附近的小镇和农场。每到一个地方他们都能卖出一两个篮子。只剩下十个的时候，他们碰到了迎面走来的穆夏姆和卡斯伯特 · 皮斯。

“我俩无赖，”穆夏姆说，冲我们眨了眨眼，“因为没酒喝，所以不太高兴。我们无意间遇上了阿西吉纳克和圣迹，想说动那老头把卖篮子的钱分我们一些，好让我们醉一场。”

“一边儿去！”穆夏姆扬起手用力一挥，回忆起当时的画面。“回家吧！”老人说。

“啊，哪能啊，兄弟，我跟他说，这些让我们来帮你拿吧！”

穆夏姆伸出手，似乎想接过篮子，但他告诉我们圣迹死死抱住篮子，在他爷爷旁边跺着脚。

穆夏姆的朋友卡斯伯特黑得像熊，圆鼓鼓的身形，鼻子长得和他的绰号“土豆”一样。他的鼻子在一次打架中给打坏了，然后就失控地只朝一边长。现在鼻子占据了脸的绝大部分，奇形怪状，疙疙瘩瘩的。他

① 木质坚韧，耐潮，枝条可编筐。
② “篮”的原文为齐佩瓦语。

吐了口嚼烟，去拽圣迹的胳膊。

“别碰他，”阿西吉纳克说，“你的土豆鼻子会发芽的。”

卡斯伯特一听就来气了，甩开手，脚踢着地，就像小狗刨土埋屎。圣迹当时还在跟着塞弗林神父学习《教义问答》[①]，但还是忍不住取笑卡斯伯特。那个无赖昂首阔步地走过来，停下来，晃动他的乳房，骄傲得像个可爱的小姑娘。穆夏姆坐在椅子上轻轻摇晃，给我们演示了一番，然后大笑着向后一靠，学起卡斯伯特来：“说起这鼻子给我带来了什么，你们会大吃一惊的，还有这肚子，但女人们爱死了这下面那玩意儿呢！”

阿西吉纳克想让那两个男人闭嘴：“这男孩儿以后可是要当神父的，听不得这些乱七八糟的。”

穆夏姆说他和土豆一言不发地走在那两个人身后，心里还打着自己的算盘，最后阿西吉纳克回过头警告他们：“别踩着他的足迹。”

穆夏姆慢慢地摇头，皱着眉把嚼烟换到嘴巴另一边。“老人的意思是我们不配踩着男孩的足迹。当时我们被妖魔附体了。”

洛克伦农场

我们沿着马车小路走到一片杨木林中的农场。农场地处普路托附近，农场入口处地势略高，有低洼处丛生的杂草遮掩着。进了农场，穆夏姆说他真希望他们没有尾随男孩的足迹而来。他说打一开始就觉得不对劲儿，污迹斑斑的门大敞着，烟囱没冒烟。再走近一些，牲口棚里的奶牛突然叫起来，需要挤奶了。这几个人听到奶牛的大叫声中传递出的绝望，他们在被踩踏过的院子里停下脚步。

阿西吉纳克放下篮子。其中一头奶牛像女人般痛苦地尖叫，然后世

① 以问答形式学习教义的手册，在加入教会前必须学习。

界突然安静下来。过了一会儿，青蛙又开始在沼泽地里叫起来。

“别再走近了，”阿西吉纳克说，“这地方有恶魔。”

再然后他们听到婴儿在哭，那声音从屋里传出来，沙哑微弱，哭得快没力气了。

阿西吉纳克拿起篮子，转身要走。

“那是个婴儿，”卡斯伯特说，然后拽住穆夏姆的衬衣，双脚像生了根似的，站在原地，盯着穆夏姆。下巴沾了烟汁的卡斯伯特还在嚼个不停。

婴儿继续哭着，好像知道他们在外面，但他们还是没动，不多一会儿，哭声渐渐消失了。瘦小的杨木林中刮起一阵风。小片小片的绒毛在他们上空盘旋。新生的硬叶发出哗啦声。阿西吉纳克正要走，奶牛突然叫得更大声了。可能婴儿的哭声也更大了，只是被牲口棚传出的巨大叫声给盖住了。

“我能感觉到这儿有恶魔，”阿西吉纳克大喊道。“看那儿！”

但卡斯伯特已经推开了沾有血迹的房门，进了屋不见人影。出来的时候，他手里抱着那个婴儿，眼球凸出——穆夏姆是这么说的，眼球凸出。卡斯伯特抱着婴儿摇摇晃晃地向牲口棚走去。婴儿穿着一条白色的小裙子，身上的尿布臭气熏人。其他人紧随其后。往牲口棚走的路上，他们在身旁的草丛中看见两个男孩，他们身体蜷缩，像是在睡觉，然后又看见一个男人，他的手指紧抓着墨绿色的草，头抬着。那个男人死的时候还在一边爬一边盯着那两个男孩看。他的后背被炸开了。

“别往那儿看，”阿西吉纳克跟圣迹说。

他们把牲口棚的门大打开，走进墙后那歇斯底里的世界。

十头奶牛死了一头。黑暗中，穆夏姆帮圣迹放下篮子，眼睛眨个不停，终于看见了离他最近的那头奶牛。他给这头牛挤奶，接着又看见了另外一头。很快，就只听到挤奶的嘶嘶声，还剩几头牛需要挤奶。被挤奶的牛如释重负，发出类似轻声哭泣的声音。卡斯伯特一手轻轻抱着婴儿，一手对着婴儿的嘴挤奶头——孩子嘴巴还没长开，不够大，但他非常娴熟。最后婴儿放松下来，头懒洋洋地向后靠着，笑容在干裂的红唇边漾开。穆夏姆把奶牛牵到草场，然后其他人也逃了出来，揉着眼睛，觉得头晕目眩。

“我要把这个婴儿带回去，”卡斯伯特焦急地端详着它的脸说道。

“带回哪儿呢？”阿西吉纳克问。

“带到治安官那儿。”

“白人治安官？”

阿西吉纳克发现他的侄孙正目瞪口呆地盯着院子。他轻轻推了推男孩的脸，这样一来，男孩所看到的不再是一具具沉睡的身体，而是浅蓝色的地平线。

阿西吉纳克回头对卡斯伯特说，“你又没醉，怎么说出这种话？我们连平民老百姓都不如，包括我，我们是印第安人。如果你告诉白人治安官，我们可就没命了。”

“他们一定会绞死我们的，”穆夏姆说。他拿起圣迹的篮子。

“没事，”圣迹说，“我知道该怎么做。我会和神父说的。”

其他人看着他。

“别告诉神父，”穆夏姆说。

卡斯伯特紧紧地抱着婴儿，“我们不能把这么个小东西放回去，走也要把孩子带上。”

“不行，”阿西吉纳克说。

“我再也不进那屋了，”卡斯伯特说。

“你会写字，”阿西吉纳克对男孩说，“你把这句话写下来：洛克伦家还有一人生还。今晚我就把这张便条放进治安官的信箱，他会从那儿取报纸。他们一早就会来领这个婴儿的。”

卡斯伯特慢慢地点点头，把婴儿交给了阿西吉纳克。阿西吉纳克回到屋里，出来时，他看着地面，注意到地上的足迹。

“我们得把能看见的足迹都擦掉，”他说，口吻严肃，又心不在焉，“把鞋脱了。”

他们绕着院子，用脚把松散尘土中的十字架印迹都擦掉，确定都擦完后才离开。他们沿着养牛牧场的边缘愈行愈远，慢慢消失在树林中，然后又在蜿蜒的小路上走了几公里。

一小口药

穆夏姆停了下来。我们猜他是讲累了，但因为他给我们讲的这件事是如此离奇可怕，我们也只是坐在那儿。我把头发缠在手指上绕着玩儿，约瑟夫皱着眉头，盯着坚如岩石的地面。

门嘎吱一声开了，妈妈探出身来看天色。火球一般的云朵正被黑暗吞噬，但好像要过很久才会下雨。槭树林里突然刮起一阵风，衣服在晾衣绳上晃荡。她低下头，就像肩上扛了一个牛轭走出来，身后的门随之关上。她大步走到晾衣绳前，摸摸衣服干了没有。那天她一定有什么烦心事，但直到后来我们才知道那是什么。要不是她满脑子烦心事，她可能不会让穆夏姆讲完整个故事，也不会允许他小口小口地啜棕色药瓶中的“药”，那药瓶放在他带拉链的绿色西尔斯工作服里。他拿出药瓶晃了晃，咚地一声朝喉咙里倒了一小口。我们闻到一股苦涩的、野生树叶的味道。把药瓶放进衣服时，他眼泪直流。

妈妈收下几张床单，她自己的几件化纤内衣还留在绳子上。我从没见过她就这么把内衣晾在绳子上。浅蓝色和粉色的薄纱内裤被风吹得鼓起来，真实地再现了她圆润的身形。走过我们身边时，她对穆夏姆说：“杰拉尔丁要来了，我知道她要跟我说什么。”她走上台阶，对着下面的穆夏姆大声说：“我不喜欢这样。”

门关上时，穆夏姆搞笑地瞪大眼睛，摆出一副要躲开的样子——

意思像在说“噢，她疯了”。

“那个婴儿后来怎样了？”约瑟夫问。

“一个叫霍格的人接走了那婴儿，”穆夏姆说。我以为故事到这儿就结束了，便起身去找妈妈——她一会儿可能要我帮忙叠衣服，或者把衣服打湿卷起来准备熨烫。她已经够烦了，我可不想再考验她的耐性。但紧接着穆夏姆又从药瓶里喝了口酒，说，“他们晚上来找阿西吉纳克了。”

“他们？”我回过头。

“哪个他们？”约瑟夫问。

“镇上的一群人，”穆夏姆说，“这就是我为什么要告诉你们这些。怀尔德斯特兰德，还有巴肯多夫四兄弟……”

“巴肯多夫四兄弟？”我问。

“哦，是的！就是他们！他们晚上来找阿西吉纳克，但他最先听到他们的动静，于是飞快地跑了，而我呢，我赶过去提醒他们，刚好及时带着男孩逃了。”

告解室

小房间有一扇极小的窗，外面盖着一块兽皮。圣迹和穆夏姆一溜烟爬出窗外。因为恐惧，他们风一般地蹿进树林。他们像树叶一样落在地上，跳进树丛，爬进密密麻麻的野樱树和柳树林。然后他们掉进了沼泽地，一番挣扎后陷进了芦苇丛中。那群人还带着狗，但都是牧羊犬，而不是训练有素的猎狗，所以它们看到什么都会叫。牧羊犬嗅到了动物的味道，那有可能是阿西吉纳克的味道，往另一个方向追过去。那群人拿着手电筒在水面上扫了一遍。踩踏的声音，脚拖地的声音，越来越响的狗叫声。然后他们走开了，嘈杂声越来越小。圣迹和穆夏姆奋力挣脱出淤泥，终于爬到坚硬的地面上。他们别无选择，只能跑去找塞弗林神父。虽然神父也靠不住，而且不再待见穆夏姆，但他非常喜欢圣迹。

他们顺着盘山小路下山后沿着牧场走，鸟儿在桤木和树莓林中突然鸣叫起来。穆夏姆向鸟儿求助，圣迹念着“万福马利亚”。他们一边走一边讨论起神父的各种习惯：慢吞吞地把圣饼分成一小块一小块的，拉长调子念祈祷词。你在边上很有可能眼皮打架，向前跌倒在地。听着塞弗林的布道，你会感觉地面看起来是那么柔软。如果有虱子或跳蚤咬你，或是小便憋到不行，你会相当难受。他们一致认为最令人痛苦的瘙痒总是发生在圣餐仪式上。他们还互相吐露，他们屁股痒的时候，还好有跪台边上的尖角可以让他们偷偷地蹭一蹭。

在山丘隆起的一边，他们沿着一条流经一个又一个沼泽地的小溪走，在听到马蹄声后，滚到一棵歪倒的杨木树根下。黑色树根正好形成一个笼子，他们躲在那儿。那些白人经过的时候，他们一动不动。阿西吉纳克没被捉住。

“他们可能放过我们了，”圣迹说。

圣迹和穆夏姆拉开教堂的门悄悄溜进去，清新的空气中还带着夜露的气息。装土豆的袋子铺成了地毯，散发出一股腐烂的粗麻布袋和泥土的味道。木雕橱前一盏小灯忽闪忽闪的，那儿就是神父存放圣饼的地方。木橱上罩着一块绣着红字的毛巾。

“我不喜欢那面饼的味道！”穆夏姆做了一个鬼脸，“那根本不叫面饼，连饼干也算不上。就算吃上一千个，你也活不了。”

“它会让你得到永生，”约瑟夫说。

“对圣迹不管用，”穆夏姆说。

男孩在橱柜前跪了一会儿，然后把毛巾推到一边，打开镀金的柜门，吃掉所有的圣饼。他关上柜门，把灯吹灭了。他和穆夏姆说自己已经好几天没吃东西了——自从阿西吉纳克战战兢兢回到家，语无伦次地说他听到白人喝醉酒后说的话了，而且白人治安官，可能还有一些农场主，知道被杀的那户人家已有印第安人去过。圣迹伸出手，喝下发臭的灯油[1]，马上觉得胃一阵痉挛。出了一身汗后，他跑到门外，额头抵在教堂后面的墙上。他急促地呼吸，一心想着体内的灵魂，强逼自己别把圣饼给吐出来。塞弗林神父给他解释过他的灵魂是怎么回事。现在，他告诉穆夏姆，他吃的面饼可以喂饱他的灵魂、他的精神，可以让灵魂更有力量。这些话是有道理的。他觉得自己需要这种力量。

男孩终于感觉好点了，穆夏姆扶他爬进来。教堂里有个封闭的房间，那是神父聆听忏悔的地方。忏悔室前挂了一片布帘。圣迹一下窜进去，蹲坐在布满灰尘的地上，把下巴搁在膝盖上。

穆夏姆让他待在那儿，自己则像动物一样抿着圣水器里变了味的水。后来他在教堂里的靠背长凳下睡着了，醒来时已是早晨，太阳透过粗糙的窗帘照进教堂。他凝视着教堂里的棕色光线。门开了，一小束白色光线打在地板上。塞弗林神父向忏悔室大步走去，朝里面看了一眼。

“孩子，”他低声说。神父神色焦虑，两条眉毛中间挤出了一道深深的皱褶。“其他人也在这儿吗？”

“不在，”圣迹说。

神父松了口气。男孩已在地上蜷成了一个球。神父的表情在同情和厌恶之间变来换去，最后定格成略带怒气的失望。

“我猜你来这儿是为了忏悔吧，”他的声音颤抖而刺耳，呼吸急促。“你做了一件很可怕的事！”他似乎打起精神，后退了几步。

“我拿吃的给你，能做的只有这个了，”他说完就走了。塞弗林神父回来时，拿来的食物竟是这样的。他无力的双眼泛着泪花，看着自己最爱的孩子吃着罐头饼干、桃脯、冷的烤鹿肉、一罐蜂蜜，还有像花瓣一样软的面饼。穆夏姆没作声，但肚子饿得咕咕叫。

圣迹吃得凝重、虔诚而又贪婪。他说话时双颊被食物塞得鼓囊囊的。

---

① 教堂里的灯油被视为圣油，信徒相信它受到过上帝的保佑，具有治愈的效果。

“除了那个婴儿，他们都死了。”

等他正要咽下食物时，门外来了一群人，神父站起身，两眼泪汪汪的。

“没，我们什么也没做，从来没有，”男孩说，但因为舌头上压着厚厚的蜂蜜，嘴巴太干，食物根本咽不下去。

“是他们害了你，”神父说，眼泪夺眶而出，顺着皱纹流到扁平的嘴边，溅到衣领里。“躲着，别出来，我去说说。”

姐妹俩

砰的一声，门被故意重重地关上了。穆夏姆吐了口烟渣，约瑟夫吓得一惊，我跳了起来。现在杰拉尔丁陪着妈妈一起，她们路过的时候，我听见姨妈问：“是谁告诉你的？”然后她们经过灌木林和晾衣绳，走到了院子中间。这次妈妈也懒得去摸衣服干了没有。她们聊得太投入了。妈妈耸起双肩，头稍稍偏向杰拉尔丁。她俩从背后看太像了——烫过的黑发剪短后，长度刚好到衣领上方。妈妈穿了件绿色的衬衣，杰拉尔丁穿了件黄色的。两人都穿着宽下摆长裙，弹性的塑腰带紧紧箍在腰间。科迪斯[①]软底帆布鞋和短袜把她们的脚衬托得优雅精致。妈妈用白色鞋油把她的帆布鞋擦得一尘不染。她们的衣服都是二手货，但依然看起来很时髦。大家以为她们都去法戈买衣服，但其实她们的衣服是从教会那儿拿来的。

她们走到院子尽头，那儿有一间以前用的茅坑，里面乱七八糟地堆着一些锄头和铁锹。她们手臂交叉在胸前，面对面站着，嘴巴一动一动的，裙子在带着雨味的热风中飘打着。穆夏姆知道妈妈没工夫管他，于是又开始讲。但是，这次他不像是在对我们讲，连语气也和平常讲故事

① 美国经典鞋类品牌。

时不一样。他没有让我们参与其中，也没有做手势。这和以往不同。从某种意义上说，他似乎被卡住了，卡在某条轨道上，好像阻止不了这个故事自己往外冒。这一次，他讲完了整个故事。

那群人

教堂外面，那群人的声音乱作一团。一开始，神父一边哽咽一边恳求，接着又含糊不清地说了些什么，声音沉闷，就像木桶里装了东西在滚动。穆夏姆听不懂他在说些什么，半梦半醒地把圣迹递过来的食物推到面前。他听到谈话声此起彼伏。大家你一句我一句，七嘴八舌的，直到最后人群和马群的声音合二为一，呼吸声和跺脚声融为一体。之后，安静了片刻，只听见风在屋檐下哀嚎。圣迹突然跳起来，往口袋里塞了一些煮过的肉，滚到最暗的长凳底下，和穆夏姆待在一起。

白人把塞弗林神父一把推开，闯进教堂。他们穿着靴子大步走在教堂的走廊上，每个人都屈膝行了礼。有些人还在胸前划十字。他们朝圣餐桌后和忏悔室里瞄去。

“又让他给跑了，”有人大声说。

“好歹抓到了一个，就把抓到的这个绞死得了，”教堂外一个男人说。他说话带有德国口音中的嗡嗡声，嗓音悦耳动听。

教堂外的几个人拽着阿西吉纳克从塞弗林神父身边走过时，神父僵住了。神父的嘴巴张张合合，好像被呛到了似的，他想为那位老人祈祷，可做出的动作却像抽筋了一样。阿西吉纳克把老人的手拍到一边。

“别做那些没用的，”他大叫，“让他们把我放了！”

圣迹在长凳下面听到了他爷爷的叫声。阿西吉纳克尖叫声中的恐惧弥漫开来，他用奥吉布瓦语大叫道：“我不想一个人孤零零地死！”

塞弗林神父摇摇晃晃地走到院子里的一棵树前，靠在树上。突然，所有的人都不动了。他们感觉到有人站在教堂门口，都转过头去，动作整齐划一。

“爷爷，我陪你，”男孩说。

穆夏姆从长凳下面爬出来，跳起来把圣迹拉进教堂。他使劲地堵着门拦住外面的人，但巴肯多夫四兄弟一拥而入，叉干草锻炼出来的强壮胳膊让他们一把就抓住了两人。那些人架起穆夏姆和男孩，把他们带到亮处。其中一个人抓着男孩的后颈。当男孩看到阿西吉纳克脸上惊恐羞愧的表情时，穆夏姆就知道他后悔主动现身了。但男孩丝毫没退缩，一遍一遍地划十字，直到白人把他的双手扣在背后。他们把他的两个手腕捆在一起，连同穆夏姆和阿西吉纳克一起扔进马车的后座。塞弗林神父用拉丁语大叫着什么，然后突然跑起来。他使劲抓住马车的边缘，在他们旁边踉踉跄跄地跟着。他们坐在马车里哐哐当当地下山时，神父像发了疯似的，没头没脑地说着一些没用的警告，前言不搭后语地祈祷着。很快，他的嘶喊声越来越弱，最后听不见了。一开始，阿西吉纳克弓着背盯着脚看，也不说话。最后，他痛苦万分地对圣迹说：“我根本不知道你躲在那儿。我的话不是说给你听的。”

圣迹怒目而视，对他爷爷生了一会儿气，然后耸耸肩，假装不在意。

灌木丛里野生的李树正开着花。柳树冒出了细长的绿叶，晨光下的沼泽地闪闪发光。这群美国人正思考着在哪儿找一棵怎样的树。但是，有两个人打断了他们的思路，那两人骑着马，把卡斯伯特拖在身后。为了把他留着处以绞刑，他们走得很慢。卡斯伯特看起来像只裹了一身灰尘的毛毛虫。他们剪开了他的绳子，把他举起来扔进马车。他躺在里面一动不动，眨着眼睛看着其他人。

“啊，”过了一会儿卡斯伯特说道，他的脸上血迹斑斑的，“他们把我鼻子最糟糕的那一部分给磨掉了。我都变帅了，现在就死真可惜。”

“你还是很丑，兄弟，”阿西吉纳克说。

“这么说，女人也不会觉得失去我是多大个损失咯，”卡斯伯特说，“这样我心里还算过得去。”

马车平稳地行驶，车里的人晃来晃去。他们越过保留地边界，转到田地边的马路上时，一两个农场主站在地里，一动不动，看着人、马匹、狗、马车和被捆绑起来的印第安人慢慢地列队走过。

婴 儿

穆夏姆抬头看了看两个女儿，她们正在院子的一头争吵。他对准药瓶大口大口地喝。突然，妈妈和杰拉尔丁停了下来，皱着眉头朝天上看。她们走到晾衣绳前，但还没等取下一个衣夹就又争论起来。两人没把剩下的衣服收起来，而是隔着绳子朝我们这边瞧，看我们是不是在听她们说话。她们发现我们在看，便把裙子弄得窸窣作响，轻快地大步走到房前。我们回头看穆夏姆，他又跟我们讲了一些他所知道的事情。一个叫伊莱克塔·霍格的女人，她年幼的弟弟（其实严格说来也不小，十七岁了）在杀人案发生后连夜逃跑了，带走了她刚烤好的两条面包、自己的鞋、一件羊毛夹克和一套罩衫。她丈夫奥里克挂在门边钩子上的帽子也不翼而飞。奥里克接到本顿·伦斯福德上校和治安官的传唤就即刻出门了，都没想过帽子到底放哪儿了。男人们从农场回来时，伊莱克塔本来可以说说托贝克不久前刚刚逃跑的事。她本可以说的，但看到奥里克骑在马上举着的那个婴儿时，她太惊讶了。这个婴儿分散了她的注意力，后来当奥里克倾身靠在马鞍上，把婴儿交到她手里时，她的心思就全部在婴儿身上了。婴儿没哭，而是直勾勾地看着她，平静的眼神充满信任，好像她已经长大，却被困在一个婴儿的身体里。伊莱克塔告诉穆夏姆，噢，她后来还是哭了，又变成小孩了。男人们草草地给自己弄了点吃的走了之后，只剩下她一个人给婴儿洗澡，洗完正准备喂婴儿时，婴儿哭了。伊莱克塔得知杀人案后，决定跟奥里克说肯定是他把帽子带走然后弄丢了，一定是慌乱中把帽子落在农场某个地方了。她知道发生了什么，决心不透露托贝克不见了、逃跑了，暂时不说这事，而且能保密多久就多久。

“如果她说了……”穆夏姆说，“要是她说了就好了……还有约翰·沃格利，我的老朋友沃格利。他从牲口棚回来时，正好看见他父亲弗雷德里克大中午的在抽烟。”

“这有什么好奇怪的呢？”我问。

“不知道，”穆夏姆回答。

沃格利

弗雷德里克·沃格利站在院子里，用简单的德语和巴肯多夫四兄弟交谈。约翰已故的母亲说的德语更复杂一些。她的声音像她的其他东西一样在约翰的脑海里渐渐淡去，也可以说是一点儿不剩。她给住在海德堡的家人写信，还多抄了几份，自己留着，给弗雷德里克写情书，给约翰写便条，她还写日记，日记里详细地记录了他们惊心动魄的经历和日常生活——除了她挨打的事：只要她一病，弗雷德里克就会打她。就算这样，弗雷德里克还是不喜欢她写的东西，无论什么时候要卷烟，他就从日记本里撕掉一页，或者拿高档的信纸来用。约翰讨厌看见这些。

他拐过屋子的一角，看见他们就在那儿。巴肯多夫四兄弟也在抽烟。烟是父亲替他们卷好的。他们中间较小的那一个，叼着细长的纸制烟管，那烟管比他卵石般的下巴还长。他们站在那儿说话，约翰就看着他们把纸烧成的烟吸进肺里。母亲写的一字一句都被他们吸进胸腔，然后又化作无形的烟被吐出来。

约翰走进屋内，把母亲的日记藏到另一个地方。母亲已经去世几个月了，这几个月里他长高了一英尺，肌肉也长出来了。他现在还无法适应自己如此强壮的身体。等他再从屋里出来时，弗雷德里克抓住他的衣领说："牵几匹马来。"然后猛地把他往牧场方向一推。他牵了一匹叫纳德尔的马回来后，父亲让他给叫格利的马也套上马鞍。等他们跨上马，父亲说："今天你可以开开眼界了。"然后，他们骑马跟在巴肯多夫几兄弟后面扬长而去。

"所以他就是老约翰，"我说，"就是你说的德国人。"

"对，"穆夏姆说，"那个德国人。后来他告诉了我，他和他父亲追上其他人时，以及治安官和老上校想拦住他们时发生的一切。"

死亡之歌

本顿·伦斯福德上校和昆塔斯·费尔斯治安官追上那群人时，他们正在找可以实施绞刑的地方。奥里克·霍格没跟上，正从远处赶来。那群人站在一口井边上，探头往下看，一边商量一边试试吊水桶的绳子。上校和治安官驾着他们的马，挡在马车前，使他们无法前行。

"噢，朋友们，"费尔斯治安官从容地说，"看来，有些工作你们已代我做了。"

"剩下的我们也快做完了，"弗雷德里克·沃格利说。

尤金·怀尔德斯特兰德是惨遭杀害的那家人的邻居，威廉·霍奇基斯是个锁匠，也做谷物生意，他们脚踏马镫来到治安官身边。他们中有一些人步行。有两三个人竟然还坐上了马车。埃米尔·巴肯多夫正驾驶着马车。他的弟弟们眼神黯淡，和他一起坐在马车座位上，他们双手放在大腿上，看起来像坐在教堂长凳上身形巨大的男孩。

"下来，"费尔斯治安官说，"这辆马车现在由我征用了，我负责把这些嫌犯送进大牢。"

"征用，"埃米尔·巴肯多夫嗤之以鼻。他的一个弟弟大笑，另一个下巴宽大的弟弟只是盯着自己的膝盖。

威廉·霍奇基斯坐在马鞍上，向前伸长脖子。他扛着一杆连发步枪。费尔斯治安官掏出散弹猎枪，伦斯福德上校握住左轮手枪，他在美西战争[①]中就用过这把枪，从那以后就一直给它上油，将它干干净净地保存在一个特制的架子上。人和马儿都靠得太近，马儿怕踏错了步，急忙避开，弄得人们你蹭蹭我，我蹭蹭你。

“你们抓的是个小男孩，”伦斯福德上校对所有人说道，“只是个小孩。”

“是凶手，”沃格利说。

“你们还是人吗？”怀尔德斯特兰德紧紧拉起马缰，吐了口口水，冷冷地问治安官和上校。他眼睛瞪得大大的，像钉在白纸上的大头钉。“你，还有你，没进过那间屋子吗？”

威廉·霍奇基斯突然在伦斯福德上校背后拉起缰绳，拿枪戳着他的后背。伦斯福德上校转身把步枪的枪管从腰间推开。

“把这玩意儿放下，你个白痴，”他说。

沃格利把霍奇基斯从费尔斯治安官身边撵开。

“不好意思啊，朋友，”怀尔德斯特兰德说，“我们必须把该办的事办好。”

他斜身插到霍奇基斯和费尔斯治安官中间，对着费尔斯的马的眉心处一拳打下去。治安官举起双手，跟着马一起倒了下去。骨头像牛鞭噼啪一声断裂了。人们听到这声音都吓了一跳，面面相觑。坐在马车里的阿西吉纳克突然向治安官冲去，但被巴肯多夫一把推回马车里。

“我们完蛋了，”卡斯伯特说。鼻子上的血渗进喉咙里，他开始觉得恶心。

---

①1898 年美国为争夺西班牙属地古巴、波多黎各和菲律宾而发起的战争。

埃米尔·巴肯多夫一抽缰绳，马车平稳地前行。

“我们还没找到地方绞死这些印第安人呢，”威廉·霍奇基斯说，“说不定我们可以拿奥里克吊牛肉用的绞盘来试试。”

“我不掺和这事儿！”才赶上来的奥里克大喊道。他跳下马去救昆塔斯·费尔斯。治安官急促地喘息，“呼，呼，呼……”他还被压在那匹死马的身下，眼珠一个劲地向上翻，只剩下眼白，然后昏了过去。伦斯福德骂了一句“该死”，还有别的脏话，下马去帮奥里克把治安官拉出来，任凭马车从身边驶过。

杰贝兹·伍兹、亨里克·戈斯特林、埃纳里·曼特尔和其他人静静地站在路边，看着那群拿着枪骑着马的人。这会儿，这群人正和马车并排走在有两道车辙的草地上。

“那个坡上也许可以，”曼特尔说，“这边的树都不够粗壮。”

“好树都在我们身后呢，要过了保留地边界线，”巴肯多夫家一个兄弟说。

“我们只要一个树干就够了，”怀尔德斯特兰德说。他朝马车里看去，眼睛周围的肤色苍白，好像全身的血都流到因为在田地里干活儿被晒得黝黑的皮肤下了。

“我们看见那些人时，他们已经死了，”卡斯伯特大喊，惊醒了昏睡中的圣迹。穆夏姆听着这一切。“他们是我们发现的，但不是我们杀的。我们还给他们挤牛奶、喂婴儿。是我，卡斯伯特，喂了那婴儿。我们不是你们想的那种坏印第安人！那些印第安人在南部！”

“不许讲达科他人[1]的坏话，”阿西吉纳克说，“我就是被他们收养的。”

卡斯伯特没理他，继续缠着那些白人说：“我们，和你们是一样的！”

---

① 北美一印第安部落。

“和我们一样？”霍奇基斯靠过来，用步枪枪托对着卡斯伯特的头狠狠一敲，“不可能。”

“你说得对，”阿西吉纳克用奥吉布瓦语说，“你们是这世界上的一群疯子。”

卡斯伯特现在满头是血。带血的头发挡住了眼睛，脖子上沾满了血，脏衬衣上上下下也都是血。他像是戴了一个血淋淋的面具，面具后的他用奥吉布瓦语对圣迹说：“别担心，他们那群人里也有一个小男孩。用不了多久，他们中有人会注意到他，并且记起治安官说过的话。他们会把你放了。以后你向别人提起我的死，要告诉他们我很勇敢。下面我要为自己唱一首死亡之歌。”

“希望你尿裤子之前还能想起怎么唱，”阿西吉纳克说。

“唉，我正想着呢。”两人开始轻轻地哼起来。

“老实跟你说吧，”过了一会儿卡斯伯特说，“没人教我唱过死亡之歌，他们觉得我不配。”

“那就编一首，”阿西吉纳克说，“我帮你。”

他们开始轻轻敲打膝盖，压低声音含糊不清地哼出一段哀怨的旋律。整个过程中他们跟穆夏姆什么都没说。穆夏姆凝视着远方刚被犁过才种上农作物的田地，犁沟笔直笔直的，沟里刚冒出绒毛般的浅绿色嫩苗。天空呈现出最美的蓝色。地平线灰蒙蒙的，带着一丝绿色的光芒，像知更鸟下的蛋，柔和的几朵白云，就如同动物胸前的白色羽毛，高高地飘在天空。

他们来到一棵树下，那棵树看上去不错，但那群白人觉得枝干长得太斜太细了。他们换了一棵树，一面用手臂和手掌量大小，一面讨论。显然，这棵树也不行。

“他们在给我们时间练歌呢，”卡斯伯特说。他擦擦脸。鼻子上的瘤状物看上去好像被平滑地切掉了。

“我现在凑近看你，”阿西吉纳克说，“觉得你本来可以很帅的，我的朋友。”

“谢谢，”卡斯伯特说。

“那边那棵树应该可以，”埃米尔·巴肯多夫说。

穆夏姆听见有人开始啜泣，他起初以为是他自己——那声音就像是自己的——但后来才发现那是约翰·沃格利。那个男孩骑着马和他并排，双手紧攥马的鬃毛。他的眼泪哗啦哗啦地往下流，打湿了马鞍上的皮革。弗雷德里克·沃格利从后面骑到他儿子身边，把手臂向后一甩，手关节和前臂重重地打在他儿子的脸上。约翰差点从马背上摔下来，但控制住了。坐稳后，他整个人都变了，变得胸膛更宽阔，体型更大，眼见着体内一股火气被点燃了。这股火气烧起来，使他彻底爆发了。他噌地跳下马，向他父亲的怀里猛扑过去，他父亲从马鞍的一边飞了出去。两人着地后滑行了一段距离，他仍压在他父亲身上——他父亲的背就像雪橇一样。约翰坐在父亲的胸口，抡起拳头，像捶桌子一样打他父亲的脸。他把整个手臂的力量都集中在拳头上，像是要把木头或是肉给打穿。他的另外一只手扼住他父亲的脖子。马车颠簸前行，其他人都跟着马车走了，剩下他俩在地上翻滚，拳打脚踢，然后站起来，你一手臂挥过来，我一拳打过去。他们一会儿倒下去，一会儿站起来，从远处看，他们的打斗更显得滑稽。最后，他们缩成了两个黑色的玩具小人，在广袤的天空下突然弹起来，又突然落下去，身后是一望无际的地平线。

“不管怎么说，那个男孩还是心善的，”卡斯伯特说。

“希望他没把自己老子给杀了，”阿西吉纳克说，“那可不好受。”

卡斯伯特也觉得是。

“所以你和卡斯伯特也说过话，”约瑟夫问，声音中透出紧张。“那圣迹呢？阿西吉纳克呢？他们活下来了，现在也是老人了，是吧？”

“不，”穆夏姆回答。

“噢，”约瑟夫应声道。

振翅之声

橡树洒下一片浓荫。它静静地耸立在那儿，可能已经有一百年了。“直到今天，我还可以带你去看看那棵树，就在沃尔德家边上。”穆夏姆说，“树底下有人们供奉的烟草[①]，树枝上还挂着许愿的旗子。”

那群人爬上树，又爬下来，绕着树走了几圈，边走边抬头观察，紧接着指向一根挺特别的树枝。那根树枝向树的两边伸展开去，然后弯曲向上，像是在膜拜谁。他们终于确定了，那正是他们要找的那棵树，就把马车拉到树下。马车上铺着稻草，草堆下有五六根绳子整齐地盘着。埃纳里·曼特尔和巴肯多夫兄弟拿出绳子，又为到底用哪几根争论起来。他们一边吵，一边笨手笨脚地试了试绳结，系好拉紧，反复试了几次后才把绳子套上树枝。然后他们试了下能不能把绳圈收紧，商量着谁用鞭子抽马，什么时候抽。

“他们连怎么设圈套捉兔子都不会，”卡斯伯特说，“更别说把人绞死了。哎呀，这下可不好过了。”

圣迹一阵恶心，惊慌失措。阿西吉纳克没答话。穆夏姆盯着空气，假装已经准备好面对死亡。

“梅蒂人会应付自如的，”卡斯伯特接着说道，他指的是穆夏姆。“他知道怎么跳吉格舞。”[②]

阿西吉纳克从深思中猛醒过来，碰了碰他侄孙的肩膀。

“我一直把你当儿子看待，”他对圣迹说道，“我们会一起走进灵魂的世界的。我本来也不想独自走那条路。天哪！你出现在教堂里的那扇门前时，我这沧桑的心呐，可自豪啦！”

---

① 为了供奉死去的人的灵魂。

② 卡斯伯特在与穆夏姆开玩笑，因为当人受绞刑时，双脚会在空中乱蹬，就像在跳吉格舞。

“谢谢，我的爷爷，”男孩应道，语气平静而礼貌，“我也把你当父亲看。”

“我们很快就会见到他们的，”卡斯伯特说，“我们所有的亲人。”他碰碰男孩的胳膊，笑了。透过脸上干涸的血迹，他的笑看起来挺可怕。“你叫什么名字？”

“查尔斯。”

卡斯伯特摇摇头。“我不是问神父叫你什么，也不是问我们给你起的昵称——圣迹。我是想问，你死后其他灵魂该叫你什么？”

圣迹告诉了他。

“无边无际的天空。很好，这名字起得很好。把这个名字告诉在那边等你的‘那个人’，你就能去到阿尼什纳比人灵魂的世界啦！你的妈妈和爹爹会在那儿等着你的，孩子。别怕。”

“待会儿别挣扎，”阿西吉纳克说，声音却在颤抖。

怀尔德斯特兰德让他们四人站起来，紧了紧绑在他们身后的绳子。埃米尔·巴肯多夫让他们按顺序站在马车的车板上，拉下绳圈套在他们头上，又把绳圈收了收。

亨里克·戈斯特林向马车走来。

“他说不想绞死那男孩，”埃米尔·巴肯多夫说。

他的一个兄弟应道，“啊，那就把他留下吧！”

尤金·怀尔德斯特兰德突然血气上涌，沉下脸来。“你们在那儿吗？”他挨个儿看着戈斯特林和其他人，说道，“你们在那儿吗？在现场吗？你们在那儿。你们看到了的。”

他怒气冲冲地瞪着他们，双颊在阳光下红得发烫。

“那个女婴，”他继续说道，“那个妻子。那两个男孩。还有我的老朋友。他们所有人。”

埃米尔盯着他的兄弟们看了一会儿，最终，巴肯多夫兄弟点点头，低头看向脚下。亨里克·戈斯特林转身走开，又沿着小路回去了，边走边用帽子拍打着大腿。站在马旁边的其他人开始动手，这时阿西吉纳克和卡斯伯特突然唱起歌来。他们唱得很大声——卡斯伯特的嗓音是那种狂野的假声，划破了空气。阿西吉纳克跟他一起唱起来，圣迹感觉安心多了，因为他感受到他们嗓音中的力量，还有那些古老语言写成的歌词：

这些白人算不了什么

他们伤害不了我

我会看见神秘之面孔

他们一连唱了两遍，巴肯多夫四兄弟才行动起来，把马车准备就绪。埃米尔稳住两匹马，开始倒数，准备同时用鞭子抽它们。男孩想张开嘴，与他爷爷一起歌唱，却只能轻声哼唱他母亲过去总是用来哄他入睡的不成调的摇篮曲。巴肯多夫兄弟的胳膊向后一挥，鞭子同时朝两匹马抽过去，紧接着又是更重的一鞭。马车猛地一蹿，停下来，又向前剧烈地晃了一下。车上的人差点摔倒，却没有停止歌唱。终于，两匹马狂奔起来，跑了二十英尺后又停下来。他们还在使劲唱歌，尽管他们已经窒息。男孩太轻了，绞刑对他来说真是一种煎熬。渐渐地，他喘不过气了，踢着空气，在空中打着转儿。卡斯伯特不再歌唱，发出了咯咯声，紧接着是男孩的爷爷，这些声音男孩都听见了。在他紧闭的双眼后，黑色的恐惧扼住了他，直到他听见母亲说，睁开眼睛，他才张开眼直视着那片灰蓝。然后他觉得好多了。悬在高空的一缕缕白云，早已化成了翅膀，现在它们掠过天空，越来越快。

苦涩的茶

穆夏姆刚说完，暴风雨就向我们袭来，漆黑的云团压得很低。院子里的床单狂飞乱舞，工作服和穆夏姆的工装衬衫膨胀得跟气球一样。连我妈妈的浅色内衣裤也直挺挺地飞起来，薄纱般轻柔的内衣裤绕着木质衣夹在晾衣绳上打转。她肯定是跟杰拉尔丁去哪儿了，只有空空的衣篮在风中翻滚。

第一阵豆大的雨点打在肩上，我奔上前开始收衣服。衣服在手里飞舞，被猛烈的大风扭成麻花，一条圆形裙缠绕在我身上。我还沉浸在故事里，打起全部精神应付完内心的思绪、收好衣服，穿过院子，回到静悄悄的屋里。

妈妈淋得像个落汤鸡，跟在我身后走进厨房。她是冒着大雨从我小外公夏门戈瓦那儿一路赶回来的，就这也没把她的怒火浇灭。反正，这雨来得快，去得快，雨后空气清新干净，但酷热不减，所以她也没在屋里跟穆夏姆聊多久。我很快就看到她拿着衣篮走出屋，把我刚收起来的衣服又夹到晾衣绳上。这次我发现她把自己的内衣裤小心翼翼地藏了起来。穆夏姆也跟着她，背微驼地站在她身边，手里拿着盛衣夹的袋子。我猜，妈妈可能在教训他，怪他不该跟我们讲以前的事，不该说起那个被绞死的男孩。不过，当她又把衣篮留在屋外晒着的衣服下面，挽着穆夏姆的胳膊回到屋里时，她说："我劝不动，她非要见他，她喜欢他。她连他偷偷地喜欢那个女医生都知道。您知道我说的是谁，您清楚得很。"

我假装在做别的事，没听他们说话，不过妈妈可不好糊弄。天知道我多想开口问那个女医生的事。

"哦，好极了，埃维莉娜，帮我削土豆去。"

“今天晚上我们能像杰拉尔丁一样做卷发吗？”

妈妈神色严厉地看了我一眼，我赶紧扭过头看别处。方形的地窖门用锡包边，还盖着油毡纸。我拉起门上的圆环，沿着梯子小心地下到地窖。她递给我一个滤锅。

“这会儿你要是跟我提杰拉尔丁，我就把你关在下面，”她说。

我拿着土豆爬上来。不过，我在下面听到她跟穆夏姆说起法官的什么事，所以我想这事准跟她为杰拉尔丁心烦一事脱不了干系。事情和我想的差远了：我以为杰拉尔丁（她？还真是难以置信！）做了什么违法的事，得去法庭见法官，交罚款或者蹲监狱。我就是这么想的。

❧

第二天，怀蒂舅舅和夏门戈瓦来到我家。怀蒂舅舅一直在教我怎么自卫，我一直在想法子打到他的手。

“你反应挺快的，”他说，“但还不够快。”

我想低头躲开，不让他抓到耳朵，但从没成功过。

“要像蛇一样思考，”他说，“就是什么也别想，做出反应就行。”

但他看得出来，我喜欢想事情，永远不可能有闪电般的本能反应。约瑟夫也没有。

“天哪，你没救了，”怀蒂说。他身形高大端正，长着一张像猫王[①]的印第安人面孔，梳着蓬松的大背头，梳头的头油装在一个亮紫色的瓶子里。他有时候住我们家，就睡在沙发上。

“杰拉尔丁姨妈怎么了？”我问他。

“我要是说了就没命了，”怀蒂说，“这是秘密。”

---

① 即埃尔维斯·普雷斯利（1935—1977），绰号“猫王”，是美国摇滚乐史上影响力最大的歌手之一。

“我们去拿拳击手套吧，”约瑟夫说，“去后面的小屋。随她们说杰拉尔丁姨妈的事去，咱们男人可不屑于说三道四。”

“我们走，”怀蒂说着，露出他衬衫里藏着的一品脱“四玫瑰”威士忌。

这样，只留下我跟夏门戈瓦和穆夏姆在一起。我坐着跟他们喝了会儿水，然后开口问杰拉尔丁做了什么事让我妈妈火冒三丈，因为我知道他们不会冲我发火。

“什么？”穆夏姆说，这次他想来个一问三不知，“她什么都没干啊。”

“快要干了，”夏门戈瓦脸色平静地说。

夏门戈瓦把他的小提琴带来了，不过一直在皱着眉头调整琴弦。他抱怨琴弦质量不好。

我问那些绞死我们族人的白人后来怎么了。

“谁让你跟她说这事！”夏门戈瓦咬牙切齿道。

穆夏姆小心地看了兄弟一眼，又转过来看着我。“发了财，吃得肠肥肚圆，还没死绝。”他说，“他们青云直上，接管了镇上的事务，半个镇子都归他们了。但那可不是应当应分的。还有怀尔德斯特兰德，没人告他谋杀。治安官费尔斯瘸了腿，老伦斯福德因为讨厌巴肯多夫四兄弟，回到他称之为明尼苏达的文明社会去了。他搬到了布雷肯里奇[①]。1928年那群人跑到那，把他也绞死了，终究难逃一劫。我认为他死在东部了。”

“那你呢？你是怎么活下来的呢？都吊起来了还怎么活呢？”

“他们从来没打算把他绞得死透透的，”夏门戈瓦说。

“为什么？”

可紧接着穆夏姆就跟他兄弟吵了起来，说的话让我摸不着头脑。我

---

① 美国明尼苏达州的一座城市。

看到的东西跟圣迹看到的一模一样，鸽子还在空中呢。他们越来越生对方的气，我就走开了，把刚才听到的话又想了一遍。后来，有人开车来到我家，我出去看来的是谁。看到来人时，我赶紧躲回屋里。

哈普姑妈为了给当地历史协会撰写《历史新闻通讯》，特意从普路托赶来采访穆夏姆哥俩的。只要哈普姑妈来，妈妈通常都会算好时间出门。但如果妈妈没走成，她还是会容忍尼芙，因为爸爸还是很喜欢这个妹妹，尽管她把我叔祖父①留给她和爸爸的遗产私吞了。爸爸没做银行家，老默多对此无法释怀。爸爸曾想过找个律师，让妹妹把剩下的财产分了，但也只是嘴上说说。他坚持说自己只想要那几本原来属于奥克塔夫的老邮票簿。

但我们并不是因为尼芙姑妈贪得无厌才不喜欢她。她总是没完没了地问周围的人一些幼稚的问题，却又不等别人开口就自问自答了，大家都嫌她烦，懒得和她计较。

“以前印第安人用什么生火呢？”那天下午她问。这是她经常挂嘴上的一个问题。“答案不明摆着嘛②！”她自我感觉良好。

夏门戈瓦为了逗她开心累得精疲力竭，但穆夏姆很乐意让她走得近一点，向她施展个人魅力。他毫无顾忌地跟她调情，请她坐在他的大腿上。

“你骑过马吧？带马鞍的？骑过就知道得有个做抓手的角才行。我以前也有一个……”

穆夏姆的兄弟厌恶地转过脸，我说：“什么角，穆夏姆？在哪儿？”

妈妈从屋里走出来，神色平静地注视着自己的父亲。我闭上了嘴。她穿着一件镶着黄色波浪形花边的蓝格子围裙，双臂交叉在胸前。穆夏

---

①指奥克塔夫·哈普。

②当地人都知道是用干牛粪生火。

姆一见到妈妈便赶紧直起身，清了清嗓子，问尼芙·哈普太太有没有收到他的信。她说收到了，她来就是想为她的《历史新闻通讯》收集资料。穆夏姆热心地说愿意回答她的提问。夏门戈瓦双手交叉。但当尼芙·哈普一说她要追溯事情的缘起，想让他们说说普路托镇是怎么建起来的，再谈谈为什么普路托镇几乎没有印第安人居住却建在当初的保留地边界之内，两个老头的脸就变得跟妈妈一样——安静、复杂、隐忍，还有其他情绪，从此以后这些情绪也刺痛着我。我看得出，失去土地像根刺一直扎在他们心里，以后也扎进我心里。我慢慢懂得，不同性格的人将悲伤寄托在不同的东西里：夏门戈瓦将它寄托在对小提琴的热爱中，妈妈将它寄托在自己的温柔善良和有条不紊中，而外公则把它寄托在日复一日的荒诞行径中。

“你问的是，”那天下午，穆夏姆摊开双手，咧开嘴巴，露出土黄色的牙齿说，“土地是怎么被偷盗的？这无耻的偷盗是怎么得到默许的？我们明知道自己失去了土地，落入你们手中，怎么还在你们旁边住得下去？”

尼芙·哈普想喝点茶。

“我去泡吧，”我说着走进屋子。我把水壶灌满水，点燃炉火，站在水槽前等着水烧开。水槽上方有个小窗户，我刚好能看到窗台上面一点。我盯着尼芙姑妈，看她脸上硬挤出笑容，看她对两位老人晃了晃细小的手指。妈妈走进来，站在我身边。她几乎从没用手碰过我，所以当她把手放在我背上时，我可能因为吃惊，把她的手甩了下去，接着又后悔了。我觉得我当时朝妈妈走近了点，让自己的肩膀轻轻碰着她的胳膊。我们一起站在那儿。也许那是第一次，我知道我们“英雄所见略同”。

“这不是她的错，”妈妈说，但她不是跟我在说话。她是在提醒自己要宽容大度，才能容忍尼芙·哈普太太站在她的院子里。

“我觉得就是她的错，”我说。

“嗯？也许你想的是钱的事，”妈妈说，“我知道你知道那件事。我们不需要钱。”

“哈普家没人参与绞刑，”我不假思索地说，“但有个姓怀尔德斯特兰德的参与了，而她嫁给了怀尔德斯特兰德家的人。”

我惊讶地发现，妈妈没追究我怎么会知道这事，因为她警告过穆夏姆不要跟我们讲这些。她只是呼吸有点急促。

“哦，”她说，“还有巴肯多夫四兄弟。那是很久以前的事了。你看看，玛丽·阿妮塔回来是怎么帮助教区里的孩子的。”她那种听天由命、小心翼翼的语气向来让我对她敬而远之。我退后一步。

“哦，她啊，”我敷衍道，我们有一会儿没说话。水快烧开时，妈妈晃了晃身子。

“埃维莉娜，你知道的，你外婆琼奈斯不是纯血统齐佩瓦人。”

“知道，”我说。

“她父亲丢下了她，是她姨妈把她养大的。她父亲名叫尤金·怀尔德斯特兰德。”

我一直盯着窗外，好像没听到她的话。但心里却在想，现在我总算明白了为什么他们没把穆夏姆——像夏门戈瓦说的——绞死。我听到身后的妈妈把水壶从灶上拿了下来。她放下水壶时，壶柄轻轻地咔嗒作响。她用手指从锡罐里挖出茶叶，放进茶壶，然后把茶罐的盖子盖上。我听到她往茶壶里倒水时滚烫的水噗噗作响，接着她回来站在我身边。她把手放在我后背，这次，我没甩开。我们等着，一起等着，等茶泡成老哥俩喜欢的样子，乌黑苦涩。尼芙·哈普就算加一磅糖也不觉得甜。

“嗯，不管怎么说，”妈妈说，“我也不瞒你了，反正你迟早会听说的。你姨妈杰拉尔丁和库茨法官正在……”但她没说完，只是重重叹了口气，声音嘶哑，把手放到胸口。

“造人吗？”我说。

妈妈惊讶地看着我，随后才意识到我未必明白自己在说什么。

“你姨妈不可能生孩子，”她说，声音里透着阴郁。

“嗯？”我说，“那怎么回事？他们在干什么？”

但我看得出，妈妈后悔刚才说的那些话了。她让我把茶杯送出去。

家　系

穆夏姆讲的这个故事的确对我产生了影响——首先就是，我再也无法像以前那样看待任何一个人。我开始对家族关系无比痴迷。在这个小小的豹纹日记本的结尾（本子的锁被哥哥弄坏，钥匙便形同虚设了），我把故事中能记住的所有细节都写了下来，又写下了跟故事有关的我认识的每个人的亲属，他们的父母、祖父母以及更早的先辈。我询问了身边的同学和朋友，理清所有跟杀人案有关的人的血缘关系，终于，我用线条和交叉的圆圈将他们全都联系起来，画出一张蜘蛛网一样的关系图，是用铅笔画的。其中有几个人的关系图太过复杂，如科温·皮斯的，我不得不擦掉，重画，再擦掉，最后纸都擦破了。然而，背后的问题却无法擦掉，而穆夏姆也不愿多说。面对我的追问，他要么皱眉，一副恼火的样子，要么沉默不语。我打破沙锅问到底，想知道更多细节，他却总是避而不答，想敷衍过去，再也不像第一次讲故事时那样实话实说，娓娓道来。他的药瓶被妈妈没收了，里面原来装着威士忌，但没人知道是哪儿弄来的。妈妈从没能让他把酒戒掉。当然，我仍然爱着穆夏姆，只是这件事多少影响到我对他的看法。就像踏入一条清澈的小溪，却被淤泥淹没了双脚。

安东·巴兹尔·库茨法官

就是这样

❧

在部落办公室狭窄的过道上，我和杰拉尔丁擦肩而过，那一刻我就决定要娶她。我们身体稍稍侧向一边，微微点头示意。在保守的白色衬衣下，她的双乳从我眼皮底下掠过。我强烈地感觉到它们的存在，强迫自己与她平视，但我依旧闻到了她身上淡雅的肥皂香味——一股女性特有的汗味混合其中，扑鼻而来。头发针一般刺痛了我的颈背，我戛然止步，像被线牵制的木偶一样转过身，看着她向前走去。杰拉尔丁走起路来肢体柔韧，女人味儿十足，但一点儿也不轻佻，反而有拒人于千里之外的意思。杰拉尔丁没结过婚，所以大家都觉得她性格冷淡——她的初恋男朋友叫罗曼，就是从火车上下来的那个人，他在一次车祸中丧生，从那以后她就单身一人。在恋爱这方面，我也有刻骨铭心的经历。这一点我们是相同的。

当然，这些杰拉尔丁都知道。她是部落登记专员，把所有人的信息都按字母顺序存过档。其实，我碰到的许多血缘问题，还真得请教她。几天后，我来到她的办公室。进门时我朝她点点头，她却转头看向别处。

“我是安东尼·库茨，”我说。

“嗯，”她应声道。

她面容苍白冷酷，乌黑的眼睛向斜上方挑起，出奇专注地看着我，却很冷漠。她微微抬了抬眉毛，但这个动作也不能说明气氛变友好了。那天，她身穿一条玫瑰红的裙子，腰间系着一根黑皮带。她穿着透明长筒袜和黑色低跟皮鞋。她喷了栀子花味儿的香水，走过的地方留下湿润的草本味道。在北达科他州这地方，她就是这样一个散发出热带风情的女人。我看着她离开办公室，玛格丽特·莱斯帕兰斯见我碰了一鼻子灰，用同情的口吻对我说："她叔叔可能在外面等她。"当时我觉得玛格丽特这么说只是为了让气氛不那么尴尬。杰拉尔丁不想跟我有任何瓜葛，这点似乎很明显。但后来我发现，她叔叔真的一直在外面等，而她确实也一直想认识我。的确，她之前想躲着我，我以为是因为我的过去或我的家庭，但事实并非如此。冷艳，那是她的风格。她是个矜持的女人。

过了很久我才和杰拉尔丁说上话，她能坐下来和我喝杯咖啡那是更久以后的事。在俾斯麦[1]的一次会议上，我终于和她一起吃饭了——我千方百计混进了酒店瑞典式自助餐的队伍，刚巧站在她身后。当她朝一张桌子走去时，我紧紧跟在后面。我们聊了些人人都耳熟能详的话题，算是彼此认识了，但有一句话我一直渴望能说出口："我要娶你，杰拉尔丁·米尔克，你会嫁给我的。"

虽然我有点沉不住气，但还是藏住了这些心思。听说米尔克家的女儿都有些脾气，我可不想一开始就把她惹怒了。会议结束后，在回家的路上，我循规蹈矩，始终跟她保持一定距离，但有时我觉得要是不当着她的面把那些话说出来，我迟早会被憋死。我喜欢他叔叔的音乐，这助了我一臂之力——我经常晚上过去和他坐坐。还有时候，我会一大早就去他家，泡一壶浓茶，或请他出去吃早餐。那是一个周末，杰拉尔丁第一次在她叔叔家看见了我，当时我装出一副很惊讶的样子——我早就想好了要那样做——但她可没上当。

"你是来理发的吗，法官？我带了剪发的剪刀。"她从手提包里拿出一把剪刀，在空中咔嚓咔嚓剪了几下。我很想告诉她，除了理发，她想对我做什么都可以。我敢肯定她从我的表情看出了我的心思，并且觉得我很可怜。她放下剪刀。

"喜欢钓鱼吗？"我问她。也许用这种方式去了解一个女人有点儿

① 美国北达科他州中部伯利县县治，也是北达科他州的首府。

另类，但我按捺不住。

“不喜欢，”她说。

“那你想去钓鱼吗？”

“可以。”

于是第二天，我们坐着渔船出发了。渔船是我一个堂弟的，装着四十五马力的小型铝制舷外引擎。她穿着牛仔裤，裤腿卷起，上身是一件硬挺的格子衬衣。优雅卷曲的秀发拂过双肩。她没怎么化妆，只涂了深红色的口红。我心想，如果在船上她让我靠近她，我会捧起她的脸，用大拇指的一侧轻抚她的双唇，看着她的眼睛，然后缓缓吻下去。正当我想象着这样一幅画面时，她尖叫道：“当心！”我们差点儿撞到岩石上，而且我知道岩石就在那儿。她摇摇头。

“你要把我们弄死在这儿了，法官。”

“我不是一个会绞死人的法官。”

“你知道那件事？”

“当然。”

我告诉她，卡斯伯特·皮斯的两个哥哥，亨利和拉斐特，很久前救过我爷爷的命。我们来到一个看上去还不赖的地儿，把鱼线抛出去，收回来，抛出去，又收回来，一句话也没说。大家谁也不说话，这并没有让人感到不自在。我们知道了彼此的出生地。过了一会儿，我们聊了起来，句句不离出生地。我们聊到历史，默默地思考未来。如今，保留地和三个小镇相连，分别是霍普丹斯、阿格斯和普路托。普路托与保留地挨得最近，但它在保留地的西面，又与交通要道相距太远，所以，虽然偶尔繁荣过的轻工制造业给保留地带来稳定①，但保留地并没有从中受益。自从政府利用税收政策鼓励企业前来开发，我们也不再把农业作为

① 此处有讽刺意味：美国印第安事务管理局调整政策，让非印第安人在印第安人的土地上开设企业，使保留地保持稳定，但收效甚微。

经济的基础，哪怕周围的小镇人走城空。眼看他们离开，我们心里不好受，但我和杰拉尔丁都认为我们不会同情他们。一年冬天，我们遭受饥荒，饿死了几十个人，阿格斯镇的人还卖粮食赚钱，还抽彩出售了一架大钢琴。最近，我们去了一趟华盛顿，抗议一项意欲终止我们和美国政府关系的政策——这关系是受协定保护的。当时只有一个普路托的律师站在我们这一边。那就是我父亲。还有，1911 年，保留地西边的一个家庭在农场惨遭杀害，一群暴徒穷追猛赶我们几个路过的印第安人。他们抓住了三个男人和一个男孩。除了穆夏姆，其他都被绞死了。这就是杰拉尔丁刚刚提到的那个故事。我告诉她，那些义务警察[①]后来承认他们可能弄错了。这一点她不知道。

“他们当中有个人说，因为脑子发热才做了那件事，我猜是怀尔德斯特兰德。脑子发热！”

杰拉尔丁说，“脑子发热什么事干不出？有的人出于偏见，一有机会就下手。就是这样。有时世事无常，谁也说不准。”

我抓到一些小的太阳鱼[②]，又把它们放生了。杰拉尔丁的鱼钩被咬住，鱼竿都快被折成两半。

“肯定是只龟。”

“慢点儿收线，让它自己游过来，引它过来。”

杰拉尔丁显然比我更知道怎么钓龟。我们没网兜，所以她只得巧妙地让龟沿着船舷游。她把龟拖近了些，我看见它子弹形状的头和隆起的圆形背壳，便知道这是只大个的。它没咬断鱼线潜到水底，倒是让我吃惊。它有汽车轮胎那么大，就浮在水面之下。我小心地放好鱼竿，琢磨着怎么把这个怪物从水里捞起来。我宁愿把鱼线割断放它走，也不愿把它拖进船里。这倒不是因为我可怜它，而是因为它咬起人来凶猛无比。

---

① 认为警方治安不力而自发组织的治安维持者。

② 学名蓝鳃太阳鱼，原产于美国南部及墨西哥北部的淡水水域，世界各地都做了引进繁殖。

我说要不把它放了，杰拉尔丁看了我一眼，有些激动地说：“不行，克莱门斯可以做法式龟汤！”于是我打消念头，活动了几下手指，但愿还能保住手指头。

“快，快，快过去把它抓住！”

杰拉尔丁的龟沿着船边游，我弯下腰，抓住它的背壳，但是没抓稳，又抓了一次，还是没抓住，杰拉尔丁火了。

“给，拿着！我以前抓过很多龟。”

她把鱼竿放在我手上，提着龟的尾巴，顺着船舷把它弄进船里。这是我见过最大的龟，后背纹路里全是橄榄绿的黏液，还有那古怪僵硬的嘴巴，像恐龙的嘴一样。脖子上松弛的皮肤呈块状，小小的鼻子让人毛骨悚然。

“再倒回去一百万年，它们也是这样子，”我说。如果龟开始攻击，我准备拿备用桨狠狠地拍上去，但它十分温顺地躺在那儿。杰拉尔丁死死地盯着它的背壳，双手交叉放在大腿上，一动不动地坐着。抓龟用的时间比预计的长。她的脸色灰白灰白的。

“要不我把它放回去？”我问。她没作声。我接着说，“我的亲戚养过一只龟当宠物，过了两年它自己在水槽里下蛋了。我猜一旦交配，雌龟可以把精子保存很长时间。”

我不想再说了，心想自己作为一个男人怎么那么蠢。但她沉默不语，我只好喋喋不休。

“我知道，”她终于说话了，“我姐夫是研究爬行动物的。”

我们看着船底的龟坐了好长时间，我终于忍不住问道：“有什么不对劲吗？”

“你没看见吗？”

龟现在变得好动了些。它睁开满是泥的眼睛，像蛇一样探出头来，然后慢慢张大嘴。它嘴巴里的构造很怪异，肉鼓鼓的，有一股淡淡的麝香味。

“我们吓到它了，”我拿出划桨，小声说道。那东西朝着划桨爬过来，嘎吱嘎吱地使劲咬木头反击。我叫出声来，但杰拉尔丁没搭理我。

“你看不见吗？好好看看，”她又说了一遍。

见它的嘴死死咬住划桨，我才稍微回过神来。但我还是什么也看不见，直到她在龟背的上方勾画出名字首字母“G & R”。

“很久以前，我和罗曼就抓到过这只龟，那时它还小着呢，”她说。“他把我俩名字的首字母刻在背壳上。我当时很生气。我说他反正会把它杀了，好歹可以拿它熬汤。”

“也就是说，”过了一会儿我傻乎乎地说，“你们以前来这儿钓过鱼。”

“可以这么说。”

该死，为什么罗曼死了，但这只龟还活着，可恶的龟，为什么要咬住她的鱼钩，顺着船舷就被拉上来了。这家伙勾起了她的回忆，我可能还要再等十年才能跟她谈上恋爱。现在，我总算弄明白米尔克怎么从一个浪漫主义变成一个相信宿命的人了。

她拿起我随身带的折叠刀，割断了鱼线。虽然此时此刻我觉得我都可以生吞了那只龟，但我们还是把它拎到了船舷外边——它仍紧紧咬着划桨。我稳住渔船，杰拉尔丁握住划桨的一头，龟便滑到了另一头。不可思议的是，它用像狗一样忠诚的眼神看着我们，最后杰拉尔丁一声令下：“松开吧。”它顺从地沉入水下，她坐在船上，看着它消失的地方，皱着眉头。过了一会儿，我发动了引擎。

什么都没了，我想，确实没了，一点儿机会也没了。但我并不惊讶。追不到女人是库茨家男人的传统。

那天晚上，我做好一个单身汉的晚餐（这样那样的罐头），设法说服自己坚持下去。我想起爷爷的爱情故事和那些骇人听闻的审判。他参与了第一次为建镇选址而进行的探险，以失败告终。他是那群人中最年轻的，那群贪婪的傻子或者叫投机资本家当时差点儿饿死，但最后他们却成为第一批从这块土地上获利的人。当时，他们幸运地抓到了一只龟，才没饿死，想到这儿我又开心起来。我读过他的日志。他还有些书堆在我的另一个卧室里，还没有书架装它们。客厅墙上的书已经摆了里外两层，而地下室里还塞着更多的书和成箱成箱的文件。尽管这些书很宝贵，但我并没把它们束之高阁。的确，这些书很古老，但它们注定要有人来读，我做到了这一点。我一只手捧着我最喜欢的一本书翻开看，一只手慢慢地舀起热的炖牛肉和烘豆。终于，我找到了我要找的那段话。在我看来，头脑清醒的人有两个特征：有定力，且能忍受孤独。——小塞内加①

甜点照旧，还是什锦水果罐头。

---

①卢修斯·安涅·塞内加，老塞内加之子，古罗马时代著名斯多葛学派哲学家、政治家、剧作家（约公元前4年—公元65年），曾任帝国会计官和元老院元老，后任掌管司法事务的执政官和尼禄的家庭教师。尼禄即位为皇帝后，他成为尼禄的主要顾问。失宠后闭门谢客，潜心写作，后被控企图谋害尼禄而被迫自杀。其主要悲剧作品有《疯狂的赫拉克勒斯》《腓尼基少女》《俄狄浦斯》等。

城镇梦

通常教书匠的收入并不高，而且圣安东尼[1]的年轻人并不欣赏马可·奥勒留[2]的作品，因此约瑟夫·J. 库茨对教书没什么热情。何况这世上还有浪漫的爱情等着他。在他看来，快二十六岁的人，理应更信心满满地谈情说爱。可大半夜的，在寡妇多拉·安·斯威福的家里翻来覆去地展望未来无疑要付出太大代价，期待只会带来麻烦和头疼。之前，他去看望了路易莎·伯德。她身材娇小，面容姣好，约长他四岁，不巧却是个长老会教徒。不过可以肯定的是，她没吻他，而且还在乘雪橇的时候被那个年轻的圣保罗教区教长的那绺美髯给勾走了魂。这么一来反倒完全打消了约瑟夫的犹豫，他现在怎么也没法停止对她的思念。于是他在伐木场办公室改建的校舍里生起了火炉，尽管没人会发现，但有时当他从大清早冷冰冰的晨曦中走向炉火时，他感觉自己都快被身边的空气烤焦了。不知道其他人，比如说那个寡妇，能否明白他此刻心中沉甸甸的爱。

就在路易莎投入教长的怀抱后没多久，他就意识到寡妇是明白他心思的。一晚，有人来敲门，是长相平平、精明狡猾的大屁股斯威福太太，来他冰冷的小屋做客。尽管斯威福太太身上所散发出的热量和面团的香味让人很舒服，但他的床铺一看就不够结实，两人同时坐下恐怕会塌，他一边享受肉体的欢愉，一边祈祷要是床真的塌了，但愿有人能帮他换张床。夜晚的幽会越来越频繁，而他的床铺也愈发脆弱。他用结实的绳子把木头绑在床架上，从河里搬来石头把床板撑牢。她给他准备的伙食比其他房客都好，这引起了他人的怀疑。但直到十一月一日，斯威福太太把半个月租金退给他，微微一笑告诉他房租减了时，他才真正感到怕了。于是当约瑟夫·库茨遇到雷金纳德·布尔后，他决定改变生活，听从布尔的召唤，加入前往大平原建立新镇的探险队。

雷金纳德·布尔[3]人如其名，身板厚，脖子粗，力气大，却长了一双最漂亮的害羞的棕色眼睛和红艳艳的花蕾般的嘴唇，为此他常被人取笑。布尔告诉约瑟夫，两个房地产投机商欧丁·迈瑞马克和勒文尼·波尔考夫上校召集了一支队伍，出资给队员提供装备，然后派他们穿越达科他州、明尼苏达州边界进行测绘，并通过定居将几大片土地据为己有。只要铁路一通，大多数土地肯定都会建成集镇，甚至城市。布尔承诺，所有队员都会分得土地，据说能赚上百万，他之前听人提到过这个数字。但有着城镇梦[4]的不光是他们。其他队伍也在为城镇梦而筹备。为了拔得头筹，他们会选择在隆冬出发。

“我只见过富人变得更富，”约瑟夫说，“还没见过穷人发财的，没见过。”

“结果还没见分晓呢，”布尔很坚持，“而且我们的装备是最好的，有两队公牛，还配了个厨师。不仅如此，我们还请来了最聪明的向导亨利·皮斯和拉斐特·皮斯。有他们带队，什么困难都能克服。”

约瑟夫心动了。尽管他从没听说过拉斐特，但亨利·皮斯声名远扬。还有一个名叫埃米尔·巴肯多夫的德国人和他的三个兄弟，全都是赶牛的好手。

“给我一个晚上考虑考虑，”约瑟夫说。可一想到回去要面对那张床，他就改变了主意，当场就同意了。就在当天下午，他向学区办公室递交了辞职信。当晚，他通知了女房东。他本以为多拉听到他要走的消

---

① 北达科他州的一个地方。

② 著名的“帝王哲学家”，古罗马帝国皇帝，晚期斯多葛学派代表人物之一，其所著的《沉思录》是其在行军征战中所记录的与自己心灵的对话，是西方历史上的名著。

③ “布尔”（Bull）也是英语中“公牛”的意思。

④ 十九世纪美国铁路进入快速发展时期，向中西部深入，当时白人开始勘探大片的无主土地，设立界碑以占领土地，伺机谋财。

息会很伤心，甚至发怒，但等他向她描述了计划以及在新城镇能获得的利益之后，她的脸放光了，变漂亮了。一想到只要出去安营扎寨就能发一大笔财，她好不兴奋，跃跃欲试。但听到约瑟夫说他们的向导是林地野人①，即法国印第安混血，她的表情立刻变了，脸绷得比鼓面还紧②。

当晚，她没陪他过夜，他没想到自己竟很想她。反正睡不着，他就点燃了快燃尽的蜡烛，翻了翻《沉思录》，直至读到了他所需要的那段文字，书里告诉他别再漫无目的地四处游荡，也别再等着读那些留给晚年读的书，把一切无用的念头（路易莎）统统抛掉，若他还在乎自己，那就在力所能及的范围之内自救自赎。他吹灭了蜡烛，把书塞到枕头底下。他确信自己的决定是正确的，现在他也不再去想多拉·斯威福温暖的怀抱。可是，这个晚上特别冷，他又只有一条薄毯。他忍不住去想她的体温，怀念把头枕在她柔软的胳膊上的时候。但他告诉自己，以后的日子会更加清苦，最好的办法就是习惯这种生活。接下来的一年，他得和那些毛茸茸的男人蹲在一起取暖，他们身上很快就会发臭。所谓探险就是以淡然的心态忍受极端恶劣的生活条件——约瑟夫·库茨明白这道理，所以当晚他试图控制住自己，全然忘记多拉的两大秘密：她会在他耳边轻轻说些黄色的情话，哄他入睡；她那狂野、激情的床上表现让他欲仙欲死。他不会怀念这些的。不会，绝对不会。

探　险

第二天，布尔带着要签名的文件过来了，并去了趟波尔考夫上校的

①“林地野人”的原文为法语。
②表示白人歧视印第安人。

工厂。他的外套还在工厂里制作，两个来自冰岛的女人正在缝制一条巨大厚实的羊毛毯，那足够九个大男人一起盖。埃米尔·巴肯多夫也在那儿。他一头黑发，牙齿又长又尖，眼睛灰白，好似头颅内有东西在发光。这个年轻人话虽不多，但手脚麻利。他帮着女工缝缝补补，活也干得很漂亮。两个向导给人截然不同的感觉。拉斐特长得特帅气，留着一小撮胡子，辫子光亮，黑色的眼睛给人很狡猾的感觉。亨利尽管个头矮一些，但像布尔一样结实，有种迷人的自信。厨师英格利希·比尔也在那儿。他的棕色络腮胡现在根根立起，但很快就会留长，垂下来遮住脖子的。约瑟夫以前对大胡子没什么好感，不过他喜欢英格利希·比尔，因为他充满活力，比如他老是去烦波尔考夫上校，挑三拣四，烦得要命。比尔强调装备一定要好。他还执意要带上宠物——一条短腿的短毛小猎狗，毛色棕白相间。他还让约瑟夫试穿了所有装备。件数太多，约瑟夫本想直接收下那堆衣服算了，可是试穿了三件羊毛衫、三条羊毛裤、三双短袜和鹿皮软鞋后，大小还是得再改一改。还有一件肯塔基牛仔外套要修补，麋鹿皮套鞋还得加上鞋带。羊皮头盔看着不错，两侧垂帘搭在肩上，拉起来可以遮住鼻子。最后还有副皮手套。等全套装备穿上身后，约瑟夫热得透不过气来，因为这一天在十二月里算暖和的。不过等月底出发时，那时的天气可就是记忆中最冷最糟糕的了。

多拉·斯威福和他告别时送了他一张照片。他觉得收下这份礼物对她不公平，差点就打算送回去，因为他爱的只是她充当发热枕头的身体，尽管她擅长算术，但和这样一个不会读书写字、只会写自己名字的女人没有任何未来。可不知怎的，他还是收下了这张小小的照片项链，照片上的女子长相平平，眼神坚定，脸型宽而对称，发迹中分线拉得笔直。这仿佛在暗示即将开始的旅途会把他逼向崩溃的边缘，所以他需要她如此坚定的眼神把自己拉回正常状态。

贪 念

给牛套上了轭，赶着五队牛，拉着两架运重物的雪橇，队伍从圣安东尼出发了。约瑟夫随身携带的私人物品只有装着照片的盒式项链坠和马可·奥勒留写的书。一个雪橇上装着给牛吃的玉米和玉米穗轴；另一个雪橇上装着队员的食物，以及布尔、埃米尔·巴肯多夫和约瑟夫·库茨在一年内耕地、生活所需的工具。等开春了，大平原的地干了，有人会来接走其他队员，同时把补给物资送给留守队员。不到两天，前面就没路可走了，约瑟夫、亨利和拉斐特走到牛队前，穿着雪鞋踩出一条道来。雪太厚，牛会摔倒，寒风从硬邦邦的冻土层上刮过，牛在这样的大平原上行走，肢关节①也被割破了。他们一步一步，每天前进八英里左右。到了晚上，就搭起帐篷，生起篝火，从沼泽地里割些草堆在雪地上，铺上水牛皮大衣和油布，一起钻进这张大床和衣而睡。两个向导轮流睡觉，小提琴不离身。这是他们最重要的财产，他们把琴装在天鹅绒衬里的琴盒里，像亲吻女人一样亲吻它。一旦盖上那条巨大的羊毛毯，被褥下的男人们就开始发热，他们进入了梦乡，尽管只要有一人翻身，其他人也都得跟着动。这样的夜晚在约瑟夫看来挺折腾，不过最起码一开始并非难以忍受。但才刚进入一月，没到春天没法洗澡。他从来不会过于讲究，但是英格利希·比尔做的菜给消化道造成很大负担，以至于一天晚上，大家胀气得厉害，差点把被子都给吹走了。这样的排气音乐会进行到一半，亨利·皮斯在黑暗中大笑大叫，表扬队员竟能奏出震天响的法国小提琴曲。约瑟夫也大笑，但埃米尔·巴肯多夫生气了。

“对不起②，兄弟③，”亨利说，他会讲法语齐佩瓦方言，还会讲

---

①牛蹄、马蹄后上部突起的球节。
②原文为齐佩瓦语。
③原文为法语。

英语、纯正的齐佩瓦语或克里语，“冒犯你了，抱歉。其实你刚刚吹的是德国号角，是不？”

埃米尔一言不发，牙齿磨得吱吱响。约瑟夫听见他的臼齿和下巴运动的声音。但天气太冷了，架是打不起来的。没人愿意从被窝里爬出去。

等第二天早晨约瑟夫起床后，眺望漫漫的白色天际，看到了幻日景象[①]，太阳之上还有一轮耀眼的新月。这一景象转瞬即逝，却是如此壮观又令人敬畏，他呆立在那儿，眼泪流了下来。

“好吧，兄弟，约瑟夫，哭吧哭吧，趁还有力气，”亨利把锡杯递给他，里面装着滚烫的热茶，“下午我们就有大麻烦了。”事情发展正如亨利所料。

他们抵达了没有阳光照射的大平原，走进了厚厚的雪堆，只好边铲雪边前进。他们深一脚浅一脚地往前行进了五英里。英格利希·比尔只带了熏猪肉，亨利和拉斐特发现有麋鹿的踪迹，便跟着去抓捕，想改善一下伙食。他们前脚刚走，暴风雪就紧跟着袭来。队员开始安营扎寨，生火取暖。可是风呼呼地吹，大雪沿着地平线成片袭来，篝火被吹熄了，刚搭起来的帐篷一下子不见了踪影。他们乱成一团，顶着暴风雪，踉踉跄跄，怎么也站不稳。亨利回来了，大喊着让队员就地铺好床褥，赶紧钻进去。他们铺开水牛皮外套和油布，雪花飘进皮毛里，队员们钻了进去，拉斐特钻进一头，英格利希·比尔钻进另一头，因为他得跟他的狗睡一起。队员们一直瑟瑟发抖得厉害，亨利用齐佩瓦语冲拉斐特大喊了一句，约瑟夫之后听明白了，好像那是一种神圣的法术，施法后神灵会进入一个特殊的帐篷并使其抖动。抖动渐渐停止。队员们互相依偎着，约瑟夫被牢牢地夹在巴肯多夫兄弟中间，心想一旦睡着可能

① 由于薄云里的柱状冰晶体而发生折射，在人的肉眼看来空中会出现多个太阳的现象。

就醒不过来了，可又实在没力气多想，便慢慢进入了梦乡。

天快亮时，约瑟夫被歌声吵醒。他躺在床上慢慢挪动脑袋，发现整条毯子上都盖上了厚厚一层闪闪发亮的白雪，毯子边上有些碎雪块还冒着热气。风停了，严寒紧紧将他们包围。亨利和拉斐特已生起篝火，坐在跟前烤衣服。亨利正在演奏激动人心、欢喜雀跃的吉格舞曲。拉斐特边打手鼓，边跳上跳下，大声歌唱，像暴风雪在哀号。巴肯多夫兄弟冲了出来，浑身潮湿，又是咒骂，又是怒喊。不过亨利告诉约瑟夫，唱歌是为了提振士气，倒有点作用。约瑟夫跟着向导开始哼唱，这首歌对他还真有效。他在篝火前边转圈边唱歌，出人意料地居然就恢复意识了。暴风雪的威力、篝火发出低沉的轰轰声，夹杂着噼啪声，火苗映在向导黑乎乎的脸庞上、布尔帅气的五官上和德国人那诡异的白色眼睛里，这幅景象竟以一种难以抵抗的力量深深震撼了他。一种强烈的黑色幽默突然在他体内爆发。他大笑起来，盯着亨利的眼睛，小提琴的枣红色琴身在闪闪发亮，他才意识到他们刚刚真是命垂一线，死里逃生。要不是被雪花覆盖，这么严寒的天气，他们肯定会被冻成冰块，睡着睡着就冻死了，彼此间被冰块紧紧地粘在一起，变成一大块硬邦邦的人肉三明治，直到春天才慢慢解冻腐烂。

约瑟夫没太多时间去回想那幅景象。接下来四天，他们得继续一路冒险，甚至连夜赶路，就算是通常该用来休息的神圣的星期天都不能浪费，他们得穿过二十五英里宽的像扑克桌一样平坦的大草原地带，以免在这毫无遮蔽的旷野上遇上风暴。向导靠北斗星来辨明方向，每隔几小时就会遇上冰雾，队伍只好茫然地停在原地。牛队没法向前行进，巴肯多夫兄弟把雪橇一扔，直接在雪堆里睡着了。埃米尔把兄弟俩敲醒，队员和牛队继续蹒跚前进。某个时刻他边走边打瞌睡，脑海中浮想起《沉思录》中的话：别装得好像你能长命百岁似的。死神就在眼前。趁你活着，趁你还有办法……挨过了之前的暴风雪，约瑟夫觉得，要是这次他也能大难不死的话，肯定冥冥之中自有天意。没错，此次探险本是为了发财，可如今在这无尽的黑夜里，他想通了，其实这意义远非如此。他看到过暴风雪突然肆虐袭来，重又恢复平静，这样的过程就像人生一样。前头的路更难走，他得做好准备。他走着走着，竟完全睡着了，等醒来时，有头牛倒下了。狂风大作，队员们哄着牲口站起来。可怜的家伙，它的肢关节已经肿得像茶壶般大小了，在雪地里每走一步都会流好多血。约瑟夫朝牛跳过去，紧紧抱住它巨大的头。他吸了口气，呼进牛满是泡沫的嘴里，平静地跟它说着话，直到它呻吟着站起来，艰难地继续在荒野中走了一会。这是他们杀了吃的第一头牲口。

还没到目的地就得宰牛，这不是个好兆头。亨利的脸色有些难看，可那晚等他们烤着干瘪的牛心，在烤焦的牛肉上撒上盐，开始大口吃肉时；等那只小斑点狗在篝火另一头瞪着棕色眼睛，担心能不能抢到根肉骨头时，拉斐特开始弹琴，两个向导再次唱起歌来。只是这次唱的是法国民谣，讲的是一个黑发女子的故事，巴肯多夫兄弟学会那重复的旋律后甚至也不由自主地大吼起来，音色还不赖，直到准备睡觉时他们还在说笑话，像喝醉了酒似的。鲜肉和法国民谣似乎有种魔力，当晚，约瑟夫第一次梦见了多拉。她把他拉到身边，说给他的床架换了个新床板。至于其他队员，从他们白天的眼神可以看出也没睡好，因为第二天醒来时都是眼眶深陷，一副萎靡不振、奄奄一息的样子。一整天，布尔都在叹气，久久地盯着远处的天际线。“她在那儿么？”亨利指着天际线问。“谁？在哪儿？”布尔问。

“吉妮莫施[①]！她在那儿么？”

但布尔是经不起调侃的。他不像埃米尔·巴肯多夫那样极度自负。他一副无辜的样子。

“要是她在那儿，要是她在那儿就好了！”

向导点点头，认同他的祈祷。其他队员则出于尊敬和羡慕而保持安

---

①齐佩瓦女子姓名。

静。布尔差点因为爱情在最后一秒退出。这不光光是爱，他告诉约瑟夫，这种感觉让人难以忍受，就像在天堂。他俩是向导介绍认识的。女孩子在当地一位医生家里做勤杂工，也帮忙打打下手，这个医生给自己打的广告是："可选择麻醉进行手术，不麻醉手术费优惠！"约瑟夫觉得医生的广告语是他发财的重要原因。她也见过布尔的女朋友，她是皮斯兄弟的侄女，皮斯兄弟的妹妹的女儿，信奉梅蒂天主教，家教甚严。她的肤色是黑巧克力色，有一头棕黑色的头发，大鼻子上长满了细小的雀斑。她有些丰满，整个人就像焦糖一样甜美。第一眼看去挺漂亮，但看不出是那种会被人热恋的女孩。约瑟夫转念一想，他说的是谁？他把多拉的项链照片放在最里面的衬衣口袋里，紧贴着胸口，又悄悄地摸了出来。

巴特牌药粉

出发一个月后，他们到达了预定目的地，此时，只剩下六头牛和少得可怜的面粉。英格利希·比尔坚持要带三桶面粉，可最后只装了一桶。他把波尔考夫骂得狗血喷头，还扇了他一巴掌，把波尔考夫打得青一块紫一块地躺在面粉上。他还坚持认为豆子的数量也缩水了，肯定被人调了包。迄今为止，饭菜一顿比一顿焦糊古怪，但队员们都明白，英格利希·比尔的厨艺和这鬼天气一样，很快会变得更糟糕。第一场暴风雪算不了什么，但到了目的地后，暴风雪再次袭来，刮了整整四天，多亏向导脑子好使，他们搬来树枝和积雪固定帐篷，得以安营扎寨。等风雪快过去时，天终于暖和起来。眼看面粉就要吃光了，他们决定给牛吃榆树树枝，把干粮（粗玉米和粗玉米穗）留给自己，等暴风雪过去后留份救命口粮。他们把干粮分成几等份。约瑟夫把东西装在了一双多余的袜子里，硬邦邦的，如同石子。豆子还够吃，可队员们的肠胃都吃出问题了，这饭是越吃越绝望。早上，躺在令人窒息的被子下，他们把队友杀了的心都有。一开始，大家还想着去占领被褥下最暖和的角落睡觉，可现在，他们都想睡到另一头，因为这样至少还能呼吸新鲜空气。快步行进的体力消耗让大家异常虚弱，布尔最后只好决定拆封从他好心的老板那边拿到的药。

一天晚上，他对照着书面医嘱，给每个队员准备了由巴特牌药粉调制的溶液。约瑟夫跟其他队员一起每人喝了十滴，然后爬进被窝。药效近乎神奇。他们睡得好香，像孩子似的，做了美梦，早上醒来神清气爽，心情大好，甚至还做了会儿测绘。靠着手持式指南针、一卷带子和链条，他们完成了主要区域的测绘，剩下的等回到圣保罗后再补充完整。约瑟夫梦见自己参加了一场盛宴，那场景是如此真实，以致醒来后好一会儿他还真以为自己饱餐了一顿。那晚，他们把牛肉、猪肉和着最后一点面粉煮了厚稠的一大锅，亨利把这个叫美食。他们吃得直到肚子装不下，还想继续吃。之后几个星期，食物越来越少。拉斐特捕到了一只猞猁，小提琴的琴弦断了，向导就用猞猁的肠子做替代。可是那发出恶臭的肉牢牢地粘在滑溜溜的内脏上。最后他们只好杀死了最后一头牛，所幸的是药物对缓解饥饿引起的疼痛也挺管用。约瑟夫发现自己的衣服已经松松垮垮，肉就紧绷在骨头上。

“我们饿得只剩下一副软骨了，”一晚，他对拉斐特说，拉斐特咧嘴一笑，把鸦片酊吞了下去。那晚，所有人都神奇地做了同一个梦。睡梦中，他们看见悬浮着的巨轮和若干个巨杯正闪烁着光芒，在黑暗中旋转，还伴随着神秘的音乐。在他们周围生活着上百个人，他们行走着，飘浮着，在阴影中若隐若现。他们看见了能和欧洲最繁华的城市相媲美的高楼大厦和灯红酒绿。等第二天早上边喝茶边咀嚼着热乎乎的玉米和玉米穗做成的蛋糕时，他们一致认为这是个奇妙的好兆头，这蛋糕是他们用最后一点热猪油亲手做成的。同一天，亨利和拉斐特杀死了两头水牛仔和一头奶牛。他们把牲口的尸体拖到牛栏的茅草棚下，用冰块和积雪把肉盖住，在周围插上旗，防止狼靠近。那晚，他们大快朵颐，接下来的七天，每天都是好天气。现在，他们相信有足够的食物能撑到博尔特给他们补给粮食的那一天，于是士气大振，砍了些圆木搭了个简陋的小木屋。他们甚至靠墙搭了个小平台当床，还砌了一个大火炉。很快，他们就会有扇真正的门。布尔用粗齿锯锯出一块门板和门框，还有一扇窗，能透进些许阳光。

使　者

所有队员中要数亨利·皮斯和拉斐特·皮斯最虔诚。二月有一天挺暖和的，大家脱得只剩两件上衣，结果看见他俩身上各纹了一个十字架。约瑟夫觉得他们做事的方式很有趣。譬如说，为了抓水牛，他们冒险靠近规模不大的牛群，披着狼皮遮住头和肩溜进去。牛群附近常有狼群出没，水牛习惯了它们，会靠过来嗅嗅他俩的帽子，他们就装成死狼。水牛转过身，把大嘴巴埋进积雪里找草吃。一旦靠近目标，这两兄弟中有一人会悄悄站起来，近距离将猎物一枪毙命，然后再迅速蹲下。他们把枪藏在狼皮下保持干燥，一动不动，直至动物听到什么动静，不安地开始移动，但从不把它们吓得惊慌失措地躲回雪地里。约瑟夫离得够近，可以看见两人在狼皮下画着十字，亲吻他们的十字架。他们一动不动，约瑟夫知道他们在感谢上帝。他们很爱这把小提琴，称它为甜心、爱人。但在星期天，琴对这群林地野人们来说就是圣母马利亚，他们只弹奏圣乐。不管情况如何，每天早上醒来第一件事就是摸出念珠，一边转动念珠，口中一边念念有词。

英格利希·比尔对他们这种做法将信将疑，甚至偶尔会开两个玩笑嘲笑他们。他还把拉斐特每天早上精心打扮时要用的镜子藏起来，觉得这是个很好的恶作剧。不过有一天，在营地边缘有只狼突然叼走了他的小猎狗，紧接着一跃不见了。拉斐特正巧就在附近，尽管距离不近，但他抬起枪杆，砰的一枪就把狼给毙了，动作如行云流水，丝毫不亚于狼。小猎狗从狼的嘴巴里跳出来，毫发无伤，用力嗅着狼的尸体，接着又跑回营地，没事似的。之后，英格利希 · 比尔对两个向导肃然起敬。而且结果证明，拉斐特帮助小猎狗脱离狼口是件好事，因为这只勇敢的小猎狗之后也救了他。

天气一直挺暖和，而且气温持续攀升，肉食开始腐烂，他们又回到了只能吃豆子的日子。肉食似乎已经掌控了队员的肠胃。要么吃肉，要么服用鸦片酊。于是，他们又开始吃药。如今，他们个个骨瘦如柴，试遍了各种捕猎方法，可哪怕是皮斯兄弟都没运气捕到猎物。一晚，布尔直接说出了藏在大家心底的话，说他们这次注定要命归西天了。他说他打算第二天出发，最后再搏一次。他要回圣安东尼，回去找他的真爱。

“你回不去的，”约瑟夫说。他渐渐对布尔产生了好感，也很感激他带来了鸦片酊，他心里很清楚，全凭这玩意儿，他们才没在冰天雪地里死于腹泻。“别走，”他乞求道，“别让他走，”他哀求亨利。可是向导只是点点头，就把头扭了过去。他们明白那个医生家的勤杂工是布尔活下去的唯一理由。对布尔这些大块头的人来说，饥饿带给他的折磨比普通人要多得多。他甚至饥肠辘辘地盯着英格利希 · 比尔的狗看，所以当晚，英格利希 · 比尔和向导他们三人都没挽留布尔。

冰化了，等太阳升起时，小木屋的门外多出了一条河。等中午布尔准备出发时，冰水都灌进了屋里。队员分了一半玉米穗给他，他带了一把屠刀。大家挥手告别，没指望会再见面。他们现在意识到，融雪是坟墓，不仅是因为他们搭的木屋靠河岸太近，而且连回到圣安东尼必经的大草原都会成为一片汪洋。那样就没法穿越了。布尔会死在泥沼地里的。世上就不会再有带着满满一货车食物的博尔特了。约瑟夫说，也许印第安马能穿越，但向导们说不行，亨利平静地把他带来的另一双鹿皮软鞋切成碎片，嚼了嚼就吞下了。约瑟夫又把麋鹿皮套鞋的鞋带和鞋桶贡献出来。他们不仅让布尔带走了属于他那份的鸦片酊，还把当晚他们需要服用的剂量都给了他。

第二天醒来时，水面已经涨到跟床铺齐平了。他们决定用剩下的力气在木屋后的小山坡上临时搭一间地势更高的屋子。正当他们缓慢地开始行动时，约瑟夫突然想起自己恐怕把《沉思录》落在了木屋里，他担心书会被水浸湿，于是回去取书。他带着枪，因为他要保证枪不受潮。刚走进木屋，他就发现水下似乎有什么东西。门外的光线照进来，一个水獭冒出了头来，像个小孩似的，好奇又信任地盯着他。约瑟夫没把视线从这个小动物身上移开，他慢慢地瞄准，开枪。水獭的尸体沉到了血红的漩涡里，约瑟夫把它摸出来时，发现自己竟然泪水涟涟。他当场无助地对着这个光亮柔软的小动物哭泣。

《沉思录》完好无损。他把书揣进上衣里。他局促不安地把水獭带到一块干地，剥了皮。把肉带给英格利希·比尔时，他已控制住了情绪，可心里还是很不安。他立马意识到自己杀害了一个小生命，他因此惊恐不安，满脑子都是这件事。这只水獭可能是某个使者。看看它当时的那种眼神，他就该知道的。和它一样，约瑟夫的生死也被某种神秘的力量控制着。他把信使给杀了。水獭肉甚至都没法吃。英格利希·比尔都没先把肉煮一下就直接开始烤，水獭的臭鱼味熏得人想吐。不过小猎狗不介意，美美饱餐了一顿。

第二天猎狗发现一堆动物尸体，是三十六只白颊鸟，被冻死了，所以尸体还保存完好。猎狗昨天吃撑了，以至于第二天它连一只鸟都没动。巴肯多夫兄弟把鸟堆放在膝盖上，麻利地把羽毛拔了个精光。然后，队员把鸟穿到烤叉，烤完再吃。他们吮吸着骨头，咬得噼啪作响，乐得直颤抖。约瑟夫夸了小猎狗，它猛地竖起耳朵，似乎自豪得很。接连三次这样之后，猎狗神秘地带来了食物。它从冰块里拽来两条还在大口喘气的大鲶鱼，抓到了一只松鼠，还咬住一只乌龟的尾巴，想把它从木头里拽出来。亨利看见乌龟，咧嘴一笑，不许英格利希·比尔碰它。他拿着木棍引诱乌龟探出头来，等乌龟咬住木棍，就把它的头锯了下来。等乌龟的身体已经被剁碎扔进鲜美的汤里了，它的头还在木棍上，眼睛还一眨一眨的。

金银财宝

等布尔爬回营地时，队员们已养得壮壮的，而布尔却搞得人不像人，鬼不像鬼，只剩下一副空皮囊，眼眶深凹，嘴巴张着直喘气，脸上胡子拉碴，胸脯也凹下去了。膝盖和手肘肿得吓人，皮紧贴着骨头。鞋子袜子没了，双脚被冻得黑乎乎的。约瑟夫既觉得可怜，又觉得恶心，扶着这个已经不成人样的男人坐到水牛皮上。他搂着布尔，就像搂着一个婴儿，慢慢地喂他喝汤。汤汁刚流到布尔的胃部，他伸直了双腿，动了两下，然后死去了。布尔死时抬头看着头顶刚发芽的树。无数金黄色的碎叶在太阳光下闪烁，就如同数不清的金银财宝般映在他眼睛里。

拉斐特·皮斯

树很快就发芽了，仅过了一星期，树木就换上了茂密的绿装，这时博尔特也到了，看来状况不比布尔当时好多少。一个多月前，博尔特和其他四个队员牵着三匹运货的小马，再各骑一匹马，在一片消融的雪水中艰难前行之后，就只能看见半融化的冰块和泥沼。对于到底要不要继续往前走，在经过一番争论后，其他队员离开了，只留下博尔特继续往前。博尔特尽可能填饱肚子，可紧接着，一想到可以回到圣克劳德，他就把剩下的吃的绑在自己身上，继续西行。有好几次，他举着食物，趟过齐胸的冰水。其他时候，他直接破冰前行。就这样，他向前走着。可是人总得吃了东西才有力气走路。等到达营地，解开包裹时，只剩下十几块硬邦邦的饼干。队员们把饼干分了，那晚，当约瑟夫慢慢地把饼干屑放在嘴里溶化时，约瑟夫想到那只水獭和他从水里拿回的书。脑海里只盘旋着一句话：微笑面对死亡①。

要是还能找到点什么吃的就好了。布尔似乎在树枝间没有看到任何东西，马可·奥勒留也没回答这个问题。

“我很羡慕你有信仰，”约瑟夫对亨利说。巴肯多夫兄弟靠在一起睡觉。夜晚天气晴朗，屋外的火苗噼啪窜得很高。两个向导轮流弹奏轻音乐，约瑟夫觉得若不是死到临头，今晚可是个好时光。

“我，”亨利边说边放下小提琴，拿木棍慢慢地拨动着篝火，“我可没什么信仰。圣人们爱的是我兄弟拉斐特。”

拉斐特正在擦枪，他笑着把脸凑到枪管上。他长得如此好看，又如此虚弱。然而他是所有人中神志最清醒、行动最敏捷的。他的音乐造诣也达到了一定境界。似乎只有他一人还有些力气。

“你真觉得我们会死么？”约瑟夫问拉斐特，拉斐特吸了口气，祈祷似的专注地继续擦枪。“要是我真死了，你能不能把我埋了？”

拉斐特突然倚过身来，把十字架项链从脖子上取下来，小心翼翼地递给约瑟夫。火苗跳跃着，映照在他瘦削的脸上。他敲了三次约瑟夫的胸，约瑟夫感到他的心脏跳动，接着拉斐特转身，走进了树林。

“他去哪儿？”约瑟夫边抚摸着颈前的十字架，边问道。“他要去干嘛？”

“我们明天会有肉吃的，”亨利只说了这一句。

巴肯多夫兄弟饿得两眼像魔法石一样放光，他们黄色的犬牙也长了出来。之前就有人说要吃布尔的尸体，向导发誓说有人胆敢这么做的话就把他给毙了。说这话的人还曾亲手埋葬了可怜的布尔，在他的坟上堆了一堆石头，向圣母马利亚祷告，祈祷安置他的灵魂。约瑟夫想帮他们，可一直跌倒，站也站不稳。他是真心想让拉斐特和亨利像葬布尔一样葬他。他现在已筋疲力尽了。他坐在亨利边上，从衣服内袋里掏出装

---

①出自《沉思录》。

着多拉照片的项链，打开盖子给向导看。在这之前，他总是等没人在身边了才看照片，可能是因为多拉既不好看，又不年轻，说不定有人会觉得她是他娘，所以他觉得有点丢脸。

亨利小心翼翼地把小提琴放进天鹅绒琴盒里，抚摸了下，然后盖上盖子。接着，他从约瑟夫手中接过项链，盯着多拉看了很久，最后总算把项链还给了约瑟夫。

“她真漂亮啊，”他说。“非常漂亮[①]。你会很幸福的。她会给你生很多孩子，晚上帮你暖身子。”

这是约瑟夫听到亨利·皮斯吐出的唯一一句假话，那晚之后，拉斐特捕到了一头难以控制的老母驼鹿。一星期后，另一支队伍带着面粉到达。他们拼命往肚子塞烤薄饼和果汁，撑得都快吐了，之后又痛苦地在树林里打滚。等约瑟夫回到圣安东尼时，他比出发时穷得更叮当响，他的口袋里只有一纸分文不值的二百英亩土地契约。他走到多拉家门口，来开门的却自称是她的新任丈夫。他只好默默地把项链还给了她丈夫。

圣　人

探险结束后很长一段时间里，约瑟夫的身体依旧不好。他把拉斐特的十字架钉在墙上，久久地注视。他在想英格利希·比尔和他的狗、巴肯多夫兄弟、拉斐特和亨利·皮斯如今身在何处。博尔特现在有时还顺道来看看他，除了博尔特和布尔，其他人的现在在哪儿他一无所知。等身体恢复后，约瑟夫去看望了那位医生家的勤杂工，她有着深棕色的头发和乳咖色的柔滑皮肤，鼻子上还有雀斑。他们坐在诊所的接待厅里。紧闭的门后传来使用器械的声音和病人隐约的叫声。约瑟夫把布尔的故事全都告诉了她，关于布尔如何看着天际线讲她的故事，关于布尔如

① 原文为法语。

何在冬末时节穿过有去无回的草原沼泽地去找她。等他讲完龟汤和布尔、抬头看着刚发芽的树枝、嘴上念叨着她的名字死去的故事时，她清澈的棕色眼睛眨巴眨巴盯着他，点点头。其实，布尔死的时候并没有念叨着她的名字，约瑟夫这么说是想让她感觉好受些。她的表情的确很悲伤，还有点惊讶。最后她开口说话了。

“的确，我本来打算跟他结婚的。我觉得我爱他，可事实是，我已记不起他长什么样了。我们突然互生好感，可他很快就走了，连一张照片都没留下。不过我真的很想他，听到他死了，我很伤心。”

这么复杂的事她却能逻辑清晰地娓娓道来，语气也非常镇定，以至于约瑟夫差点想立刻向她求婚。但是出于对布尔的尊重，他克制住了，然后回到博尔特坚持借给他的房间里，就在波尔考夫的公司后面。

就在那儿，他仔细思考了他生还的奇迹和那只水獭意味着什么，其实之前他已经思考过好几次了。他取下十字架，贴在额头上。亚历山大、格奈乌斯和盖乌斯·恺撒，在彻底摧毁一座座城市之后，在战场上将成千上万的骑兵和步兵斩杀殆尽后，他们自己也走到生命的尽头。赫拉克利特[①]在对宇宙是永恒的活火[②]进行无数次的思索之后，死于水肿，死时体表涂满了淤泥[③]。小跳蚤摧毁了德谟克利特，又摧毁了苏格拉底。这些又意味着什么呢？

他放下书。把十字架贴在脑门上，仿佛要把它的意义给吸收进去似的。他想起了布尔那位心如止水的未婚妻。他又看见那只水獭盯着他，像是一位高尚的圣人。但布尔却盯着叶子看，让人猜不透。

“好吧，”他大声说，“我的城镇梦已经醒了。”他出门买了套带背心的西服，打算去当名律师。

---

① 古希腊唯物主义哲学家，辩证法奠基人之一，认为一切都在流动变化之中，“人不能两次走进同一条河流”。

② 赫拉克利特认为火是世界的本源，宇宙既不是神也不是人创造的，它是永恒的活火。

③ 此处可能是叙述者记忆有误。据记载，赫拉克利特死时身体涂满了牛粪，并在太阳下暴晒以治疗水肿。

狼

上法庭的人好比揪着狼耳朵①，罗伯特·伯顿②如是说。我们这儿混血儿很多，我也是其中之一。一直以来，我都吃法律这口饭，揪着狼耳朵。小时候，我家住普路托镇上的一栋大房子，外公外婆则住在印第安人保留地。因此，我时常两地往返，对当地白人和印第安人对许多案件的不同看法有所了解——能听到双方的意见是我干这一行的一大优势。我们现在住的屋子是爸爸一手盖起来的，土地则是他从爷爷约瑟夫·库茨那儿继承而来。在爷爷所处的年代，人们做起城镇梦。对土地的狂热驱使他来这儿探险，历经磨难。之后，州际铁路修到这儿时，铁路公司给小镇命名并绘制地图。公司曾大费周章，搜寻爷爷之前勘测时留下的界碑，还想把它们偷偷弄走。那时候，爷爷作为自己的辩护律师，打赢了他第一场大官司，赢回了土地，这场胜诉也帮助了其他人③。后来，巴肯多夫一家，以及其他原先想在普路托镇附近落户的人也打起土地官司，有些人胜诉了，回到了他们的小镇。他们曾在那儿吃了不少苦。当然，也有人回到了诸如布尔那样的地方。在那儿，他们曾看到真相随风飘散，空留头顶瑟瑟作响的灰绿色树叶。

英格利希·比尔回到镇上待了一阵子，开了间酒吧。一次扑克牌友闹事，他养的小猎狗被人从屋子这头扔到那头，在空中挨了枪子儿，受伤后一直没完全恢复。酒吧里的东西特难吃，酒也很难喝。我不知道他离开小镇之后去了哪儿，是否又开了家酒吧。巴肯多夫四兄弟有三个留了下来，当然，皮斯家的老幺被绞死的事他们都有份，而他的两个哥哥却救过他们的命。

镇上发生了如此残忍的事，令人们觉得小镇是个蛮荒之地，同文明开化的、新成立的北达科他州[4]格格不入。爷爷打赢官司、拿回土地后，有人让他搬到镇上，开家律师事务所。爷爷照做了。然后爸爸子承父业，念了法律，两人还都娶了齐佩瓦女人。由此，他们不但是律师，还成了部落成员。这样的双重身份在当时还是件新鲜事儿，但随后部落法、联邦管辖权和州管辖权之间的矛盾开始凸显，这样的律师也变得越发抢手了。

如今，没落的小镇已失去了上帝的庇佑。现在想想，在小镇的建设过程中竟有人丧命于此，真让人匪夷所思——那些迫不及待地在地上划定边界的企业的所作所为也同样让人不解。我们划出地界，保护自己的领土，自以为掌控了些什么。可那到底是什么呢？连那些建立起国家、保留地的人也被土地吞噬，最终化作一抔黄土。（但这片土地承载了梦想，人们热爱她，了解她——老一辈的都是如此。正因为这样，我们的部落才能延续至今。）我的职责就是要在保留地上维护部落法律。但在履职时，我常想起人们对土地就如同着魔似的（爷爷管那个叫做城镇梦），而他也差点儿死于贪婪，这是对土地着魔的主要症状。

作为普路托小镇的居民，我有些不愿透露的糗事：情场上长期失意，比如说，有个女人把我家拆了；年轻时犯过傻（多数是可以原谅的小错）；一次误会害得我很长时间在公墓挖坑，不过我到现在还挺喜欢那地方。我刚入行时接过一起案件，为犯人辩护，案发地点就在普路托。罪犯名叫约翰 · 怀尔德斯特兰德，是科温 · 皮斯的父亲。科温就是在这个案件后出生的。约翰 · 怀尔德斯特兰德身陷错综复杂的家庭关系中，同他爷爷如出一辙：他爷爷也有个私生女，也就是穆夏姆的妻

---

①出自《忧郁的剖析》（*The Anatony of Melancholy*）。如果揪住狼耳不放，最后会精疲力竭；如果放手，则会被狼反咬一口。

②英国学者和作家（1577—1640），其著作《忧郁的剖析》虽是医学教材，却包罗万象，涵盖哲学、法学等方面。

③美国实行判例法，个案的判决对以后类似的案件具有法律规范效力。

④该州于 1889 年加入联邦。

子。好了，我不能再多嘴了。总之，这儿发生的所有事都和人们之间的血缘关系息息相关。

怀尔德斯特兰德有纵欲倾向。似乎每个人都因为纵欲联系在了一起。杰拉尔丁的外甥女埃维莉娜在听过撒拉弗·米尔克讲述的小镇历史后说，这叫“永恒的浪漫邂逅”。保留地上不乏有人同不该纠缠的人陷入情感纠葛。的确，我们克制不了自己的欲望，但用法律或宗教条文压制它，似乎更会适得其反。

案件背后的故事引起了轰动，法戈、甚至明尼阿波利斯的报纸都争相大肆报道，而故事本身也变得耸人听闻。整个故事不乏狂热的宗教信仰，充满了内心挣扎和人性的虚伪，但结局还算不错——据报道，比利，也就是科温的舅舅，为了保护自己的姐姐好几年前曾用一把卡膛的枪威胁怀尔德斯特兰德。

案发好多年后，怀尔德斯特兰德终于在佛罗里达的一家赛马场上落网，而我则成了他的辩护律师。这是一起很棘手的刑事案件，因为怀尔德斯特兰德疯疯癫癫，审讯中像个弹簧小丑，不停地离开座位，满口胡言乱语，他控制不了自己。我纠结着到底是以精神不正常为由为他开脱，还是干脆让他闭嘴，但最后我还是决定让他认罪，如他所愿。后来我发现他一直想有个人能管管他，以确保自己不会自残。在我们面谈时，他把一切毫无保留地告诉了我。他告诉我太多了。他跟我说的有关他的那些事我永远都忘不了。

尼芙·哈普是怀尔德斯特兰德的妻子，中了他的圈套。我去普路托养老院看望妈妈时，仍时不时碰到她。她讨厌我，因为怀尔德斯特兰德毁了他们的婚姻，而我却为他辩护。尼芙不住在养老院，她去那儿是为了采访，编写小镇的《历史新闻通讯》。她恶狠狠地瞪着我，我还没来得及注意到，她就转移了视线。接着她又忍不住偷偷瞄我一眼，似乎很想知道他和我说了多少有关她的事。直觉告诉她我对情况了若指掌。她既厌恶我，又想知道我对她前夫究竟了解多深。不管怎样，我觉得尼芙一直爱着约翰·怀尔德斯特兰德，因为我清楚，这些年她是唯一去探监的。

与伯顿同时代的弗朗西斯·培根认为，正义让人类更接近于神而不是狼[①]。本能对狼会产生影响，历史对人也会产生影响，但二者有什么不同吗？正义受制于无形的力量[②]，而且事情还牵涉到一个女人[③]。

①出自培根作品《论复仇》。

②当人自以为出于正义采取行动时，会受到其他因素的影响，从而扭曲了正义。

③此处可能是指玛吉·皮斯或尼芙·哈普。当人感情用事时，情况往往更复杂。

请 进

约翰·怀尔德斯特兰德打开大门，门外是他情人玛吉的弟弟比利·皮斯。瘦骨嶙峋的他站在雪中，面带愁容，手端着一把大枪。约翰·怀尔德斯特兰德是普路托国家银行行长，他曾教过手下的员工碰到这种情况别慌张。小镇银行容易被抢，光是约翰自己就遭遇过两次持枪抢劫，其中一个劫犯还是个神经质的瘾君子。因而此刻他丝毫没有畏缩。

怀尔德斯特兰德向比利·皮斯打了招呼，声音响亮冷静，仿佛没看到那枪似的。他的妻子尼芙正在客厅看书。

“有什么事吗？”他说。

“怀尔德斯特兰德先生，请跟我来，”比利说道，用枪管微微指了指一下左边。他身后的路边停着一辆车身很低的别克，引擎没关，怀尔德斯特兰德看不到车里是否有人。比利才十七岁，玛吉说他打算当兵，怀尔德斯特兰德心想他是不是已经当兵了，要是他真去当兵了那该多好。玛吉和比利只差一两岁，但不知道两个人谁大谁小，因为玛吉从来没提过。她的年龄是个很敏感的问题。

“谁啊？”客厅里的尼芙问。

“告诉她，就说是卖复活节印章[①]的，”比利轻声说。

“是卖复活节印章的孩子，”怀尔德斯特兰德回道。

“什么？就跟他们说我们不要，”尼芙又喊了一声。

“说你想出门走一走，”比利说。

“我想出门走一走！”

“大雪天的？你疯了！”尼芙嚷道。

“穿上外套，”比利说，“别让她看到架子上还挂着衣服。跟我来，关上门。”

约翰·怀尔德斯特兰德走到屋外，比利跟着怀尔德斯特兰德往前走，随手关上了门。怀尔德斯特兰特心想：比利是把枪露在外面呢，还是稍稍遮掩了起来。接着他又希望能在车上看到玛吉，告诉他这只是一场古怪的恶作剧，是她来见他的一个借口。屋子的窗户反射出一片柔和的金光，洒在蜿蜒曲折的路面上，看起来挺美。一堵石墙和一棵快成年的金钟柏在主干道上投下一片黑漆漆的影子，一盏路灯在寒天里闪着微光，车就停在灯下。

"上车，"比利说。

怀尔德斯特兰德在结冰的雪地里踉跄了一下，然后坐上副驾驶座。他看到车后座空荡荡的。比利把枪藏在大衣袖管里，他一边拿枪指着怀尔德斯特兰德，一边绕过车头，然后迅速钻进了驾驶座。

"我要把车开到暗处，"他说。

比利一边露出枪，温和的眼睛紧盯着怀尔德斯特兰德，一边挂挡，将车驶到街灯照不到的暗处。

"我们谈谈吧，"他挂到了停车挡。

比利神色紧张，棕色的大眼睛，瘦削的脸，深棕色的头发遮住了一只眼，垂到衣领里。他下巴上冒出稀疏的胡茬，颇具艺术家气质。尽管比利·皮斯是瑞尔的战友、著名向导拉斐特·皮斯的后代，但怀尔德斯特兰德很清楚比利不会干这种事。他很可能是借着醉意，拿枪找到了怀尔德斯特兰德的住处。当时如果应门的是尼芙，会怎样呢？比利会不会假装是为学校旅游筹资来卖糖的呢？或者找些别的借口？他有没有另一套打算？约翰·怀尔德斯特兰德看着比利憔悴的小脸，觉得这孩子不大可能开枪，况且要是没有自己有意无意的配合，比利根本不可能逼他上车。

"那么，"怀尔德斯特兰德像对坏脾气的投资客户说话那样，又耐

---

①慈善组织售卖的产品，所得善款用于帮助自闭症患者等残障人士。

心地问了一遍，“有什么事吗？”

“我觉得一万块差不多，”比利说。

“一万块？”

比利不说话，等着对方答复。怀尔德斯特兰德打了个哆嗦，裹紧大衣，心里想哭。和玛吉在一起时，玛吉总能让他哭出来，别人并不知道这事。有时候泪如泉涌，有时候泪水顺着脸颊，沿着喉咙慢慢往下流。她说哭没什么好害臊的，俩人哭着哭着就会在充满情欲的气氛里停下来，开始抚摸对方。与玛吉一起哭泣让他感到宽慰，好似在教堂里没有经受任何折磨就得到宽恕一样。他感到这哭泣中含有一丝宽恕，有时候想起祖父对玛吉家人所做的一切，他觉得难过，心都揪了起来。

约翰·怀尔德斯特兰德“啊”了一声，这笔钱太少了，少得让他不敢置信，也让他心酸。

“这么点是不够的。”他说。

比利有些糊涂。

“听着，如果她生下这个孩子，你知道我也想让她生，那么她就得买房，也许在法戈买，还得买车。然后还要添置衣服、秋千之类的。虽然我从没有过孩子，但我明白孩子需要很多东西。还有，她得找个好医生，好医院。一万块太少了，根本过不上什么好日子。”

“好吧，”比利顿了下，“那你的意思是？”

“此外，”怀尔德斯特兰德边想边说，“一不做，二不休。既然要钱，那就要多点儿。我妻子管着我们的账户。钱的数目，让我想想。如果十万差一点的话，那么文件上会写大约十万。如果正好十万，也会写十万。所以最好是超过五万，但不到七万。要是大于七万文件上也会写大约十万。”

比利·皮斯沉默了会儿说，“那就五万出头。”

怀尔德斯特兰德点了点头。“明白了吗？只要有理由，有站得住脚的理由，那么拿到这笔钱就不成问题。”

“好吧，要不说你想做生意？”

约翰 · 怀尔德斯特兰德惊讶地看着比利。“可以，这挺好的，就说做生意。但我们得真的开始做生意，一直做下去，做好书面记录，这只会让我们一直用谎圆谎。再说了，还有税务记录……到头来都会查到我头上。太复杂了。我们要找其他借口，天灾一类的。”

“龙卷风，”比利说，“在冬天可能不行，那么就暴风雪吧。”

“这和钱有什么关系呢？”

“钱在暴风雪里弄丢了？”

怀尔德斯特兰德一脸失望，比利耸了耸肩。

“现金付款？”

他俩都寻思了会儿。接着比利说，“能问你一句吗？”

“什么？”

“你怎么不先离婚再和玛吉结婚呢？前不久，她说你爱她。现在，在我看来你仍爱她，也许我不必跑到这儿拿着这玩意儿来威胁你，”他晃了晃枪。“我不懂，你为什么不离开你妻子，跟玛吉走，和她私奔，或者想其他法子。你爱她啊。”

“我当然爱她。”

“那到底怎么了？”

“看着我，比利，”约翰 · 怀尔德斯特兰德伸出双手示意。“你觉得她愿意只为了我这个人而和我在一起吗？说实话，不是为了钱或工作，只为我？”

“你没那么差劲啦，”比利耸了耸肩说。

“不，我差劲透了，”怀尔德斯特兰德道，“我比玛吉大好多，而且半个头都秃了。要是我头发都在，或者很英俊、身体健壮，那么还有可能。但我很现实，清楚自己是什么样子，虽然我有点儿钱。这并不是说玛吉是为了钱才和我在一起，我完全没那个意思。玛吉很纯洁，只不过我的钱也有吸引力罢了。我可不想放弃自己最大的资产——要是我和尼芙离婚，我会丢掉饭碗，失去一切。我从她父亲手里接管了银行，虽然她父亲上了年纪住在养老院，但仍精明得很，尼芙有51%的股权。关键是尼芙没做错什么。就我所知，她从没背着我找过别的男人。作为妻子，她一直把我挺当回事，她没有错。一年前，也就是遇到玛吉之前，我过得还算好。我和尼芙每周上床一次，每次二十分钟，冬天去佛罗里达度假。我们还举办晚宴，每年夏天都要在湖滨待上两周。夏天我们每周上床两次，我负责下厨。”

比利有些不自在。

“另外，我们家的银行小，很可能会被兼并，到时候我就自由了。我想和玛吉在一起，我也计划这样做，如果她愿意的话。”

此时，怀尔德斯特兰德向比利靠近了些。

“你来这儿到底要干吗？是她让你来的吗？”

“不是的。”

“出什么事了？她不愿跟我说，这你知道的。”

“她跟我说她怀孕了。她有些担心，我以为你要抛弃她，我原本以为是那样的。一直以来我们两个相依为命。我十一岁时，妈妈在树林里冻死了。我们住在爷爷奶奶家，是玛吉把我拉扯大的，为了她搭上自己的性命我也愿意。”

“当然，”怀尔德斯特兰德说，“你当然愿意，我也愿意，我们是同一阵营的。但问题是，现在无论怎样，只能由我们中的一个来照顾她。”

“那我们该怎么办呢？”

“我倒有个法子，”怀尔德斯特兰德说，“接下来我说的计划可能有些吓人，听上去可能很离谱，但你还是听一下，因为我觉得这法子管用。听清楚了？在我说完之前别插话，好吗？”

比利点点头。

“你来绑架我妻子。”

比利压低嗓子叫了出来。

“别叫，好好听着。明晚你再来一趟，就像今天这样做，今晚就当作演习吧。你敲门，尼芙来应门。你把枪露给她看，然后进屋！带点结实的绳和一把剪刀。你拿枪指着我，让我把尼芙绑起来。一旦搞定了她，你把我也绑了。接着对我说，其实是说给她听，如果我明天不拿出五万块现金来，你就杀了她……恐怕你必须得这么说。接着你带她上车，别让她看到车牌。”

“我不想这样，”比利说，“这样做可是联邦犯罪[1]。”

“是的。但如果没出什么事，那还算犯罪吗？我是说你一定要好好地对待尼芙，一定要。你把她带到镇外的一个安全的地方，比如说你家。把她的眼睛蒙住，带到你家屋后的杂物间。在里面放张床垫，让她舒服点儿，只要关一天就好。我们定个时间，我把钱送到指定地点后，你带她到小镇另一头的某个地方，放她走。她可能要走很久，所以一定要让她穿着鞋子和大衣。然后你随便把车开到哪儿，把车一扔了之。我觉得还是别告诉玛吉的好。”

“对了，玛吉走了。”

怀尔德斯特兰德心头一震，好像已经预感到会这样。“去哪儿了？”他追问。

“她朋友邦尼带她去俾斯麦散心，周五回来。”

“噢，那太好了。”

比利看着他不说话。他深棕色的眼睛大大的，和玛吉的很像。怀尔德斯特兰德心里这么想——深色的印第安人的眼睛，让人捉摸不透。他们有白人血统，奶油色的皮肤，浓密的棕发。怀尔德斯特兰德心里觉

①违反美国联邦法律的罪行，属联邦刑事司法系统而不是州刑事司法系统管辖。

得非常对不住比利。他这么年轻瘦弱，碰上尼芙会怎样呢？尼芙可是整个冬天都在户外铲雪，夏天则打理花园，挖洞，甚至种树。可能是因为手腕发酸，比利持枪的手不断换来换去。

“顺便问一句，这枪从哪儿弄来的？”怀尔德斯特兰德问。

“我外公的。”

“装子弹了吗？”

“当然了。”

“只怕你没有子弹吧。”怀尔德斯特兰德说，“这很好，我们可不想惹出什么事来。”

姜饼男孩[①]

第二天晚上，比利·皮斯敲了敲门。约翰·怀尔德斯特兰德假装睡着了，听着玄关的动静，心在狂跳，喉咙发紧。接着尼芙伸平手臂走了进来，方正的小脸吓得苍白，脸上露出了掩饰不住的震惊。她向丈夫做了个求救的姿势，但怀尔德斯特兰德只顾着看比利，忍着不大笑出声而暴露了计划。比利套着小孩子冬天戴的毛线面具，肉桂棕色的面具上嘴巴、鼻子和眼睛周围则是一圈白色。他的外套和裤子也是清一色的棕色，像烘烤过似的。要是没有手上那双女人干家务时戴的印花手套，他就是活脱脱的一个骨瘦如柴的姜饼男孩。

“噢不，我快吐了，”听到比利命令怀尔德斯特兰德把她捆起来时，尼芙呻吟道。

“不，你不会有事的，”怀尔德斯特兰德说，“你不会有事的。”他

① 出自西方童话故事《姜饼小人》。故事讲的是一只刚烤好的小人形状的姜饼为了避免被吃的命运，从烤箱里逃出来，一路狂奔，躲过了老爷爷老奶奶、猪、牛、马，最后在过河时，受狡猾的狐狸欺骗还是被吃掉了，通常被用来形容那种单纯又勇往直前的人。

捆得很扎实，但又尽量温柔，眼泪顺着他的脸颊湿了她的双手。她的手保养得当，涂了蜜桃色的指甲油。千万别出差错，他祈祷着。

“看，他在哭，”尼芙对比利说，好像在怪罪比利一样。接着她丈夫让她咬着围巾，在脑勺后面打了个结实的结。“唔——！”

“对不起，”怀尔德斯特兰德说。

“现在轮到你了，”比利说。

两人突然意识到，比利得把枪放下才能制服怀尔德斯特兰德。他俩干瞪着眼。

“坐到椅子上，”终于，比利命令道，“用那根绳把你的腿捆上，别围着凳脚捆。”接着他命令怀尔德斯特兰德把自己绑了，甚至让他自己试了试打的结有多牢。怀尔德斯特兰德觉得比利真机灵。

怀尔德斯特兰德把自己捆好后，比利封住了他的嘴。比利让尼芙站起来，但尼芙不肯。怀尔德斯特兰德心中一阵焦虑，即便如此，他还是隐约为妻子感到骄傲。她不停地在地上又滚又踢，活像条海豚，直到比利猛地扑倒压住她，把枪口顶住她的太阳穴。比利跨坐在她身上，解开围巾，从口袋里翻出了两粒药。

“这可怪不得我了，”他说，“你得干吞了这药。”

“这是什么？”尼芙问。

“安眠药，”他接着又对怀尔德斯特兰德说，“把钱用垃圾袋装好，放到黄鼠[1]俱乐部的路牌边上。不许在钞票上做记号，不许报警，不然我杀了她。我会一直盯着你。”

怀尔德斯特兰德惊讶地看着尼芙吃了药，但转而一想也没什么奇怪的，因为尼芙是个听话的病人，总是乖乖吃药，喉咙痛时，甚至让医生在喉咙上涂上红药水。而现在呢，她则成了个听话的人质，任由比利摆布。比利解开了她腿上的绳子，把她的脚踝绑了起来，她披着大衣迷迷

---

① 北达科他州居民的绰号。

糊糊地走了出去。现在，屋里只剩下怀尔德斯特兰德一个人。他不停地扭动身子，折腾了半小时后总算给自己松了绑。可接下去该怎么办呢？他急切地想给玛吉打电话，和她聊聊，听听她天籁般的嗓音。但他并没这么做，反而在沙发上呆坐了几小时，把头埋在手里，不断回想着刚才那一幕。然后他开始计划接下来该怎么办。明天他早点动身，从夫妻俩的联名账户里取出现金，开车把钱送到公路路牌边上。这些事在中午十一点前就能完成。之后比利·皮斯在小镇西边放了尼芙，让她步行或搭车回家。虽然会引来警察的调查，会上报纸，但不会牵扯上保险。他会用光两人所有的退休金，可尼芙仍旧是银行大股东。这场绑架很快就会平息，被人遗忘。

不知所措

暴风雪来袭，尼芙走失了。要不是一个农场主把她从沟里拉上来，她可能已经冻死了。好在比利将她劫走时把她的雪靴带上了，又幸好羊毛大衣长过膝盖，尼芙并没有冻伤。她整整高烧了六天，但所幸没有染上肺炎。怀尔德斯特兰德向银行请了假，在病床前无微不至地照看着她。他没想到这次绑架会把她弄成那样。接下来的几个星期，尼芙消瘦了很多，神志不清地说着胡话。她向警察描述说那个绑匪高大健壮，手劲很大，鼻子也很大，声音低沉。她说绑匪很英俊，是天神！这话实在是太奇怪了，怀尔德斯特兰德差点就想出声纠正她。尼芙说的话错得离谱，他很高兴，但夸张的描述也让他烦躁不安。他带着尼芙回家时，尼芙闹个不停。晚上，她既不想看电视，也不想翻她订的杂志。她想找人说话，连珠炮似的问个不停。

“你爱我吗？”

“当然爱你。”

“你真的、真的爱我吗？如果，我是说假如绑匪要你从我和你自己之间做出选择，你会为我死吗？你会挺身而出吗？”

“我当时被绑在椅子上，”怀尔德斯特兰德说。

“我只是打个比方。”

“如果是打比方的话，当然，我会的。”

“我可不这么认为。”

她开始多疑地看着他，打量着他。就在今晚，她想得到很多保证。她引诱他，恐吓他，说着诸如“把我制服”的话。

“他抓住了我，我一下子蒙了，”一天早上她说道，“但他很温柔，对我很好。”

怀尔德斯特兰德带她去看了医生，医生说这是歇斯底里症，冷水浴和灌肠会有帮助，但情况恰恰相反。“抱我，再紧一点，紧得让我喘不过气。”“看着我，别闭眼。”“别敷衍我，我要听真话。”她提出一连串的要求，怪吓人的。比利究竟干了什么呢？

什么也没干，比利在电话上一再说。怀尔德斯特兰德觉得妻子的需求很突然，让他很反感，尽管他也有这样的需求。这种反感让他感到羞耻。如果她早些时候这样，也许他会回应她，也许他也不会找上玛吉，也许妻子的热情会让他欣喜或感动，但当尼芙在晚上讨好他时，他只感到绝望，尼芙也感到他的疏远。就这样，她变得瘦骨嶙峋，任由头发变灰变长，没法打理，却依旧动人。她变得古怪、阴郁。她不断地看着他，眼神就像溺水的人一样。

默多·哈普

约翰·怀尔德斯特兰德去养老院探访了岳父。养老院是他岳父捐建的。普路托养老院——这地方有无数个能让他岳父郁郁寡欢的理由，但奇怪的是，他岳父并没有变得抑郁。默多·哈普躺在单人床上，听着收音机，床单是黄色天鹅绒的，身上盖着的阿富汗毛毯[1]是尼芙织的，上面的彩虹条纹复杂而精致。

“是我，约翰。”

“啊。”

怀尔德斯特兰德握住了岳父的手。他的皮肤很干燥，却很柔软，近乎透明。他脸颊消瘦，没有血色。尽管默多·哈普曾在商场上大鱼吃小鱼，是个冷酷无情的银行家，但现在看上去就像圣人似的。

“看到你来我真是太开心了。这儿很安静，日子过得很舒心，但我早上4点就醒了，是醒得最早的一个。我心里盼着能有谁来看看我，我想去外面走走，然后你就来了。约翰，见到你真好。我们去哪儿呢？”

约翰没有回答，老人点了点头。

“我女儿还好吗？”

“挺好的。”当然，谁也没对他提起尼芙的事。“她感冒了，”怀尔德斯特兰德骗他，“今天卧病在床。现在可能抱着热水袋睡着了。”

“可怜的孩子。”

怀尔德斯特兰德同往常一样，没有对岳父说实话。“我会好好照顾她的。”多么荒谬，多么讽刺啊，这可能吗？老人松开了手，怀尔德斯特兰德发现他睡着了，但怀尔德斯特兰德还是坐在床边握着他修长的手。和这么年老的人待在一块儿，能让人感悟出些什么，至少可以让人平静下来，放下一切，不再奢求任何东西。这位长者辛劳了一辈子，如今的生活只有毛毯和收音机作伴。这是个想心事的好地方，约翰·怀尔德斯特兰德坐了很久。孩子将在四个月后出生，比利和玛吉正住在一幢坚固的平房里，就在岛屿公园[2]附近。比利快要去技校上学了。上次去看望他们时，比利正要出门，紧裹着大衣，围着条纹的编织长围巾，脚蹬柔软发皱的靴子。他们握了握手，谁也没说什么。

---

①针织或钩编而成，常呈几何图纹。

②位于北达科他州法戈市。

至于玛吉，她常常一个人。怀尔德斯特兰德因为尼芙在身边没法经常过去，玛吉也明白这点。玛吉容光焕发，棕色的长发富有光泽。白天，他们在她的卧室里做爱，光天化日之下显得格外庄严隆重，让他感到晕眩。紧挨着她时，他看待事物的方式变了，房间里的物件和植物都显现出原本隐藏着的灵魂。所有的事物都好像有意识，变得有意义。玛吉是无与伦比的，却又平凡普通。他甚至感觉到时间在流逝，但却感受不到躺在身边的玛吉。完事后，他开车回普路托，刚好赶上晚饭时间。

和老人告别时，怀尔德斯特兰德通常会拍拍他的手臂，或做些其他含糊不清的姿势表示歉意。但这次，他还在想着和玛吉在一起的时光，不知不觉就俯下身亲了亲岳父的额头，把他的头发向后捋顺，不经意地笑了起来。老人突然往后一缩，像发疯的鹰一样盯着怀尔德斯特兰德。

“你这个混蛋！”他喊道。

姿　势

一天，尼芙正穿着浴袍吃午饭，拿餐刀轻敲着白煮蛋。忽然，她说：“我知道他是谁了。我在一部戏剧里看到过他，莎士比亚的作品。剧中有两对双胞胎直到结尾才相认。”

约翰·怀尔德斯特兰德浑身冰凉，一回到银行就给比利打了电话。他很清楚比利夏天在小镇戏迷俱乐部里演出过。在《错误的喜剧》[1]中，他扮演了德洛米奥[2]两兄弟中的一个。怀尔德斯特兰德挂了电话，眼神发怔，而那时，尼芙正在镇图书馆里翻阅以前的小镇报纸。接到电话后，比利没去上学，立马跑去当兵了。怀尔德斯特兰德此前并没想到部队会选中他，因为他的体重不达标，但显然部队不在乎这点。比利离

---

① 也译为《错中错》，莎士比亚早期喜剧作品，讲述了主仆两对自幼失散的孪生兄弟相遇重逢的故事。

② 该剧中的一对孪生兄弟。

家参加基础训练时，玛吉日夜哭个不停，怀尔德斯特兰德很担心她太过伤心，会影响到孩子。她说自己麻木了，心灰意冷。他去看她时，她不理他，也不愿让他碰。六个星期后，比利给她寄了张身穿军装的照片。照片里的他似乎没比以前健壮多少，脑袋上的头盔摇摇欲坠，遮住他那幽深莫测的双眼。他的脖子还是那么长，看上去只有十二岁。

一天下午，怀尔德斯特兰德看过玛吉后驱车回家，在公路上满脑子都是那张戴着头盔的小脸。进屋时他看到尼芙又在织毛毯了。她抬起头，清澈的蓝眼睛望着他。

“我要走了，”怀尔德斯特兰德说着把车钥匙放在茶几上。“所有的都归你。我就拿衣服和鞋子，我做份三明治，然后就走。”

约翰·怀尔德斯特兰德步入厨房，做了份三明治，用蜡纸包了起来。接着又走到客厅，站在地毯中央。尼芙就这么看着他，脸色发白，抬了抬手，又把手移到另一边，然后放下。这个姿势似乎在空中停顿了一会儿，手臂仿佛留下了一道痕迹。怀尔德斯特兰德转身出门，横穿整个小镇，沿着公路想搭便车到玛吉家。外面只有一丝微风，气温约65华氏度左右。地里满是积水，鸭和鹅在沟里游来游去。他走了整整一下午，地平线在他眼前出现又消失，直到天黑他才搭上了辆便车。

狮　子

约翰·怀尔德斯特兰德搬到玛吉家没多久，孩子就出生了。在孩子刚出生后那令人头晕目眩的时刻，他看到了一番幻象：孩子长得像比利，像舞台上的比利，高大完美，长着大脚，看上去就连水壶也拎不起的比利。比利有一颗荆棘之心[1]。还有谁能比比利更完美呢？约翰·怀

---

[1] 一圈荆棘围绕着耶稣的圣心，代表了他为世人所受的痛苦。荆棘也指玫瑰上的棘刺，而玫瑰又隐喻女人。

尔德斯特兰德把比利看作基督式的人物，或是《新约》中的一个殉道者。不过他并不是因为信奉上帝才被扔进狮群，做出牺牲，而只是为了满足狮子的口腹之欲[①]。怀尔德斯特兰德想，在新的生命里，比利的力量和勇气都会增长，长成和尼芙描述的毫无二致。现在，他看到的这个比利已是尼芙想象的模样，而尼芙也认出了比利就是那个绑匪。怀尔德斯特兰德知道比利把绑架的事告诉了玛吉。一切都得以在婴儿的小脸上显现。怀尔德斯特兰德凑近了看，心里嘀咕着这个比利是会活下去还是死掉。但他还没想清楚，婴儿就张嘴哭喊起来。他把孩子抱给玛吉喂奶，想摸摸孩子的头发，玛吉却推开他的手，和他妻子说再见时的姿势一模一样。精疲力竭的他窝进了医院的椅子里，好一会儿，他就坐在房间里看着母子俩。

车　库

那之后，约翰·怀尔德斯特兰德只去过两次普路托。第一次他开了辆拖车，去装尼芙还没扔掉的物品。在那之前，她已经扔掉很多东西了。但物质上的享受对怀尔德斯特兰德已没那么重要了。前一阵子，他睡在一个小帐篷的睡袋里；而现在，则睡在玛吉的车库里。他蜷着身子，边上停着他买的那辆二手车。玛吉每天都吵着要报警，要告发他绑架的事。

“你会变得一无所有，”怀尔德斯特兰德摇了摇手臂，“这房子，还有比利也会坐牢。你真想这样吗？你会流落街头，再说小科温怎

---

①据《旧约·但以理书》第六章，但以理作为上帝忠实的信徒遭人陷害，大利乌王下令将他扔入狮子坑中。天使封住了狮子的嘴，拯救了但以理。《新约》中也多处出现将基督教徒投喂狮子的描述，这是当时罗马帝国处置基督教徒的常用手段。文中指比利若是陷入狮子坑，不会有天使来救他，只会丧身狮口。

么办？”

孩子的名字是照着比利训练营好友的名字取的。这位好友现在在韩国，驻扎地在非军事区[①]边上。比利的情况很危险，他每周来信说着自己的幻象。他似乎正和强大的神灵交流，这些神灵救了他一次又一次，并且承诺会为他的生活指明方向。

“他从来就不信教，”玛吉哭着说，“一辈子都没信过。现在你看，看看你做了什么！”

怀尔德斯特兰德绝望了：他总是无法摆脱比利，不论在什么地方，比利都是焦点。比利顶着鬃毛般的头发，干净利落，一双眼睛难以捉摸，穿着军靴操着步枪。作为一个受上天眷顾的士兵，他帮不上他们什么忙。要是他在战场上出了事，那就更不可能帮他们了。在儿子出生后的几个月，怀尔德斯特兰德终于明白，那场绑架是他一手谋划的，他永远也不会被宽恕，他也失去了玛吉的爱。她气极了，冷冰冰地对待他——她含沙射影他和他那仇视印第安人的祖父一样。现在她整天都只忙着照看孩子，打扫房子，偶尔会把购物单甩给怀尔德斯特兰德，或者让他提重物。除此之外，她不愿意让他接近自己或孩子。他就像幽灵一样绕着小屋转，不知道要在哪儿落脚，永远坐立不安。在地下室里，他给自己弄了个可怜的窝，车库里冷得不能睡时就睡那儿，不然就在那儿听听音乐，看看报。他在以前常光顾的保险公司找了个低级职位，协助他人理赔。

玄　关

一天，怀尔德斯特兰德在自己桌上看到了一位房主的索赔，住址是

---

① 韩朝非军事区，即“三八线”。朝鲜战争爆发后，韩朝双方在 1953 年 7 月 27 日于板门店签署《朝韩停战协定》，以北纬 38 度线将其周边地区划为朝韩非军事区。

他原来的家。尼芙通过保险公司，让他赔偿所有他带走的东西。那些东西都是之前尼芙逼着他清理掉的：昂贵的五金工具，每一件上都刻了自己的名字和识别码，价格不菲的电唱机和一大堆唱片，甚至还有一台崭新的电视。怀尔德斯特兰德看着索赔清单，感觉喉咙里有一股热气往上冲，耳朵发烫。他从办公室门后取了大衣，回到用自己和尼芙的退休金买的房子，把他留在车库里的东西都打了包。接着他开着满载行李的车，停在了原来的那个家的车道上。

过了会儿，尼芙走到窗边，看着他下车。两人隔窗对视，窗玻璃就像昏暗的鱼缸一样。随后她走开了，怀尔德斯特兰德不知道她是来开门了还是回房了，因为房子淹没在黑暗中。但她最后还是开了门，招呼他进去。两个人站在玄关处，靠得很近。她原先灰色的头发现在已变成银白，瘦弱的脖子上可以看到跳动的血管，手臂干瘦如柴，但整个人却散发着独特的光芒。怀尔德斯特兰德可以感觉到她的光芒，似乎是从她透明的皮肤下发出来的。他想拜倒在这个被他错待的美丽女人裙下，亲吻她的宽摆裙边。

“我看到你的索赔了，东西我都带回来了，”他说。

“我不要东西，我想要钱，我需要钱，”她告诉他。

“为什么？”

“我们倒闭了。他们不准备收购银行了。他们要在边上开一家新银行。”

“那你爸的账户呢？”

“他会长命百岁的，”尼芙说，“约翰，他告诉我你早就在外面有女人了。”

“我不知道他怎么会这么说。”

尼芙等着他回答。

“好吧，是的。”

她眼中噙满泪水，开始颤抖。怀尔德斯特兰德不由自主地抱住她，关上了门。他们在玄关做爱，在无数人驻足的地毯上，在客人坐着换鞋的长凳上。他的懊悔和羞愧莫名地激发了欲火，她十分渴望他，两个人仿佛坐在木桶里，从湍急的瀑布直冲而下。最后怀尔德斯特兰德开口说出了真相。

他必须说出真相。躺在玄关的地板上时，怀尔德斯特兰德在鞋架边直觉地意识到，比利在她妻子被绑、手足无措时做了不三不四的事情，就在那张床垫上，那张边上堆着废弃的锅碗和衣服的床垫上。怀尔德斯特兰德紧贴着尼芙一直说着，黑暗吞噬了他。

“我知道他对你动手动脚，”在和盘托出后他说道。

“谁？那个男孩？他只是个笨蛋，”尼芙说，“他没碰我。我说那些话纯粹是为了让你嫉妒。我也不知道为什么要那么做。”她坐了起来，冷静地打量着他。“我曾以为你在内心深处可能是爱我的。过去，我的确相信你是爱我的。”

“我现在也是，现在也是，”怀尔德斯特兰德说。在她站起来时，他抓住她的脚踝，压抑着心里萌生出的希望。

“当我在沟里快被雪覆盖时，我看到了你的脸，真真切切。是你弯下腰把我拉了上来。不是农场主，而是你。”

“是的，”怀尔德斯特兰德抬起了手臂。“我一直都很爱你。”

她低头看着他很久，思索着这个惊人的事实。然后上楼报了警。

一丝可能，一阵战栗

在他被抓、审判、认定有罪、判刑的几年后，怀尔德斯特兰德在狱中认识的朋友和律师们有时会问起（当然，我也亲自问过他），他怎么就会老老实实地坦白一切，承担起所有责任呢？有时他自己也想不出一个合理的解释，有时他则说可能是因为他的日子看不到头。他知道自己会被两个女人踢来踢去，没完没了。接着，他总是会谈起他开门见到比利·皮斯的那一刻。他看到这个男孩站在雪地里，端着枪，苦着一张脸站在门廊耀眼的灯光下。他不明白，他怎么会战栗地感到自己可能过上全新的生活，离开尼芙，和玛吉在一起。潜意识中，他向新生活敞开大门，说了声："请进吧。"

马恩·沃尔德

恶魔撒旦：星球劫匪[1]

一年干旱的夏天，我认识了比利·皮斯。那天，雨水姗姗来迟，一眼望去，一切似乎都在闷热的空气里扭曲变形。云杉停止生长，柔嫩的针叶都已掉光。而白杨树呢，却还挺拔矗立，舒展着心形树叶。巨大的橡树高耸在田野上，扎根汲取地下的水分。天气预报说下午有雨，我们坐在露台上，看着阴沉的天空笼罩了保留地。我几乎感觉到，渴求水分的根系颤动着，在我脚下的树木也随之颤抖。雨仍迟迟不下。妈妈还坐在扶手椅上，而我跑到以前的地里，就在屋边的小坡上，那儿能更直观地感受即将来临的暴雨。风从杂草丛生的池塘吹来，闻上去像潮湿的头发，吹动了乳黄色的川蔓藻。沉沉的花絮压低了草杆，被晒得发烫，每一根草茎都那么干枯，仿佛一折就会冒出青烟。每走一步，成群的蚱蜢跳起来，撞到我的手臂、小腿和眉毛上。小丘的半腰上有一小堆石头，有人曾清理过山坡上的杂草，种上果树。不过，果园现在一片荒芜，只剩银灰的虬枝和开裂的树干。我坐在那儿，一直注视着天空。突然间，不知从哪儿飘来厚重的云层，变成了堆积云[2]和棉花糖的形状。那年，我十六岁。

他把白色轿车开到我家院子时，我正看着大雨欲来的天空，如水墨一般。他高大精瘦，却露出害羞坦率的笑容。他有一双温柔的眼睛，是像牛奶焦糖一样的深棕色。我也是后来才知道的，这双眼睛也能冷酷得发黑，仿佛能说话似的。他穿戴整齐，戴着领带，身上的衬衫并没被汗水浸湿，仍旧挺括。这些细节是我走回院子时看到的。当时，我刚开始注意起男人的这些细节，注意起他们拖运饲料、检查篱笆时臀部的线条，他们卷起白色袖管时那露出的黝黑结实的手臂。我并未带着歪念看男人，也没想过要找一个男朋友，因为当时我只知道埋头苦读，就算虏获了一个男人，也不知道该怎么办。

我只是学做一般女孩会做的事。就好比一个农场主，比如爸爸，要了解土地的情况。他热爱自己的土地，所以他必须知道怎么耕种：每一个季节，地里分别需要什么，能种多少，年产多少。

而我呢，也一样。我好好上课就是为了提高自己的产出，认真对待自己。直到遇到比利后，我才意识到自己就像一块地，而他是耕耘土地的农夫。我站在醉鱼草丛的绿阴里，他看着我。我并没马上和他打情骂俏，到现在我还不知道该怎么做。我走到烈日下，与他对视。

“你卖什么呢？”我微笑道，告诉他我妈妈很可能会买，因为她什么都要——可以在地上用的修边剪，可以去籽的苹果削皮器，还有缝纫机，能记住之前所有缝过的针脚。他笑着跟我走上进屋的台阶。

“小姐，您真聪明，又好年轻，”他说，尽管他自己也很年轻。“你得靠近些，才能透过我的眉心看清我在卖什么。”

他指了指眉心。

“什么也没有啊。”

妈妈走了过来，手里拿着杯冰茶。他们讲话时，我没看比利。我觉得自己像个傻瓜，都不知道他在干什么。十六岁的我对男人做的事情似懂非懂。我以前从没闻到过那种气味——从他们身上散发出的酸味。但在那以后，仅仅从表情、音调、用词或者是呼吸的变化，我就能看透他。像一条受过专业训练的狗，对特定气味高度灵敏。可最初，它并不是那样灵敏的。我乖乖照着比利说的做，就像是在帮他的忙，和我从小对爸爸唯命是从的样子如出一辙。

不过，爸爸只会在疲累时才会让我做事。其他时候，他喜欢单干。如果我想学习如何在严酷的条件下生存，那么我不该把爸爸当作研究对

---

① 指恶魔撒旦以各种形式诱惑、威胁人类，像劫匪一样控制了整个星球。
② 与热度有关的气候现象。当有强烈而快速的空气对流时，空中会形成积云。

象。他实在太累了。我一生中，爸妈老是在闹离婚。我夹在他们中间，住在真空地带，屋子的地板坑坑洼洼，满布划痕。然而，无论吵得多厉害，他们还是将就着过日子。不知为何，他们谁也离不开谁。在这样的环境下，我没法通过爸爸来搞懂男人究竟是什么样的，因为他和一般的男人不一样：他离不开妈妈。我也不能去找年老的叔叔沃伦。他由我爸妈照料，常常一直盯着你，像在观察你的血液流动和食物消化。最初，是沃伦的叔公买下了农场。沃伦的脸像砧板似的，木然呆滞，长臂重重地垂下。他脾气暴躁，经常玩失踪，有时好几天都不见人影。我们时常发现他发完脾气后，迷茫地游荡在农场马路上。同样是种田的，我认为爸爸和沃伦差别很大——你真该看看爸爸种树的模样。

"一个十美元的洞来填一粒二十五美分的种子，"他说。他就是这么挖洞的，以免根系挤在一起。我们的土地和最好的红河[①]土不相上下，足足十英尺厚的泥土，肥沃发黑的土块诱使你想捏在手里，咬上一口。尽管如此，他撬起石头时，还是会把小树泡在水中。他把根系裸露的小树放到洞里，细筛树根边的泥土，把泥块在指间捏碎，然后盖土、浇水，直到水聚成一摊。透过爸爸的眼睛，你会看到他温柔无私地呵护植物，了解根系是如何深深扎根于土壤的。

起初，我相信比利的眼睛里也有这样的温柔呵护。我在妈妈背后看着他，发现了他卖的东西。

"是《圣经》，对吗？"我问。

"你要赖啊，"他双手抱胸，朝我俩咧嘴笑。看到他翻领处的金色十字架时，我的眼睛眨了眨，他察觉到了。

"我卖的东西比《圣经》还要好。"

"你倒说说，"妈妈嘲笑道。

---

① 发源于明尼苏达州和北达科他州交界处，流经红河谷，最后流入加拿大曼尼托巴省。

“是圣神。”

妈妈转身离开，她可没空聊天。我不是个虔诚的教徒，但却明白该做些什么，比如为妈妈的无礼道歉。所以我又待了一阵。我穿着毛边短裤和破旧的贴身 T 恤，方便干脏活。这天下午，我本该帮妈妈打扫鸡窝，替换干草，清理饲料笼，除掉厚厚的蜘蛛网，拿报纸蘸醋把窗户擦得闪亮。现在，这些早就飞到九霄云外去了。而且，正如之前所说，我可不是个虔诚的教徒。

“今晚有个集会，”他说，“我告诉你地点。”

他总是会先介绍他要说什么，这是他说教的习惯，你总是会边等边想他到底要说什么，即使你并不想这么做。

“在哪儿呢？”终于，我开口问道。

他告诉我该怎么走到支起帐篷的地方。他一边说着，一边热切地打量着我，深棕色的眼睛仿佛焦糖似的。我突然意识到，我曾经在爸妈房间里看到过他。比利有一张基督一样的脸，画中的基督敲门时，头微向前倾，听着门后的动静。我要参加集会，不带家人，一个人去。只是去搞清楚，去看看。

❧

远处，大雨倾盆。在暴雨到我们这儿之前，空气干燥得仅剩一丝水分。暴雨过后，我决定要去镇上看看。十一岁时，我已会驾雪橇、开拖拉机了。十四岁时，我还能在妈妈的陪同下，开车来回往返普路托镇。对我来说，去自己想去的地方并不难。

我从沃伦叔叔身边走过，朝车走去。他坐在院子里的树桩上，灰白的头发落光了，下巴冒出白色的胡茬，绿色的双眼一动不动，冷冷地看着我，盯着我。

上哪儿去呢？

镇上呗。

那之后呢?

回家。

然后呢?

我也不知道。

见鬼去吧。

也许吧。真是见鬼去。

有时他说我像他，我可能就是他，他能察觉到这点。他能看到我整个身体的构造，我无处可逃。我让他闭嘴，别来烦我。他老是说我孤零零一个人，而我则反驳道，我可没你那么孤单。

镇上的街道湿漉漉的，但空气仍旧稀薄干燥。帐篷的卷帘卷起，白色飞蛾飞进飞出。现在还是八月，蚊子就已不见踪影。即便对蚊子来说，天气也实在太干旱了。虽然帐篷敞开着，但里面的空气像是被压缩了，又闷又热，一点儿也不透风，隐约混着汗水的咸味。里面坐满了唱歌的人，我混进了后排，坐在灰色的金属折叠椅上，睁大眼睛不说话。

原来，他不是第一个上台的。第一位布道的人完成工作做好祷告后，他让比利上台，讲了几句开场白：比利是新晋信徒，要来传达上帝的旨意，同时他多才多艺，会摆弄好几种乐器。我们将倾听上帝藉由比利之口向我们传达的话。比利上台了，他穿着三件套西装，里面是背心和柔软的尖领红衬衫。他开口了。我能一字不落地告诉你他说了什么，因为在那以后的好几年里，我一天要听他讲四五遍。只有听了比利布道后，你才了解真正的布道。只有从比利口中，你才能知道不信奉上帝的你是残缺的。犹如带倒钩的铁线扎在你的手心，只有把它拔出来时，你才知道有多痛。也只有接受、服从上帝时，你才会感到放下一切后无比的快乐。只有从比利口中，你才能感到轻盈舒适，明白自己为上帝所珍视，真正了解上帝做出的牺牲。

年幼的我对此无法抵抗。

❧

星星是上帝的眼睛，它们自天地始成便一直注视着我们。地上有多少人，天上就有多少颗星，你不这么认为吗？那就数数。好好看看《圣经》，数数里面总共有多少名词和动词，好像只要你做了，你就能窥得其中的深意。但事实上，你不能。你只能用心灵去感受，数数这样的外在行动根本没用。白天，你能躲避星星，但一到晚上，满天繁星下你无所遁逃，此情此景让你惧怕。

躲到床底下！

钻到被单里！

我告诉你们，站起来，不要退却，向前挺进！

我要熊熊燃烧，像道光一样，在对上帝的赞美里发光发热。听我说，站起来！

还有一个。你们听说过他的名字，卢斯，光，路西法，堕落天使[1]。你们亲眼见过他，却不知道他来过。夜晚，他伪装起来，仿佛一个劫匪，在空中、在深色的树叶里、在女人身体的芬芳里原形毕露；他从地底下爬出来，进入你的身体。

他伸出手，把你拉下。

猛地一拽，附上了你。

好似绞刑手的一根绞索。

好似一个无名小卒。

好似黑夜的奴隶。

好似你回家后，灯火通明，门前车道上停着一辆救护车，然后你说：

---

① 四者都指基督教中同一个的恶魔。

“上帝，该轮到谁了？”

“所有人，”上帝回道。

你也是其中的一个。在星空下，在上帝面前，我指出了你。上帝在我身体中。站起来，我说，站着。是的，我将要尖叫，因为我喜欢那样。快跨过天堂的大门。四年后，世界将地动山摇。

启示。兽[①]的面孔。好了，说了那么多，现在让我们平静下来，仔细思考。

比利·皮斯眼神平静，专注地看着每个人，没说话。接着，他援引了一些话来预知未来。未来复杂莫测，就好比中东过去的混乱局面一样。他曾预见中国军队进藏，这已应验。他还预知，军队将继续前进，直到新月沃地[②]。他说出了军队的人数。他张开手，拍了拍额头，留下一片红印[③]。那儿，他突然大喊，所有罪人都将印上兽的印记。他开始说兽名数目[④]，它在你的社保号码、银行支票、纳税表、家庭保险里，还有叫信用卡的东西——运通卡[⑤]里，他叫道，兽将会把它带到忘记之地[⑥]。末日已经到来，而你们还蒙在鼓里，毫不知情。

反基督者[⑦]就在我们中间。

他就是我们钱包里的信用卡。

你想要信用卡？先借后还[⑧]？

---

① 《圣经·新约·启示录》中，兽是撒旦在世间的伪装。

② 西亚、北非地区两河流域的一条狭长地带，土地肥沃，在地图上形如一弯新月。以色列、黎巴嫩、约旦等国都处于该地带。

③ 《圣经·新约·启示录》中，兽在众人额头或手臂上做了一个印记。

④ 出自《圣经·新约·启示录》，在大多数《圣经》手稿中，该数字为666。但希腊文版《圣经》中，该数字为616。

⑤ 一种信用卡。

⑥ 出自《圣经·旧约·诗篇》，指地狱。

⑦ 《圣经》中的基督大敌，他们在世上传播罪恶，终将在救世主再度降临前被救世主毁灭。

⑧ 此处暗指人们得过且过，将基督的拯救拖至明天。而比利的意思则是要现在就行动起来，获得救赎。

你将热切渴望它，却得不到它，挨饿难熬。你会啃树枝，吃纸屑，吃账单，还会在黑暗中尖叫道，早知道就付现金了！

兽数不胜数，银行账号就是反基督者的血肉。反基督者就是路西法，就是纯粹的人脑①。

人脑会带领我们登陆月球，越过月球以继续探索宇宙。

孤独的人类在航天探测器上录音，问道，有人在吗？那儿有人在吗？应声的是反基督者。反基督者就在这儿，在我们四周，在晶体管中。反基督者如同命运一般注定会到来。他正渐渐复苏。

活该。上帝不来救你，难道不是你自找的吗？

甩甩魔杖并不能让你获救。你得闭上眼睛，拿出那些小小的信用卡。

看着！

他高举一把尖刀，转动着，好让人们看到刀刃的寒光。

零利息的利剑！现在我要过来，沿着走道，举着利剑，解救你们。

他哼起圣歌，走过一排排的座位，不断唱着。他拥抱每个拿出信用卡的人，然后从他们的指间拽出卡片，斜着剪了一刀。信奉上帝！又是一刀。他不停哼着歌，在人群中来回走动剪卡片，直到一路上都凌乱地铺满了信用卡的碎片。轮到最后一个了，他走到我跟前，发现是我，他笑了。

“你太小，还没有信用记录，”他说，“我很高兴你来了。”

接着他目不转睛地看着我，双眼漆黑，在他温暖黝黑的皮肤映衬下，如寒冬的冰雪般坚毅冰冷，冷得将我融化。

“留下来，”他说，“等会儿，别走，跟我们一起去拖车里。我们要为埃德的母亲祈祷。”

---

① 即理性。

❧

我留了下来。这不是为了追女孩子发出的邀请，但我当时却以为他对我有意思，不过事后证明他的确是的。埃德就是刚刚那位布道的，他的母亲病得厉害。她平躺在房车前段的沙发上，一动不动。她周围光线昏暗，空气中混杂着吃了能让人出汗的药物气味，还有食物的气味：汉堡、烧焦的洋葱、咖啡。桌子被推到一边，椅子卡在沙发底下围成一圈。埃德的母亲，这个可怜的快断气的老人，盖着白被单，几乎看不到呼吸的起伏。她脸颊凹陷，脸颊和嘴巴边上的皮肤松弛下陷。在我看来，她就像羽翼未丰就掉出鸟巢的雏鸟，闭阖的眼皮鼓起，皱巴巴的，还能看到青筋跳动。她满头银丝，鼻子大大的，就像蜡做的，双手放在胸口，像苍白的爪子似的蜷缩着。八九个人围在一起，我拿起离他们最远的那把椅子。他们一个接着一个地开口，眼睛睁开又闭上了，不停地说着话。声音开始混杂在一起，他们似乎朗诵着古老的片段，令人晕眩。起初，我在这怪异的环境下感到很不自在。不通风的车里飘着怪味，让人昏昏沉沉。我小心翼翼地呼吸着，不去听他们讲话。但渐渐，他们的话开始慢慢奏效，令人头昏脑涨，最后控制了我。

他们的话湮没了我，充斥在我身体的里里外外，仿佛飘在空中的三角形陶器花纹，断断续续，弯弯曲曲。花纹在瞬间浮现又碎裂，鼻腔里弥漫着尘土，刺鼻的抗生素的苦味，药味，死亡，还有汗。我眼睛发疼，喘不上气儿。血液从我的头部，沿着手臂流向指尖。我双手肿胀，比平常大了一圈，像戴了副臃肿的手套。我起身想离开，但比利在那儿。

"走过去，"他说，"走过去摸摸她。"

其他人都把手放在埃德母亲身上，一手摸着她，一手高举，像是天线一样四处摸索，寻找圣神。比利并没用手推我，而是站在我身后，一寸寸地紧逼我向前。有两个人空出了位置，让我站在埃德母亲旁边。她纹丝不动，仿佛一具尸体似的，双唇紧闭，嘴角下垂，眉头皱起。

我伸出手，仍旧感到肿胀刺痛。我很想知道碰了她之后她会有何反应，如果她还能动的话。但当我双手碰到她柔软的胃部时，她静如止水。我身上没有治愈他人的能力，相反，她忍受着的病痛向我涌来，就像自来水龙头流出的水，灌满水壶，溢了出来。

就在这时，我看到了一幅画面。

我不蠢，从来就不是个笨孩子。我会胡思乱想出各种画面，随时都能在脑中拼凑一幅图画，集中精力添上细节，把它弄得像真的似的。我会这么做，叔叔盯着别人看时也在这么做。爸妈吵架时，我会胡思乱想。当我听到他们在楼下的动静时，我总是知道，两人中的一个会打破宁静，大喊大叫。吼叫声越来越大，在屋子里回响。接着，又会有一个跑来抱住我。如果是妈妈抱住了我，我会闻到烟熏鸡肉、米饭和咖啡渣的气味。如果是爸爸，我会闻到汗酸味，他在车库里抽烟沾上的香烟味，还有地里的尘土味。我被抱到一个真空地带，夹在他俩中间，那真是一个最危险的地方。不，叔叔的注视才是最危险的。我常常走出情感上的真空地带，变得浑身无力，开始想象各种画面。

在我碰到埃德母亲、尝试着减轻她的痛苦的刹那，我看见了一幅画面，并走了进去：她在蒙大拿长大，我看到她眼中的世界。山谷的西面是连绵起伏的蓝色山脉；山脚是蓝色的，像披着深蓝色的法兰绒，山顶云雾缭绕。阳光穿透云层，粉色的光晕在山体的裂缝闪耀，形成不同的图案，就像月球表面似的。埃德的母亲看着这些图案，近距离地看着，接着图案开始飘动。我不断说着，直到我意识到我俩正在向群山靠拢。她的光芒不断黯淡下来，瘦得只剩我手下摸到的皮包骨。她行将就木，却充满活力地走进了我脑中的画面。进入画面后，她同我一样，从中得到了安宁，得到了磐石般的力量。

但以理

我们在沙漠中游荡了三年。比利时不时地预知到行程的下一个目的地，而我呢，则跟着他到处跑，期间生下了两个孩子。他的预感就像麦克货车似的，带着我们从这个帐篷赶到另一个帐篷，从这个镇跑到下一个镇。他常常在感知到一个信号后号叫，怒吼，呕吐，与自己的预感角力，直到精疲力竭地躺在浴室地板上，对我说，现在你信了吧？

我一直都信。从第一次听他布道的那晚起，我就一直对比利深信不疑。我信奉他①，并且极度迷恋他。但随着岁月流逝，我开始想念爸妈。我怀念他们平平淡淡的日子，甚至想再听他们吵架。我也怀念在他们身边时会出现的危险状况，幸好我可以生活在自己想象的画面中，在他们附近找到安全的港湾。最近，我想象画面的能力减弱了，因为我必须停留在现实中，照顾孩子。我没法再藏在自己的想象里，所以，我要回家。

朱达很安静，小脸红彤彤的，嘴唇如花瓣一般殷红娇嫩，红润的脸颊贴着我的衬衫。还有莉莉丝，小萝卜头身上热乎乎的，吃饱喝足后躺在我的百褶裙上酣睡。

“我们去找外公外婆吧，”我一边对小宝贝们说，一边想着妈妈的脸。她还没见过孩子呢。

我铁了心要回去，没什么能说动我。

“比利，”他进来时我对他说，“我们回家吧。”

“不，”他毫不犹豫地否决了。

“我们一定要回去，”我说。

我从没跟他对着干过。这次我很坚决，出乎他的意料，也让他动摇了。

“你还小时爸妈就去世了，”我说，“你姐姐把你拉扯大，你当了兵，后来她整个人都蔫儿了。你并不了解真正的家是怎样的，没有朋友，也不知道归家心切的感觉。但现在，机会来了。”

他坐到旅馆小床床边，喝着我给他煮的热咖啡，似乎在听我说话。

“明天就去吧，”我说。

我说我最近和爸妈常通话。孩子出生后，他们开始接受比利，甚至还会在节日和孩子生日时问声好。我知道，要是我们带着孩子回家，一切都会好起来，爸妈也会过来看看我们。对我来说，似乎是时候重修旧好了。

“我从没求你做过什么，”我实话实说。“我要回家。”

“但我刚到这儿开始传教，不能扔下我们的教徒不管。”

我们吸纳了八个退休老人，他们变卖了自己所有的资产加入教会。几辆房车就是我们的活动基地，停在其中一位教徒捐赠的土地上。那块地地处博兹曼市[②]附近的加勒廷峡谷[③]，只有两英亩大。所以我们彼此住得很近，总能听到别人收音机里的声音。

“你有一块保留地，”我说，“我们可以在我家附近找块更大的地方。我们可以在镇上买房，开家宗教书店。但我想住在农场边上，这样能离爸妈更近些。我好想那平坦的土地，绿油油的庄稼，还有那些云朵。我们什么都种：黄豆，花，亚麻。我想念蓝色的田野和黄色的芥菜田，向日葵整天都跟着太阳转。我想念室内花园，用来做冰茶的薄荷，还有和你脚一样大的土豆。”

---

① 马恩将比利与上帝混为一谈，认为信奉比利就是信奉上帝。

② 蒙大拿州西南部城市。

③ 位于蒙大拿州。

比利的确在考虑要不要去。也许，最后是因为我提到了农场有八百八十八英亩大，他才抛开对我两个哥哥的顾虑，开始动心。我并不会继承那些地，至少那时看来还不会。我看得出来，整整一个礼拜，他都在琢磨。我也没作声，生怕一开口说错话或者说太多，坏了好事。

一天晚上，教会成员聚在一起。比利抬起手臂，宣布了他的决定。我们要搬家了。他站在教众前，高高瘦瘦的，年轻又帅气，微微笑着。我觉得自己是多么幸福和幸运，甚至感到自豪。八个教徒和我们一家四口紧握着手，围成一圈祈祷。我们唱了一个钟头，然后解散。那晚，我们全家都开始收拾东西，几天后开着篷车上路。开过地界后我才突然想到，比利得把拖车停到爸妈的农场上。要不然还能停哪儿呢?

我问他，他回道，“我会说服他们，和他们好好说说。”

他咧嘴一笑，银边太阳镜倒映出我和两边的地，地面平坦，没一丝起伏。尘土漫天，使天空看上去灰黄，太阳显得十分巨大，但又模模糊糊的，好像在我们头顶迟迟不肯下山，阳光洒在我们四周。爸妈告诉我，今年五月初一股热浪来袭，迟迟不退，热得让人受不了。今年的春天也很糟糕，滴雨不下，这种情况真少有。虽然气温下降了些，可还是没雨，地里的情况一塌糊涂。

我初遇比利时，天气也是这样，出现了旱情。但这次我们会终结旱灾。

我们还有几英里就到农场时，我兴奋地说道：“我们会让天下雨的。”当时，我很自然地就说了出来。但比利看了看我，陷入沉思。我们在等候哈米吉多顿[①]，可比利预言的日期却从未应验。比利看商业新闻，把新闻当作《圣经》中末日即将到来的证据。据他观察，我们这次等待的哈米吉多顿和以往不同，种种征兆也很快出现，越来越多。但就在我们开车、等候世界末日时，比利认为我们该祈雨，拖延注定将会来

① 《圣经》中所说的世界末日善恶的决战场。

临的末日。不到一刻钟，我们就到家了，而他则马上和我家人说祈雨的事。其他人都停在岔路口，我们走开了。

我抱着爸妈大哭，而他们则高兴得对着孩子大呼小叫。沃伦叔叔警觉地站在后面，沉浸在自己的世界里。他身边的人情绪激动，再加上他自己脑袋里乱七八糟的想法，他因此浑身颤抖。我小心翼翼，不去看他充满怒气的双眼。我终于浪子回头。他们都看不顺眼对方，但对我都十分宽容。尽管我离家给他们带来了许多苦恼，但他们并不怨恨我。他们似乎接受了比利，妈妈礼貌庄重地请他走上台阶到她那儿。她喜欢收集玻璃制品： 碗啊，小雕像啊，花瓶啊，还有版画。我紧抱着朱达，把莉莉丝交给爸爸照顾。我们走到客厅，比利对着玻璃藏品发出一声惊叹。他细看了每一件藏品，用手指去感受绿色独角兽的流线，用袖口擦亮一颗沉重的蓝色玻璃蛋。欣赏完，他跟爸爸一起去了小屋和谷仓。我不知道他们在外面干什么，也不知道比利说了什么，不过他们回来时，我看到比利的手一直搭在爸爸背上，而爸爸则皱着眉，专注地干活，一会儿低头，一会儿抬头。爸爸的长脸露出疲态，浅蓝色的浑浊双眼透露出他有德国血统，他过分劳累，浓密蓬乱的白发如同马儿的额发般垂在眉心。

“你和爸爸都聊了些什么呢？”当晚，我们蜷作一团，躺在我从小就睡的小双人床上。孩子呢，则睡在旁边的推车里，发出咿咿呀呀的声音。

“聊了你的两个哥哥。一个落魄得很，另外一个宁愿去海军当兵也不愿种地。还有，他们没办法照顾好你叔叔。他动不动就玩失踪。有一次，他们在外面找到他时，他只剩半口气了。他还拿斧子去砍奶牛。”

“砍奶牛？”

比利耸了耸肩，语气变得强烈，用布道结束时救世主般的声音说道：“我们可以帮他们一把，把你叔叔送进养老院。你知道的，要是我们住下来，你就可以继承农场了。”

好一会儿我都没作声。屋外，黑夜寂静，只听到黑蟋蟀作响，在房基缝隙中爬来爬去；只听到防风林的沙沙声，干燥的土地上露水凝结的声音。我和比利待在一起三年，会说上帝的语言[①]。虽然我能同圣神交流，但我才十九岁，也就是一些女孩上大学的年龄，还有些女孩则只念到高中。我感觉到自己老了，竟然已在为过日子劳心费神。屋里一片漆黑，我们就这么躺着。为了省电，院子里的灯都关了。在这个没有月光的夜晚，我感觉到了其他东西。半睡半醒朦朦胧胧间，我感受到栖息在圣神之树上的鸟儿飞了下来，在我头上盘旋。

我张嘴想叫声比利，却发不出声。鸟飞低了些，翅膀上覆盖着雪白的羽毛，它的胸部发出微弱的咕咕声，随后，我们之间迸发出了火花。它的翅膀平铺在我的胸部，轻扫我的乳头。接着，它温热的身体完全融入我的体内。翅膀在我体内展开，我感到体内充满了无法发音或解读的词句[②]。另一个声音响起了，在我脑中喃喃。我得先搞清楚这怪异的声音，再告诉比利。但在那之前，我不会告诉任何人。声音所包涵的信息丰富，令人不安，也让我想起叔叔。我担心自己是否会变得和他一样疯疯癫癫。

第二天早上，我把莉莉丝抱到花园边上，让她待在婴儿用的围栏里，然后开始除草。水管就在花园边上，方便浇灌。院子里长出了胡萝卜和紫色的矮菜豆，豆烧熟了会变成绿色。还有十排左右的甜玉米，为了挡住浣熊，周围的一圈篱笆挂上发亮的罐头盖。等到夏天时，我打算去防风林找找醋栗和唐棣果[③]，再去看看有没有稠李[④]和野李子来做

① 出自《圣经 · 新约 · 使徒行传》，又称“别国的话”，指上帝赐予一个人力量，说出那个人听不懂的语言。
② 即上帝的语言。
③ 一种落叶乔木的果实。
④ 一种蔷薇科李属落叶乔木的果实。

果酱。

妈妈出来了，拿着锄头弯腰清理完花园。然后，她在地里挖了条小沟，种上晚季的豌豆。她瘦了，突然变老了，生出了皱纹。脸颊上刻着一道道皱纹，眼睑下垂，饱满漂亮的嘴唇也皱缩起来。大哥只会打电话来要钱，二哥三个月前就离家了，再也不想回来了。这些他们都没在电话里告诉我，但我的确察觉到家里发生了变化，变得孤寂了。不知为什么我感受到了爸妈好孤单，所以我才突然回家。

一直以来，爸爸几乎是一个人打理整个农场，所以家里大部分的地都休耕了。他把牲口都卖了，只留下五头奶牛。我们回家后，他看到农场又有希望了。他高高地坐在拖拉机上，开到地里去看看哪些新堆的干草还没被晒坏，还能用。妈妈种下豌豆，拿着水管浇水，手肘来来回回地比划着。我边看边想，也许比利说的也没那么糟，可以考虑一下。也许我该和爸妈住一起，然后再做些打算。

不过我没必要说这些，因为比利把该说的都说了。他每晚都在爸爸的办公室里，帮他整理，归类文件，看看哪些账单得付清，哪些还能再拖一拖。爸爸平静得出奇，同意让我们退休的教会成员在一间老旧的农屋住下来，那儿有一口手动泵井，还能用。我们的土地一直延伸到保留地的边界。比利说，这儿过去是保留地，将来也该是。这曾经是我家的地，印第安人的土地，将来还会是。他直白地说了出来，不带一丝情绪，令我不安。有些东西变了。

一个月又一个月过去了，比利几乎都没睡上觉。他一边照顾自己的教徒，一边在这儿的布道会上作为演讲人祈雨，学开拖拉机，学怎么使用挤奶的设备，还和爸爸一起捆干草。忙完这个又去忙那个，仿佛有使不完的劲儿，不知疲倦。瞧瞧他吃的！整碗整碗的意大利面，一盆又一盆的煎饼。有时夜深了，他还在爸爸办公室里来回踱步，写布道文章，开支票，在上面签名，爸爸已让他全权代理签名了。有时黎明了，我迷迷糊糊下楼煮咖啡喝，看到他坐在那儿笑，而且一夜没睡。天气酷热，许多作物都蔫了，但比利却愈发壮实，把井水都喝干了！那年夏天，我们向银行贷款，新挖了一口井。他变成了个脸色红润的大块头，裤脚都被他撑裂了。

“我从小就没了爸妈，”他抱着妈妈抽噎着说。她已接受比利，正给他缝裤边。“我从来都不知道和家人住在一起是什么感觉。”

妈妈看到他那么激动，只是笑了笑，神情如同融化的热蜡般温暖。沃伦叔叔在角落里看着，身体僵直，像木偶一样，只有下巴动着，不停地咕哝着令人费解的话。妈妈嘘了一声，让他闭嘴。

妈妈每天做一个蛋糕，从面团开始做起，比利都会吃掉。他布道赚钱，雇了律师把我们这个团体正式转为教会，这样就不用交税了[①]。不久，爸妈的农场住宅成了活动中心。教会成员每晚都聚在这儿，在客厅里一起祈祷，看彼此哭喊，祈求宽恕。个人状态纯净无垢[②]时，我们会围坐起来，感知圣神。妈妈大声倾诉，让人有些惊讶——过去谁能想得到呢？爸爸则更加内敛，眨着眼听她坦白过去犯下那么多罪孽，大事小事全都一股脑儿说出来。至于沃伦叔叔，他眼中露出哀求，似乎被别人坦白的罪孽吓坏了。比利块头太大，太让人有压迫感，因此，那几晚我都坐在爸爸边上，好像要保护他一样。我觉得他又瘦弱了，可能这只是相对比利而言。比利胖得惊人，块头巨大，比我们都重，穿着崭新的白西装，看上去十分惹眼。

又过了一个月，比利长出了双下巴，像是围着一个厚厚的衣领。我们每晚都做爱，但我有些尴尬，因为他动静很大，无比兴奋。我在他身上被顶得东倒西歪，好像骑着一头雄鲸。我让他穿上无袖背心，这样我就能像抓把手一样抓着他背心的肩带。床嘎吱作响，仿佛狂风中即将沉船时木板发出的声响。他高潮时，我感觉身体沉重，仿佛陷入了沼泽。

---

①政府批准的非营利性组织（包括教会）免税。
②比利所创立的宗教的术语。

我担心会再次怀孕，担心正在发生的一切。这栋房子曾经冷清清、昏暗暗的，在里面待着令人难受，你可以预见未来这儿也会一成不变。可现在，房子里住满了人。他们不停地和我妈妈祈祷，用刺鼻的清洁剂将屋子彻底清洁一番，到处都是派素①的气味。院子里辙痕累累。当圣神让他们变热时，他们折断醉鱼草的枝干，用醉鱼草来扇风。所有这些时候，我说不出别国的话②，在祈祷时也不会有多大感受，我也不再想象画面。一切都消失了。

比利变了个人，我已认不出他了。他好像有超能力似的，完全不知疲倦。可他却让所有人精疲力竭，我们不得不轮流陪他。我把他的衬衫、袜子、内衣裤，还有裤子，挂到屋外的晾衣绳上。衣服太大了，用不着用夹子固定就可以直接晾着。我把衣服像床单一样晾好，疲倦地在他看不到的地方坐下。他常说让天降雨的事，还一直说着哈米吉多顿，说着被神选中的子民。他说，我们就是被选中的一批人，可以在烈火中穿行。我们就是但以理。他在教会众人前高举起我们的儿子，可怜的小家伙在他掌心小得就像一条鱼。

终于，院子里的野餐桌和铁长凳让我决心离开这样的生活，离开疯狂失控的比利。荒凉的后院里有一张用金属板和钢管做的桌子，底部焊接上了十字底架，牢牢固定在地上。爸爸当初做这张桌子，是因为有时屋里太潮湿，想在屋外吃饭。后院也可以用来举办庆祝会，只不过我们从没办过。整个后院的景色不错，而妈妈又喜欢园艺和花草，她正好可以在打理好花园后，隔着一排野生橘色玉簪花，凝望远处的风景。她可以歇一歇，欣赏会儿景色。院子里还有一张铁皮长凳，可以供人坐着读读书，尽管谁也没在那儿翻开过一本书。

八月的暑气消停一阵后，天气又热了起来。沃伦叔叔在地上戳弄鸡

---

① 美国高乐氏品牌下的一款除菌清洁剂。
② 即上帝的语言。

屎，咬牙切齿地低声咒骂着在他脚边啄食的母鸡。几天前，妈妈躺在沙发上，身上盖着印花被单。但这么一躺就病倒了，再没起来过。她躺在落地窗边的沙发上，安安静静，日渐消瘦。她望着野餐的地方，看着太阳升起，渐渐升到正空。没事的，只是反反复复的流感而已，她说。但有时，我看她一动不动地躺在那儿，手臂像笔直的木板似的，费力地抓着单薄发皱的被单。我很担心她就这么走了，我想躺到她身边。

一天下午，天气有些潮湿。我和妈妈坐在沙发上，看着屋外的比利。他正和其他人在白蜡树的绿阴下聊天。叠好的被子铺在地板上，宝宝们就睡在被子上，电风扇对着他们呼呼地吹。比利很少喝酒，葡萄酒是他喝过的最烈的酒了。他现在喝的葡萄酒是一位教徒照着祖传秘方用接骨木果自酿的。我心想，别人都对这酒啧啧称道，让比利误以为这酒比其他酒度数低一些，所以他大概觉得自己能比平时多喝些。酒瓶放在野餐桌上，用冰块冰镇，他时不时拿起一瓶，喝得见底。他说话时额头冒汗，深色的头发被汗水浸湿，变成了黑色。他块头好大，像个土墩似的堆在长椅上。他醉得厉害，口齿不清，只能抬起壮实的双臂，握紧双手，最后重重地拍了下大腿根，似乎想这样来表达自己的想法。他在举办一场祈雨会。天气酷热，我们坐着，吹着风扇，看着别人在烈日下祈祷。我们看到云朵越来越多，积聚成城堡的形状，巨大又炫目。

惹眼的粉金色云朵中照射出阳光，异常耀眼。我指了指给妈妈看。

“是雷雨云，”她激动地说，“把我的沙发往落地窗前推一些。”

我应该在外面和他们一起祈雨，为他们做晚饭，又或是打理花园，把土豆搬进来，以免下雨或是落冰雹。但我却什么都没做，只是搬了把椅子到妈妈沙发边上。沃伦叔叔直直地坐在椅子上，睁着眼睛睡觉。莉莉丝软绵绵的，抱着小熊玩偶。起凉风了，于是我给她盖上条针织毯子。爸爸进屋，指了指云。沃伦的眼神变得尖锐起来。屋外，比利还在祈雨，双手握成大大的拳头，在阳光下染上一层金色。他呜咽着施法，大口喝酒，大喊大叫。

风变大了，疯狂地抽打树枝。雨云笼罩着上空，不断聚集着，反射出光线。雨云是紫色的，带着些诱人却似乎致命的粉色，还带着春天新芽的嫩绿。云朵覆盖了地平线，在我们头顶的巨大雨云里，我们看到了风暴的中心，一道闪电闪过，接着，隆隆雷声刺痛了我们的砧骨①。

一阵冷风从沟中吹起，人还没感到风吹，就先闻到了风带来的泥水的酸臭味，然后风又送来了清新的空气。温和的雨水先是一滴滴落下，随后倾盆而下。而雷声，则好似满载石头的货车，隆隆作响，向我们靠近。

他们还在祈祷，举起双手，紧闭双眼。头顶的树叶噼噼啪啪，祈雨的人处境危险，在滂沱大雨中挤作一团。他们在大风中含糊不清地不断说着，比利的声音最清晰，随着暴雨的来袭越来越响。

一道耀眼的亮光。花朵飞到空中，又四散在院子里。又来了一声惊雷，将我们包围在雷声中。比利 · 皮斯坐在铁凳上，如同一位祭司，引导着蓝色的闪电，电流从铁柱顺着电灯的电线打到树上。他高举手臂，整个人成了一根电导体，最后用尽能力。再次响起的雷声吓了我们一跳，我们在窗边向后退了点，但接着我们又趴着靠近了些，瞧瞧。一道金色的火焰蜿蜒向前，两次都裹住了比利。他变得焦黑，胸前迸出一道蓝光。寂静，等待。我们都没说话，想看清比利究竟怎么了。火星在空中闪烁、晃动，最后消失了。几滴雨落下了来，夹杂着小小的、弹跳着的冰雹。接着，只见天空发白，冰雹砸了下来，压倒了薄荷、罗勒，还有柠檬香草。植物散发出芳香，还夹杂着人肉烧焦的气味。

我们都没说话，孩子还在睡觉。可比利呢？

他像个土墩似的，五体投地，衣服破破烂烂，像是头被雷劈中的动物，发出吭哧吭哧的声音，浑身焦黑，看不清四周。我们看着他起身，大手撑在大腿上慢慢站起来，终于站直了。我捏着妈妈的手指，吓得浑

---

①耳骨之一。

身发软。比利还活着，看上去比往常更壮硕，浑身散发着神秘的力量。我们在窗边往后退了一步。云层分开时，他朝天空咆哮，头来回晃动着。滂沱的银色雨幕在周围落下。我们不再看窗外。

“妈妈，”我说，“我们得让他停下来。”

“没人能让他停下来，”她说。

教 团

一天，我站在一小片树阴下，叔叔走了过来。他低声对我说话，眼睛却没看着我。

都怪你，我知道。

我干什么了？

都怪你，我知道。

什么？什么？

我就知道。

什么啊？

你要杀人了。

闭嘴。

都怪你，你要杀人了。

爸妈死后，我们把叔叔送进了州立医院，而我呢，则继续在农场待了一阵。比利走了，到处宣扬他的思想，最后创立了一个宗教：不为上帝服务，不赞美上帝，没有巴格万[①]，没有完美的主人[②]，没有托钵僧[③]，更没有古鲁马哈拉吉[④]。他的立教之本是要还原宗教的本来面目，即宗教还未成为真正的宗教前的原始状态。当然，比利创立这个宗教后，肯定得先给它起个名字、组织教众。我们离开比灵斯[⑤]后，就不再用上帝和救世主这些概念。到明尼阿波利斯时，别人跟我说，其实救世主这个词比利还是可以用的。他和信徒们沿着我们来时的那条路，穿过地界，原路返回，随后又曲折地绕路回家。一路上，比利只承认有圣神[⑥]存在，很多人都听不懂这说法。比利甚至摒弃了反基督者的概念。比利认为，虽然恶魔是丑恶的代表，可人们却觉得它更有魅力，比儿时梦想中大胡子的圣父形象更吸引人。圣神一直存在，但人们对圣神的理解却在不断变化。圣神这一概念太过宏大，大到我们无法想象。比利说，我们就好比接收器。我们的大脑是生化机器，是微小的接收器，只能接收有限的信号去了解圣神的一切。

个人的意识好比筛子，只能让我们理解纯粹圣神的一部分。我们只能吸收大脑可以安全接收的信息。照比利的看法，我们不需要突破个人的极限——这也许出乎你的意料。他认为，要是一些人住在一起，集体思考，那么他们作为一个团体，就可能比单单一个人力量更强大。如果我们在同一时间、同一地点释放自己的力量，那么，我们有可能触摸到圣神世界的边界，广袤无垠的圣神世界。我们手指相接，像一根根橡皮筋连结起来，围成一圈。有时候，我们整晚都那样坐着，一直坐到第二天早上，一边哼唱，一边摸索那个世界的边缘。他耐心地计划下一步该做什么，设立一个个目标，仔细地修改完善《会规手册》，制定计划，筹集资金，开始寻找符合他要求的员工。一开始，他找的都是意志坚强、头脑清晰、有决心敢于尝试的人。接着又找了理智、擅长解释的人。最近，他找上受伤的、有缺陷的人，同时还得把他们组织起来。他还特意留心那些有长期稳定工作的人，但他们得有打印的简历才能应聘。比利并不会随随便便录用一个人，来应聘的人要和他坐在一起，思考好几个小时，因为他得测试他们脑袋灵不灵光。这些刚入教的教徒不迷信，也不是原教旨主义者。他们可能认为世界将要终结，末日将会是一场经济上的梦魇。他们也有人相信有神灵存在，相信神灵像光一样，

---

① 印度教里对神的统称，尤指黑天和毗湿奴的各种化身。
② 基督教中对上帝的别称。
③ 伊斯兰教神秘主义派别苏非派的苦行僧。
④ 印度一宗教领袖（1957— ），现代印度新兴宗教活动“大知识”的倡导者。
⑤ 美国蒙大拿州南部城市。
⑥ 同圣父、圣子（耶稣基督）统称为三位一体，合为上帝。

没有形体，是纯粹能量的聚合。他们之前都不信天主教，天主教徒不信比利的宗教。他们中有些人家里一两代人都信犹太教，有些信新教，不过很少有人是真正的路德会[1]教友。没有浸礼会[2]教徒，没有印度教教徒，没有儒教教徒，没有摩门教徒[3]，没有任何部落宗教的教徒，也没有太平盛世到来论者[4]和活命主义者[5]。

就我而言，我不是上面所列举的任何一类教徒。在我们向南走的路上，我碰到了养毒蛇的一大家子。他们相信自己受到上帝的指引，能用毒蛇来驱除恶魔[6]。我在他们的教会里待了半年。我曾经和那家里的老奶奶弗吉尼坐在一起，她白发及腰，对我说，你不该把头发剪掉。她有一双薄唇，眼睛就跟蛇眼似的，瞳孔是一道黑色的细线。她的一只手被蛇咬过后，蜷曲发黑，只剩骨头了。另外一只手则缺了根无名指。你会被咬的，她说，但上帝会庇佑你，你会活下来。她送了我两条毒蛇，一条六英尺长，菱形花纹，还有一条是红色北美铜头蛇，沙漏花纹。它们能判断一个人是好是坏，她说，它们也会喜欢人。

第一次抱到蛇时，我说，那看看我怎样啊，接受我。它们的确这么做了。我找到了信仰。我立刻意识到，它们是我接近圣神的途径。毒蛇冰凉干燥的躯干在我身上滑行，绕过我的全身，似乎漠不关心，却又好奇地打量我，沉重的身体左摇右摆。它们让我看到仁慈的圣神，爱着我，向我全身注入潮涌般的能量。我放松下来，内心冰凉，可皮肤却散发着热度，温暖它们。我又想到一幅画面了。在日头下，它们靠在我身上，如同靠着平坦的黑色石头般取暖。在我能把它们绕成一圈后，那家

---

① 基督教新教教派之一，源自16世纪马丁·路德为革新天主教会发起的宗教改革运动，以“因信称义”为教义。

② 基督教新教教派之一，反对婴儿时洗礼，主张应等到成年后了解洗礼意义时再施浸礼。

③ 耶稣基督末世圣徒教会成员。

④ 相信基督将复活并为王一千年的人。

⑤ 积极锻炼自我求生能力的人，让自己从各类突发事件中逃生活命。

⑥ 即指如果你和毒蛇在一起而不被咬，那就能证明你是被上帝选中的人。

人就离开了，这也让我松了口气。

不过，我仍觉得自己意志力薄弱，只会跟在别人身后，不会大声说出自己的想法。我感到自己没有坚定的目标，大脑的能力也不够。我长相不错，但说不上漂亮。我很年轻，可按理说，我不该这么年轻。除了抱着蛇的时候，我觉得自己一直很柔弱。我能想象画面，就因为这点，比利不肯放我走。

“给我看看密尔沃基①，”一天晚上，比利说。

比利的爸妈在世时，他们全家在那儿待了两年。我尽己所能，让他看看密尔沃基。我躺在那儿，看到很多东西：你饿着肚子，走进了你最喜欢的那家餐厅。到那儿之前，你已经预订过晚餐了。你知道再过一刻钟，你就能大快朵颐，享受德国美食了：德国面包、德国啤酒、德国炸小牛肉片。我看到六月里的绿化带。我找到了比利曾经住过的社区、斑驳掉粉的墙面、老旧的设备、后院、斑驳的阳光和阴影，还有树叶。我看到比利的妈妈穿着一套红色的衣服，平躺在地上，睡着了。后门廊上又闷又热，绿花金龟②不屈不挠地和纱窗较劲儿。我闻到了比利家边上那条河的气息，第一天上学的气息。我看到了蜡和粉笔。九月头上，密尔沃基学校里有许多干净的纸巾、牛奶盒、吸管。我找到了比利的姐姐，她瘦长的胳膊抱住比利。我给比利找到一个热狗摊，一袋花生米，口渴。

“停，”比利说，“快停下。”

他能感到画面扑面而来。但我也避开了些东西，没让他看到火辣辣的鞭打，剪刀，痛苦，死人的眼神，衣服肩带，皮带，高跟鞋，刀片，滚烫打翻的木薯粉，玻璃碎片，小刀，心理防线的一道缺口，姐姐，姐姐，地下室，还有所有地下的东西。

---

①美国威斯康星州东南部城市，是一个湖畔港口。

②一种甲虫。

“给我看看，再让我看看，”比利半睡半醒，不知道自己究竟想看什么，我也不想让他看到所有我看到的。他走在画面边缘，只看到了一丁点儿，看到鸟儿振翅时甩出的水滴。我给他看的就这么些，但这么点儿就够了。当两个人一起看到画面时，他们会感到四周被封闭了，自己被封锁了。两人蜷缩着，如同麻花辫般拧成一股，获得新生。我能和别人一起看到画面，这么点儿就够了。而这正是他所需要的，逃离现实。

“让我看看。”

我给他看了，我让他看了。又一年过去，这事我们做得越来越频繁，能量也越来越大，圣神钻入了比利的身体，连我们也不放过。

❧

一月的一个晚上，他走进房间，对我还有孩子说了一整晚的话。他用厚实发烫的手掌捏我们的脸，拍我们的脸，好让我们别睡过去，保持清醒。

“听着！末日到来的那一刻就看我们的了！”

我和孩子都哭了，但他就是不肯让我们睡。

“出问题了。是你们几个，你们堵住了通道，把洞口遮住了，干扰了频率。”

“怎么可能呢？他们可是你的孩子啊。”

“你们是我的，你们的命也是我的。我要遵照圣神的意愿，处置你们。跪下！跪下！跪到地板上！”

他看着我们，脸上露出了猜忌又厌恶的神情。暗无天日的几个小时过去了，最后，他终于打起瞌睡。孩子们倒在我腿上。我头脑还很清醒，鼓足勇气打开玻璃盒，拿出毒蛇，和它们祈祷。它们环绕着我，在我的衣服里爬进爬出，安慰我。它们在听，我也听到了。

奇努克风[1]吹了进来。就是那样。

温度骤变，风暖得能在几小时内把雪堆融化。椽梁嘎吱作响，雪水滴滴答答。我闻到了尘土和雨水的气味。冬天发灰干枯的草也随风摆动。暖流从西南边过来，马路变得湿滑。接着，猎狗跑出来，仰起头。

我突然一阵恐慌。铜头蛇将我击倒，一口咬住我的肩膀。伤口离心脏很近，我死定了。上帝啊，我照着别人教的说道，然后抓起了这条红背美人。它身上有沙漏花纹，时间在它身上游走。把它放回盒子时，我能感到沙漏里的沙子在它背上流逝。我躺下，放任毒液在我体内肆虐。我脑中盘旋着无数个问题，找到了能量之树结下的果实。我开始理解我的毒蛇。我的心跳衰弱，心脏变得像石头那样冰冷坚硬，一度停跳后又重新开始跳动。恢复正常后，我意识到自己更强大了，自己吸收了毒液。毒液同我融为一体，我知道，我就是毒液，我就是力量。

带上孩子，离开他，毒蛇在玻璃盒中一边对我说，一边蜷起，打算睡觉。

❧

长途火车十分费时，旅途也显得单调无聊。我说服比利，同意我跑到大老远的西雅图，为教团筹集资金。我带上蛇，把它们装在袋子里，好生喂养，让它们靠着我取暖。要是它们乱动，我就把它们放回脚边的皮箱里，而脚下只有冷冰冰的地板。我成功地让他放我走了，但被蛇咬后我知道，自己是不会乖乖回去的。

在去西雅图的车上，阴暗的想法在我脑中渐渐成形。回去的路上，我不停地想着它。我紧紧蜷在自己的双人座上，耳边传来其他乘客的叹

① 冬春两季从海上吹向美国西北部海岸和加拿大西南海岸的湿暖西南风，以及落基山脉东坡吹下的干暖西风或北风。

气和埋怨。我一路睡睡醒醒，腰酸背疼。在黑暗的喀斯喀特山脉[1]中，我发现我比群山还要幽暗。认识到这一点后，我感到有病毒入侵了我的关节，我坐着，默默忍受痛苦。随后，在库特奈[2]某处，痛苦又转变成了恐惧。

窗外一片漆黑，没有丝毫动静。刚下过雪，一望无际的深山老林，莽莽苍苍，被积雪覆盖。我在考虑下一步该怎么走，可仿佛撞上了一堵墙，没了方向。我的孩子就在那堵墙后，我爱他们，愿意为他们付出一切，绝不抛弃他们。火车开到蒙大拿州怀特菲什镇时，天破晓了，车上开始供应早餐。我打定主意，定下心来。完成这事就走，我想清楚了。我坐在餐车里，点了鸡蛋。点的东西端上来时，盘子里焦黄的焗土豆高高堆着，吐司上涂好了黄油，还有小纸盒装的葡萄果酱。我吃了几口便放下，又喝起塑料杯装的奶咖。我看着窗外驶过深色的黑松林，这种落叶松的针叶已经变黄。有些人一辈子都看不到那么多的树，黑松就像自行车辐条似的，张开枝干向外延伸，针叶犹如筛子一般筛过林间的积雪。积雪像白色泡沫一样不断膨胀，重重地压在枝干上。

两年前，一列火车在这儿脱轨，车上装的粮食撒了一地。现在，我在这儿看到一只本该在冬眠的、硕壮的黑熊跑了出来。它可能闻到了食物的香气，因为当时铁路工人把浸满碱液的小麦埋到地下，如今小麦已经发酵。可掩埋地点四周围着电网，熊进不去。车上的人要么正专心地聊着天，要么一心想着煎饼和奶茶。只有我看到了那只熊，但却什么都没说。它晃了晃头，闻到了柴油和金属的气味，可能还有煮熟的燕麦香味。火车驶过时，它并没有跑开，只是待在那儿，和自己的影子为伴——它可能已经习惯了这趟向东行驶的二十八次列车。我的未来似乎扑朔迷离，被云雾笼罩。我似乎也得不到自由，它就像这山间被倾倒

①美国西部山脉。
②北美落基山脉一带的印第安人领地。

一地的粮食一样，是我无法企及的。生活仿佛一个陷阱，嵌着柔软的牙齿，从雪下慢慢合拢，把我包围。而雪地上的世界呢，看似无边无际，没有任何束缚，但如此广袤却让人痛苦——这的确是令人痛苦的，因为我们天性心胸狭隘，神经紧张，束手束脚，庸人自扰。草，水，夏日的火草和大蓟，快来救我吧。我没有祈求神[①]，因为神站在我丈夫那一边。

弗伦奇来火车站接我时，我已经下定决心要走。表面上，我似乎和以前没什么两样。他帮我把行李放到卡车后面，上了车，什么也没说。比利一般不会来车站接人，因为他不喜欢等别人，没那耐性干坐着等人。他的时间很宝贵，不能浪费一分一秒。

“我想请你吃饭，”我对弗伦奇说，“我弄到了一万块呢。”我没吹牛。

我们需要筹钱买一些设备，举办与圣神相关的活动时，我会去做服务生。我还会去一些在帐篷里举行的大型聚会演讲，写点小册子，表演催眠毒蛇的节目，这些都能赚到钱。不过，我还是喜欢做服务生，虽然演讲赚得更多。我知道，一旦我走进那个家，很长一段时间都不能再出去了。所以我让弗伦奇跟我进了4－B，餐厅整天都供应早餐。我曾在这儿干过一年，没什么让我不开心的，老板还想给我加工资，但最后我还是辞职了。在这儿，我觉得自己就是个普通人，普通女人，而现在，我正需要这样的感受。也许我可以给别人看我孩子的照片，不会有人对他们麻袋一样的衣服评头论足，也不会有人知道这衣服代表了什么，或是问他们有没有被圣神附过体。

弗伦奇坐下时左看右看。教团并没有明确的规定限制下馆子，但我俩都清楚，我们不该进来吃饭，我们该直接开回家，见一见教团成员。我们应该省着点，不能再浪费钱点第二份蛋，只吃几口就扔了，也不能

---

① 比利创建的宗教的神。

再点掺了水的黑咖啡。要是真喝的话，弗伦奇大概会盯着发黑的杯底把咖啡喝完，不会续杯，因为他能感到我丈夫的手压在他的肩上，盯着他的脖子，耳边还有比利的声音。比利曾在电台做过广播员，嗓音低沉醇厚，像雷声般饱满，又十分圆润，给人们带来希望和温暖。他的嗓音就和他本人一样，完美无瑕，纯粹的上帝制造。他的嗓音是赎罪，是一根救赎的绳子。当我回到家，暖黄的灯光照着我和比利时，他能用嗓音说动我，就像过去他说动我一样。到时候，我会沉沦、崩溃，无法抵抗他编织的梦境，那个梦中有我。我会再一次成为影子，一道光，漂亮地投射在墙上。

我啜着咖啡。我得看看自己在教团成员面前表现得怎样。弗伦奇的眼神不怎么尖，我觉得这样挺占便宜。他看上去战战兢兢，蹑手蹑脚的，不太靠谱。如果细看的话，你会发现他很英俊，脸型好看，睫毛浓密，双眼碧绿，嘴型坚毅，鼻梁高挺。但他就像挨了打的野兽，驼着背，走路慢腾腾的。听他说话，你会觉得他是个好脾气，不管你做错什么，他都会原谅你。他从不主动说话，只会等你开口。本本分分做人，这是他的座右铭。我不想给他惹麻烦，所以我只和我在这儿工作时认识的女服务生寒暄了几句。我拿筹到的钱结账，不过并没说这是西雅图筹来的。接着我说，我们可以走了，回家。临走前，我回头看了看这地方。这间屋子普普通通，面积挺大，应有尽有，有橘色的小包间和不起眼的沙拉台，这在餐厅和咖啡厅都是很常见的。虽然它如此平凡，但当窗外的光线投射进来、显得格外明亮耀眼时，让人感觉在这儿会有好事发生。

我想，等一切都办妥后，我会回到这儿。我会坐下，把餐巾仔细地摊在膝盖上。餐巾上印着黑黄相间的蜜蜂，傻里傻气的。我会给孩子点一份全日供应的早餐，我可以一边看着他们吃，一边用餐。

而在那之前，我只吃能长力气的东西，不浪费一毫一厘、一分一秒，我要明确目的，再行动起来。在那之后，我不会向任何人透露我的秘密，只有大山知道它。我就是那块漏翻的石头。

当然，石头下面还藏着蛇。

❧

我们中的有些人住在鸡笼和贮存桶里，有些则住在野外，忍受夏至毒辣辣的太阳。还有一些住在深山里，或是养几头牛，住在山上，也有人住在破旧的伯灵顿货车[①]。我们中有些人和另一半住在一起，也许会有孩子，有些则是单亲家庭，和孩子住在一起。有些人在炎夏中被救，有些则是在寒冬被救。有些人只是因为好奇加入教团，并没有真正得到救赎；而有些人呢，则和比利住在一起，住在新的木屋里，就在篝火后面。我们的衣服一整天都散发出沥青的气味，还有半夜烧篝火时的烟味。我是比利有名有分的妻子，跟着他姓，还生了孩子，这都是我应得的。他对我足够忠诚，虽然他还是会找别的女人，但他绝大多数时候是属于我的，这一点如明镜般清晰可鉴。

车开到岔路，这条路虽窄，但路况挺好（不像我们运送沉甸甸的设备时走的那条路，那儿已经留下了一道道车痕）。开到岔路时，我的双手即使戴着毛线手套还是冰凉的。我看到远处的一片平房，感到饥肠辘辘，但食物满足不了我。我的肌肤渴望拥抱我的孩子。我们到了门卫室。汗水在我的手臂内侧滑落，我始终保持表情，脸都僵了。我浑身冰冷，冷得发疼，冷到刺骨。《会规手册》是每个教团成员都必须遵守的。《手册》规定，你如果心感愧疚，那么你的心脏就已停止跳动，如同烧成灰的黑炭，不会为他人所接受。你会被赶出去。车行驶在蜿蜒的马路上，轮胎在碎石路上嘎吱作响。我开始颤抖，双腿汗湿发软，下巴隐隐作痛。我知道，比利只要好好看我一眼，就会发现我背叛了他。这

---

① 伯灵顿物流公司的货车，车厢上印有“伯灵顿”字样。

就像黑烟和蒸汽似的明显，发出青色的光晕。他会祈祷，然后以胜利者的眼光看着我，把我重新拖回我们的婚姻里，继续用宗教信仰控制我。

他叫了我一声，开心地朝我挥挥手，对丈夫迎接妻子回家的这一幕洋洋自得。他站在长门廊上，身后是两层楼的灰色木屋，木屋的缝隙都用水泥堵上了。他并非在等我，他让德博拉来接我。德博拉是他的私人秘书，总是忏悔个不停。她很可能之前在桌下给他口交过，拿手帕擦了嘴后来等我。她看到我和弗伦奇在外面马路上，便在比利办公室叫住比利。办公室里摆着一排电话机，整晚都会有速记员在那儿忙活。德博拉想拉住他，不过他还是走出了办公室，正好和我们碰上。他有些不耐烦。我跳下车，就像一个人还没弄清楚自己会不会游泳，就从高高的跳板跳到深水池里。我感受到一种从未有过的、墨绿色的、强烈而又惴惴不安的情绪。我直奔他而去，想表现出兴高采烈的样子。他抱住我，疲软的身体充满了能量，抵着我。他是我唯一的男人，他身体健壮，令人感到害怕，但也毫无保留地爱着我。我的脸贴着他的胸膛，听到他有力的心跳，没法移开。

比利搂住了我。他的身体硕大柔软，但又拥有令人无法反抗的力量。在他身边，我感到自己不堪一击。虽然他现在没有被雷劈中时那么胖，但体型还是魁梧。我抱着熟悉的身体，听着熟悉的声音，不能自已。他的嗓音和天空一样，是粉色的。我回来后，他十分高兴，迫不及待地和我一起进屋。孩子在屋里玩游戏，我要给他们一个惊喜。

在他们转过身前，我望着他们一会儿。尽管现在不准叫孩子名字，但我还是叫着他们以前的名字，只能偷偷地叫。我想，他们的爸爸应该已经忘记他们叫什么了。

朱达一头金棕色的头发，是个小男子汉。他的神经似乎比别人更紧绷、敏锐，直觉灵敏，反应迅速。他不仅脑子比别人好使，身体也更健壮。忧郁的大眼睛很温柔，和他爸爸的眼睛一样感情丰富，会说话。有时，他情绪激动，眼睛会变得幽黑。别人说他长得像我，但我却看不出来。不过我知道莉莉丝是像我的。她看上去是我上小学时的翻版：紧皱的眉毛连成一线，照片上的她总是一副迷糊的模样，似乎没准备好要拍照。她很内向，是个倔脾气。她发懒并不是因为不知道要做什么，只是纯粹想偷懒罢了。我觉得她聪明绝顶，但并没带她去做过测试，也不清楚和其他小孩相比她懂多少。现在，她朝我奔来，身上带着盐和雪的气味，给我一个大大的拥抱，整个人在我的怀中融化。我抱紧他们，把脸贴在温暖粗糙的头发上。我在他们的光环中呼吸，接着我们仿佛一块轻巧的蛋糕似的飘了起来，在编织地毯上方一英寸处回旋，转身，抱住彼此。寒风穿过我们身后的门，在我们身边打转，把我们紧紧裹住。

❧

每天深夜，空荡的客厅里回响起断断续续的电话铃声，把我吵醒。电话那头是听了比利的广播后皈依的信徒。他事先在这儿，或是大福克斯[①]、法戈、温尼伯[②]录好，再转播到全世界。每个电话都给我们带来收入。有女信徒打电话来说她们看到了东边有一道光，听到脏衣滑槽[③]里有人说话，感受到关节中迸发出的力量，听懂了周围空气中盘旋着的另一种动听的语言。她们说面包片掉到地上时幻化成比利的脸，生肉咕哝着比利的名字。她们寄来的支票附有小便条，上面写着她们孩子的情况，写着她们是怎么在给孩子换尿布时得知这个号码的。上面还写道，她们做蛋糕时，用麦秆插进蛋糕看看它有没有熟透，这时面团发出动听的曲调，预示她们将得到救赎。她们接起家里的电话，说愿主救你。只有在比利的广播播放时，她们家的洗衣机才肯工作，因此她们洗衣服洗

---

① 北达科他州第三大城市。
② 加拿大中南部城市。
③ 每层楼层都设有滑槽口，脏衣服通过管道集中至底层。其原理与垃圾滑槽相似。

得双手发疼。性生活让她们变得麻木，感到痛苦。消化不良，癌症，致命的瘊子，不同寻常的病毒，蜂窝，寄生虫，大脑中风，还有癌症，癌症，都在危及她们的生命。

至于男信徒，他们打电话告诉比利，他们车上的收音机播到神之道[1]时爆炸了，电动工具响个不停。他们的名字就像死了一般，突然间没人记得他们是谁，甚至连他们自己都不记得。补牙的填充材料在他们脑袋里播放比利的录音。他们的母亲曾提醒过他们要小心点，多听老人言，可他们就是不听。他们信任比利，在电话上倾诉自己惊人的外遇经历。他们来信说自己得了心脏肿大，前列腺肥大，还有严重的水肿，就快死了。有人说天气糟糕，年纪大了神志不清，病毒损耗了身体，因为舌蝇而染上疾病，食物，除草剂，突发事故，血栓，血管堵塞，极度绝望，还有癌症，癌症，这些都在要他们的命。整晚，整整一个晚上，一排排的电话响起，而我们的一群人则记录下这些求救。到了早上，桌上和地板上乱糟糟地堆着廉价的薄纸，打字员脚上堆着一页页的记录，铺满了整块地毯，一直延伸到楼梯脚下。

❧

“看得出来，你这次收获挺大，”比利说。

“是的，”我回答道。

他双手捧住我的脸，注视着我的眼睛。他并不是在看我，而是在看自己的倒影，从我眼中看到他自己望着我，我就像隐形了似的。

“我喜欢坐火车，”我说。我松了一口大气，嘴巴里咬出了血。

接着，他说，“你要是敢离开我，马恩，我会把孩子抢过来，留住他们。至于怎么处置他们，你是知道的。”

---

①指《圣经》。

他轻柔地摸着我的头发，抱住我，关上房门。他让我站在窗边，和往常一样，把我的衣服一件一件脱掉，光是抚摸就让我高潮。他慢慢地到处摩挲，然后分开我的双腿，重重地亲了下来。我看了看床头的钟，快一个小时了。他衣服都没脱就进入了我，裤子拉链刮得我生疼，我大叫出声。他重重一挺，又退出。我的手腕被他捏在背后，让我趴到地毯上，然后他倾身朝我弯过来，温柔地、时缓时快地进出。不知道是什么时候开始，也不知道多久才结束，我渐渐乏了，昏昏欲睡，随后又呻吟喊叫起来。我只想让他像第一次时那样对我，那年酷暑中的第一次。

第二天早上，我拿出一卷钱，数了以后交给比利。他把钱堆成一叠，开始为它祈祷，保佑它，然后把钱给我们的会计布利斯。她是个金发胖女人，南达科他州阿伯丁人，很能干，十分自信。她有一张斗牛犬般沉重的脸，脸颊松松垮垮，大嘴巴笑起来丑极了。有时光是想着她的长相，我就忍不住想笑。是我把她带到这儿的，把她从滥交里解救出来。她过去曾是个性爱机器，总是遇人不淑，仿佛倒了八辈子霉。她有许多要忏悔的事，可血液里还是流淌着原始的精力，这股劲儿从她体内涌出，又钻到地下。她患有糖尿病，用的注射针管很长，和我看别人用的短针管不同。她故意要加剧痛感，说疼痛是她给上帝的祭品。她身上散发出一股焦味，臭烘烘的。但她对大家说她喜欢我，还是我孩子的教母[1]，所以我不得不装作也喜欢她，装作真心喜欢她。事实上，我曾发过誓，要是她想要我的命的话，我会把生命献给她。比利选中了布利斯。在这个全新的早晨，我看到她，觉得她有一双屠夫的手，厚实粗糙。

她站起来，身穿运动衫和迷彩夹克，看上去就像个绿色的勇士似的。她伸出厚实的双手，我们也伸出手来，好一阵子都没收回，交流着

① 新入教者接受洗礼时的监护人，协助指引教子、教女长大后成为教徒。

我们体内的能量，任由圣神在我们体内流转不止。我们唱起歌，而且我们得唱两遍。接着她放下手，拿出财务报表，大声读起来，像是做祷告似的。通篇的数字，百分比，有利税率[1]，令人头昏脑涨。她告诉我们，我们的钱从哪儿来，又花到哪儿去，财务状况很不错。当她想看到我们的反应时，我们都会点点头，而她则回以微笑。

“好，”她最后说，“我们来说说重点。得有三个人白天出去工作，补贴开销。”

“那我们就冥想[2]决定让谁去吧，”弗伦奇低头说。

我们都低头冥想。我握着德博拉的手，她的手冰凉，如同光一般冰冷。如果真要我说谁算是我朋友的话，我想就是德博拉了。她的孩子和我的两个差不多大，我俩在花园和厨房里干活，忍住诱惑，不去偷吃做好的食物。她一头深色长发，性情温和，疲惫不堪。我的肤色很苍白，像白雪公主和幽灵那样白，像枯草一般白。我的皮肤很好，光洁漂亮，没一点血丝和雀斑。莉莉丝继承了我光滑完美的皮肤，富有弹性。皮肤会因为情绪的变化紧绷或皱起，也会因为天气的变化变得粗糙。敏感的肌肤精致地包裹着我们的骨头。我坐在那儿，握着她的手，让能量从我体内流出再传入，吸收我们释放出的无形的灼热能量。早上醒来时，空虚的我们如同动物在泥地里打滚，沐浴在教团的光芒中。

我捏紧了德博拉的手，她一惊，也可能是痛了。

“怎么了？”

“没什么，就是想到明天要净化自己[3]，”我轻声说。

她点了点头，又把头低了下去，在一片曙光中继续早晨的冥想。我抬起头，我从没在大家围成一圈时这样做过。我睁开眼，就着围巾边缘，直直地看到布利斯，她也正用那双会计的精明的眼睛看着我，眼神

---

① 由减税、退税、免税等方式所获得的优惠。
② 比利教中的某种仪式。
③ 此处可能暗指女性月经。

有些迷茫。可那眼神骗不了我。我差点就脱了手。要是她知道我在想什么，我想做什么——我不过是想想罢了，不会真做。要是她真想弄清楚我在想什么。要是布利斯真对我起疑心，她会是个坏事的家伙，追究到底，为了找到她想知道的东西，她会想尽办法，把地上所有石头都翻遍，我必须看住她。我装作不经意地睁开眼，一脸迷茫的样子，朝她微微一笑，从冥想中醒来后又回到我的梦中。再次闭上眼，我在体内瞪起眼睛，压制住阴暗的意识，它不断下沉，沉到一座空空如也的矿井里。

我们正幻想着黄金。我们看到各式各样的金子：大块的，小片的，水珠状的，如血管般细长的。透过岩石和黏土，穿过煤炭和页岩，跨过消逝的黑暗时光，越过象牙和石化的树木，还有恐龙的骸骨和沥青般的血液，我们看到了金子，品尝它，咬着金币，相信这儿真有金子。我们很快就会到后面的地里去挖金子了。

❧

我开始记日记，和普通日记不同，不是写在纸上而是记在脑子里。我记过这些：

一天晚上，比利走进卧室，深吸一口气，把屋子里所有的空气都吸光了。

比利在等我洗完澡。洗好后，我光身站在门外，身上还在滴水。他用炙热的眼神把我烘干。

比利向我走来，哭着伸出双臂说，只有我能安慰他。

比利让我和孩子跪下，直到我们倒在地上，不停喘气。

我们正喝着发酸结块的牛奶，比利掐住我们的脖子，在我们耳边嘶嘶地说话。

他说他到死都还爱着我们，我和孩子。所以他整晚都看着我们睡觉，移不开眼。

第二天，比利枕着我的膝盖打呼睡觉。我就这样坐了几个钟头，想着心事。

比利抚摸着我，直到我乖乖顺从后才停下睡着。

比利说他想要我，他自慰着高潮了。

比利端着盘子，给我送来一杯冒着热气的热巧克力。他得意地看着我喝，像个孩子似的。

比利蒙住我的眼，用布条封住我的嘴，堵住我的耳朵，捆着我的双手双脚，就这样让我高潮了。

比利说他要让我永远都属于他。在这儿等着。

比利用针头在我大腿内侧划出了横放的 8 字形标记，象征无穷永恒的生命。我哭了，他唱歌来安慰我。为了分散我的注意力，他给伤口涂酒精时舔去血迹，亲吻我的肚脐。他在标记上擦上墨水，深红色的墨水。

他也有这个标记，只不过颜色更深。

第二天晚上，我把毒蛇带上了床，脱了衣服。上来，比利进门时，我对他说。比利把手伸向枕头，蛇发出嘶嘶声。

小心，小心，我说。

把它们拿开，比利说。让它们走开，马恩，求你了。

它们喜欢蜷在我的腋窝下，那儿是身体最热的地方。热度让它们的气味散发开来，十分刺鼻，带有同性爱一样纯净的原始气息。

看，比利，它们是我养的上帝的羔羊，我说。

快把它们拿开，马恩。它们不喜欢我。

那是因为你的血肉是冰凉的，汗水也是，我说。它们不喜欢汗味。你的体内光芒四射，可我却黑暗得很，但又格外炙热。

你的身体里有脏东西，比利说，我真希望能把它驱逐出去。

不，你不可能得逞的，我大笑。因为这恰恰是你最需要的，我的脏东西。

拿开，快点拿开，他说。

但他喜欢我身上带着蛇的麝香，喜欢那样干我。他闻到了自己的恐惧。

❧

冥想过后，我们开始忙活，我负责下厨。我们都会做饭，就连比利也偶尔会做做。我们怀着对圣神的爱做饭。德博拉要和我一起做饭，我挺期待的。下午，我们还可以把孩子从屋里带出来。

无论是做饭还是吃饭，我们都非常珍惜粮食。食物不多，我们必须这样。我们种过温室和水培作物，都没成功。鸡让鹰叼走，火鸡在雨天抬头后被淹死，鹅自己跑了，园子里的东西给羊啃光了，猪仔让黄鼠狼偷走了，牛犊也被豺狼吃掉。只有我懂得怎么种地，我开始想念爸爸。每两个月，我们会买一头养肥的猪或牛，在大的水泥屋子里把它宰了——恶心得要命。我买了一把电击屠宰枪，这样一来活干得更快。宰完后，我会马上走开，因为我受不了看别人把牲口肢解。那场面一地狼藉，浪费了很多食材。

下午可以和孩子待在一起时，我和德博拉就会做饭。至少四个人中，我俩会做饭。我们和好面团，打开做意大利面的大机器来做面，同时也做些面包和饼干。我们把胡萝卜削皮、切块，再放入茴香煮汤。还有店里买的花椰菜，一开始我们还不知道该怎么做，后来想到可以把它捣碎，混着面包屑，再加上奶酪和奶油，这样就不会浪费了。到两点钟时，我们去接孩子。虽然很累，但我们还是很喜欢下厨。在这段美好的时光里，我几乎可以忘我地享受。但我还是能看到外面大门上的锁，带有装饰的对讲机，从里面锁上的窗户，沉重加固的墙，一条掩蔽壕。

一年前，我还觉得这条沟壕能让孩子们远离危险，远离外界，远离外面不良的影响，远离云朵，还有远离教团以外所有活着、呼吸着、活动着的东西。但现在呢，我不那么想了。我把朱达喊过来，抱着莉莉丝，轻拍她的后背，她身上热得让人受不了。她紧紧抱住我的腰，轻轻叫了声妈妈。妈妈这个词是禁止使用的，她只能悄悄地这样叫我，感情真挚热烈。我眼神放空，脸上的笑不透露出任何情绪，看着安奎什①，也就是孩子的保姆。她的孩子都死了，她一个人一无所有。有一次，她醉醺醺地逃出了着火的房车，而她的孩子就在她左手边，浑身是火。幸好不是我的孩子，我不会让她对他们下手。我要一鼓作气，带着孩子一起逃跑。

朱达在我的脖颈边呼出一口热气。又出事了。可能是安奎什干的，她老是对孩子动手动脚，我已经向比利抱怨过好几回。我不能再跟他提一遍，因为这会让他起疑心。我问了朱达，心底下希望不要又是安奎什。

"她又怎么你了？"

"不是她，是，唔，是爸爸。刚刚，几分钟前，他过来了。我太紧张了，紧张得忘了这个礼拜《手册》里的箴言，他嘲笑我。"

"嘲笑你？"

"他给我排了班。"

我拉近朱达，抱住他。排班！也就是说，朱达不去上学，反而要参加仪式。我们中间总会有一个参加教团的仪式，和别人在房间围成一圈。那个人必须待在那儿，忍受折磨。有人告诉比利，疼痛可以净化屋子，有利于圣神进出。但朱达还那么小！

什么时候？

---

①该词（Anguish）在英语中也有"剧痛""悲痛"的意思。

明天。

就说你病了。我替你去。

之前有规定，要是谁病得厉害，或正在净化自己，那么另外一个人可以替他参加仪式，代他受苦。我把莉莉丝和朱达带回厨房，抱着他们说说笑笑。当我在橱柜里翻找时，德博拉也在和她的孩子一起玩笑。

“找什么呢？”

说话人是比利，嗓音低沉动听，他就在我身后。好在我已经藏好了一瓶酱油。只要一瓶喝下去，朱达会发点轻烧，这样他就可以逃过明天的活动，让我代他。

❧

直直地站一天，一动不动，直到你身体僵硬到动弹不得，还得忍受血液不畅的疼痛——我害怕被排到班参加仪式，但又明白自己非去不可，肾上腺素不由地飙升。为了给明天做好准备，我开始跑步。跑过平时的长跑路线，响尾蛇的路线，箭猪草的路线。跑步能让人享受假想中的自由。我慢慢地跑，将呼吸的节奏和跑动的步伐保持一致，跑过篱笆圈，边跑边想。跑步就像坐了一会儿火车，可以让你出乎意料地理清思路。

我绕着一个大圈跑。阴暗的想法觉醒了，我没法不去想它。

觉醒后的我变了。我过去从没质疑过我们的仪式，以及仪式中受到的伤害和疼痛。要窥得圣神，就得能忍受疼痛，因为我们只有在糟蹋自己的身体时，才能见到创造我们的神——比利过去常这么说。我们都有自己的一套自虐方法。布利斯天生一副铁石心肠，她捶打胸腔，用麻醉针管代替一般的糖尿病注射针管。针管很长，看上去很可怕，但满足了她想让疼痛加剧的心愿。她的指甲都烂了。弗朗西斯睡光床板，不盖毯子。他只吃肉，所以体味很重。我的朋友德博拉做爱时喜欢不到高潮就停下，喜欢被当作奴隶一样对待。她患有偏头痛，但却不讨厌这毛病。至于比利怎么糟蹋自己——他就做他自己，这已经够痛苦了。

我越跑越远，越跑越快。日头变大了，我绕着圈子，虽然穿得单薄，但也不觉得冷。草原束带蛇出来了，爬到石头上，在光照最强的地方取暖。它们身上有黑黄相间的条纹，腹部是无害的黄色。要是你去摸摸它、抱抱它，你会闻到花朵腐烂的气味。我能分辨它们的大小和脾气，从而认出其中的几条。虽然它们不像我养在水缸里的羔羊般的毒蛇，但我也喜欢无毒的蛇。它们盘成一团过冬，现在呢，则伸展细细的躯干，出来取暖。雪融化后凹陷的地方长出了鼠尾草，向上挺立。我跳过枯黄的草丛，跑过牧场。牧场的草被奶牛啃得只剩丁点儿，附着在地上。接着，又是鼠尾草，成片的鼠尾草，绿油油的，仿佛能烧起来似的。再过去些，篱笆外有一群雪雁归巢了。

我停下来，甩动手臂向外伸展。我转了六圈，天空在我头顶上，在我脚下，在南边，在北边，在西边。我站在苍穹下，神采奕奕，心生惊叹，沉浸在身边伟大的自然中。我一边打转，脚下一边带起泥土。这时，我跑着，只是为了跑动带来的纯粹的快乐：在空气中跑动，在这一生中跑动，在大自然中跑动。这种快乐从泥土中升起，淹没了我。

然后，我回去参加仪式。

仪式刚开始的两个小时是最难熬的。一个人很难做到站着一动不动。一开始，每一块肌肉都会发疼，每一块骨头都在抗议，还有心脏，因为身体长时间不动，血液不流通，怒气腾腾地跳动着。我能听到它的动静，它像只小鸟般在我肋骨组成的胸腔中跳动，发出病弱的呼呼声。撑到第三个钟头就好多了。第四个钟头很轻松，不知不觉就过去了。时间仿佛是一只手，抚摸我的额头，我沉浸在自己的所见中。疼痛如幕布般，随着我的呼吸翻腾而起，接着又消退了。感官麻木后，一扇大门打开，我的毒蛇爬了出来，和我说话。我的方块王子，还有我的红心皇后[①]。它们向我低语，告诉我接下来要做什么。

我边听边提问，确认自己明白了每一个步骤。然后，我给它们鞠躬，感谢它们给予我自由和生命。我看到自己握住王子的头，抵着一块布，小心翼翼地挤出它的毒液，放入之前清洗过的调味瓶。我又这样收集了三条毒蛇的毒液，直到足够填满一个注射器。注射器是从布利斯的医药柜里拿来的，那儿有整整一盒。我把蛇放走，打碎鱼缸，把玻璃碾碎倒入井里。我把针头插进苹果，用画纸把苹果包起来，把它带在身上。安奎什会以为这是莉莉丝的画，要看看她画了什么。但我会笑笑说不能看，因为这是女儿给爸爸的惊喜，的确是。

❧

都怪你，我知道。

我做什么了？什么？

都怪你，我知道。你要杀人了。

❧

我在排班时倒下了。唯一能让我逃脱困境的方法就是说出自己的想象，我也这么做了。从比利那儿，我学会了事先说出自己要做什么。我在他耳边轻声道，我看到自己要怎样干你。仇恨是一头巨大的野兽，我想让它吞噬比利。但我不能，还不到时候。我还得一天天地等待，然

---

① 此处叙事人将它们分别比作扑克牌中的红方杰克和红心皇后，因为两条蛇一雄一雌，底色都是红色。雄蛇背上有菱形花纹，酷似方块；雌蛇背上有沙漏花纹，酷似红心。

后逃跑，停下，杀人，如愿以偿，做好计划，好好隐藏，不要暴露。我还需要时间来弄清楚我想象出的画面，并把它付诸行动。

终于，那一天到了。

我热切地爬到比利身上，两根大拇指摁住他下巴两边的动脉，摁压揉捏，直到把他逼入绝境，渐渐衰弱。接着，像只猫似的，我将会夺走他的呼吸。整整一晚上，我贪婪地消耗他，用嘴让他硬起来，又愤怒又小心地把他吸干。在他变小时，帮助他，惩罚他。然后他又好了。他一动不动地躺在我身下，就像一个发烫的熨斗。我在他身上来回动着，摆弄着他，将我俩体内的邪恶驱除——如热蜡般注入他的邪恶，如煤油般滴入我的邪恶。我把他的双手绑到床边，用莫名的饥渴抚摸他的脸，用无言的嘴唇亲吻他，让他不停地做爱。等他做完时，天边已经发亮，我太恨他了，决心要先把自己和他焊接起来，然后再让他呼吸。要把他驯服，这样他就不会伤害任何人。我要像灌铅似的进入他的肠道，拖住他的五脏六腑，让他更加疯狂。不，在我像病痛一样浸入他的骨骼前，我不会放他走。我从他体内吸食他。他无力反抗强大的圣神，我吞噬掉他的无力感，再用急切的渴望把他填满。

我拿出包在图画纸里的苹果，拔出上面蘸满毒液的针管后，把苹果扔了。接着，我快速地把针插进比利怦怦直跳的心脏，动作轻柔娴熟，因为这个动作我已想象过好几回了。

好了，我说。抽出针管后，我轻轻拍打注射处的皮肤，好了。待他睁开双眼时，他会被毒液腐蚀折磨。

他开始挣扎反抗，又慢慢沉寂下来。我看到了这一幕：我给他系上颜色鲜艳的领带，把他吊到屋椽上。我看到布利斯发现了比利，把领带割断。从别人的眼中，我看到他静静躺在地上，心中悲痛，却又充满力量。我看到孩子的眼神变回了原来的样子，他们拉着我的手不说话。他们虽然在哭，但眼睛却平静地望着远方的山丘。我看到布利斯发疯，口吐白沫，喘不上气。她大笑着把比利的灵魂抓了回来，它原本正慢慢爬向天堂。我知道，她会重新组织起大家，接过比利的担子。不过，在他们抓住我、根据《手册》处置我之前，我已经卷走所有的钱，带着孩子跑路了。

啊，还有，我看到我们在4-B餐厅吃鸡蛋。我和我的孩子，还有我名下的土地。

埃维莉娜

4－B餐厅

今天我加班。正值清闲的午后时光，中午的高峰已过去，而晚饭的人潮还没到来。但我还是不得闲，因为经理厄尔总是冷不丁地从办公室探出胖乎乎的脑袋东张西望。我正在装番茄酱，照厄尔的说法，这叫合并。我们有一个空心的塑料环，两头系着绳子。首先，你把环套到半满的番茄酱瓶上，然后把另一瓶头朝下放在环上，这样酱就能倒进去了。整个餐厅只有两个环，但瓶子却有三十五个，所以灌满这些得花点儿时间。有时，要是像今天下午一样无聊，那我就不用环，而是直接把瓶子口对口，瓶子晃晃悠悠的。灌满后，我会把瓶擦干净再放到桌上，同时确认盐和胡椒粉都充足，纸巾盒里也装满了纸巾。做完这些后，我有时会拿出伯利兹自学书[①]学学法语，或偷偷看加缪的小说《堕落》，一本黑紫相间的平装版，还有些时候，我就呆呆地望着窗外。

这天下午，那三件事我一样没落。番茄酱瓶叠放在后面的小包间。我刚放下小说，嘴里开始咕哝，*我要去巴黎，我要去巴黎。我还从未去过法国美丽的首都巴黎呢*[②]。我朝窗外望去，看到马恩·皮斯带着她的两个孩子过来了——虽然我从没见过她的孩子，但我猜那两个就是她的。我和马恩是去年夏天认识的，那时她也在4－B上班。我知道她的丈夫是比利·皮斯，也就是科温的舅舅。我快毕业了，在这儿打工是为了攒钱上大学。

马恩把车停在街对面，是辆又破又旧的雪佛莱。他们下了车，穿过马路，走到了餐厅前门。门的弹簧发条有些卡，他们用力一推，进来时头发被吹了起来。马恩的手很白，她紧握着孩子的手，指关节突出。但孩子似乎并不吃痛，没把手抽走。要是你知道他们打哪儿来，你可能会猜他们来之前挨过打，会以为他们进门时要么面无表情，要么苦着一张脸。可事实并非如此。在我看来，他们的面部表情该用惊奇来形容，像是刚走出龙卷风的漩涡似的，有些不敢相信刚刚在龙卷风里，自己竟和其他东西一起打转。他们一直呆站在两扇老旧的玻璃门前，仿佛脚下的地面突然隆起了一块，把他们的脚踝包住了似的。就这么过了一会儿，见他们还是呆立着不动，我起身领他们进来。

我去开门时，马恩终于抓住我手边的铜门框，让孩子从她手臂下面钻过。她的皮肤干燥僵硬，脸颊上骨头也突出来了。她长得小巧玲珑，亚麻色的长发及腰，梳着辫子，耳朵从几缕松散的头发中露了出来。她看了我一眼，眼睛睁得很大——我都能看到她蓝色虹膜边上的眼白。她笑了笑，露出了一排长长的、洁白的牙齿。

之后我想，也许那就是一个刚杀掉丈夫的人该有的表情，因为谣言已经满天飞了，说她杀了自己的丈夫。

马恩和孩子进来后，找了最后一间开放的包间，那儿离窗户最远。我把番茄酱都放在最后一个包间，也就是他们后面的那间。桌子是四人的，我撤走了一份餐具。她推开菜单，直接点了三份八号餐，也就是特色牛排早餐，三份全熟。还点了咖啡、橙汁和加了冰块的水。昨天挺热，但今天却春寒料峭。他们穿得像要过冬似的，脱下了外套。

“给我吧，”我说。她把孩子的两件外套递给我，却把自己的放在长凳上。“我口袋里有东西。”

我给了孩子几根蜡笔。男孩和女孩头发是灰棕色的，脸色苍白，眼睛和皮斯一样都是深色的。他们开始在餐垫上涂涂画画，画的是奶牛和小鸡。上菜时，他们把蜡笔收起来，低下头，双手交叠在膝盖上。我把盘子端到他们面前时，他们仍坐着没动，像在等什么似的，也许是在等番茄酱。我拿了瓶装了一半的番茄酱，放到他们桌子上。马恩拿起

---

①伯利兹出版社出版的一系列语言自学书。

②原文为法语。

叉子。

“莉莉丝，朱达，”她说，“拿起叉子，好好吃饭。”

女孩先动了，聚精会神地看着妈妈的动作，接着男孩也动了。马恩吃了一大口土豆煎饼，孩子们先是看她吃，然后也用叉子叉起煎饼，送到嘴边，开始慢慢咀嚼。马恩猛地拿起番茄酱，往他们的盘子上倒，先给女孩倒了些，接着又给男孩倒了些，最后才轮到自己。她伸过手，拿着带锯齿的餐刀给孩子切肉。虽然餐刀钝钝的，但她飞快地切着，似乎很开心。接着，她“啪”的一声放下刀，开始往嘴里塞东西吃。孩子的动作也越来越快，想赶上她的速度，快得都来不及呼吸。等他们吃完后，盘子上只剩零星的吐司屑，还有一些果冻。我给马恩续了咖啡，然后撤走了餐盘。我问她要不要结账。

“不，”她说，瘦削的脸颊刷地变红了。孩子们呢，吃撑了往后坐了些，脸上恢复了血色。“我们还要吃甜点。”听到这话，孩子的眼睛亮了起来。

“是的，我们要吃，”她说。她环视了屋子和街外一圈，随后起身去了洗手间。她还没回来时，我把菜单拿给孩子。他们俯过身，默念着菜单。

“香蕉奶油馅饼，”男孩终于选好了。

“好的，”马恩坐回位子说。

“还能再来个冰淇淋吗？”男孩小声问着，随后又低头看膝盖。

“巧克力圣代，”女孩笑道，露出了两颗大大的小兔子似的门牙。

“上面要坚果吗？”我问。

她有些不确定地看向妈妈，马恩点点头。回到厨房后，我给他们做了超大份的甜点，冰淇淋上浇上鲜奶油，又在上面撒满黑樱桃。

“你在搞什么名堂？”厄尔走到我背后没好气地说。

“你自己不会看吗？”

“这也太——”

“滚回你的办公室去，猪头，”怀蒂舅舅插话。他是厄尔的姐夫，可喜欢羞辱他了。

厄尔的头的确又大又圆，肤色泛白，油腻腻的黄头发用发胶固定到一边。虽然他只在海军服役了一个星期，却喜欢用军事化的方式来管理餐厅。他很讨厌我带书来上班，看到我的法语书时，他突然发起脾气说：“法国佬都是娘娘腔[1]。”

“收回那句话，”怀蒂说，“不然我揍你。那词儿可不能乱说[2]。”

厄尔刚张嘴，怀蒂舅舅又接着道：“再说，我的侄女就要去巴黎了。她太喜欢那儿了，是个铁杆法国迷。”

怀蒂觉得自己真够聪明的。

“好吧，我收回娘娘腔那词儿，”厄尔说。他的脸涨红，脖子变得越来越粗。“但你得把那坨该死的奶油弄掉，”他命令我。

“我会拿自己的小费付奶油钱的。”

通常，只要厄尔一走，我们就会在店里炸一整袋炸虾，大快朵颐。我还偷了许多糖，好几大盒的果冻，还特别喜欢拿番茄酱。我喜欢吃这个，可不能让它断供。厄尔碍于怀蒂是他姐夫，没法炒他鱿鱼，他姐姐也不准他这么干。

“上帝啊，”怀蒂对厄尔说，“多加点鲜奶油又怎么着了？店里又没其他客人。我觉得那两个孩子连鲜奶油是个什么样都没见过。”

厄尔透过厨房的窗户缝隙瞄了眼马恩。对了，他喜欢过她，我差点忘了。

“是的，那两个孩子是她的，”我说。

“啊，”他回道，似乎有些失落，我这才意识到他先前并不知道马恩有孩子。我把甜点放到托盘上，重新从弹簧门走回餐厅。马恩吸着

---

①在英语里，此处的“娘娘腔”（pussy）一词也用于脏话，意为“女性阴部”。
②出自《圣经》十诫，原指不可妄称耶和华。这儿有双关的意思，不可乱说“娘娘腔”（女性阴部）一词。

烟，而孩子们呢，则着迷地看着她抽烟，就好像第一次见她抽烟似的。

“瞧[①]，”我说。孩子们两眼圆瞪。

“哇，真棒，”马恩说。她朝我笑笑，嘴角边有深深的阴影，这真是我见过的最甜美的微笑了。当她看着别人的眼睛微笑时，可以算得上是美丽动人的。你会觉得有些东西吸引着你。我能理解，为什么比利，也许还有厄尔都那么迷恋她。她身材玲珑，看上去既结实，又充满活力。

厄尔走到包间，对马恩说她可以回来工作。他想劝她回来，但马恩摆了摆手说：“别白费口水了，我想回来自然会回来。”厄尔把头缩回壮实的肩膀上，似乎有些难为情。马恩说她到镇上是来找库茨的，那个律师。厄尔望向我，我想我还是赶紧回去把番茄酱瓶放下来吧，免得他发现我使的小花招。

“我得把地拿回来，”她说。

这是我们头一回听说这事。

“地要回来以后，你想干什么呢？”厄尔问。

“开个养蛇场吧，”马恩扬起眉毛，从香烟盒里拍出一根烟。

就在那时，门开了，一阵风吹了进来。接着，一个胖胖的金发女人冲进来。她穿着绗缝绿夹克，大声叫道：“原来你在这儿！可找到你了！你这杀千刀的！”

马恩扔了香烟，一个转身跳起来冲出包间。我听到她对孩子说，“是布利斯！”接着，她突然就站在走廊上，一手拿着牛排刀，一手拿着榔头。原来她口袋里装的是这些玩意儿。孩子们溜到桌底下，就像事先演习过要怎么避开这种危险似的。布利斯向前冲过去，但在看到刀子和榔头时停下了。她的皮肤很厚，上面坑坑洼洼，都是以前留下的痘印。嘴和眼睛都肿了起来，通红通红的，像是哭过或是得了重感冒似

①原文为法语。

的。她鸡冠一样又粗又硬的头发朝天竖起。在她咒骂时，头发也跟着抖起来。她大骂马恩杀了比利 · 皮斯，还把教团的钱都卷走了，还说马恩会被人打死。那个要打死马恩的人，说的就是布利斯她自己吧。

“住手，”厄尔走到拿着武器的马恩后面，叉开双腿，虚张声势。“你别太过分了，”他对布利斯说。

“那就报警，”布利斯嚷道，“快报警，把她关进牢里！”

“她什么事也没犯啊，”厄尔说。

“我正和孩子安安静静地吃着饭呢，”马恩说。她踮了踮脚，兴奋起来。和布利斯吵架似乎让她很开心，我觉得她随时准备着用刀去捅那个胖女人。她正前前后后地拿刀比划着，仿佛在想哪儿最容易捅进去。她另一只手拿着榔头，高高举着，准备好要往下敲的模样。我在她和厄尔身后，而怀蒂则跑出来，到我身后看热闹。

“我的天呐，”怀蒂说。他拍拍我的肩膀，贴到我耳边说，“马恩看上去挺有神风特攻队[①]的气势，你觉得呢？还是你觉得她像只猫？”

“你不会也喜欢她吧？”

“我远远看着就心满意足了。我们还是乖乖站在厄尔后面吧。”

布利斯停下来舔了舔嘴唇。她双手紧握，仿佛要把手上的水拧干似的，通红肿胀的双眼眯成一条缝，露出凶狠的眼神。她深吸一口气，做好准备，然后扑向前，抓住了马恩拿着榔头的手，扭住她的手腕。她把马恩撞到厄尔那儿，厄尔踉跄着慢慢向后倒下。因为他速度很慢，我及时避开了他，让他一屁股摔进了我之前倒番茄酱的包间里。瓶子砰地倒在桌上，又滚到地下。先是乒乒乓乓的一阵，然后声音轻了些，瓶子在地上滚着，叮叮当当的。我和怀蒂往边上挪，背靠着门，准备逃出去。虽然榔头脱了手，马恩却把小刀插进了布利斯绿色的外套，就在手臂下

---

①第二次世界大战期间日本空军敢死队，驾驶装载炸弹的飞机撞击军舰等目标，与之同归于尽。

方。带锯齿的刀刃卡在衣服里，马恩一声不吭地想用刀把衣服划开。布利斯的双手开始使劲推马恩的脸和肩膀。布利斯一开始没作声，估计是被吓得够呛。但她很快意识到小刀没扎进去，只是卡在外套的绗缝里。她垂下眼，大吼一声，两手揪住马恩的头发开始撕扯。马恩痛得大叫，往前一推，这次总算是扎到了布利斯。但刀只进深一英寸左右，根本不会伤及重要器官。但当马恩后退时，布利斯却抓着刀柄倒下了，开始嚎啕大哭。满地都是番茄酱，不过只有几个瓶子摔碎了。我觉得布利斯没流多少血，你还能看到刀柄留在外套外面，整个刀身几乎也都露在外面。布利斯啜泣着走出门，我们就这样看着她，一句也没说。她拖着步伐，上了一辆深芥末黄的小轿车，我之前并没看到车停在那儿。布利斯猛地拉开车门，上车开走了。

“只不过是皮肉伤罢了，”怀蒂对我说。他有整架整柜的平装本犯罪小说和冒险小说，小说的封皮上是性感的女人，要么穿着紧身蓝毛衣，要么穿着红色低胸晚礼服。“瞧瞧，干了一仗后这儿真是乱七八糟的。”

马恩站在过道上，双臂无力地垂下，人在发抖。孩子们还躲在桌下。厄尔正慢慢地从桌上挪下来，尽量避免再打翻瓶子。我移开了一些碍事的瓶子，小心地把它们放到另外一张桌上。

“你被炒了，”厄尔有气无力地对我说。

“我才不走呢，”我说。

“你就是被炒了。”

“我做错什么了？”

“我说过，别再把番茄酱的瓶子搞成那样。还有，你老和我作对，我受够了。”

“搞什么？你这个怂货。”

“你不能炒她鱿鱼，”怀蒂说，“她那么聪明，又有气质，以后可是要出国的。要是赶她走，你可就没别的员工了。”

“马恩说她会来上班。”

“要是埃维走了，我可不会来，”马恩说。她看上去已经没事了，蹲下来和孩子们说了会儿话。孩子们从桌下爬出来，钻进她怀里。

“当心，”马恩说，“头别撞到桌底，有人会把口香糖粘在下面。”

厄尔喜欢马恩，一部分是因为她不仅会清理桌面，还会把桌下粘着的口香糖和糖果刮掉。现在，她帮着孩子重新坐好，而我呢，则拿了抹布和一桶水，开始清理倒翻的番茄酱。就在这时，几位客人走了进来，我不得不招呼他们。所以我把新的咖啡杯和甜点盘子给了马恩和厄尔，他们已经坐下来排班了。

我喜欢这家餐厅的原因之一，就是它名字里字母 B 代表的主题。4 个字母 B 里面，一个 B 是第一个老板以前在家畜上烙印的字母，还有一个代表了蜜蜂[①]。这儿有蜜蜂，那儿也有蜜蜂，连纸巾上都印着蜜蜂。女服务生穿黄衬衫，搭配黑裤子或裙子，这就是我们的“制服”。我们不用把小费都合起来再重新分配，我也挺喜欢这点，虽然这意味着我们得清理自己桌上的脏碗碟。快打烊时，我们得把地板拖一遍，清扫包间，闲着的时候得洗窗户。我们还得清理自动售卖饮料机，打扫厕所。

这餐厅原先是普路托国家银行[②]，屋子很坚固。高高的天花板上用灰泥刻出扇贝似的碗，碗下面有优雅的黄铜支架，架上吊着灯，柜台边上都镶了黄铜栏杆，地板是水磨石的，墙壁上铺了大理石，角落里立着气派的半身柱。橘色的包间设在高高的窗户边上，光线经过老旧的屋檐，从三边充足地射进来。

我们对面有一个加油站和一家放 B 级片[③]的电影院，里面臭烘烘的。对面还时不时地开出些店面。比如说，某位农场主的老婆想做工艺

---

① 英语中“Bee”（蜜蜂）的首字母是 B。
② 英语中“Bank”（银行）的首字母也是 B。
③ 没有大明星出演的低成本电影。

品生意，开了家卖假花和装饰篮的小店。又或是一家二手衣店，店里有股汗臭。一家破旧的关了门的店面前还会突然蹿出老鼠来。

孩子们吃着第二份馅饼时，马恩·沃尔德正沉思着。我妈妈也在这时候把穆夏姆送了过来。他爱惹厄尔生气，和厄尔坐在一个包间里。厄尔走开了。马恩的孩子吃饱后，上下眼皮子打起架来。她让他们躺在包间里，而我则拿他们的外套给他们当枕头用，接着又给马恩倒了杯咖啡。我给穆夏姆上了酸奶油和葡萄干馅饼。他通常会用餐刀把馅饼从上往下从正当中切开，然后我俩从外往里吃。但今天，我们和马恩三个人合吃一个馅饼。

“我觉得我看上去像法国人，你说呢？”我问马恩。

“好吧，你本来就是法国人啊[①]，不是吗？”

“小姑娘，你可真年轻啊[②]，”穆夏姆说。

“小心点，”我对马恩说，“他对你有意思。”

“法国姑娘都很漂亮吧？你就是个美女。”

“我情愿当个小丫头，”我说，“我必须穿这制服上班，为上大学攒钱。我的兄弟约瑟夫正在明尼苏达大学念书呢，念的是理科。我去看过他两次。我想念文学，所以我在学法语，懂了吧？”

我给她看了伯利兹自学书，这书是我翻找了一天的战利品，崭新的，里面没有一点涂写。

“快说两句法语呀，快说说呀，”马恩嚷道。

“北，南，西，东四个方位基点[③]！”

穆夏姆露出厌恶的神情。“我知道她在干吗！她想说梅蒂语，却说得像他妈的白人。”

---

①梅蒂人是法国人和印第安人混血。
②原文为梅蒂语。
③原文为法语。

“听起来是法语，穆夏姆。我会说法语[①]！”

“好吧好吧，你是个法国人！”他朝我挥了挥手，谨慎地、讲究地咬了一小口馅饼。他新配的假牙不合嘴，很容易松脱。我还是挺想念他以前的牙齿的，吃东西风卷残云。那时，虽然牙齿很痛，但他看上去还是要比现在开心。再说了，他常拿牙疼当借口，喝了好多威士忌。

“你！”他说，“小姑娘，你会在学校出名的，就像你哥哥一样。”他朝马恩点了点头，眨了下眼。“你们的祖先就很有名，你们会出名没什么好大惊小怪的。她是贵族出身，父母两边都有高贵的血统。一边是伟大的印第安酋长，另一边则是苏格兰贵族。她还和玛丽·安东瓦内特[②]有血缘关系，有德国血统……”

“摩门教徒最近又带着族谱表上门传教了。他们告诉穆夏姆他的祖先是皇室，想靠这东西忽悠他入教，”我跟马恩说。

“我知道他们说的是真的，”穆夏姆坚定地说，舔了舔叉子。“齐佩瓦这边，我们是酋长的后代。我们都身手敏捷，我可是从吃人肝的约翰逊手下逃过一劫的——他只咬掉了我半个耳朵。”

他拽了拽那只残耳。

“啥？”

“听我说，”我告诉马恩。她的孩子睡醒了，在隔壁的包间安静地涂涂画画，“我们分分班吧。你有孩子，你先选。”

“我们以后还会调整的，”她笑笑，面色有些憔悴。“我想剪个头发。”

“我听到什么了？什么养蛇场？”穆夏姆问。

马恩瞪圆了眼看着我，又眨眨眼。

“我得见上法官一面，埃维。”

---

①原文为法语。

②法兰西国王路易十六的王后（1755—1793），神圣罗马帝国皇帝弗兰西斯一世之女，勾结奥地利镇压法国革命，被抓获交付革命法庭审判，被处死。

“过来和我们一起住一阵吧，”穆夏姆说，“我们有药，有医生，他会治好你的[1]。”

“他说医生会好好治你被蛇咬的伤。他就是那个医生，我确定。明天来我家吧，我们去看看杰拉尔丁一家。库茨法官也会去的。”

马恩笑了笑，但似乎被吓坏了。她叫来了两个孩子，然后走了。她走之后，我对穆夏姆说，“都怪你刚刚说蛇的事，都把她吓跑了。”

他看了看我说：“那些老女人有时会说起她，她们都知道。”

“你又和那些老女人在一起？”

“因为我见不着心爱的宝贝啊。你妈妈不肯带我去见她。他们把邮票都藏了起来！我都没法给她写信！”

“我会给你买邮票的，”我说，“尼芙姑妈顶多不看信就是了。”

“你真是我的好孙女，”穆夏姆眉开眼笑道，“当然啦！你是这儿看上去最像法国人的女孩啦！”

---

①原文为梅蒂语。

安东·巴兹尔·库茨法官

夏门戈瓦

很少有人懂得如何变老，但夏门戈瓦懂。就算杰拉尔丁不是他的侄女，我也会去看看他，因为我很喜欢他，也曾仔细观察过他这个人。我也想像他那样别具一格地老去。撇去他那胳膊不看，他的身材非常好。谁都能看出他年轻时十分英俊，个子不高不矮，直到现在看上去还身材匀称，体态优雅，一头鬃毛般浓密帅气的银发。他很喜欢自己的头发，杰拉尔丁每隔几个星期会从家里赶来，仔细地为他设计发型并修剪。

夏门戈瓦的确相貌堂堂，而且值得夸奖的地方不止这些。他温文尔雅，爱干净，每天都打扮得整整齐齐。我们的保留地上说着好几种奥吉布瓦的方言，还有克里语和梅蒂语。“欧威吉”[①]是用来形容男人打理自己的词儿——整理，擦洗，拔掉碎发，把牙齿刷得干干净净，将头发纹路分得清清楚楚，还有时下，将蓝色牛仔裤裤缝也折得一目了然，用以证明即使政府想方设法打压我们的男子气概，我们仍所向无敌。欧威吉。我们看上去仍然笔挺，也知道自己仍然有模有样。这老人从没让人看到过他不修边幅的样子，他还有一技之长呢。

他会拉小提琴。他拉小提琴时的样子多棒啊！虽然他的胳膊弯曲畸形，衬衫得费功夫改动一番才能贴合变形的手臂，但那手臂不但异常灵活，还能使上些力气。他用一条精心挑选的白丝巾吊着胳膊，那可不是随随便便的一片破布。他从很小的时候就这么绑住肘部，好让残疾的手臂一端那优雅的手指尽情抚弄小提琴的琴弦。另一只手呢，则用来拉琴弓。

至于他拉琴时，我很难用语言描述那种感觉。他的音乐能激发出人们内心的情感，但远不止如此。他的音乐还超出了音乐本身的范畴——至少不是我们常听的那种音乐。他的音乐有生命，能让人感受到某种深沉的、快乐的东西。那一个个揭示真知的时刻，太过深奥，太过有力，令人难以承受，以致我们不得不用日常生活去掩盖。那音乐也会激起我们的恐惧，让我们想到曾经历过、但再也不想经历一遍的事。碎片般的想象，潜意识里自欺欺人的渴望、恐惧，还有惊喜。不，我们不能活在那样的音调里。但有些东西时常像冰块一样碎裂，使我们陷入生命的河流中。我们意识到了这一点，不知怎的，通过这音乐，通过夏门戈瓦的演奏意识到了这一点。

因此，并不是所有聚会都欢迎夏门戈瓦来表演。他来回拉动的琴弓能带来狂喜，在下一刻又让人在最狼狈的记忆中崩溃，失魂落魄，又或是借酒消愁。的确是这样，人们会被自己的情感所伤。杰拉尔丁有时会开车载他去参加小提琴比赛，或去音乐会之类的场合表演。他很有名，参加当地或是州级的音乐竞赛还得了各式各样的小奖——有刻字的铭牌，也有小小的锡制奖杯，立在塑料底座上。他把这些奖座和其他杂物分开，特地摆在了角落里高高的三脚架上。奖座总是一尘不染的。他的侄女克莱门斯的女儿，小时候曾经让他把奖座拿下来给她玩。奖座坏了，他就把它们重新粘起来，金闪闪的漆上还露出锈斑，可他并不在意。他倒是对他的小提琴有一种狂热。

他就像我们敬畏鼓一样，敬畏着小提琴。鼓在我们看来是有生命的，需要我们给它们食物和水分，庇护它们，关爱它们。鼓在主人睡着时会演奏乐曲给他听。它们也有不同的性格，因此着装打扮也会不同，穿着串珠的围裙，系着缎带，披着精致的漆饰。夏门戈瓦的小提琴也是这样。他对小提琴很上心，拿柔软的棉手帕细心擦拭，清出了两层柜子来专门存放，每晚都小心地将琴摆放在量身定做的琴盒中。琴盒是皮制的，他总是把盒子擦得和自己的皮鞋一样锃亮。衬里是天鹅绒的，时间一久，原本厚重的血红色褪成带有淡淡条纹的紫罗兰色。我不懂小提

---

① 梅蒂语。

琴，但我知道他的那把格外优雅，音色细腻，能通人性。人们都觉得那把小提琴有些年头，值钱得很。有一天，杰拉尔丁一早来给她叔叔剪头发，却发现他还没起来，双脚被绑在床柱上。她给他松绑时瞥了眼橱柜，不出意料地看到锁已被砸烂，小提琴也不见了。

我是从法院和部落警察那儿听说的，他们会告诉我一些八卦、谣言、人们的闲话和废话，还有错误的信息。我总是留心这些消息，甚至还拿笔记下听到的消息。有时这些信息有误，或是有夸大的成分，但总有几句用得上的真话。比如说，在这起案件中，虽然没有科温 · 皮斯直接的罪证，但人们嘴上都提到了他的名字。

我总会反复看到一些人，科温就是其一。当然，他的底子我摸得清清楚楚，有许多事还是我不该知道的。我觉得，他要真能混出个样子来，那简直就是太阳从西边出来了。他就是个坏蛋，永远有更坏的事等着他去做。他来到人世就是个错误，但因为他年纪还那么小，我们总想去拉他一把。有人觉得他无可救药，是反社会分子，变态。自从辍学后，他开始吸毒，是个危险人物，狡猾地操纵着别人。也有人觉得他可怜，认为他这副鬼模样都得怪他爸犯下的惊人罪行，或是怪他妈在那之后开始酗酒。还有人觉得他是有救的，这也许是最危险的一种想法了。他是个小商贩，常常醉酒驾车，女朋友走马灯似的换个不停。但不幸的是，他长得的确好看，尽管艰苦的生活已经开始让他发胖，他仍是爱德华 · 柯蒂斯[1]会相中的拍摄对象。

毒品交易现在走着以前皮草贸易的路线。要是换作以前，科温没准会坐在一大捆野牛皮大氅上，或是海狸皮上，和着牛车嘎吱嘎吱的车轮声，哼唱旅行时会唱的歌。现在，他开着一辆破破烂烂的雪佛兰，车的毂盖已经不见踪影，车屁股拖在地上。他不要命地飙车，但因为他动身的时间点实在太奇怪了，不按常理出牌，生意成交后再飞车去明尼阿波

① 专门拍摄美国西部和印第安人的摄影师（1868—1952）。

利斯，当晚就出发，所以很少有人抓到过他。他没有驾照——驾照已被没收了。他总是挖空心思找钱花：诈骗，赌博，打台球，甚至还时不时地在柜台后面炸中式鸡柳，对我们而言，这活实在是太吓人了。我仔细留意着科温，因为我似乎从一开始就注定会看着他的人生轨迹一路下滑。假若真得处置他，我得先确保自己下得了手，然后当晚还能睡得踏实。我们已经收缴了那辆雪佛兰，尽管目前还没有证据证明小提琴在他手上，但警方仍旧密切关注着他，因为他们确定他早晚会出手卖琴。

好几天过去了，科温很低调，没出手，又干起了炸鸡柳的活儿。他可能清楚自己正被监视着，因此最近表现良好，想要获取想拯救他的人的同情心。他开始改邪归正，变得规规矩矩，还戒了酒。当别人问起时，他会表现得对未来充满信心，丝毫不回避过去犯下的错误。

“我就是个蠢货，”他承认道，“但我还没堕落到去偷那老头的小提琴。”

但他就是偷了，毫无疑问。我们只是不知道他把琴藏在哪儿，也不清楚他最终会不会想到要把它卖给城区里的古董商或是乐器行。在我们等他出手的那段日子里，老人身体很快就不行了。我之前从没意识到自己是多么喜欢听他拉琴——有时，黄昏后，他会在灌木丛生的后院草坪上演奏；有时，则像我之前提到的，在小型音乐会上演奏；有时，他也为聚在克莱门斯和爱德华家里的客人们演奏。我不光每个月都会听上好几次，还发现自己和其他人一样，都已离不开他的音乐了。几个星期过去了，我心里好像空了一大块。夏门戈瓦的小提琴丢了，我没想到自己竟会感同身受，为他感到心痛。因此我必须找到他，陪他坐坐，仿佛和他一起哀悼那再也不会响起的琴声能够缓解心痛似的。同时，我也在想，要是小提琴真找不到，我们是不是能凑钱给他买把新的、也许更好的琴。我好像是为了自己才想给他买琴，犹豫着要不要开口问。我拿不定主意。一天下午，我坐在夏门戈瓦小小的前屋里，想着怎么开口。

“当然了，”我说，“我们知道谁偷了您的琴。我们正盯着他呢。”

夏门戈瓦用一只手优雅地把头发向后捋了捋，又说了遍：“琴被偷时，我睡得像只猪一样。”这话他已经说过好多次了。

他想从床上起身，半个身子都已经挂在外面，抹了把脸，眼睛气得发红。他动作不灵活，因为疼痛而慢腾腾地挪动着，只有很老的人才会这样僵硬。过了好久，他才撑起身，想要站起来。

“你坐着别动，我来泡茶。”杰拉尔丁很温柔，也很能干。从没有人和她争执过。夏门戈瓦一点一点地挪回了棕色摇椅，上面垫着坐垫。他盯着我看，其实是盯着我后面看。我很快就明白了，虽然他语气平静，也回答了我的问题，但他并没有认真和我讲话。实际上，他只有半个人在这儿，穿戴凌乱，脾气暴躁，我从没见过他这样。衬衫扣子扣错了，披肩歪歪斜斜地挂着。下巴上的胡须早上没刮，白色的胡茬子冒了出来。他呼出一股酸臭味，我来看他，他似乎一点也不觉得高兴。

我们就这么尴尬地坐着，一句话也没说，直到杰拉尔丁端来两杯滚烫的浓茶，还加了糖。她给自己也来了一杯。夏门戈瓦端起茶杯时，手都在抖。一口热茶下腹，他的脸色好了些，我觉得是时候跟他说说自己的想法了。

“叔叔，”我说，“我们想给您买把新的琴。”

夏门戈瓦又喝了口茶，一言不发。他放下茶杯，双手交叠在膝盖上。他看着我后方，皱着眉头，像是有什么心事。我心想这可不是个好兆头。

“他难道不想换把琴？”我问杰拉尔丁。她摇摇头，仿佛被我惹怒了，也仿佛是拿她叔叔没办法。我们在一片沉默中枯坐着。我不知道该怎么办。夏门戈瓦已经闭上了眼，往后躺到椅子上，但没睡着。我心想他可能是想赶我走。但我很固执，不想走人。我还想再听他演奏。

“噢，跟他说说吧，叔叔。”杰拉尔丁终于说道。

夏门戈瓦俯身向前，把头埋在手心里，像在祈祷似的。

我放松下来，知道他要跟我说些什么了。他屏气准备要说话，我是了解这样的时刻的——冷静的外表被打破，目击者终于开口说话，真相最终大白，秘密终于被说出来。我很熟悉这一切。这虽不是坦白罪行，但他向我讲述的却是保留地上鲜为人知的往事。他很早就有了这把小提琴，早到人们都不知道、不记得他还没这把琴时是怎样的。他的一生中其实有过两把琴。小时候，他拉的是爸爸的琴。后来的那把琴呢，是托梦来的。

第一把琴

妈妈曾经生过一个弟弟，在我四岁时因白喉夭折了。自那以后，妈妈虔诚地信教。我记得爸爸以前会拉些小曲，里尔舞①曲，还有捷格舞②曲。但弟弟死后，妈妈逼着爸爸放弃小提琴，转而领受圣餐。有一段时间我们离开了分配给我们的土地，搬到这儿来住。不过那时，这儿树木环绕，西边也没有其他人家。我们住得太远了，别人都以为我们搬离了保留地，而以前我们放养马的地方就是现在的 DQ③ 的所在地。那时，由于过度悲伤，妈妈变得严苛起来，把爸爸、哥哥、姐姐，还有我看得紧紧的。我们最大的哥哥，也可以说是我们同父异母的兄弟，那时已经离家。他比我妈妈还虔诚，成了神父。我们明白她为什么会有那么多奇奇怪怪的规矩，我们也愿意让她管。不过我们都以为，一旦服丧的这一年过了，她就会好些。以前我们的屋子很热闹，大家都很喜欢过来，可现在却毫无生气，没有酒，也没有音乐。我们都放低声音，因为她说声音让她难受。爸爸以前是个闹腾快活的人，现在也不许他大笑或

---

①一种轻快的苏格兰或爱尔兰舞，通常由两对或四对舞者共舞。
②源于英国的一种活泼欢快的民间舞蹈，多见于苏格兰或爱尔兰。
③著名的冰淇淋甜点连锁店。

是开玩笑。我也很想念死去的弟弟。我们把他葬在天主教墓地，就在一块小小的、圆圆的白色墓石下，直到现在还在那儿。

我知道妈妈并非有意让家里变得这样，但弟弟死后，她和爸爸一下子失去了一切，她无法承受这样的伤痛。她的心仿佛也随弟弟葬在墓石下，她变得冷冰冰的，变得麻木，对我们不理不睬。现在我老了，也明白了悲伤是怎么回事。她太敏感，爱得太用力，在失去弟弟后，害怕再失去我们。但我小时候不懂，只觉得弟弟一走，她也不再爱我了。她有力的臂弯，她的亲吻，她脸上干净的肥皂气味，她抚慰我的声音，所有的这一切都没了。她就像教堂里的一尊塑像似的。我们时常看到她在厨房站着一动不动，直直地盯着墙壁。一开始，我们还会去拉拉她的衣服，拍拍她的手。爸爸还会亲亲她，轻声细语地和她讲话，梳理她浓密蓬乱的短发——她是个血统纯正的印第安人，按照传统剪了头发服丧。但后来我们放弃了，走过她身边时就当她是个树桩。我们最大的哥哥，也就是我同父异母的哥哥，过来看望我们。随后，他带走了我的另一个兄弟，让他在弥撒上帮忙。屋子冷清了下来，姐姐开始掌厨，而爸爸呢，则变得沉默，和他说话他也不听。我们曾经熟悉的那个开朗、慈爱的妈妈再也回不来了。渐渐地，我们接受了这个事实。要是她想整天坐在暗处，我们就让她待着。我们谁都不会去哄她出来。通常，她都在教堂打发时间。早上的弥撒结束后，她还待在那儿，右手握着镶银的象牙念珠，左手则摸得那珠串越来越光滑，越来越小。到最后，我可以肯定它们会在她的指间消失。

鸽灾刚过，我们听说撒拉弗[①]跑了。一天，我的家人去教堂祈祷他能回来，我却突然变得蠢蠢欲动，想着自己要是也能跑掉就好了。我感冒了，一个人留在家里，姐姐还交代我不许让火炉熄灭——其实我病得并不重，只不过咳得厉害，有些吓人，把她忽悠住了，让我可以不用

① 即穆夏姆。

去教堂祷告。我开始到处闲逛，很快就发现了妈妈逼爸爸放起来的小提琴。它就在那儿，边上只有我一个人。我那时五六岁大，但却已能架稳小提琴，毕竟我以前还看过爸爸怎么拉琴弓。那天，我成功地拉出了声音，但并不动听。不过那琴声还是能让我从骨子里战栗起来。就在他们回家前，我小心翼翼地放回了小提琴。当他们走进院子时，我蹑手蹑脚地钻进毯子里，假装睡着了。这倒并不是因为我想装出一副病恹恹的样子，我只是没法忍受日子又要变回原样了。有的事已经发生了，有的事已发生了变化，有的事改变了我对一切的看法。你也许会以为这是我哥哥逃跑引起的，但并不是这样。真正的原因是那把小提琴。

自由，我发现它不仅能在奔跑中感受得到，它更在人的心里、头脑里和双手里。那天以后，我想方设法要一个人待在家里。其他人前脚刚走，我就会从放毛毯的箱子里翻出藏在毛毯下的小提琴，怎么喜欢怎么拉。我学会了怎么一次拉出一个音符，但我并没给每个音符取名字。我开始把这些音调拼凑起来，拉出成串的音调，这声音让我心里发痒。爸妈或是姐姐回家时，我不得不把琴藏起来，这让我难受极了。有时，如果风向正好，就算他们在家，我也会偷偷把琴带到屋外，跑到树林里练习。我总是留心着风向，好让我的音乐可以随风飘向空旷的西边，这样就不会有人听到了。但有一天，风向可能变了，又或许我妈妈的耳朵比爸爸和姐姐的都要灵。当我回家时，我发现她盯着窗外，往西边看。她很兴奋，喘着气。你听到了吗？她大叫着。你听到了吗？我害怕被发现，立刻否认了。她很激动，爸爸花了好一会儿才让她平静下来。哄她入睡后，他在桌边坐了一个小时，头埋在双手里。我在屋里轻手轻脚地走动着，做家务。妈妈是因为我的音乐才这样的，我没告诉爸爸，心里感觉很糟糕。尽管在当时，我并不能完全理解爸爸的绝望，他就这么独自坐在灯光下，双手抱头。但我还是知道，妈妈听到了我偷偷摸摸练习的乐声，而他却以为她出现了幻听。要是我和他说实话，他应该会好受些。但现在想想，我觉得当时自己做出的第一反应，也就是保持沉默，是我作为一个真正的音乐家、艺术家做出的第一个决定。我必须演奏，这比让爸爸好受些更重要。我什么也没说，不过此后变得更加狡猾，行事加倍保密。

毕竟，这个问题攸关生死。要是我没有发现音乐，我会死于沉默。妈妈越来越受不了别人发出任何声响，屋子里越来越安静了。很快，姐姐就逃到政府的寄宿制学校去了。可我还是个小孩子，要是爸妈整天都呆坐着不说话，还要我也这样做，那我的脑子里除了音乐，还能想些什么呢？我在脑袋里面谱曲，又在心里演奏，这样爸妈就听不到了，而我也拯救了自己。我编出的调子严格来说并不算音乐，只不过是孩子心里最纯真的情感罢了。那时候，谁也没想到上学这件事。妈妈死气沉沉的，爸爸被传染上了，也跟着没了生气。就算你父母都健在，你还是会被抛弃，而且法子可多着呢。

家里养了两头母牛，我早晚都会去挤奶。我算幸运的，因为要是爸妈忘记做饭，起码我还能有牛奶喝。有时，我晚饭就喝半桶带着泡沫的温牛奶，还会把薄麦饼在牛奶里浸软了吃。我不确定自己的胃是否真的受过饿，但精神上的饥饿却啃啮着我。我很寂寞。也差不多在那时候，我出了点儿事，平时温顺的母牛狠狠地踢了我一脚。它可能是被黄蜂蜇了，突然就猛踢起来，在我不知道的情况下，踢碎了我的手臂骨。痛吗？噢，当然痛了，我还记着呢。但我爸妈根本没想过带我去看医生，我想他们连我受伤了都不知道。我跟爸爸说了，但他只点点头，假装听到了，然后又开始忙自己的事。

手臂痛得让我睡不着。那天晚上，我痛得没法分心，在炉子旁的毯子里呻吟。更糟的是，这手臂拉不了小提琴了。我想把手臂撑起来，但它却像布娃娃的胳膊似的垂了下来。最后，我想到拿一条布系着固定，也就是我现在还在用的法子。我那么小的时候就把折了的胳膊系起来了，现在还系着。当然，那时我并不知道骨头会就这么长全了，落了个终身残疾。那时，我只知道系着胳膊就能拉小提琴，拉小提琴救了我的命。所以，我和大多数艺术家一样，因艺术而变得畸形，但手臂的残疾造就了一个艺术家的我。

我偷偷拉小提琴的事迟早会被发现，但被发现时我已经十二岁了。爸爸，妈妈，还有我早就习惯了像陌生人一样相处。我去上学了，因为管逃学的机构总算上门来找到了我。我现在的名字就是学校里取的。纯种的印第安孩子给我起了这个名字，我觉得这是一种保佑。夏门戈瓦是黑黄相间的蝴蝶，也算是他们接纳了我那“翅膀般的手臂”。一个修女告诉我，在圣母马利亚的图画里，蝴蝶代表了圣神。但即便如此，我一开始并不喜欢这名字。可我太安静了，根本没做出什么反应。岁数大点儿后，畸形的手臂让我很难为情，我不愿和人接触，也不交朋友。不交人类朋友。我真正的朋友藏在放毛毯的箱子里，那才是我真正需要的朋友。但最终，我还是失去了它。

爸妈去做礼拜了。但那个冬日，教堂的炉子出了些问题。弥撒刚开始时，烟雾飘了进来，灌满整个中殿，所有人都回家了。爸爸和妈妈到家时，我正拉着小提琴，沉醉其中。他们听着，站在门外像扎了根似的移不开脚步，大吃一惊。我没听到开门声，不知道他们听了多久。因为眼睛闭上了，也没看到开门时的光线。直到我感到他们身边卷起的一阵冷风，才转身发现了他们。我们都惊呆了，眼睛圆瞪。最终，爸爸首先打破沉默，问道：“多久了？”

我没作声，尽管我很想回答。七年了。七年！

他把妈妈领进屋，然后关上身后的门。接着他既焦急又温柔地说：“继续。”

我接着拉，停下来时，他一句话也没说。

被发现了，我觉得这已经是最糟的事情了。当晚我就把小提琴放好了。但第二天一早醒来时我没有像平时那样听到父亲的动静。我还没想清楚时就已经知道，最糟的事情还没有到来。我的表演唤醒了他，我就是这么想的，所以他才走了。但我不明白为什么他把小提琴也带走了。当我打开放毛毯的盒子时，发现琴不见了，我停止了呼吸和思考，失去了所有感觉。在那之后的几个月里，我就和妈妈一样。我们失去了自己的珍宝，不再像正常人那样生活，日子变得暗淡无光，恍恍惚惚。我也许会一直这样下去，甚至变得比妈妈还沉默，和她一起坐在黑暗的板凳上，再也回不到原来的样子了。如果不是那个梦，我很可能就会一直过着那样残缺的生活。

那个梦很简单。有个声音对我说，去湖边，坐在南面的石头上。等着。我会来的。

我决定照着声音说的去做。于是，我卷好铺盖，带上些牛肉干和一块薄麦饼就去了，坐在南边的那块长满灰色苔藓的石头上。那块石头突出，延伸到水里，边上就是墨绿色的深水湖泊。在那块石头上，我能看到水面上的一切。我放下一些烟叶，敬献给神灵。我整天就坐着等待。苍蝇咬我，风在耳边嗡嗡地吹，但什么也没发生。夜幕降临，我蜷缩着睡着了。第二天早上我还等着。事实上，我又等了一天。我还是第一次露天睡在湖边，也开始明白为什么人们会说这片湖无边无际。当然，就像我从前一直认为的那样，这湖是有界限的，它被石头围了起来。但大量的湖水不停流动着，暗流涌动。湖面上有六种天气，湖底下则是一片神秘的领域。每一个波浪都从人们看不到的地方涌来，又流向未知的地方。我看到鸟儿长着奇怪的羽毛，是我从没见过的，它们途经这儿去别处。我聆听着水声，那是另一种音乐。我第一次被小提琴以外的音乐抚慰了。我敞开身心，吃着麦饼，喝着湖水，蜷缩在毯子里。我总共欣赏到了三个黎明。在那三个晚上，我看着星星在漆黑的天幕上各据一方。望着蓝色的地平线，我想我也许会就这么一直待下去。一切都无关紧要了。地平线上有一小块被分开了，颜色变深了，慢慢向前漂来，我没怎么注意。那个斑点看似在前进，又像在后退，反反复复。好长一段时间，我都没再看到它，然后一个浪头把它推近。

那是一条独木舟。划船的人要么在船里睡着了，要么船上根本没人，就这么孤独地漂流着。它漂得更近了，我可以肯定上面没人。它在浪里是这么轻盈，慢慢地朝这儿漂来，又往另一个方向漂去。但无论多么反反复复，它最终仍旧漂向了南边的石头，漂向了我。我盯着它，直到清楚地看到船上没人时，我才想起自己到底是为什么来到这儿的。梦里的声音再次响起，我会来的。我急切地跳进了湖里，游向小船——这条手臂可阻挡不了我。就和其他男孩子一样，我学会了取长补短。尽管我划动的姿势很古怪，却十分有力。我想，小船可能系得不紧，脱了锚，但上面也没绳子的痕迹。划船的人不知去哪儿了，小船没了主人。也许是浪太高了，把它从岸上冲走。船主把船拖上岸时，也许还觉得船不会被冲走。我把小船推上了岸，把它拖在身后，卡在两块石头的缝隙中。然后我才朝里望了望，看到了里面的东西。船头的横木上绑着一个富有女性曲线的黑色盒子，两边都有黄铜锁锁着。

我的小提琴就是这么来的，夏门戈瓦一边说，一边抬起头盯着我。他笑了，摇了摇头，轻声说道，所以我不会再拉其他小提琴了。

静默的乐章

科温关上了地下室房间的门。这儿是他妈妈的男朋友收容他的地方，是暂时的。他站在锯木架撑起的门上，张开十指推开了假平顶上的泡沫板。待他把板推到一边后，就不断往后摸索着。那儿都是电线，在黄色的玻璃纤维绝缘层下面，他终于摸到了盒子的把手。然后，他把它从头顶一点点地拉向自己，让盒子和里面的乐器从洞里倾斜下来，落到自己的双臂中。他把盒子从摇摇晃晃的空心门上放到一块海绵乳胶上，那是他的床垫。每天晚上，他都能透过床垫，感受到硬邦邦的水泥地板散发出的寒意，那寒意侵入双腿。他偷了老人的小提琴，因为他需要钱。但他不知道要到哪儿把它卖了，又有谁会买它。然后他灵光一闪。他要带上小提琴，搭便车去法戈。他会在西英亩商场下车，把琴盒里的小提琴卖给一个喜欢音乐的人。

科温下车，带着小提琴进了商场。在脑袋里，他总喜欢引用自己的话。世上有两种人：给予者和索取者。我就是索取者。科温想要什么就能有什么。最近他最喜欢的一部电影是有关一个警察的。这个警察的世界观很扭曲，所以你没法说他到底是好是坏，你只知道他光说话就能迷住你。科温在语言上很有天赋。他会吸收电影、摇滚歌词还有电视里的话。这些话在他脑海里游走，又相互摩擦。他觉得自己有时能在脑袋里作诗，却写不出来。这些词藻以奇怪的形式出现，他闭上的眼睛好比屏幕，上面滚动着词汇构成的图案。随后又转移到边上的太阳穴，下到他颈部的幽暗中去。当他走出气闸门，到了暖和的中庭饮食广场时，他脑袋里有着一堆想法。

他很喜欢自己的皮夹克，最喜欢的还是里面的东西，在内衬口袋里的东西。他很清楚，自己长得好看，人们也把他当作帅哥。至于其他了解他的和被他害过的人呢，则离他远远的。但这问题他现在没法解决。他想，他只有一个办法能帮到自己。那就是给别人留下好印象，比以前都要好的印象。他幻想着。作为一个摇滚明星，一个《滚石》[①]采访的对象。谁才是真的科温·皮斯？现在，他坐在中庭里，盯着漫不经心的顾客，他知道他们谁也不会直接买下小提琴。他起身走进了一家乐器行，想给经理看看琴。但那经理只说了句："哎呀，我们不收二手的。"科温又走了出去，找了其他人卖。他们都或是婉转或是直接拒绝了。

振作起来，科温对自己说。他又坐回了中庭的长凳上，他刚决定这凳子以后就是他的了。就在那儿，他想到了个金矿般的主意，灵感来源于一个电视节目。节目的一幕里，一个女人走过城市的街头，碰到了一个正在演奏萨克斯风之类乐器的艺术家，他脚边摆着个打开的盒子。她

---

① 著名音乐杂志。

停下，笑了笑，往里面扔了一块钱。科温把小提琴从盒子里拿出来，把打开的盒子放到脚边。一手拿着琴，一手拿着琴弓，他把琴弓拉过琴弦，发出了吓人的奇怪声音。

嘎吱一声回荡在中庭，几个人从包着食物的蜡纸包装袋里抬起头，放下手里的东西，看着科温。他也朝他们看了看，摆好姿势，像是被冻住了似的。真是戏剧性的一刻——他吸引住了他们，一群观众。他必须马上行动，要不然就会失去观众了。他低下身，深深地鞠了一躬。他动作优雅，一手拿着琴弓，一手拿着小提琴，很自然地就做出了这样的动作，仿佛在接受他人的喝彩似的。有的人低声笑了，有的人还鼓起掌来。这些动静马上刺激到了科温，比他以前试过的毒品还要让他兴奋。他满怀热情，再次拿起乐器，往后甩了甩头发，开始演奏一段静默灵动的乐章。

他模仿的姿态无可挑剔。他是从哪儿学来的呢？他不知道。琴弓没碰到琴弦，但他还是拉出了音乐。音乐在他耳中回响，他几乎跟不上他听到的。他的身体大幅度地摆动着，做出他看到过的所有姿势。当他脑中的音乐停下时，他放低身子，劈了腿。他不知道自己为什么一直有练习劈腿。他把小提琴和琴弓架在头顶。爆发出的掌声淹没了他，一连串的掌声令人头晕目眩。

火

科温·皮斯在法戈的一家商场假装演奏小提琴，他们抓住了他，把他带到我这儿。在对他的判决上，我有很大的回旋余地。尽管我已认定他禀性难移，我还是很好奇他拿琴做了些什么，实在是不同寻常。我不禁想到他的祖辈，皮斯兄弟，也就是亨利和拉斐特。也许有些才能只是沉睡了。也许因为他们救了我爷爷，所以我也该要救他们的后代。这些都是部落审判中要考虑的因素。我决定利用自己的职权，以部落传统进行判决，开出先例。首先，我和夏门戈瓦说了自己的想法。接着，我判科温跟着老先生学琴。每个星期学六天，早上三小时，下班后傍晚再练三小时。他要么学小提琴，要么蹲监牢。事实上，我也弄不清楚到底是谁在受罚，是男孩还是老人。但至少，我们现在能听到屋里传来的琴音了。

❧

九月中旬的保留地上，早晨还很冷，下午却暖和和的。墨绿色的树叶仍十分茂盛。所有的干草都收割了，野稻米也都去了壳。部落办公室里的暖气夜里一直开着，但一到中午，我们还得打开窗户散热。烘烤稻米的柴烟和柴油味飘了进来，有时还伴随着山下科温拉琴的声响。一开始学琴的几个星期不是很顺利，而且我也知道要玩好一个乐器，得从小就开始练习。也许，科温学得太晚了。接着，天气同往年一样，变得越来越冷，我们把窗都关上了。直到第二年春天，我只能从杰拉尔丁和科温的缓刑官①那儿得知他学琴的进展。我没抱太大期望。但科温每天早上八点都准时到夏门戈瓦家。直到五月头上的一个炎热的下午，我才打开窗户，亲耳听到了科温的演奏。

"不错啊，"当晚我去看夏门戈瓦时，我说，"我听了您学生的演奏。"

"他真是笨得要命，不过他有热情，"夏门戈瓦说着，拍拍胸口。他的身体同科温的琴技一样，都变好了。我看得出来，他为科温感到骄傲。我想也许历史有时是站在我们这边的。把一个老人和屡教不改的少年犯放在一起，这样理想化的做法竟然奏效了，或者说，没以一场灾难收场。

① 监管缓刑犯的官员。

事实上，缓刑期满后，他们继续上课，仍是师徒。整个夏天，我们都从琴声中听到了他们缓慢的进步。秋天到了，我们又关上窗户。春天来了，我们开窗，偶尔会听到科温拉琴。夏天过了，我们从音乐里听到了信心，甚至有时还会让我们想起小提琴的主人。然后，夏门戈瓦死了。

他走得很安详，很理想，是我们会向圣约瑟夫祈祷的那种死法。他当时睡着了，毯子拉到了下巴下面，小提琴就放在床边。第二天早上，杰拉尔丁发现了他。我们为他举办了葬礼，葬礼很普通，无非是人们到他的遗体前献花和斗烟叶，把少量的烟叶放到棺材里，陪他一起入土。每个人都说，啊，这老人，他看上去真安详。杰拉尔丁在他肩膀上放了一只黑脉金斑蝶。她说是那天早上在车的前挡板上找到的。克莱门斯和怀蒂在教堂外抱在一起，接着我看清了，原来是她扶着怀蒂——他醉了。爱德华走过去在另一边扶起怀蒂，随后进屋，坐到了座位上。夏门戈瓦的哥哥撒拉弗被安排在埃维莉娜和约瑟夫中间。他们正拍着他的肩膀和手臂。卡西迪神父走上布道坛时，撒拉弗头也没抬。神父进来了，随身携带的圣器发出刺耳的声音。他清了清喉咙，踮了踮脚，庄严地开始宣读悼词。

在此，我以满怀宽恕的圣神之名，祝福撒拉弗·米尔克的灵魂。

“什么？”杰拉尔丁嘘声道，“他连人都搞错了！”她挥挥手向神父打手势，但他说得正溜儿。撒拉弗精神些了。

撒拉弗·米尔克临终未领受圣体，拒绝终傅[1]，也就是说，他

[1] 天主教和东正教的一种圣事，信徒在临终时敷擦圣油，求上帝赐予安慰和拯救。

没有在临终时敷擦圣油。虽然他的灵魂可能会下地狱，但我们并不肯定。因为他挺擅长摆脱麻烦，他的家人是这么跟我说的。而且，有时圣人也会为罪人求情。圣母马利亚可能正保佑着他，尽管撒拉弗·米尔克曾当着我的面质疑我们天主教的两大根基——无沾成胎①和童贞女之子②。他是这样说的：我觉得她骗过了所有人！

老不正经来劲儿了。他嘴巴张得老大，笑了起来。他向我们身边准备站起来说指出神父错误的人打手势，表示他很想听下去。而且，神父正在兴头上，声音越来越响，没人能让他停下来。

撒拉弗·米尔克现在正寻找着一个问题的答案。他的偶像路易斯·瑞尔认为地狱并非无穷无尽，也非烈焰熊熊。他正好能看看瑞尔说的是不是真的。我们为这个争论好几次了！梅蒂人相信上帝是仁慈的，你们都知道吧。但我很遗憾，身为神父我必须说明，上帝同时也是公正无私的。尽管上帝是慈悲的，但同样也是公正的。他知道要是他不惩罚罪人、异教徒、说谎者、通奸者、酗酒者和那些庆祝驴子节③的人，我们在地上的凡人是不会把他当回事的。撒拉弗·米尔克曾和我说，他和他弟弟都会定期过驴子节。在未来某天，他弟弟也许会和他碰面，演奏小提琴。恶魔的

---

① 天主教认为圣母马利亚在其母腹成胎以及耶稣在她腹中成胎时，因蒙受天恩而未沾染原罪。

② 耶稣基督由童贞女马利亚受圣神感孕而生。

③ 起源于11世纪的天主教习俗，用驴弥撒取代原先纪念耶稣和圣母马利亚的宗教弥撒。弥撒上，一个女孩带着一个小孩骑驴到教堂，在布道时站在圣坛边上。弥撒结束时，神父学三声驴叫以代替阿门，而教徒也学三声驴叫作为回应。该习俗原先是为了纪念在耶稣出生后，圣母马利亚一家骑着驴子逃到埃及，后成为各个阶层的消遣活动，成了装疯卖傻的傻子节（不同于愚人节）上的表演节目。

火焰会从琴中升起，痛苦的折磨会从琴弓中出现。但这一切并不意味着撒拉弗·米尔克活该下地狱，和他料想中完全不同的地狱。

一些人站起来，做出很生气的动作，但被别人拉回了座位。

不！卡西迪神父抬起手。这人也有善，也有操行。撒拉弗·米尔克是一位了不起的父亲，据说很爱自己的孩子，而且是溺爱。尽管年轻时是个酒鬼，他多少还是戒了点。这也许为时过晚，因为他妻子从中没得到什么好处，但好歹他还是回头了。有时，他还会逐渐少喝些。幸运的是，他的外孙约瑟夫和外孙女埃维莉娜并没被他带坏，现在很不错。他们的母亲当然是常来我们教堂领受圣餐的，教会慈悲，为她的父亲举办葬礼。不，并不应该由我来说撒拉弗该下地狱，我不过是上帝、圣父、圣子和圣神的侍从。撒拉弗曾说起过鸽子，因此我请求圣神，以纯洁的白鸽现形，给予他的灵魂最慷慨的祝福。我请求主的保佑，尽管撒拉弗·米尔克曾希望我“闭嘴，别再对异教徒嘟嘟囔囔了”。尽管他偷偷喝醉，还公然藐视我们神圣的天主教，我请求仁慈的上帝、圣父能原谅他的罪孽和堕落，准许他同自己长期受苦的妻子琼奈斯团聚。这是她应得的，因为她曾温柔地引导过撒拉弗信奉主。

克莱门斯再也听不下去了。她挣脱了怀蒂和穆夏姆拉着她的手，大步走到前面。她还打开棺材，把原来放在夏门戈瓦边上的小提琴拿了出来，朝卡西迪神父挥了挥。他不说话了，然后他看到撒拉弗/穆夏姆正在第二排挥手，神父的下巴快掉下来了。克莱门斯简直想朝他挥一拳，但她并没这么做，而是把小提琴给了杰拉尔丁。杰拉尔丁站了起来，走到大家面前，示意神父让她说话。

“几个月前，叔叔告诉我等他死后，让我把小提琴给科温·皮斯，”杰拉尔丁对大家说，“所以，我现在要把琴给他。我已问过他今天愿不愿意给我们演奏一曲夏门戈瓦的最爱。”

穆夏姆还在挥手，朝卡西迪神父笑着。神父已经向后踉跄几步，倚着中殿的墙坐下，抹着自己的脸。

科温一直坐在教堂的后面。现在，他走向前，肩膀耸着，双手插在口袋里。他伤心极了，脸上的哀伤让我吃惊。他性格反复无常，从他脸上看到这么强烈的情绪让我有些不自在。但当他拿起小提琴、开始演奏大家都听过的小曲时，他的情绪似乎变了。这首小曲是我们民族的特色，因为它一开始温柔和缓，接着会突然爆发出狂野的奇妙感，刺痛我们的脉搏，遏制住我们的呼吸。科温富有激情地演奏着，虽然有的音调并不那么准，但他的音乐和身姿却同老人一样有活力。演奏结束后，每个人都热泪盈眶。

接着，震惊的时刻来了。在一阵纸巾的摩擦声、抹眼泪和小心擤鼻涕的声音中，科温站着，手里提着小提琴，凝望着棺材里的老师。突然，科温高举起小提琴，把它砸在了扶手上，一下，两下，砸了三下才砸碎。卡西迪神父双眼紧闭，嚅动着嘴唇祈祷。我当时坐在前排，不知怎的就突然站到科温边上。我好像早就预料到这种事会发生似的，从座位上跳起来。当科温小心翼翼地把小提琴放到棺材里、放到夏门戈瓦边上时，我抓住他的手臂，然后又松开了。因为我清楚，他已筋疲力尽。他坐回后排的座位。我的注意力从科温转移到小提琴上，因为我看到砸烂的木头里有一卷纸条。我抽出纸条。纸条已经有些日子了，上面的字迹发旧，笔画有些生硬。震惊过后，卡西迪神父又重新开始主持葬礼。人们一动不动地坐着，被刚刚那出闹剧惊得够呛。我把纸条藏到夹克口袋，然后回到座位。虽然葬礼过后要忙的事太多了，但我并没忘记去看纸条。先是下葬时起了大风，然后还有在哥伦布骑士厅里的晚餐，十分丰盛，足足有六种印第安油炸面包。我根本没空好好坐下，集中注意力。晚上到家后，我终于坐到了椅子上。身后开着一盏亮灯，光线落在我肩膀上。最后，我看了这么多年一直藏在小提琴里的那张纸条。

信

我，亨利·巴普蒂斯特·巴伦托，也就是亨利·皮斯，留给我兄弟，拉斐特·皮斯这条信息。这儿叙述了小提琴的历史。在我们上帝历[①] 1888 年，8 月 20 日这天，我将这条信息经由水路送出，希望能找到他。

首先，扼要地重述来龙去脉：拉封丹[②]去易洛魁人[③]领地后，眼看自己的肝就要被人拽出，他机敏地借着吹奏笛子，逃过一劫。读了这个故事后，我们的贾斯普林神父觉得在过了森林湖[④]冒险进入荒原前学一项乐器是个明智的决定。所以，他出行时，用音乐保护自己。他学了小提琴，而且一路上都带着。小提琴是一种高贵的乐器，他常拉。但真要说实话的话，他本不该给奥吉布瓦人展示小提琴的才艺。他年纪轻轻就死了，把小提琴留给了侍者，也就是我爸爸。因此，我不该说神父坏话。我倒是该感谢他，他的小提琴为我们家带来了欢乐。我该感到高兴，我们曾和爸爸度过快乐的时光——他调试好琴后，拉起了被我们视为美人、宝贝的琴。我们兄弟俩都爱上了她。但也正因为她，我们最后却落了个悲惨的下场。我希望我们从来没看到过这把小提琴，而她也从来没出现在我们眼前，那我也就不会演奏她，听懂她的琴音。爸爸去

---

① 即公元纪年。

② 天主教神父。生于法国，1625 年前往加拿大传教，与当地休伦人生活在一起。后来易洛魁人入侵该部落，他同其他几名神父一起被抓获，被折磨而死。

③ 于 1570 年组成易洛魁联盟，起初为五个部落，后又新加入一个，组成六部落。该联盟曾经是十八世纪北美最强大的联盟部落。

④ 北美一湖泊，处于加拿大曼尼托巴省、安大略省和美国明尼苏达州北部。

世时把琴留给了我和我兄弟拉斐特，还规定如果我们不能定下谁来继承它的话就得比赛竞争。作为广阔无际的湖的孩子，我们得比赛划独木舟。

我们听到这规定时什么也没说。没什么可说的。虽然我们深爱彼此，但也都想要小提琴。我们都已练了好几年的琴，向她中空的琴身轻声倾吐过绝望，也感受过她带来的愉悦。那小提琴在我们还是野孩子时陶冶了我们，还帮我们追到了老婆。但我们现在受够了轮流演奏她。如果她只属于我们中的一人，那她该是我的。

离比赛还有两天，我想出了一个有把握的法子。当月亮躲到云后、世界一片黑暗时，我偷偷拎着一桶热沥青到了岸边。我要让拉斐特的船失去平衡。我们的小船制作精细，两边等重。只要一边涂上了沉沉的沥青，那么他划船时就会不稳——这就够了，足够让我占尽先机了。

湖面很宽广，上面有很多小岛。周围的鸟叫像是人的嘲讽声，又像是有人在伤心痛哭。人们很容易在这儿走散，声音打到石壁上，反弹回来。这儿还有些洞穴，里面都住着小孩子的灵魂，会飞的骷髅，会漂移的沼泽，还有多变的天气。我们很喜欢这些，也知道这儿的秘密。虽然我们不知道全部，但至少知道一点儿。不过这次，我兄弟可不知道我的秘密行动。

我们会从湖最北边出发，到达南边。在那儿，我们的叔叔们点起了火，把小提琴用红布包着，放在精美的琴盒里。我们一起出发，说说笑笑。拉斐特，你记得我们是怎么划过一开始的两条狭窄水路的吗？记得我们笑着，做着夸张的动作。在你船上涂上沥青后，你记得我是怎么说的，“也许我们还是合用那烦人的小提琴算了。”

你笑着说，那样的话，等着的叔叔们会失望的。你还说，等你赢了这场比赛，日子就会恢复原样，只不过大家都会知道拉斐特划船更快。我也拿同样的话回敬了你。接着你绕到一片石头后面，抄了小路，你自以为那是条没人知道的近路。我划着船，不得不划一阵停一阵，往外舀水。一开始我以为船有些漏水，不过很快我就明白了。原来，在我涂沥青时，你也在我船上动了手脚，在底下戳了个洞。其实，我的情况并不危险。当风突然转向时，暴雨来了，没有打雷和闪电，只有倾盆的冷雨。我大笑着感谢你。多亏了船里的水，我才能稳住自己。我压低身子，接着前进。可你的船却沉了——失去平衡更糟糕。你肯定翻船了。

南岸的篝火燃尽，只剩黑炭。我蜷缩在毯子里，却没睡着。我一直在观望。当你开始等待某人时，每个影子都好像是那个人。接着，这些影子让你害怕。我们到处找你，喊着你的名字，直到嗓子再也受不了，只能轻声说话。没有回音。在一个老人的梦里，所有事情都朝反方向发展，太阳西起东落，是逆时针的方向，也就是说，这梦是属于灵魂世界的。然后他在梦里看到你，你也走错了方向。

叔叔们都回到了自己的小屋，狩猎，在稻田里干活，回到了老婆孩子身边。只有我一个人留在岸边。天黑了，我为你歌唱。太阳升起了，我向湖面大喊，可只有白鸥回应我。日子一天天过去，我开始明白自己干了什么，开始了解事情的真相。

他们把小提琴留下来给了我。每天晚上，我都为你演奏，兄弟。等我拉不动时，我会把琴放到船里，送到你那儿，找到你。我不必在船底再凿一个洞，它会漂过湖床来找你的。你戳的洞管用，兄弟，我对你使的花招也管用。

❧

我爷爷曾问过，亨利和拉斐特这对皮斯兄弟到底出了什么事。这纸条至少提供了一部分答案。他们曾答应会安葬我爷爷，为他找到了食物，在他脖子上挂上十字架。不仅如此，小船没沉没，也没走偏。可以肯定的是，小船和小提琴最终经由夏门戈瓦，找到了皮斯家的人。那把小提琴找了科温很久，我对此毫无疑问。在看完纸条后，留在我记忆中的东西，还有在半夜唤醒我的东西，是那封信的时间。1888 年。但小提琴是在那二十年后，才找到夏门戈瓦，在梦里告诉他去湖边。

“你觉得呢？”我问杰拉尔丁，“这种事你能解释清楚吗？”

她盯着我看。

“我们什么也不知道，”她回答道。

我将和她结婚。我们收养了科温。小提琴被深深埋在地下，科温——又一个被它拯救的男孩——他随着乐队四处旅行，演奏赚钱，在这片土地上日子越过越好。我认真工作，尽量做好每一个庭审判决，不想成就大业，也不想刨根问底。因为我被判看守这块小小的土地，审理这儿的不幸，诉说这儿的故事。这就是我。就是这样[1]。

---

① 原文为齐佩瓦语。

埃维莉娜

爬虫园

1972年秋天，爸妈开车把我送到大学。宝蓝色的铝制行李箱里装了我需要的所有东西——一条碎布拼接成的毯子，放床上用的；4－B餐厅打工挣的一百块钱，用来买衣服；一本伯利兹语言自学书，马可·奥勒留的《沉思录》（库茨法官那儿拿来的平装本），一个相框，里面装有相片，一个串珠的皮质烟草袋，还有一堆装着一美元的信封，爸爸在上面写上了自家地址。烟草袋是穆夏姆的，从我记事起，他就一直带着。有时他会把袋子给我，当做送小辈的礼物。爸爸的信封上有特别的邮票，他想让我寄回去，好让它们盖上邮戳——有些还要在特定的日子里盖上。

其他的大一新生陆续搬进寝室，他们的父母都在帮忙。我看到成箱成箱的平装本，还有音响设备。迪伦[1]的专辑，喷着金漆的原声吉他。还有人带来家人自己织的毯子，但那些与我的没法比。还有几张贾尼斯[2]的海报，鲍威[3]的海报，鲜艳的印花床单，沙包，小熊玩偶。我拖着行李箱在台阶上走了两步后，我害怕了。尽管我铁了心要去巴黎，但我仍害怕离家，就算是去大福克斯[4]那么近的地方也会感到害怕。爸妈也不愿让我离家。但我必须走，所以我来到了这儿。我们走下楼梯。我伤心极了，哭也哭不出来，也不记得临别拥抱时的情景。我只能想起爸妈站在车旁，向我挥手。我清楚地记得那一幕，有如昨日重现。那一幕就像一张照片似的印在我的脑海中，我随时都能想起来。

爸爸精瘦，但很结实。他似乎还没接受我离家上大学的事儿。而妈妈呢，看上去还是那么迷人。她在保留地上出了名的内向，不爱说话，可现在却不像以往沉着冷静了。他们的脸上流露出毫无保留的爱意。爱这东西，我们平时不大会说出口。因此，当我看到他们的嘴型说着爱我时，我真是吓了一跳。他们让我清清楚楚地看到了他们的嘴型。他们对我的爱溢于言表，然后走了。现在想来，我觉得那一眼包含了一切——他们的养育之恩，他们耐心教我他们懂的每一门学科，他们虽不舍，却仍让我离家，给了我自由发展的空间，他们兢兢业业，给我树立起榜样——支撑我一路走来。

很快，行李箱就清空了，但我的房间还是空落落的。我把一张照片放在相框里，上面是穿着传统服饰的穆夏姆。他手执粗棍棒[5]，却面带和蔼的笑容，露出雪白的假牙。他洋洋自得地昂着头，还戴着头饰，帽子上插了两根鹰的羽毛，用圆珠笔弹簧和钓鱼用的转环固定。额头中间戴着一块心形的镜片，据说这可以在人群中虏获女士们的芳心。我还有张舅公的照片，一张不大的黑白照。照片里，他拿着小提琴。我把书放在胸口，蜷缩在毯子里，先是看了看穆夏姆，再看了夏门戈瓦一眼，随后望向窗外。就在那时，我意识到，我第一个学期的大部分时间都会耗在这儿了。

我认识的白人女孩都留着一头长发，听琼尼 · 米歇尔[6]的歌，不耐烦地抽烟，对着诗歌课的笔记本蹙起眉头。至于其他女孩子——达科他州人，齐佩瓦人，像我一样的混血儿——在校园里则没那么显眼。我认识的印第安女生都很害羞，还很刻苦。不过也有几个穿着丝带衬衫，在学校里东游西荡，她们的男友似乎都是“美国印第安人运动”[7]的成员。我在学校里挺特别的，不属于任何一类。我们家归属于印第安

---

①即鲍勃 · 迪伦（1941—　），美国著名音乐人。

②即贾尼斯 · 乔普林（1943—1970），美国摇滚乐和布鲁斯歌手，嗓音粗犷有力。

③即大卫 · 鲍威（1947—2016），英国著名摇滚音乐人。

④明尼苏达州第三大城市。

⑤此处指印第安人用作武器的粗棍棒。

⑥生于1943年，加拿大音乐家、画家。

⑦美国印第安人激进组织，1968年成立于明尼阿波利斯。

事务管理局，是中产阶级，我还想去巴黎。我想念爸妈和舅舅们，十分担心在我离家时穆夏姆会死掉。

室友是个矮矮胖胖的金发女孩，威谢克①人。她立志要当护士，所以她总会练习向我嘘寒问暖——给我端茶送水啊，或者在我头痛时给我阿司匹林啊。我随着她，让她给我量血压，测体温，但坚决不肯让她给我打针。我大部分时间都待在图书馆，躲在那儿，坐在诗歌区看书。我最爱的书都是有些黑暗的，比如说兰波②，还有普拉斯③的作品。那是一个浪漫的自我毁灭的时代。我尤其喜欢那些英年早逝的、发疯的、消失的，还有去巴黎的诗人。但只有一个人吸引了我，成了我的缪斯女神④，我的偶像，我的一切。阿娜伊斯·宁⑤。

我沉浸在和她之间的灵魂交流中。我一次又一次地从图书馆借出她的书。夏天是我最最需要她的时候。她和我一起在4－B餐厅打工，一起洗衣服，一起开杰拉尔丁的品托⑥老车，还会捎上约瑟夫。阿娜伊斯。我带上她所有的日记——一套盒装套装，买下时让我的荷包大大地出了次血。有一点非常令人费解：她热爱艺术，矜持严肃，但又那么大胆，还有那双水汪汪的眼睛！我终于熬过了夏天。我一直沉浸在自己制造的狂热中，直到秋天我回到学校，搬出校园，住进了一栋老旧破败的农场住宅。

同阿娜伊斯一样，我审视自己的每一个想法。所有看到的琐碎的东西都变得不容忽视，最微弱的欲望变成疯狂的饥渴。我把阿娜伊斯的作品时刻带在身边，尽管她的生活方式和我截然不同、对我来说是遥不可

---

①北达科他州的一个城市。
②十九世纪法国著名诗人，以诗才和反叛闻名，喜爱四处游历。
③二十世纪美国女诗人，罹患忧郁症，其作品多为描写自杀者的心理活动。
④希腊神话中掌管文艺和科学的九位女神，也指给诗人、画家或音乐家以灵感的源泉。
⑤西班牙舞蹈家，著名女性日记小说家。
⑥二十世纪七十年代风靡美国的一种车型。

及的。她有好几个仆人，给她做饭、打扫。即使是她放纵的情人都会贴心地从地板上捡起她的衣服；她的晚宴上，人们做尽出格的事，不过事后她可不用收拾碗碟。但我和她有一点是一样的，我也认真详细地写日记，每一本的标题都是从她的日记里选出来的。那年夏天，我的日记名叫“在虚空中萌芽”。

同阿娜伊斯一样，我会写长信，寄给约瑟夫。而他呢，则简短地回复我。科温开车送我去学校时，一路上，我都把她的日记大声念出来。他只喜欢做爱时候的她——至于其他时候，他说她“太高高在上”了。科温时不时地回来看我，我们小学时的那段情愫已成了我们的笑谈。虽然他偷了我小外公的小提琴，但葬礼后大家都原谅了他。他是个毒贩，卖毒品给我朋友。

我的新住处住着一群诗人和嬉皮士，他们都很邋遢。我也试过变得和他们一样邋遢，可我太爱干净，没法融入这种时代精神。我的碗碟和毛巾都洗得干干净净的。这栋摇摇欲坠的板房里只有一个卫生间。和他们不同，我每过一阵子都会对脏乱的卫生间看不下去，然后把它打扫干净。所以我很讨厌我朋友只知道玩乐的邋遢习惯，害得我不得不打扫卫生。看着事后堆积起来的垃圾，我更恨他们了。可即便再气，我总是忍不住要动手清理，随后也就忘了生气。

那年秋末，有一天过了半夜，我拿出一套清理卫生间的工具：一个水桶，一把硬毛刷，一盒刺鼻的东西，名字叫艺康①。我把一条旧毛巾撕成四片，先打湿了浴缸、马桶，还有水池，然后把清洁剂均匀地洒在上面。我往四周看了一圈，想起来自己在地下室里藏了把铲刀。于是我拿了刀和一个塑料袋，开始刮蜡状的脏东西。发黄的污渍一片一片的，混着油脂、头发、肥皂、污垢和灰尘，还有变干的牙膏和大便。

几小时后，我终于擦干净了。停下来时还觉得头上的灯光有些刺

---

①一种清洁剂。

眼，因为我把灯罩里的死苍蝇都清理掉了。当光线透过光洁的灯罩洒下来时，我的脑袋里浮现出几行诗。

我的大脑仿佛是盛满了苍蝇尸体的灯罩。
我多么渴望清理思路，让它们光洁如新！
展开你们褶皱的羽翼吧，北达科他州大学的师生们，
让身体如尘埃般拂过草原！

我匆匆记下这几行句子。我总是在牛仔裤后袋放着一本笔记本，“在空虚中萌芽”这本快写满了。我想泡个热水澡，洗掉身上清洁剂的臭味。但一想到刚刚擦掉的污渍，我觉得现在浴缸显得更脏了。我错了，不该打扫的，因为我好像破坏了卫生间的生态系统。于是，我飞快地冲了个澡后又走到楼下。楼下同往常一样开着热闹的聚会。这次的聚会是为了欢迎一个诗人朋友回家，那天他刚穿过加拿大边境，徒步走了回来。他一直大声嚷嚷着要走到地下去。他也要去我打扫干净的卫生间冲澡。我该喝杯红酒，好好犒劳自己。我记得这酒是便宜货，粉红色的。等我半杯下肚后，科温从一个白色信封里掏出了一张纸片[①]。他把纸片撕成几小块，放进我嘴里。

她什么都试过，阿娜伊斯；她也会试试这东西的！西班牙舞者，我朝科温喊道——他是我的远房亲戚，隔了三房或四房。她爱她的表兄弟。爱德华多！我对他说，然后吻了他。过了好久，我才想起来这一幕。因为喝了酒，我不知道自己吃了迷幻剂，直到药效完全发挥后还稀里糊涂的——朋友的脸扭曲得吓人，声音铸成了一面面墙壁和一道道回廊，物体轻轻地向我发出指令，我惊恐地说不出话，根本没法和人交谈。我把自己锁在房间里，很快就发现自己的房间成了当地的爬虫园，

① 当时人们通常把迷幻剂滴在吸墨纸上。

里面还有国外的眼镜蛇。这些动物在踢线板下爬来爬去，有时还会从灯罩里溜出来。我在房间里整整待了两天，彻夜不眠，看着红边花纹蛇，大合唱的青蛙，偶尔还会看到北美大平原蟾蜍。我一会儿陷入恐惧，一会儿又恢复平静，不知道自己是谁，不记得自己是怎么变成这样的。我常常不出房门，再加上屋子里很混乱，所以没人注意到我这几天都不见人影。

第三天，我只看到了一只东方虎蝾螈，学名叫虎纹钝口螈[1]。它是个老朋友，让我心安。我开始依稀记得清时间的脉络，找回了自己的身体和意识，有了些安全感。我没那么恐惧了，只是稍微有些害怕。我开始进食。第四天，我睡了过去。第五天和第六天，我一直在哭。渐渐地，我又变回了以前的自己，但又有些不同。我发现，要失去理智多容易啊。我的内心状态紊乱，丢了理智，我越来越怀疑自己能否保持神志清醒。我把自己吓坏了，事后能再读上阿娜伊斯的日记让我倍感心安。她对自己的内心状态十分了解，详细生动地记录下周遭环境对她的影响：一天中的某个时刻，天空，天气，所有的东西都能让她的情绪波动。当我读到她日记中的一些内容时，我开始颤抖，里面的细节是那么详尽。我需要有个人帮我留心这世界，我几乎快遗忘了的世界。

“所有的一切。这屋子蛊惑了我。灯亮了。彩色的灯在上了漆的墙面上投下了奇形怪状的光影……”

那是她1929年9月时的卧室。

阿娜伊斯没有爬虫。我害怕的东西又回来了。尽管之前我没理睬它，但现在恐惧如同电线中的电流般接入了我的身体。恐慌的状态。暂时性的惊吓——我只要稍稍受到惊吓就会抖个不停。我很害怕，我时不时地清醒过来，回归现实。白日梦太过逼真，我感到恶心。我终于清醒过来，变正常了。我太安静了，不声不响地把错乱的精神状态隐藏起

---

①原文为拉丁语。

来，不让他人发现。不过，我确定了一点：我不该再待在这冷漠的世界里了。我要和……阿娜伊斯在一起。在学校里，我看着学生如丝带般走过我面前，他们营养充足，神志正常，无忧无虑，发型靓丽，腰上系着皮带。我永远都不会加入他们的队伍！既然我不会跳舞——西班牙舞到底是个什么东西？既然我巴黎还没去成，那么我决定去一家精神病院打工，住在那儿。

我找到心理课（这门课被我戏称为疯子和婊子）的教授，帮我找了份活，做精神病治疗助理，只干一学期。那年冬天，我拖着一个行李箱，搭上一辆暖气过热的长途汽车，到了州立精神病院。那儿的冷风刮得人睁不开眼，走路都踉踉跄跄的。我被带到职工宿舍楼里的一间小屋。

沃　伦

我的房间很小，墙面是深粉红色的。我在日记里写下：我要拿围巾贴满整个墙面。我睡的是单人床，上面铺着东方印花的床单。繁复的花纹勾绘出了宝塔、垂柳，还有蜿蜒曲折的溪流。我很喜欢。房间里还有一面镜子，一张发亮的红棕色办公桌，木桌上放着迷你冰箱，一张蓝色的靠背椅。蓝色！我的第二缪斯——蓝色。我把冰箱从桌上搬走，把桌子当作书桌用。我把东西都收拾好，有我常穿的青绿色的手打毛衣，还有长裙。我还没和其他助理碰过面。隔壁住着一个人。墙不厚，我能听到隔壁那人轻轻走动，在衣橱里窸窸窣窣地翻动衣服。因为上晚班的人白天睡觉，所以这儿对噪音和音乐都有规定。我早上六点上班。我去楼下冲了个澡，把头发吹干。接着，我把制服摊在椅子上：一条人造丝裙子，有些沉，口袋很深。还有裤袜和一双厚底护士鞋，鞋是在杰西潘尼①买的。

---

①1902 年詹姆士 · 潘尼创立的连锁百货。

和往常一样，我在闹钟快要响前就醒来摁掉了它。我用绿色的小锅烧开水，泡了杯速溶咖啡。天泛着黎明前的靛紫色。我穿上从二手连锁店买的大衣。黑色大衣很长，领口和袖口都有卷毛，似乎是狗毛。衬里是缎子的，外面的料子可能是羊毛的，因为大衣如同盾牌似的厚重。冰冷的空气刺痛了鼻子，皮肤绷紧了，零下刺骨的寒冷像刀一样扎进了额头。

我穿过结冰的草坪到了病房，然后坐在亮着灯的办公室里。来上班的护士介绍说叫她L太太就好，因为她的名字是波兰语，特别长，又难发音。她挺高大，还没上班就已一副疲态。制服外面套了件松垮的棕色开襟毛衣，护士帽别在蓬松的金发上。她一边喝咖啡，一边吃着油纸袋里的油炸甜甜圈。

“要吃点吗？”她含糊地说，又转头和几个来上班的护士里其中一人说，她昨晚累坏了，她的小儿子病了。她们都很熟悉彼此，几个人你一言我一语，聊了好几分钟。

“我该干些什么呢？能给我点事儿做吗？”我听上去过于主动，还有些紧张。

“听听，”L太太笑道，“别急，事情多得去了。不过病人现在都还没起床呢。”

“沃伦除外，”快下班的一位护士说道，“他一直是醒着的。”

我从办公室走到大厅，大厅通往一间很大的房间。四四方方的房间里铺着粉色和黑色的方形地毯，墙壁则是奇怪的灰紫色，可能是为了让人镇静下来。长方形的窗户没装窗帘，向外望去是一片铁蓝色的天空。病人起床后，穿上条纹睡袍，慢慢地从另一条走廊晃荡过来，走到左手边的大房间里。这时，铁蓝色的天空已不再，窗外只是普普通通的蓝天。一眼看去，每个病人无论男女老少，都长得一样。L太太把药装在小纸杯里递给我，比划着说，“去沃伦那儿，确认他把药吃下去了。”

所以我和沃伦一起走了。他是个夜猫子，一个老人。不，不算老。

他手臂很长，睡袍下的身体如皮革般坚韧，是辛勤劳作的农夫该有的体格。他身体十分健康，即使神志不清了，也还能活很久。脸和双手的下半部分都黑黝黝的，仿佛烙进了皮肤里，无法改变。领口有个 V 字形的晒痕，看得出来，他以前都是穿开领衬衫的。我猜他的小腿、腹部、胸部和手臂上半截应该像死人一样苍白。他穿得很整洁——他总是穿着得体，胡子刮得干干净净。棕色长裤很干净，彩格衬衫虽然有些破损，但却烫得挺平整。他吞下药片，照着规定的步骤，一点儿也没偷懒，一直在走来走去。他从普路托来，似乎是马恩·沃尔德的亲戚，可她从没提起过。这是我第一天上班，我一直留心着沃伦，看到他一直在走动，这有些出乎我的意料。除了停下来喘口气，在指定时间点迅速地填饱肚子之外，其他时候他都在走廊里来来回回地晃悠，在公共休息室里来回走动，晃遍了所有的卧室。不管碰到谁，他都会点点头说道："我要把他们都宰了。"病人们回道："闭嘴。"而医院的职工呢，就当没听到他说话。

之后的日子里，我的工作内容和第一天差不多。早早起床，先记下我的梦和感觉，然后换好衣服，在口袋里放上一只钢笔和小笔记本，还有从别人那儿要来的小书——一本蓝色塑料封面的袖珍法语词典。我仍坚持像阿娜伊斯那样过日子。在上厕所的间隙里，我会在小隔间草草记下所有的东西。我会穿过汽管隧道①，去饭厅吃早饭。作为陪护，我得确保没人躲在隧道里或是迷路。我和病人一起进餐，拿着托盘排队，等着看上面会放些什么。谷粉，已经冷了的吐司，一小块黄油，一盒牛奶，咖啡。要是我到得早，还能喝上果汁。咖啡一直都有，从不间断，黑色发酸的液体盛在树脂咖啡杯里。杯子虽然消过毒，但还是有污渍。他们给我什么，我就吃什么，狼吞虎咽，吃过就忘了。午饭我也这样。胡萝卜泥，通心面和肉汁，多要一份面包和黄油。我开始整天都想着吃

① 有各类管道穿过的地下隧道。

的，满脑袋都是食物，日记里大部分也都是吃的。用英语没什么好写的了，我就开始用法语描述食物。但很快，英语和法语都没什么可写的了。

我被分配到一个开放病房。病人们如果想走到外面的冰天雪地里去，签个名就可以出去。只要不过门禁时间，去哪儿都行。我一天会坐很久，听病人说话，引他们畅谈，聊天时让他们回到真实的世界，并且在他们产生幻想时提醒他们。

沃伦会聊到战争岁月，但有个护士跟我说他并不是老兵。“我当时正在阅兵，他们行军经过我时，都转头看我。然后我转身对艾森豪威尔将军说：‘就智力来说，你不是个当总统的料’。他的助手穿着平民的衣服，也转过头来看着我……”等等等等。他自顾自地说着，结尾时总会说一句：“我要把他们都宰了。”从来没变过。我想窥探沃伦的幻想世界，可并没这么做，而是和他一起散步。他总想给我钱——纸币精致地折成奇怪的样子。我们在大厅里转了几圈，我和他的动作几乎是同步的，因为我知道所有人的习惯。我还熟知所有人的幻觉，在他们开口前就知道他们要说什么。对我来说，这就好像是一遍又一遍地回放录音带。

病人的咖啡屋里供应零食，露西尔在那儿用勺子从盒子里舀玉米淀粉吃。

“我们得把那放好，”我对她说。我的声音正变得和其他职工一样，变得单调、纵容，以及迁就。我自己都受不了自己说话的声音。

“我怀孕时就吃这个，”露西尔说，“你知道我接受过九次人工受孕吗？”

“拜托了，露西尔，把勺子给我。”

“我把九个孩子都送人收养了，一个接着一个。但他们并不喜欢这样。你知道他们干了什么吗？”

“他们没往你下面的门缝里吹蜘蛛。这都是你的臆想。所以别再说啦，把勺子给我。”

“他们往门缝里吹蜘蛛。”

“喂！”

我一把夺走了勺子和淀粉盒。我动作很快，接着它们都在我手里了。

“没人朝门缝里吹蜘蛛。”

“我孩子就吹了，”露西尔仍固执地说，“他们恨我。”

沃伦进来了。他之前看上去比现在还要衣衫不整，胡子没刮，衬衫扣子扣错，裤子拉链也没拉，头发一丛丛，乱七八糟。但现在他和正常人没什么两样，我们聊了大约五分钟。接着他又说起艾森豪威尔将军，然后又走神了。我拿着一盒玉米淀粉走了。

诺奈特

L 太太正给一个新病人办住院手续，这位年轻的女士背对我坐着。我在办公室门口停了下来。这个女人有些特别——我立马就感觉到了。一种灼热。她穿着黑裙子，有着宝石蓝的眼睛，殷红的嘴唇。她的皮肤很苍白，但却发亮，仿佛发烧了似的。她的金发可能是染的，油腻腻的，有些黯淡。她坐在转椅上边转边笑。她和我差不多年纪，每颗牙齿间都有些缝隙，像头食肉动物。我把玉米淀粉盒递给 L 太太，她漫不经心地将它放在床沿上。

“这是诺奈特，”她说。

“是法语名字吗？”我问。是法语。她看上去像是法国人。

新病人没说话，直盯着我看，脸上的笑容变得有些牵强。

L 太太努努嘴，把表格上空着的地方都填满，说道：“诺奈特可以睡在 20 号病房，这是钥匙。不如你来帮忙安顿她吧？”

“拿上我的行李，”诺奈特命令道。

“埃维莉娜可不是旅馆服务生。”

“没关系的，”我吃力地在走廊上拖着其中一个行李箱。她坏笑着，等到 L 太太看不到我们时，又扔下一个箱子。我在把箱子搬进房间时，她就干等着，看我从壁橱里拿出她的被单、枕套、一条厚重的毯子，还有华夫格的棉质薄床单。她的房间算是这儿还不错的，只有两个室友。有内嵌的木质家具，锡制梳妆台还算结实。床也很结实，床腿甚至还有四个脚轮。

“去他妈的破烂玩意儿，”诺奈特骂道。

“这不差啊。”

“你是个婊子。”

“你还是个坐浴盆①呢。”

在一家救世军旧货店②，我淘到了一本 1924 年版的法语词典，叫《新插图小拉鲁斯词典》。我已背到 B 字打头的词汇了。坐浴盆的那页上还有几张漂亮的插图，分别画着一个奶瓶，一头母鹿，一辆自行车，一个有盖白铁桶③。

诺奈特嘲讽地歪了歪嘴。我走了。第二天，她对我亲密得很。我一走进病房，她就抓住我的手，好像我们昨天开心地聊到一半，还没聊够，把我拖到玻璃走廊。虽然冷得要命，但病人想私聊时都会来这儿。我穿着毛衣，坐到她边上的草坪躺椅上。而她呢，却只穿了件薄薄的棉衬衫和斜纹棉布裤。裤子和衬衫都是男式的，领间有纽扣，还搭配了领带，脚上却是一双女人味的中跟鞋。头发不知用水还是发油梳成了后背

---

① 原文为法语。英语中“bitch”（婊子）和法语中“bidet”（坐浴盆）均以字母“b”开头

② 宗教团体“救世军”所经营的一家慈善旧货店。

③ “奶瓶”“母鹿”“自行车”“有盖白铁桶”的原文均为字母“b”开头的法语。

头。她很奇特——看上去很消沉，但你不得不承认，她很时髦。这天，她画了黑色眼线，脸蛋也显得更漂亮了，在减弱的光线里显得很自然。

她不抽烟。“臭烘烘的，”我点烟时，她说。我烟里的焦油和尼古丁含量都挺低，因为我和这儿所有人一样，一直抽个不停。我的胸口发疼。

“我该戒了，”我掐灭烟头，“想聊些什么呢？”

“我想找个和我差不多年纪的人聊聊天，而不是那些蠢货，心理医生之类的人。再说，你长得也不难看，这也是我找你的原因之一。我想说说自己的烦恼。毕竟我是来这儿治病的，不是吗？所以我想说说，自己到底病得有多重。我知道我以前说过，但我并没说清楚。要是我之前坦白了，就不会出那么多事了。所以我想说出来。”

她顿了会儿，倾身朝向我。她神色一凛，眉毛斜飞着到鬓角，双唇紧抿。

“要是我能重生一回，”她说，“我要变成一个中性人。我不是说不男不女那样的中性。而是说没有性欲，那么你就不会在意它，也不会需要它。问题就是这样：有些事情你做过以后，就会后悔。比如说我九岁时的第一次。他是个亲戚，表兄弟之类的，一个夏天都和我们住在一起。”

“在哪儿呢？”

“不是在傻了吧唧的法国。他没敲门就进来了，跪在我床边。先是脱了我的衣服，然后开始用嘴做。我有些……一开始我并不懂，有些羞耻。我可以买把钩子卡住门；我可以告发他。但我没有，因为我想要。他把自己脱光，教我怎么给他手淫。然后他又对我那样了。”

“是的，我还是个小女孩，还不大会给自己洗澡。第二次他带了一条毛巾，先帮我洗干净了。我们有一个仪式。我爸妈在哪儿？他们在楼下大厅的另一头睡着呢，电风扇在他们房间里呼呼地吹。而且我表哥还在和一个童子军上床！他是想弄个上床荣誉徽章吗？总之，他回家了。有些东西变了。我当时已经感到不一样了，变得不一样了。我身上有股味儿，性爱的气味，我教室里的其他人都没有这味儿。我看到年纪比我大的男生。我知道接下来会发生些什么。我开始四处寻找做爱的机会。”

“看看你……”她突然笑出声来，引开话题，“你看上去像入神了……”

她望向窗外，凝视着雪地。“我不是法国人，”她轻声说，“我这人一塌糊涂。我在一家州立医院里。我想做变性手术。我想做男人，这样就不用忍受这种狗屁了。”

“我可没给你狗屁。”

她嘲讽地张了张嘴。“哎呀，看看你，那副想装狠的模样。你一点儿也不凶狠，看着就是个年轻的女大学生，对不？鬼才在乎这点呢。我也读过大学，还有勃士学位呢——勃起的勃。我是个男人，只不过长成了女人的样子。要不要我证明给你看？”她的脸贴近我，露出无聊的神色道，“我开玩笑罢了。他妈的滚开点。”

“抱歉，”我说，“你真的很漂亮。”

她一句话也不愿说，也不肯看我。

“你是印第安人之类的吧？”她咕哝着，“挺酷啊。”

我回到公共休息室，和沃伦打起金拉米[①]，但他没法专心。我觉得他并没把药都吃了。他要是有法子把药藏起来，那他还真够狡猾的。我们每天早上都会留心他。他似乎把药都吞了下去，嘴巴里空空如也。

第二天早上，办公室里站着一位警察，和L太太一起喝着咖啡。他刚把沃伦带回来。我们打完牌后，沃伦走到外面，穿过田地，沿着一

---

①一种两人玩的纸牌游戏。

条向西的窄路走了二十英里后爬进一家农家庭院，被抓了个正着，移交给警察。沃伦摔了一跤，头的一边血淋淋的。他打了镇定剂，现在睡着了，直到下午才起来，出来坐到沙发上。头的一边肿得乌青，缠上了绷带。我坐到他边上。

“听说你挺倒霉啊，”这句话脱口而出。我很好奇，也许这么迫切地打听对他有些残忍。我问他听到的声音是不是让他很痛苦。

他直起身，微微耸了耸肩。他穿的衣服和平时不同，是件几乎全新的黄色衬衫。他一只手慢慢地轻抚自己的脸，手指摸索着。接着，手伸到口袋里，拿出一张折好的纸币，想塞给我。

“不，”我弯起他的手指，包住纸币。

“求你了，”他年老的眼睛里露出祈求，发红的眼睛湿湿的。“我这么做是因为他们告诉我……”但他被自己可能要说的话噎住了，声音像乌鸦一样嘶哑。他揉了揉脸，闭上眼睛。接着，就在他脸的轮廓边上，在他绷紧的肌肉里，在他的双眼和下巴中，我发现，他以为自己的幻想就是真实的世界。他抬起双臂，畏畏缩缩地坐到椅子上，开始在膝盖上拆分某个看不见的东西。然后，他变得如雕塑般静止，抬起头。他神游似的，盯着一边看，一动不动，听着。

吻

诺奈特和我坐在冰冷的阳光房里，她也在抽烟。

“我抽这恶心的烟只是为了让自己在你抽烟时不犯恶心，”她说。

我耸耸肩，深深吸了一口。她脾气坏极了，但隐藏得很好，所以没人拿这当回事儿。她被鹰级童子军[①]的表哥强奸，这件事她逢人便说：护士、助理、医生、其他病人，见了谁都说。这不过是个开场白罢了。

---

① 美国童子军中的最高级别，是一项终身称号。

在医院里，当然了，她说的是不是真的并不重要，重要的是能满足她倾诉的欲望。经过训练后，我现在也能这么想了。诺奈特穿着黑色的男式西装，一件掘墓人的西装，戴着一顶查理·卓别林式的圆顶礼帽。衣服和帽子都很大，男性化的打扮引人发笑。她把烟从我手中拿走，掐灭了。接着，她突然伸出手，捧住我的脸，倾身吻了我。我并没有生气。一开始，这和我以前第一次亲别人的感觉没什么不同。一样有着诱惑的热度，让人好奇地想再亲亲，体验一下亲吻这个人的感觉。唯一不同的是，这是两个女人接吻，她应该是个疯子，而我不该也跟着她疯。也许诺奈特不疯，只是有些糊涂，我可没她那么糊涂，更何况她声称自己是男人。她假装自己是男人。或许她假装自己在假装。她坐回椅子上，坐定后弯起一条腿，抱住膝盖。她望着我，看着我的反应。我突然感到尴尬，就像被电流击中了一样。我脸红得像火烧似的，失去了自制力。我逼着自己起身，但庞大又笨拙的身体还是踉跄了下，走到走廊的一扇门边，也就是病房的入口。她笑着，仍旧望着我。

说实话，事实上，我当时并不知道，在巴黎以外的地方，女人和女人也能那样接吻。我根本想不到会这样，也没听过北达科他州有过这样的事。我有些吃惊，走路摇摇晃晃的。

过了一会，我被叫去看看诺奈特怎样了。她已在床上了。她掀开床单，衣服都没脱就钻了进去。我还看到她沉沉的鞋露在被单外面。看到她的鞋底，我既同情她，又感到开心。

❧

长辈的恋爱史没法教我怎么和同性谈恋爱。与一个女人的吻令我无法言说。家里人的恋爱往事和我无关，我正沉浸在阿娜伊斯的故事里。一段危险的爱恋，很有可能是毁灭性的。我很害怕这一吻之后会发生什么。除了吃，我什么都想不出来。我的小屋里堆满了食物，我不停地吃着，不让自己有思考的空闲。一盒盒饼干沿墙码放着。水果酸奶放在冰冷的地方，就在窗户和气候变化预测管[1]中间。一罐罐苏打水。水果馅饼和花生，一袋袋苹果。我会在走廊里打好几个小时电话，一边抽烟，一边打听以前室友、朋友，甚至是科温的消息，他和我隔得挺远。我其实并不在乎。我尽可能在电话里拖住他，因为挂断电话后我没地方去，只好回房，而那儿只有食物。只要我吃着，我就能集中注意，写东西，读读书。我的眼睛扫过书页，手伸向包装袋，又送进嘴里。就这么过了好几个小时，直到我睡着。这招很管用。我不必去弄明白自己在干什么，诺奈特在干什么，也不必搞清楚为什么我不能想她，为什么我不停地想起她。

❧

一天，快到中午时，我送一个病人回到休息室后又一个人回去，在穿过地下汽管隧道时看到了她。她朝我走来，身边没人陪护。

“我有通行证，”她咧嘴笑道，在我们面对面时停下了。

我们站得很近。隧道里只有我俩。低悬的灯泡亮着，墙面用白色涂料粉刷过。隧道里很温暖，管道通进小壁橱和上锁的房间里，那儿满是扫帚、拖把，还有清洁剂。她的脸在光线下显得光彩照人，昏暗的灯光下是她蓬乱的金发。她眼神平静，没有上妆。她好漂亮，像是外国电影或书本里的角色，又或是印着昂贵的奇装异服的画册里的人物。今天，我能从她的眼中看出一抹绿色，眼睛像海玻璃[2]似的。我几乎能尝到她的嘴。她那粉嫩、泛着清新牙膏味的唇又一次靠我那么近。她穿着牛仔裤和白汗衫，脚穿一双运动鞋，里面是短袜。我穿着廉价的白色制服，

---

① 一种预测天气的仪器，密封的玻璃管里装有液体。人们根据液体的变化来预测天气。

② 海滩边的碎玻璃，棱角因自然冲刷变得光滑。

皱巴巴的，前面有拉链。料子很差，让人发痒。她手指碰到我喉咙处的拉链头上，笑了。

“穿衬裙了吗？”

我握住她的手腕，大拇指抵着她的脉搏。

“别，别，”她装模作样地说，声音轻柔。我跟她走到一个角落，然后一个急转弯，穿过一扇门，走到了管道的正中间。有些管道上包着易裂的石棉绑带，还有一些是光滑发烫的铜导管。我的帽子有些碍事，它掉下去时我没伸手接住。我们走到一堆管道中，猫着身子，从最大的一根管道下穿过，沿着人造石台阶走到了另一边，有种着陆的感觉。我们被彻底包围了，身后是一堵墙，用砖头和石板砌成，散发着尘土味，像是夏天大雨后出太阳时田野间散发的那种气味。高温让气味发散开来。

“我们坐下吧，”她说，“我想用石头砸你，可这儿什么也没有。”

我还握着她的手腕。这儿几乎连站的空间都没有。一排排平行的管道长度不一，擦到了我们的头顶。

一起坐下后，我抖个不停，可她却很镇静。总之，这和我想的很不一样。除了刚开始那阵子，我觉得亲她或是抚摸她一点儿也不吓人，还给我一种熟悉的、完全熟悉的感觉。要是抚摸到以前从没抚摸过的男孩，我完全不会感到这么熟悉。可是，我一直在发抖，因为我们有着同样的身体。当我抚摸她时，我知道她的感受，就像她抚摸我时也清楚我的感受一样。这感觉很正常，却又难以忍受。我们没脱衣服，没做任何事，只是轻轻地抚摸着对方的手臂、喉咙、双手，还有接吻。她的整张脸都仿佛烧了起来，很柔软，如同花瓣一般。

她说：“够了。”我该回去了，她会跟我回去。要是再待一会儿，他们会来找我们的。我走回之前粉刷成白色的走廊，穿过五扇门，到了病房。我开始琢磨事情怎么会弄成这样，我到底是喜欢男人还是女人。我惦记着诺奈特的生活，可却把它当成了我们的生活。我开始浮想联翩。她是为了我才来这儿的。我来这儿之前，还不知道会碰到自己一直想要的那个人。一个星期，也可能三个星期后，她就会痊愈出院。到时候，我会和她一起离开。

“诺奈特说你想探访病人，”L 太太坐在她的办公桌后，摊开的手下压着一叠表格。

“是的，”我回答。尽管这并不是我的想法，但我还是笑着，想着这个主意，我慢慢地兴奋起来。让助理探访病人，这是诺奈特的主意。

“我们想鼓励助理在下班后也能和病人一起互动。我觉得只要你清楚她是真的有病才来这儿的，那就完全可以放手去做。”

“我知道，我也和她谈过她的问题。”

“很好。”

L 太太没动，有些过分仔细地审视着我。我不该知道一个病人那么多的私事，病人想让我知道多少，我只能知道多少。

“听着，”我说，“她告诉我说，她的表哥强暴了她。我知道她来这儿是因为她疯疯癫癫的，我还没有弄清楚真正的病因。我不知道她在家、在学校是个什么状况，也不清楚她会不会回去。事实上，我真的很喜欢她。我这么做并不因为觉得她可怜。”

L 太太咬咬唇。“你的动机是好的，这我是知道的。但你必须明白、理解，她正在服用锂盐，我们也在调整她的药量。她很抑郁，而且还狂躁地骂人。”

“我们正打算做一炉饼干呢。”

L 太太认同地朝我笑笑，在通行证上签了名。

员工宿舍的地下室里有一间小厨房，屋子里只有一个炉灶，一台冰箱，一张刷上白漆的旧木桌，六把塑料椅子，还有一些碗柜。我们做了我们最爱吃的饼干。我们都喜欢糖浆饼干，饼干中间别烤得太脆。我们做了三批，端到楼上我的房间。随后我们坐在床上，手里拿着饼干小口小口地吃，喝着冰牛奶，饼干还是温热的。过了会儿，我们把衣服脱了。这一点儿也不奇怪。被单被往后扯，上面的图案里有溪边垂柳和中国式桥梁。她的乳房很小，尖尖的，圆圆的乳头有些粗糙，还有些开裂，因为她衬衫下面不戴胸罩。

我托住她的臀部，她坐在我身上。她只比我大两岁，可知道的却比我多得多。比如说怎样坐着高潮。她分开双腿给我看，脸色平静，仿佛就是给我看看，不带任何感情。她高潮时，在我身上弓起身子，然后笑了起来。我们开始嘲笑所有我没做过的事，接着又开始做那些事。她让我看怎样才能轻柔缓慢地开始，只是轻擦着对方，这样高潮就能一阵接着一阵，停不下来。快到九点时，我陪诺奈特走回病房，手里拎着一袋饼干。

“你有没有想过，你知道的……”我最后在门边问她。

“想什么呢？”

她笑着看我，神色平淡。她看着越来越像滑雪板广告里的女孩子。健康。那天下午她高潮时，她让我看着她的双眼，里面满是愉悦和惊叹。可现在，她的眼睛看上去像个拉拉队长的眼睛，有些吓人。

“我想过什么呢？”她又问。

我低下头看我的靴子。想过我们接下来会怎样？我穿着牛仔裤、毛衣和大衣，看上去就像个正常人，就像她。我没回应。这天晚上真冷，黑漆漆的，飘雪被寒风卷着，落到方形的大庭院里，积雪发出嘎吱声。整晚，树林噼啪作响。你能听到又高又黑的松树的响声。我仍坐着。诺奈特走进医院，玻璃钢门在她身后合拢，发出犹如影片结尾时的金属碰撞声，紧紧闭合。门是自动上锁的，但当她走到明亮的走廊消失不见时，我还是试着掰了下。

“下星期我要回家了，”一天早上，她说，“我爸妈同意了。”

她爸妈？为什么我还没见过他们？一股劲儿由我胸中爆发出来，刺激着我所有的神经。我立刻拍起手来，发出些声音，好分散一下自己糟糕的心情。接着，我把声音在半空中拧死，把疼痛粉碎，如同水滴般坠落。

诺奈特看着我摇摇头，笑着问："你还好吗？"

我又重新开始呼吸，慢慢呼气。"他们来看过你吗？"

"当然了。你上日班，所以没瞧见。他们开车过来，我们在傍晚碰头，一起吃晚饭。"

"下星期，下星期。"

我傻乎乎地笑了，她也朝我眨眨眼。可爱极了！真讨人喜欢！我觉得她有问题。要是她不承认自己疯了，那她真是比我还疯狂。她肯定疯了。我移开眼，胸中升起一股怒火。我的肋骨发亮发热，像是烤架上的铁条，热气一道道向双脚涌去。许多"如果"在我脑袋里转得飞快。如果她没疯，如果疯的是我，如果这不算不正常，如果别人没法帮上忙，如果我错了，如果人们看得出来，如果这对她来说也是新鲜事、第一次（但却不会是最后一次），如果她离开这儿，如果这都毫无意义，如果她根本不喜欢我。我从她身边走开几步。她有一张可爱的脸，多么温柔、可人、漂亮的小脸。一张美国人的脸。她穿着蓝色毛衣，格子裙，及膝长筒袜，都是稀松平常的中西部时尚画册中的衣服。

"到时候来看看我吧？"我的声音可怜兮兮的。

"当然啦，我会的！"

我的喉咙收紧了，吞咽着空气。我挣扎着想深吸一口气。可深深吸进的空气让我很疼。烟抽得太多了。她对我当然不是认真的，现在不是，以后也不会是，只是随口说说。我是她意识中的疾病的一部分，而她现在认为自己已痊愈，不需要我了。可她对我来说，却正是我要找的。我太想要她了，想到几乎不能呼吸。双手在令人发痒的口袋里颤抖，我走开了。我就这么一直走着，真想痛揍她一顿，可我忍住了，又接着沿着走廊向下走，走出医院大门，穿过一片银白的中央草地，直接回了房。

诺奈特的床

第二天一早，我请了病假，第三天也一样。两天过去了。我连拿起电话的力气都没有，几乎没法起床走到卫生间去。我在门上留了张条，我忘记上面写了什么。一旦我再次回到床上，我感到有一股黑洞般的引力把我固定住了，也许，那是恐惧的力量。我只知道，四周的空气都让我疼痛。酸液流回我的大脑，脑中闪过一幕又一幕。我看到被单上的中式风景画里有生物在动，于是把被单扔到角落里。我浑身都疼，没力气拉开灰色的窗帘。我吸入疼痛，疼痛就像香烟的焦油和尼古丁一样粘在体内，让我每次呼吸都更加困难。过了一个星期，L 太太敲门问道："我能进来吗？能答应一声吗？"我想办法说话。我张开嘴，但什么也没说出来。这感觉太诡异了，诡异得让我开始笑，但却没笑出声。我再次陷入沉睡，一直在睡。等到我醒来时，L 太太已在我房里了。她坐在床边，用和别人说话的口气对我说，

"我们要给你换房间。我们给你妈打电话了。"

这就是我为什么会睡到诺奈特床上的原因。

我坐在病人休息室里开裂的绿色塑料沙发上。脚上还是那双护士鞋，不过身上穿的却不再是制服了，只有宽大的牛仔裤和松垮的棕色毛衣。我已和妈妈在电话里说过，劝她不要担心我。我说我一切都好，只需要好好休息，一开学就回学校。我自己登记住院了。我已十九岁，可以这么做。我告诉妈妈，我把待在这儿就当作休息了。但事实上，我很害怕。我害怕失去理智，迷失自我，不知道该做什么。我的意识很脆弱，就像半融化的冰块一样易碎。每天早上，我睁开双眼，脑子里冒出第一个想法时，我倍感安心。因为我还在这儿。要是没了自我，那就只剩地心引力了。在助理宿舍时，我的小床下有一块块的磁铁。这儿的床也有，不过诺奈特床下的磁铁有种舒缓的、安慰人心的能量，

让人平静下来，感到幸福。这种令人平静的力量在她的皮肤里，头发里，她的拥抱里，还有那张床上，我们在上面互相拉扯并且带来痛苦的床上。

沃伦走到休息室，看到我坐在沙发上，于是走了过来，和往常一样一丝不苟，昂首挺胸，站到我面前。他穿着一件铁锈色的夹克和一条宽松的毛线裤。和平时相比，这套是他最好的衣服，可能是因为今天是星期天。他还戴了一条条纹领带，纹饰繁复，是醇厚的酒红色；一件法式翻袖衬衫上没有袖扣，用两个别针代替了。

"你该配副袖扣的，"我咕哝。

"我要把他们都宰了，"他说。

"闭嘴。"

❧

我在那儿躺了好几天，几天后又躺了好几天。我根本没下过床，也不读阿娜伊斯·宁的日记——她现在对我一点用都没有。我已对她不感兴趣了。再说了，都怪她，我才会落得这般田地。从她那儿，我读到了一种危险的生活，而我却太落伍、迂腐、守旧，太天主教，也太顾家了，没法理解和模仿这种生活。我不再渴望冒险。去巴黎的想法已成为负担，我永远也不会看到巴黎圣母院的背影，也不会去逛那边的花鸟市场，或是吃上一口牛角面包。将来我喝的也会是清清淡淡的，这没什么大不了的，因为我受够了这儿没完没了的咖啡。不，我还是得好好想想这辈子该怎么过。所以，我躺在床上，好好想这问题。

我最先想到的是我的家人。约瑟夫来看我时，我觉得我们该更加坦诚些，该和以前一样亲密。所以我开始告诉他我吃迷幻药的感觉，还有自己出现幻觉、观察爬虫的那些日子。

“什么品种呀？”他问。他正努力学习，立志成为一个生物学家。

“唔，就是很普通的那种。不过我还看到了眼镜蛇。”

“哇，这我可没想到。”

“它们也像真的一样。”

“我很好奇，究竟是大脑的哪一部分可以制造出那么逼真的幻觉，我是说，编造出你生活里从没见过的东西。”

“我就是开开玩笑，”他顿了一会儿说道。“我也吸过毒。”

“什么药？”

“一种让人飘飘欲仙的草药。不过效果不大。”

“可能因为它是牛至叶[①]吧。”

“我植物学拿的可全是优秀，”他提醒我。

“你什么都拿优秀。你根本帮不了我解决抑郁问题。看看你周围，真是糟透了，完全和我想象中的相反——我可是对有自杀倾向的诗人着迷得很。你干吗不研究研究该怎么治疗抑郁症？”

约瑟夫若有所思地看着我，接着又打量起休息室里的其他人。衣衫不整的露西尔正盯着油地毡发呆，沃伦仍旧游来荡去，其他人还是那么迟钝，了无生气。我从他眼里看到了整个病房，突然感到很焦虑。我已习惯这儿，成为这儿的一部分了。

“你没疯，和他们不一样，”他有些哽咽，还有点绝望。我能看出来，他渐渐意识到有些事情不对劲。他的同情让我难受极了。他一言不发，抓住我的手，这让情况更糟了。因为你的哥哥握着你的手，这像是临终前才会发生的一幕。我抽出手，拍了拍他的手腕。他在我边上坐了很久，我们都没说话，十分安静。过了一阵，他又哽咽道他要研究药物。我猛捶了一下他的手臂，而他呢，则松了口气，对我笑了。

---

①一种用于调味的植物。

❧

爸妈每个周末都来看我。他们来时，我只知道哭，因为他们这么担心，我很心疼。除了哭，就是睡我的大头觉。但他们一回家，我又会想念他们——爸爸离开了银行，他知道自己不忍心拒绝别人贷款的请求，也没法像老默多一样取消抵押人的抵押品回赎权。他跑去打仗，为了爱回来，也为了爱放弃银行职位，然后成了一名教师。

至于我妈妈，她很爱穆夏姆。她会拿走他的酒瓶，每天带他去院子散步，又或是沿着马路走走，让他保持健康。我意识到只有在想到别人时，我才会留心到她。一想到来这个精神病院探望我对她来说是什么感受，我就心痛。我回想着和克莱门斯有关的每一件事。我记得爸爸喜欢集邮，约瑟夫喜欢研究蝾螈，穆夏姆喜欢讲故事，但我就是想不起来她的事。

我现在才明白，自己是怎样在爸妈的关爱下长大的，而他们的爱弥足珍贵。他们爱我，可我现在却精神崩溃，弄成这副德行，我明白这完全就是自己的错，我应该为此感到羞耻。我还想到历史是怎样自动交汇的：巴肯多夫一家，怀尔德斯特兰德一家，皮斯一家，这些人都因一场绞刑纠缠到了一起。

我回想起所有把阿西吉纳克、圣迹和科温的小爷爷卡斯伯特吊死的人。我看到怀尔德斯特兰德瘦长的身躯，戈斯特林把帽子在大腿上拍了拍走开了。我们中的一些人身上既流淌着罪人的血液，也流淌着受害者的血液。这其中的关系变得剪不断，理还乱。

我想到比利 · 皮斯，想到他那些温和又受到惊吓的教众里有一个是巴肯多夫家族的成员，也是他的接班人。有时，教众中的一员会突然出现在杂货店里，站在别人边上，似乎满走廊的食物让他很吃惊。一些教徒重新回到了小镇其他居民或是保留地居民的群体中，干起普通的工作。比利的广播时段被另外一个播音员取代了。以前我们常常可以看到传单，四散在普路托或是霍普丹斯的电话亭里，或是路边上。而现在，这样的传单也越来越少见了，破破烂烂的传单仅仅成了比利·皮斯来过这世界的纪念品。也许在另一个时空的一架飞机上，连这些传单也没有了。

光线透过网格玻璃窗，渐渐变强。穆夏姆告诉我捕猎水牛的老猎人看到地上满是水牛尸体①时，他们心中有何感受。他们极度饥饿，看到白人的买卖方式②披着脆弱的外壳，看到烧焦的小麦下的绿草，看到水牛如同虱子般，一群群地迁移，踏平蹄下的青草。狩猎人抬头，看到天边成群的飞鸟，昏暗地笼罩了整个天空。你看不到头，也看不到尾。它们低低地飞着，发出雷鸣般的响声。有时，鸽群似乎在这屋子里盘旋。夜晚，当我睡不着时，我听到了翅膀拍打的声音。

我就是个无名小卒，被下过迷幻剂，半疯癫半清醒，也有一半齐佩瓦血统。我想起穆夏姆和夏门戈瓦久坐不起，一直到下午。在诺奈特曾蜷缩过的床上——那么温暖，那么美好——我看到拿着拉丁文弥撒书的女人，她们用古老、陌生、严肃的语言，祈祷鸽群赶快离开，她们是多么美丽啊。玛丽·阿妮塔·巴肯多夫修女，我本该喜欢上她；还有科温·皮斯，他也影响了我。我想着他们。

我可能得回去一趟，看看玛丽·阿妮塔，这可能是个不错的决定。我要对着那张怪物般的温柔的脸庞，告诉她虽然我离开了天主教会，但仍能看到画面——有时，我能看到她灵敏地反手接球，同时又伸出穿着黑鞋的一只脚，保持平衡。这时，她的长袍会大幅度地打起转来。黑色的羊毛面料猛地扑向空中，她一个弹跳，迅速地把球传给接球手时，

① 水牛不仅为印第安人提供食物和皮革，更是大平原部落宗教的重要组成部分。19 世纪末，白人曾一度以射杀水牛为乐，水牛的尸体堆积在土地上腐烂。

② 印第安人对自然敬畏，而白人对自然有强烈的占有欲。

衣服打着转绕上她的脚踝。

音乐会

一天，科温·皮斯来看我。

我有些惊讶，但倒不觉得尴尬。他从我姨妈那儿打听到我的住处。我给他打电话时很绝望，他十分担心我。他记得他曾给我吃了迷幻剂，也知道在那之后，我是怎么把自己锁在房间里，好几天都不出门。他说觉得自己该来看看我。所以，一天他真的过来了，而当时我正抽着烟，一根接着一根地把烟头摁到咖啡罐里掐灭——罐子里装了沙子，病人休息室里有六七个这样的罐子。他穿着治安官乘敞篷车时穿的风衣，又黑又长，却配了顶奇怪的橘色羊毛狩猎帽，眼睛上方是低悬的帽檐。一双高帮网球鞋，一条喇叭牛仔裤，一件破洞 T 恤。夸张的风衣下面藏着他的那把新小提琴。

“坐吧，”我手里夹着根刚点燃的香烟比划道。我想装出一副冷漠的模样，可心里却兴奋得要命。他坐到一把塑料扶手椅上，把琴盒放在膝盖上。他的脸有些长，很好看，有一双皮斯家特有的忧郁的黑眼睛。下巴上留着一撮短短的胡须，马尾辫从帽子下顺着后背倾泻而下。他的睫毛是棕色的，很浓密，上面则是两道略显夸张的横眉。他和他妈妈一样，会用眉下那双眼睛直直地看着你。他和他舅舅也有共同之处：有着奇特的吸引力，能吸引到很多追随者。他笑的时候露出雪白的参差不齐的牙齿。他不抽烟。

“那个，”他说。

“那个，”我说。

我们仿佛山上的两根鼠尾草似的，相互点点头。接着他打开盒子，拿起小提琴。他开始调试，小提琴发出病人们很少听到的声音，于是他们都从房间里出来，沿着走廊走过来。护士们也离开岗位，双手交叠地站着，嘴里还嚼着口香糖。他开始演奏时，护士们的嘴停了下来，一些病人则坐到就近的椅子上，有两个甚至直接坐在地板上。音乐好似一把长柄大镰刀，划过休息室。试音时拉出一些音调后，曲调开始明晰了。科温演奏的是一段舒缓动听的音乐，人们的眼神都因此变得迷离。沃伦仿佛扎了根似的，笔直地站着，一动不动。其他人则动容了，好像快要哭泣的样子。但随着科温加快节奏、拉起活泼的乐章时，他们的表情很快又变了。乐章的编排富有幽默感。此时，沃伦离开墙面，开始一圈一圈地绕着房间走，越走越快。音乐疾速地进行着，一首红河吉格舞曲。接着，诡异的事情发生了。所有的声响都汇聚到小提琴的琴腹中，过了好一会儿才散去，整个屋子里都充满了压抑。我的喉咙发紧，跳了起来。我们感到一阵恐惧。沃伦停下来，背靠着墙支撑自己。科温还在演奏着，从混乱中又拉出一些音调，音调越来越高，在高到极点，即将变得尖锐时，音调降了些，突然又变得十分清新甜美。

沃伦沿着墙滑下来，手捂心口，仿佛在发誓。他的头低低地垂到胸口。其他人也坐下了。我们感到一阵慰藉，倍感安宁，心跳也缓了下来。演奏还在继续，动人心弦，好像永远也不会停止。我不知道他拉了多久，也不清楚音乐是什么时候停下来的，或者说，它究竟有没有停下来过。沃伦跌倒了，脸朝下，一个护士慢腾腾地走到他身边，检查脉搏。此时，全世界只有小提琴的演奏声，从那音乐声中，我们确认音乐懂得我们的内心。无论我们感到痛苦还是清醒时，它都在那儿。这也是件让人感到痛苦的事。我很渺小。但我也很完整。没什么大不了的。世界浩瀚无垠。当空中只剩音乐回响时，我站了起来。护士一开始皱眉看手表，又看了看沃伦，随后又看了看手表。当科温小心翼翼地把琴放回琴盒，插上闩子时，我就站在他身旁。我看着他，他也看着我——在那双眉毛下，他害羞地俏皮一笑，向我送来飞吻，手指又随着这个动作指向门口。

“我不能离开这儿，”我说。

然后，我走出了那地方。

❧

当我和科温离开医院时，我只拿了皮夹和自己的日记。我留下了阿娜伊斯的书，整整一套，上面还有笔记。在她描述高楼的那一页页边上——阴茎似的？在她写午后巴黎倾泻的阳光的页边上——印象主义的？在她写到自己爱上了一个女人的地方，有好些个问号、感叹号，还有地方打着勾和画了星。我不知道自己是否真的能离开医院的庇护，但我还是一直走着，上了科温的车。我瘦了很多，而且缺乏锻炼，有些头晕。我不得不让科温停下车，好让我吐个干净。科温和我的姨妈还有库茨法官住在一起，他说他俩改变了他的生活，让他找到自信。他刚搬进去时，其实并未戒掉毒品，还在搞着贩毒的勾当（当然，他俩都不知道）。在我住到精神病院后，他认真想了想这种生意，决定金盆洗手。他说他现在是异性恋。这是句很好的开场白。

“好吧，但我不是。我喜欢女人，”我说。

他说我不可能是同性恋，我穿得也不像。

“你好像很懂的样子，”我说。

他说他的确挺了解这方面的。他四处走动。“他们穿得就和我一样，唉。”

我俩沉默地开了一阵。

“我真的很抱歉，是我给你吃了迷幻药，”他说，“是不是那药让你变成这样的？”

“你的意思是让我变成同性恋？”

他点了点头。

“我觉得不是因为那药的关系。”

我们又开了一阵。我们熟悉彼此，看过对方被石头砸中的样子，生病的样子，还有醉酒的样子。在天主教学校时，我们就打过架。所以我们谁也不跟谁说话，很自然，甚至让人觉得很舒服，并不令人感到尴尬。我从破碎的车窗往外看，沿途的风景漂亮极了。金色的阳光照耀在光滑的路面上。一些地里满是融化的雪水，有如巨大的镜面。我开始感觉好多了。我坐在车里，我曾在身体上写过千万遍身边那男孩的名字，他的名字也融入了我的血液。我向他倾诉我和诺奈特的事，而他也很自然地接受了，这稍稍缓解了我低落的情绪。

“你真的认识女同性恋吗？”我问道。

“认识，但不怎么聊天，”他说。过了一会，他又说道，“也没有可以介绍给你的，如果你是这个意思的话。”

我害羞极了，锁骨周围的皮肤都红了。

“喂，”过了一会，他又说道，“你可别认准自己是个同性恋啊。慢慢来。”

我没回应他，但想到自己并不必冲出去，为了自己是个同性恋做些什么，我感觉好多了。

我可以就这么过下去，适应自己的性取向得需要点时间，花再多的时间都行。没人会从我的外貌上看出些什么来。我看上去和别人几乎没什么两样，只是有点虚弱罢了，还有些伤心。我知道自己看上去是什么样子，因为妈妈说我伤心的模样让她想大哭。但坐在车里，知道自己看上去很伤心，这让我有意识地感到伤心，但这并不是真正意义上的伤心。

我们开到保留地上时，我看到地里点起火来清除麦秸，薄薄的烟雾飘散在路面上，久久不散。科温把我送到家后，我和穆夏姆一起坐在外边，喝着罐子里冰凉的水。罐子高高的，外面镀了层金属。就这么过了一会儿，我觉得我会好起来的。那些罐子——也许是那层电镀金属——总让水变得那么好喝。

太阳西沉，光线透过烟雾，卷起了我们身边的空气，把空气带到西边的橘金色中去。一轮怪异的光晕从树木和房子周围升起，让人移不开眼。我们目不转睛地看着，知道光线开始变暗。空气变得清新，发蓝。虽然天很冷，但我们还是坐到天快黑的时候。然后妈妈走到门边。

“快进来吧，你俩，”她轻声道。

空中漫步

几天后，我摁响了圣约瑟夫修道院的门铃。两英尺开外，一条狗已好几次用爪子刨着门板想进去，门板都被刨得发白了。我等了会儿，又摁了下，听到深处传来一些轻微的声响。一声重重的脚步声后，玛丽·阿妮塔打开门。她现在不再穿笔挺的黑色长袍了，只是平常衣服。修女风格的衣服，一件宽松的奶黄色套装毛衣和一条蓝色的 A 字长裙。脚上不再穿着优雅的黑色修女靴，而是柔软的系带鞋。她的头发让我吃了一惊，浓密的棕色头发里夹杂着银丝，或是一缕一缕，或是卷曲成团，尽管剪短了，看上去却充满活力又优雅动人。她的眼睛盯着我不放，可能是因为视力不好了。她从圆形镜片后眨眨眼，在开门时摘下了眼镜。

“埃维莉娜·哈普！”

她的大脸放光，眼神却很平静。她示意我进门，我进门时把鞋在粗门垫上擦干净。屋里的墙壁是棕色的，让人感觉很舒服。屋里没什么异味，气味很干净，就好像没有老旧的、装饰性的东西在里面似的。我跟着她进了一间小小的接待室，那儿有张沙发和安乐椅，椅子扶手上稳稳地放着一盒纸巾。墙上挂着一个红色的柳条篮子，里面有干花装饰。黑色的电视上悬着一个十字架。她说看到我真高兴，让我坐下。她瘦小了很多——下巴的重量把她的脸往下拉，脖子也歪了。所以她有些弯腰驼背，得从精心修剪的眉毛下面朝上看人，这让她的眼神显得犀利。

我们尴尬地沉默着，然后她问我最近过得怎么样。

“不怎么样，”我说。

我们又不说话了，沉默的时间比刚刚更长，我真后悔今天来这儿。

“出什么事了？”她温柔地看着我，眼神在我身上流连。看得出来，她很高兴我来看她。但现在她又在担心，担心我，她数不胜数的学生之一。我没法对她说实话，所以就说了些其他事情。

“我最近在考虑做修女！”

“噢！”她拍了拍雪白的双手。她的皮肤很白，又清澈，几乎透明。她突然变得很高兴，高兴得让人有些害怕，接着又平静下来。

“要是你能受到上帝的感召，成为修女，那再好不过了，”她的语气有些犹豫。

“我是认真的。”

“真的？”她双手交叠，就像鸟儿的翅膀似的。我俩都看着那双手，然后，我想到了圣神，他以白鸽的形式出现，飞落下来想要安睡，白鸽既沉默又无瑕。

“我觉得你不是，”她抬起眼看我，突然说。“你可不像会待在修道院的，”她又温和地说道，“你是不是遇上了什么特别的事，想跟我说说？”

我有些惊讶，哑口无言地笑了。我真不知要说些什么。“我前阵子进精神病院了。”

当我说出这话时，她眼神尖锐地看着我。但当我微笑时，她也笑了出来，发出银铃般、令人有些出乎意料的美妙的笑声。“好吧，好吧，那你病好了吗？”

“我觉得是好了吧，”我顿了下，感到不再那么尴尬了。“也许我的确不适合待在修道院。问题是，我不再相信上帝了。”

她柔滑的眉毛下的眼睛眯了起来。她盯着我看，虽然什么话也没说，也没有指责的意思，可就是让我有些不安。

“有时候，我也不信，”她说，“当你不信时，才是做修女最难的时候。”

“我想您是虔诚的，毕竟所有人中，只有您……”

“不，”她说，“我并非坚信不疑。”

“那你为什么会做修女呢？”我低声问道。我觉得自己可能有些过分，但就是想知道。“是不是因为你姓巴肯多夫？因为你家的人吊死了科温的小爷爷吗？”

她抬手遮住了自己的表情，过了好一阵才回答我。

“为别人赎罪而活？”她终于说道，嘶哑的声音有些微弱。“我原本可没那种决心。不过，绞刑那件事确实影响了我，长大了我才发现，竟有人可以这么残忍。”

“有人？”

“也许任何人都可以。我爸爸说他的爷爷很和蔼，是最和蔼的。但他一直知道，他爷爷也参与了屠杀。爸爸心里一直无法接受这件事。他说过几次，说起你外公。”

“穆夏姆？”

我倾身等她接着说下去，但她有些犹豫。

“我也不是很确定……但你问了，你想知道。”她清醒的眼神落在我身上。“好吧，亲爱的，我来告诉你。我相信你外公过去常喝酒。他告诉尤金·怀尔德斯特兰德，他和其他人当时在农场住宅，又是怎么发现那可怜的一家子的。”

我突然无法直视她，眼前都是穆夏姆的身影。我心里一阵激动，被巨大的痛苦所淹没。“他说那些话时肯定喝得醉醺醺的，”我说。

穆夏姆跟我说过这些故事，但从没说过是他把事情说了出去，背叛了同伴。她开口后，我立刻就明白她说的是实情。这就是为什么其他人在马车上不和穆夏姆讲话的原因，也正是为什么他会在快死时被放下来的原因。

虽然明知道她说的是事实，可我还是忍不住大声为他辩解道：“他们用绳子把他吊起来！他差点就死了。他们也想把他吊死。”

玛丽·阿妮塔修女绞起双手，激动地说，“是的，亲爱的。怀尔德斯特兰德在最后一刻把绳子割断，放他下来。我听说他们根本就不想把他吊死，只不过是吓唬吓唬他罢了，所以演了这场戏。”

她的手关节轻轻碰了碰自己的下巴，随后眼光越过我头顶，我想她是在盯着十字架看。她看着墙壁上的一篮干花——黑眼苏珊，草原金花菊的棕色花蕊，深红色的印第安颜料，香蒲——都是最近从沟渠和牧场里采摘的。

“篮子是那男孩编的，”玛丽·阿妮塔说。

我站起来，走到房间另一端，仔细端看花篮——发脆的柳条有些年头了，编得有点儿松散，也不整齐，柳条间的空隙比手艺最好的篮子要大些。这篮子的确可能出自一个男孩之手。她慢腾腾地走出房间，脚步有些不稳。趁她走开时，我坐下，弯着腰，双手抱头。穆夏姆。她回来时，手里拿着一个棕色纸袋，口子折了起来。她并没有坐下。我起身抱住纸袋，看到她已露出疲态，想请我离开。在门口，她想到我的事说：“我会祈祷你能成为修女，祈祷你神志一直清醒。”她开心地开了个小小的玩笑：“神职工作和神志清醒可以兼得啊。”

我走下山，回到家里。我和约瑟夫的卧室——嵌在墙壁一角的卧室还在，不过他那间堆满了他的杂物，还有妈妈缝制的东西。穆夏姆仍旧睡在厨房边的储藏室里。我回到房间后，在床上打开纸盒，往里瞄了一眼。是一双没有鞋带的靴子，鞋舌向下耷着，黑色的皮料因为年代久远开裂了。我把靴子拿出来，捧在怀里。要是我把一只翻过来，看看靴底的话，我知道自己会看到底上钉着十字架。

我刚进屋时把穆夏姆吵醒了。现在，我听到他迈着蹒跚的脚步走过大厅，走到我房间。只有我俩在家。

“想玩牌吗？”他在门口问。

我转身把靴子伸出去给他看，两只手各拿一只。

穆夏姆用怪异的目光打量着我，对我的动作很好奇。他的手指摸过散乱的头发，再碰碰没刮干净的胡茬。稀疏的胡茬在他肤色的映衬下显得很白。当然，他没认出那是圣迹的靴子。

“埃维？”

我朝他晃了晃靴子。他头偏向一边，张开双手，接过了靴子。

“翻过来看看，”我说。

他照做了。当他盯着靴底时，他向前弯了点腰，好像靴子很沉似的。他默不作声地走开了，穿过大厅走到他的沙发那儿，然后手里拿着靴子，整个人摔了进去。我想当时我很可能杀了他。但他正皱眉盯着墙壁出神。我坐到他边上，下面是高低不平的坐垫。他小心翼翼地把靴子放到我俩中间。

过了一阵，他开口了。

“我冻得昏了过去，所以真不知道他们是什么时候放我下来的。我不知道在那儿躺了多久。当我清醒过来时，抬头便看到这双钉了十字架的破靴子，靴子还在动。那孩子还在蹬腿，在空中漫步。”

“他们就这样把他吊在那儿，眼睁睁地看着他窒息。”

穆夏姆耸耸肩，双手盖住双眼。

我感到一阵晕眩，跳了起来。

“你是唯一一个活下来的，”我说。

“没错[①]，”穆夏姆抱怨道，“不过现在，你也把我烦个半死。看到那双旧靴子，一想到圣迹，我就心里难受。”

“原来是你说出去的！”

他从口袋里掏出团成一团、脏兮兮的手帕，想给我。我推了回去。

“我有很长一段时间都没喝酒，可那件事以后还是喝了点。”

我们低头看向松垮的靴子。

过了一会儿，他拿起靴子，说想让我开车送他到一个地方。我拿了

---

①原文为梅蒂语。

钥匙，扶着他出屋上车。

“我们这是去哪儿？”

“去树那边。”

我知道那树在哪儿。每个人都知道。那棵树还活着，长在马恩的地上。比利·皮斯的教众曾在那块地上待过一阵。那时，人们都不大去那儿，不过教众走了以后，又有人回去了。树在田地的西北角，那儿总有很多鸟。车开了好几英里，路上我和穆夏姆都没说话。车停在了拖拉机的停车道上。当我们甩上车门时，有千只鸟瞬时被惊动了，发出像箭离弦时才有的声音。它们如同箭矢般飞出，又消失在空中。

草坪在冬天都蔫了，我穿过草地，走到树阴下。这棵树孤零零地立在田野中，光线从四面八方照射而来，伸出的枝桠有如烛台优雅的枝干，上面悬挂着祈祷用的新旗帜——红色，绿色，蓝色，白色。夕阳的金光洒在树枝上，树枝上已有了娇嫩的新叶。

穆夏姆系好鞋带，把靴子递给我。我把它们扔上去，扔了三次才挂到一根树枝上。

“这样做并不能给他讨回公道，只是让我们心里好受些罢了，”我对穆夏姆说道。

事实上，我来这儿的路上脑子里只想到这句。

穆夏姆点点头，透过黑色枝桠上的绿叶，眨眨眼说道：“啊，我的小姑娘。鸽子还在树上呢。”

我朝上望去，想不出要就这些鸽子说什么。但我知道，我讨厌在空中轻轻晃动的靴子。

万灵节

穆夏姆看到过北达科他州的天上数不完的鸽子拍打着翅膀，天上一直传来低低的鸽鸣。他想，虽然鸽子的尸体像地毯似的覆盖在地上，可它们并没有真正死去，而是飞上天了。面对一大片羽毛，他又想到了那位伟大的法国作家②。我不再读阿娜伊斯·宁了，又重新读起了加缪的平装本。我常常读，有时会把库茨法官想象成书里那个忏悔的法官，这个主人公和我妈妈同名，他在阿姆斯特丹的一家酒吧中等候着某人，比如说像我这样的人。我不知道现在该干什么。阿尔伯特·加缪曾在气象局工作过，因此我相信他观察天象所做的预测是可靠的。

一个暖和的万圣夜③里，我放学回家给穆夏姆搭把手，庆祝他最喜欢的节日。为了对付“不请吃就捣蛋”④的恶作剧小鬼，我开始准备爆米花。浇上玉米糖浆，手涂上荤油，再把爆米花包成一团，直到不锈钢碗里有一百多个才停下来。还有备用的零食——两大袋黏乎乎的花生奶油味的好时巧克力。我们家是路口第一家，万圣夜里所有人都会从灌木丛里走出来，跑到镇上。穆夏姆看着招待别人的零食，面露难色。他不喜欢花生奶油，也吃不了爆米花球，因为他一直不适应他的假牙。

“就靠这副蹩脚的假牙，我永远都没法把别人的肝咬出来了，”他说。

我拿出一袋粉色的薄荷糖。他拿了一粒，放到舌头上，闭起双眼。门口吹来的微风拂起他细碎的发丝。

“我好想我弟弟啊，”他拨弄着残缺不全的耳朵说道，“我甚至怀念他朝我开枪的那一刻。”

“啥？”

“哎呀，”他说，“我这耳朵，你难道不知道就是他弄残的？”

他跟我说，一年夏天，他和琼奈斯回到保留地后，跟着弟弟外出打猎。在林子里，穆夏姆拿了原本家里铺沙发的熊皮，藏在熊皮下面，成功地伏击了他弟弟。他突然从几辆野生覆盆子采摘机后跳出来，向夏门戈瓦猛冲过去。他一边追，夏门戈瓦一边带着上膛的手枪逃跑。夏门戈瓦转身开枪，绊倒时还撕心裂肺地大叫了一声。

"那子弹打掉了我的耳朵，"穆夏姆的手在脑边一剁，"打了个对穿。"

妈妈坐到我们身边，往茶里倒糖，搅了搅。

"他还吓尿了，整条腿都尿湿了。你不知道吗？"

"当然不知道！"

他们拿手掩住鼻子，妈妈嘲笑道，"老爸，你可真丢脸。你才是那个尿裤子的人啊。"突然，他们又沉默了。穆夏姆往后靠，椅子只有两条后腿着地。他瘦弱了许多，绿色的衣服很柔软，有些发旧，挂在身上，像个麻袋似的包裹着骨瘦如柴的身体。他的身体如同一捆绑在一起的竹竿。

妈妈喝完茶，起身去和面。砧板上有几块大面团，她开始揉面，用力摔打面团，还用掌根不断按压，这些动作我看了都有上千次了。爸妈等会儿要去参加教堂组织的活动。在和爸爸出门前，她要让面团发酵。如果你不想玩恶魔发明的游戏，即"不请吃就捣蛋"，那么参加教堂活动是个很好的选择。

穆夏姆吐了口痰，开了罐红色的福爵士⑤咖啡。

"他们还是不肯给我邮票！"他背着妈妈埋怨道。

---

①天主教节日（11月2日），纪念被认为在炼狱中涤罪的基督徒亡魂。

②即阿尔伯特·加缪。

③万圣节前夕（10月31日晚上），俗传当天夜间可见鬼和巫，儿童常化装成鬼、巫尽情玩闹，用南瓜制作灯笼。

④万圣节的习俗，孩子们挨家逐户要糖果等礼物，如不遂愿便恶作剧一番。

⑤美国一咖啡品牌。

“把信给我吧，我帮你寄。”

妈妈要出门了。她穿了件利索的海军蓝大衣，围了条蛛网式的蕾丝围巾。爸爸呢，一件硬挺的绿衬衫，外面套了件格纹夹克。他一脸疲态，但还是跟妈妈去教堂了。

“他情愿和我们待在家里，”他们出门时穆夏姆说道。

“他需要好好休息，”我说。

那年，爸爸教的班里有两个男孩，人高马大，闹腾个不停，谁也管不住他们。他几乎每天都要对付他们，说没法再教下去了。他想把收藏的邮票都卖出去，然后退休养老。当然了，我们只当他是随便说说，可他真的开始写信联络卖邮票的事。邮箱里的信件上都印有邮票商的饰章①。

他们走后，我和穆夏姆仍旧坐在门边。妈妈把每个爆米花球用蜡纸包起来，在底下扭紧。我拆开一个吃了起来。门口传来一阵急促的敲门声，第一批小捣蛋鬼到了。他们有的打扮成常见的兔子和海盗，有的打扮成宇航员，穿着制作蹩脚的宇航服，还有的打扮成电视剧《黑暗阴影》②里面的吸血鬼，披着旧床单的鬼魂，不怎么吓人的怪兽。还有的打扮成蓬头垢面的公主，顶着硬纸板做的皇冠。岁数大一些的孩子大多扮成毛色混杂的狼人，或是雪怪③，脸上和手腕上都粘上了货真价实的皮毛。

“真是没劲透了，”穆夏姆说。

接着又来了些人。我躲到门背后，而穆夏姆则坐在黑暗中，膝盖上放着一碗爆米花球。他拿着一把手电筒，放在下巴下面。孩子们得走到他面前才能从碗里拿到零食。可只有几个蹒跚学步的小孩儿被他吓到

① 印于银器、盘碟或信笺上的纹章，作为家族、城市、组织等的标记。
② 20 世纪 60 年代恐怖电视剧。
③ 印第安人传说中的吃人的怪兽，生性残忍。

了，几个大点的孩子都在笑。穆夏姆发出哀怨的叫声，翻起白眼。

“他们胆子真是越来越大了！”当孩子们离开时，穆夏姆说道。

“这年头，光凭打扮是吓不到什么孩子的，”我想给他打打气，可他仍旧提不起兴致。又来了一批，我们照老样子做了。但一个小男孩走过来时，穆夏姆咬到一个爆米花球，假牙被粘住了。于是他把粘着一颗假牙的爆米花球递给那小孩，结结实实地吓得那孩子尖叫起来。

之后，每当有孩子过来时，我就打开手电筒照向穆夏姆，然后他咬一口爆米花球，把假牙粘在黏稠的糖浆上。孩子们只得从他手下接过粘着假牙的爆米花球。这招屡试不爽，直到有个妈妈过来，抱着她两岁大的小孩，孩子披着床单。她说：“脏老头，你太不卫生了！”穆夏姆有些受伤，闷闷不乐地把假牙戴回去。后面的三批孩子过来时，他伸出拳头，只小气地给了几粒好时巧克力。趁着空闲，我吃了一粒，几乎尝不到花生黄油味，更像是胶水味。穆夏姆的假牙松动得厉害，啪嗒作响。他吐了口痰。

我送完零食后关上门，拿着放糖果的碗转身时，发现穆夏姆不见了。

“别偷看！”他从厨房喊道。

我径直走过去，瞧瞧他在捣鼓什么，看清楚后差点昏过去。他几乎一丝不挂，只穿了条薄薄的平角裤，正在自己头上拉扯妈妈刚刚揉好发酵的面糊。面糊挂在头上，顺着他的脸和脖子往下淌，堆在肩膀上，怪恶心的。湿哒哒的面糊如同一副面具，他的耳朵从里面冒出来，手臂上挂满了往下滴的面糊。他又拿了团面糊，拍在胸口、腹部和大腿上。眼睛从白面糊里露出来，锐利发红，像只啄木鸟似的。他嘴里含满番茄酱，只要一笑，红色的酱汁就从已掉光牙的嘴里漏出来，顺着下巴往下淌。他看到我后，转身一溜烟跑出后门。门外正有人大声嚷嚷着“不请吃就捣蛋”。我放下碗，赶紧追出去，可他已经不见人影。我蹑手蹑脚地在屋前找他时，看到他从紫杉丛里钻出来，手电筒固定在身上，发出一声怪叫——不像人能发出的声音，令人毛骨悚然的尖叫声。他摇摇晃晃地走向孩子。我听到那五个男孩子惊恐地大叫，我不用看也知道他肯定已经微微一笑，露出满嘴番茄酱的模样。孩子们原本整齐的列队也散乱了。三个孩子猛地跳开，像长耳大野兔似的跑了。还有一个飞奔而去，可才跑几步就绊倒了。最后一个捡起一块石头，朝穆夏姆砸过去。

石头直直地正中额头。他直挺挺地倒地，手电筒从手中滑落。这时，爸妈恰好开车回来，他们急忙跳下车。爸爸把穆夏姆翻过身时，我捡起手电筒，照在穆夏姆身上。而妈妈呢，则跪到地上。穆夏姆双眼睁圆瞪，额头上的血流到了鼻子和脸颊上。妈妈抱住他的肩膀，想把他摇醒，让他迷茫的眼睛回过神来。我跪在他身边，想摸索他的脉搏。可我连自己的脉搏都不会摸，所以也分辨不出他到底是死是活。随后，我把耳朵贴到他的胸口。

“送他去医院吧，”爸爸说。

穆夏姆醒了过来，看着妈妈，眼中充满爱意。“刚刚那招真不赖，”他说。

接着，他闭上眼睡着了，还打了个呼噜。妈妈问：“他身上都是什么？”我回道：“面糊啊。”我们等他打响第二个呼噜，可并没等到。爸爸弯下腰，把穆夏姆的鼻子捏紧，再把他的头往后仰，用大拇指掰开他的嘴，朝他嘴里送了长长的一口气。番茄酱冒起泡泡，溢了出来，流到脖子里。

“他的胸口刚刚有起伏吗？”爸爸抹掉嘴上的番茄酱问道，都没问番茄酱是哪儿来的。

“有了。”

他弯下腰，又往穆夏姆嘴里吹了四次。接着，穆夏姆动了，咳嗽着醒了过来。

我们决定把他扛到车里。我们心里大大松了一口气，所以扛着他似乎毫不费力。我坐在后座，抱住他的头。去医院的路上，我能感到他只有呼气，没有吸气。但接着，他又缓了过来，像机艇似的咳起来。

他在急诊室里引起了不小的轰动。护士们叫唤着让其他人都来看浑身满是面糊的他，直到爸爸怒吼道："别干站着。你们能不能专业点啊！"随后，他拉上门帘。值班的医生五分钟不到就赶来了，他很年轻，是印第安健康服务项目[①]的一员，拿政府的薪水。他走到病床的门帘边上，还耸着肩，正在往身上套白大褂。护士们应该还没告诉他番茄酱和面糊的事，可那位医生装得不错。虽然嘴唇在抖，但还是忍住没笑出声。穆夏姆在一坨面糊里皱起眉头，番茄酱从嘴角溢出来，顺着脖子流下。妈妈轻柔地握着他的双手，放到他胸前交叠。我们站在那儿看他时，穆夏姆的表情似乎变了，放松下来，仿佛静静思考似的，嘴角满足地上扬。爸爸喘了口气，又抹了把脸。护士们在帘外，听着我们的动静。我们在那儿站了好久，看似平静，实则内心慌乱。

"他看上去很安详，"妈妈说，"像是救回来了。"

穆夏姆的呼吸平稳下来。

"我快死了，"他叹着气说。

"不会的，老爸。"

"我要死啦。我要我亲爱的来看我，到医院来。快打电话给尼芙！这是我最后的请求！"

"他们根本不会让你住院，老爸。他们让咱把你带回家。"

"不要，宝贝女儿，我要走了，"他似乎要晕过去，妈妈连忙摇晃他。就在这时，卡西迪神父轻轻跳进门帘间，眼睛炯炯有神，手里拿着《圣经》。妈妈不肯让开，所以神父不得不伸长脖子，探看穆夏姆的脸。

"我没迟到吧？"他大声问，"护士通知我来的。"

---

① 美国政府的一个卫生服务项目，隶属美国公众健康和公众服务部门。

穆夏姆皱起眉头，睁开眼。

“还来得及！太幸运了！”卡西迪神父热切地嘟哝了一声祈祷。他带来了圣油，装在一个个小瓶子里。他开始煞有介事地摆弄起圣油来，把它们安放在桌边的不锈钢盘上。穆夏姆恼怒地抱怨一声，坐了起来。

“要是你不让我安安静静地死去，那我情愿活下去，虽然我并不想活。这次你不会得逞的，跳着滚开吧。我可不想死了！”

穆夏姆双腿移到床边，颤悠悠地站起来，爸妈分别从两边扶住他。他吐出最后一口番茄酱。“有人告诉我说，在印第安人的天堂里，我们和水牛住在一起。能这样我已经很满足了。再说了，你在教堂里已为我祷告过了，那是为我最好的送行。”

“那件事我已经道歉过好几次了，”卡西迪神父说。他感到自尊心受到伤害，开始收拾圣油瓶，一本正经地把从工具箱里拿出来的发硬的白色餐巾叠好。

妈妈帮穆夏姆穿上爸爸的外套。他看上去精神多了。面糊仍旧不断地落下来，不过现在已经发干，一片片掉下来。卡西迪神父看到了，问我们怎么回事。

“他在自己身上涂了面糊，”我说。

卡西迪神父摇摇头，拎起手提箱就走。他走的时候，还和护士们热络地聊天。一年后，他辞去神职，回到老家，蓄起胡须，开始做生意。他卖起蒙大拿州牛肉，航运出口到日本，乃至世界各地。我们常在广告牌上和电视广告里看到他。他独特的跳跃步伐，初生牛犊般的活力，欢快的模样，成了牛肉行业的标志，他也因此发家了。

❧

那个周末，在我去学校前，科温到我家来接我。我们坐进车里，开到一个偏远废弃的地方。我们在一片平地的中心，能看到远处灯光闪烁。我们爬到后座上，窗户半开——十一月了，晚上还这么暖和，有点反常，我们接吻了。奇怪的，亲密的，兄弟般的吻。接着，我们浑身发热，贪婪地弄疼对方。脱掉衣服后，我们又突然停下，不知道是否该继续下去，感到非常不自在。我们就坐在那儿，握着对方的手，直到打起瞌睡。天开始亮了，地平线上透出一丝丝光线。太阳就要升起来了。在柔和的灰色光线中，我细细地打量科温的脸。他的脸肿胀瘀青——蜷曲着睡了一晚后，我们挤在一起，浑身僵硬。他可能偷偷哭过。他抚过我的脸，把我的头发拂到耳后，然后把另一只手放到我双腿间。

“喂，埃维？”科温露出一口白牙。“我们该结婚。我们该深爱对方，直到死亡把我们分开。”他表情严肃，但语气里又透露出兴奋，如同热焰般自他的喉咙升起，来到嘴边。一道阴影遮住了他的双眼。

“我们会去巴黎，”他说，“我们会去学校看看约瑟夫，然后从那儿乘飞机去巴黎，你不是一直想去巴黎么。我们会在大街上做爱，在大教堂里做爱，在咖啡馆里做爱，明白吗？”

“哪座大教堂？”

“最漂亮的，”科温说，“雕像最棒的。”

“好吧。哪家咖啡馆呢？”

“一家开到通宵的，包间被高高围起来的。那儿肯定有这样的咖啡馆。”

“你说在大街上？哪条街？”

“随便哪条都行。我们拿张地图。”

我已经研究过地图了，我书上末页的一张地图——一座令人惊叹的迷宫。

“我们最好快点动身，”科温说，“巴黎很可能正在建新街道呢。”

“要是我不愿意呢？我是同性恋。”

科温不说话，过了一阵问道：“所以，你觉得你可能一辈子都只喜欢同性吗？”

我们慢慢开车回家，路上碰到了一个老头，蹒跚地沿着路前进，大衣翻飞，头发飘扬。是穆夏姆。我们在前面停车，然后在空荡荡的公路上掉头，开到他边上。他仍晃悠悠地使劲想往前走，我跳下车，把他拉到车边。

“喂，上来！”

他看到了我，有些心不在焉。

“啊，是埃维啊。”

“上车，穆夏姆。你上哪儿去？”

“四处转转。”

他让我把他拉上车，刚坐下就装腔作势地大声道：“带我去宝贝家！”

“好吧，”我无力地看着科温，而他正直直望向前方。“是我尼芙姑妈。他想去看看她。”

“好吧，”科温边说边听话地换挡。

我们开车去普路托路上时，我想到妈妈现在可能正向部落警察报案。她总是很担心穆夏姆。所以尼芙姑妈一开门——穿着浴袍，没化妆，头发平贴在头皮上——我就说要用她的电话。尼芙姑妈煮咖啡去了，穆夏姆和科温坐在她的金色弹簧沙发上等着她。穆夏姆朝科温拍手，发出嘶嘶声，让他走开。我拿着电话走开，用手捂住一只耳朵。

“妈妈吗？我找到穆夏姆了，我们现在在尼芙姑妈家。”

妈妈吼了一通，但总算安下心来。她跟爸爸说了几句，然后对我说：“你爸想跟你说话。”

“埃维，你是不是在——”

“尼芙姑妈家。”

“噢！”

他听上去非常紧张，但也十分兴奋，这是我从没听到过的。“听着，”他说，“你能不能看一下她的信件？”

“啥？”

爸爸说因为妈妈不肯帮穆夏姆寄信，穆夏姆搜刮了他收藏的邮票自己寄。两天前，穆夏姆把几张珍贵的，极其珍贵的（爸爸的声音抖了抖）邮票粘在信封上，偷偷把信塞到信箱。我张嘴想说我已经帮穆夏姆寄过信了啊，可还是没说出口。

“昨晚我发了点脾气，”爸爸说，“今天一早，他匆匆离家了。”

就在那时，门铃响了。

“亲爱的，能帮我开下门吗？”尼芙姑妈从卧室里喊道，如鸟鸣般动听。我可以肯定，当她从房里出来时，一定会打扮得完美无瑕。

我放下电话去应门。是邮递员，送来一堆信件，其中有一封邮资不足的信。我从口袋里掏出几枚硬币，付清邮费，把信塞进胸罩里。我关上门，把其他的信件放到整洁的小边几上，接着又拿起电话。

“好了，我拿到了。信上有一枚一分的邮票，蓝色，上面是本杰明·富兰克林。”

我能听到电话的另一头，爸爸正压抑着某种情绪。

“那是枚Z暗纹①。亲爱的，如果你能把邮票安然无恙地带回家，我保证我会让你去巴黎。”我放下电话。爸爸从没叫过我或是任何人亲爱的。这是我今早第二次听到有人同意我去巴黎了。我望着穆夏姆。他的头发干干净净的，银白色，整齐地梳成马尾。假牙装了回去，褶皱的脸上露出一抹亮白。胡须刮得干干净净，衣服洁净无瑕，皮鞋锃亮。他掏出手帕，碰碰鼻子，擦掉鼻涕。

穆夏姆朝我使了个意味深长的眼色，我知道那是让我走开。于是我抓起科温的手，迅速地溜出去，回到车上，立刻发动，加速上路。车一开出，我们都想聊几句，可怎么都不对劲。我把手放到科温腿上，他没

---

①极为珍贵的邮票，蓝色票面，印有本杰明·富兰克林的肖像，背面有网格状暗纹，以防洗去邮戳后再次使用邮票。

任何反应。我俩沉默了。气氛很尴尬，我的手臂因为伸直太久，开始发疼。

“我们最好开始为买机票攒钱，”我下车前，他说道。车停在我家外边的路上。

我吻了他，然后走了。大概十分钟后，当我从屋里往窗外望去，车还没开走。第二次往外望时，车不见了。

那晚，尼芙姑妈让穆夏姆留宿她家。第二天一早，就在我打算出门回学校时，她开着她的那辆黄色别克来了。我从门廊看到穆夏姆走下副驾驶座，绕到车前，动作利索得像个年轻人。他手扶车篷，双眼如鹰隼般透过挡风板直视尼芙姑妈。尼芙姑妈开走时，他站着缓缓挥手。直到车都看不见了，他仍旧待在那儿，手还没放下。接着，他缩回身体，又变回老头的模样。当他终于转身，拖着脚步走向屋子时，我走下台阶，挽住他的手臂。

“啊！”我们走上台阶时，他脸上激动的情绪表露无遗。“终于啊，我的小姑娘。要是跳脚神父在这儿就好了。我真希望他在这儿。我终于有事想忏悔了。”

❧

我的名字是照着瑞尔的初恋取的。从魁北克附近的博波尔精神病院出来后不久，1878 年，他在魁北克附近认识了他的初恋。弥撒时他突然大笑起来，怎么也止不住。打那以后，他就被关在精神病院接受治疗。瑞尔的埃维莉娜一头金发，身材高挑，为人谦虚，喜欢美丽的花朵。是穆夏姆给妈妈提了这个主意，用瑞尔没有修成正果的初恋的名字为我取名。妈妈听从了他的建议，穆夏姆一直对此好不得意。

好几个月，其实是整整一个冬天，爸爸都在怨恨穆夏姆，因为穆夏姆差点让他的退休生活没了着落。穆夏姆不只偷了那张Z暗纹，还偷了1855年发行的三美分瑞典邮票，邮票是橘色的，而非蓝色。那张邮票因为邮费不足被退了回来。圣诞节放假时我翻看了信封后发现，幸好穆夏姆写上了退信地址。

“别不当一回事，咱们以后就全靠这些了，”爸爸说。

穆夏姆用面糊混着口水把邮票粘到信封上，面糊并不会损伤邮票。邮票上没有邮戳，还是值钱的，因为普路托的邮递员并不清楚该怎么处理邮资不足的信件，只知道上门讨邮资。爸爸小心翼翼地用肥皂水把邮票弄了下来，重新放回集邮册里。他给我看了所有他最喜欢的邮票。在通过信件谈妥价钱之前，他打算把所有收藏都放到银行保险箱里，但不是她姐姐的银行。

三月下旬，他带着邮票开车去法戈时，路上结了薄冰，车失控打起转来，滚到了一片甜菜地边上。严寒来得太突然，让人猝不及防。他当时只身一人，陷入昏迷，所以集邮册就被落在那儿。车窗从边框那边完全碎裂，翻车时车门甩开，车里几乎所有的东西都飞了出去。他在圣约翰医院醒来后不久，天就下雨了，冰冷的雨水浸湿了集邮册。他曾问过要看看邮票，但当然了，医生们根本不会对邮票上心。

我们到医院确认爸爸没事后，我和约瑟夫出去找邮票。我们在离车停下来大约一百英尺的地方找到了集邮册。皮革封面的册子被划开，扭扭歪歪，彻底毁了。我们从香蒲上捡起邮票，从湿泥块上把邮票刮下来。当我们把找到的邮票带到病床前，爸爸病恹恹的。他假装睡着了。妈妈说：“他已经没什么盼头了。”我们先前并不知道这些邮票真那么值钱。

几个星期后，爸爸才恢复力气，出了院。大多数找回的邮票干了以后都太脆了。一旦他拿起来，邮票就破散得粉粉碎。我亲眼看他费劲地尝试着修复本杰明·富兰克林的Z暗纹邮票，那是我在甜菜地里找到的，当时它粘在一块烂根上。一切都是徒劳。当他拿镊子夹起邮票时，邮票碎成一堆，一堆无比贵重的尘埃。他伸手接住了碎片。

他深吸一口气，然后看着我。

过了片刻，他让我跟他去后门，见证一百万美元的消逝。

准备好了吗？他问。

接着，我们站在阳光下，他向掌心吹了一口气。

天 路

杰拉尔丁姨妈和库茨法官终于结婚了。婚礼那天，我们都参加了。一道鱼骨云自东向西横贯天空，好似尘土铺成的道路。别人还没说出来前，我就早早注意到了它，并指给法官看。我会和杰拉尔丁一起走上那条路，他立刻说道，眼中噙着泪。

他们并没在天主教教堂结婚（杰拉尔丁和我妈妈都有些失望）。库茨法官对夏门戈瓦葬礼上的那场乌龙耿耿于怀，妈妈还说，他不愿意忏悔罪孽，让罪孽得到赦免。他告诉跳脚神父，他对自己的婚前性行为毫无悔意，不会因此愧疚，尽管他也说神父可以自行宣告他无罪。卡西迪神父说，要是库茨法官执意如此，那么他是不会为他们在教堂举行婚礼的。于是，婚礼由库茨法官的前任部落法官主持，就在一块小山包上。在那儿，你能俯瞰一片仍在生长的干草地，鼠尾草、苜蓿和野牛草郁郁葱葱——穆夏姆的老保留地。

他们宣誓后，就此结为夫妇。库茨法官吻了杰拉尔丁，人们都围了上来。我们可以从法官的脸上看到他好像立刻松了口气，仿佛一个手术刚结束的病人，虽然仍旧处于半麻醉状态，但却清楚自己活了下来。

我们几家人家已对家里人未婚同居的罪孽见怪不怪了。杰拉尔丁姨妈败坏了家里的名声[1]，令人吃惊的是，她对此似乎不以为然，而库茨法官却一直担心她特立独行，不在乎别人对她说三道四，太喜欢这样的生活，以至不想结婚。现在，他一直望着天空，攥紧杰拉尔丁的手，指向天空。

现在，我不会一个人走上那条路了，我听到他说。语气里有些傻气，也有些感伤。她用手帕擦擦他的脸说，男人点，法官。他不知道自己在流泪。他的妈妈健在，还有精力来参加婚礼——一个个头小小的老人弓着背坐在银色轮椅上。

“听着，”她让他靠近些，说道，“别哭啦。别让他们觉得你很软弱矫情。”

但她在微笑，每个人都在微笑，无声地纵容他。他们的态度仿佛一道气球组成的彩虹围绕着我们。不出意料，科温为我们演奏，他是我们唯一的乐子。我们还小时，破碎的语句四散在我们周围，故事还未成形。随着年岁渐长，故事渐渐变成我们真实的生活[②]。我不想走。我不知道将来会发生什么，是好是坏，我又是否能承受。但科温无言的演奏，从我小外公那儿学来的曲子，令氛围欢快起来。我一边走，一边听到音乐演奏不停。

---

① 天主教反对婚前性行为。

② 印第安人认为人的一生就是一个故事。小时候，故事还未被人诉说，随着时间的推移，故事逐渐成形，为人所知。

安东·巴兹尔·库茨法官

面　纱

❧

婚礼结束后，我们上了车。车上挂着“新婚”的横幅，保险杠上挂着气球、易拉罐和塑料彩条布。我握住杰拉尔丁的手，放在我俩的座位间，两人在开往哥伦布骑士厅的路上东拉西扯。虽然我们没在教堂举行婚礼，但还是租到了这地方。而现在呢，我知道，肉汤、烘豆、炸面包、土豆，还有烤鸡，正从厨房的烤炉里源源不断地端上桌。我们会沿着长桌走过，将餐盘盛满食物，开心地边吃边聊。我们的结婚蛋糕是四层的，上面有白色的提花，点缀着闪闪发亮的玫瑰糖花。切蛋糕的时刻到了，杰拉尔丁拿起小刀，我伸出手，握住她的手。刀片没入蛋糕底座时，我们笑着拍了几张照。

克莱门斯把最上面那层切了下来，好让我们带回家——小小的一块。塑料新郎上画着法官袍子，而新娘呢，则穿着一条白裙，乌黑的头发及肩，有着和杰拉尔丁一样的波浪曲线。这是埃维莉娜为我们制作的纪念品。“我想把这放在书桌上，”我一边说，一边把这对塑料玩偶藏到口袋里。

我和杰拉尔丁就此开始婚后生活，终于。

❧

我们决定先攒钱，过一阵子再去个充满异域风情的地方度一个真正的蜜月——现在，能重新过上居家生活对我们来说已经满足了。我们有一个周末的时间可以好好休息。有人，可能是埃维莉娜，在我们家门上贴了张条儿，写着“请勿打扰”。我们把字条留在门上，直接进屋，关上门，站在窄小的门厅。我摘下她四四方方的帽子，那帽子上有网眼面纱做点缀。接着，我又把帽子戴回她头上，把面纱放下，遮住她的脸庞，透过面纱亲吻她。我能感到细小发硬的洞眼印在她嘴上，随后夹在我们的唇舌间。那一刻，我们热切地抚摸对方，径直走向卧室，直到晚上才出来，头晕目眩，却又充满平静。她记起那块小蛋糕，把它拿了过来。我们把它冷冻起来，想在结婚一周年时再吃。我们做好吐司，泡好茶，端着餐盘和茶杯回到卧室。房间里一片凌乱，杰拉尔丁的裙子皱巴巴地摊在椅子上，大衣外翻，光亮的缎子内衬露了出来，小巧的礼帽被扔到一边，在空中飞旋后落到角落，而面纱呢，仿佛糖衣似的化了。杰拉尔丁咬了一口吐司，碎屑散落在锁骨和胸前的上衣。我弯腰把碎屑扫开，手在她身上流连不去，最后滑进衣服里，碰到她深色的乳头。

我不想要，她说，真不想。但她又改变主意，朝我笑了笑，贴近我，把我压在身下，解开睡袍。

❧

我不清楚我们究竟有没有离开过那床。我不想离开。年老时的爱，中年时的爱。这种成熟的爱让你更了解生命，明白没有什么能永恒。因此，你会愈发珍惜，疯狂地去爱。四周一片漆黑，我躺在她身边。她睡觉很安静，神情严肃，眉头紧皱，梦到了悲伤的事。我有时会想象自己盘旋在我俩上方，越升越高，穿过屋顶，在夜幕下飘过保留地和周围的小镇——想着想着就睡着了。但这次，这法子却没让我睡着，反而让大脑变得过度警觉。肾上腺素令我精神抖擞，又因为不习惯小睡，我开始胡思乱想。无论是日常的琐事或大事都钻入我的脑海。我想到所有参加婚礼的人。米尔克家族如此接纳我们的婚姻，令我感动。他们真心为我们感到快乐，十分坦诚，对我没有丝毫偏见。我原本害怕，害怕连克莱门斯都不会祝福我们。在保留地外的普路托镇上，有很长一段时间，我都和一个已婚女人 C 勾搭在一起，而米尔克一家也都知道。我的这场初恋注定没法修成正果，我并不指望能瞒过任何人，却瞒过了 C 的丈夫。可他们似乎抛开了我的过去，而杰拉尔丁最终也让我证明了自己。

我以前的事和我以前的情人，要是杰拉尔丁知道就糟了。可她没说出来，我会一直很感激她。虽然我从未向她坦白过、交代过普路托镇上的事，但我敢肯定她清楚我在遇到她之前一直单身、和妈妈一起安静度日的原因。我从未告诉过她我高中还没毕业那段感情就开始了，也从未与她说过我的初恋，或是说过这段关系对我的影响——我从未提起过 C。

我没能在婚礼当晚对她坦白，因为那时我脑袋里只有杰拉尔丁。但床上的面包屑和茶里的蜂蜜让我回想起其他时候，回想起另一张床。躺在她身边回想起过去的那一段悲伤的过往，我认为这算不上不忠。在我心碎后，我从未想过真爱还会来到自己身边，从未想过除了 C 以外我会爱上其他人。

毁 灭

我爱上的第一个女人块头要比我大些。在床上，C 动起来就像高中摔跤选手一样灵活，速度快得很。她先在我身上，可半秒不到又移到我身下，动作流畅，丝毫没有停顿。每次我们上床都仿佛要去某个地方似的，要来一段越野或是火车旅途。做爱时，我们总觉得饿。在一些最喜欢的体位上，我会变得饥肠辘辘，精疲力竭。而她呢，会给我做一两个三明治，把吃的带到床上。有时，床头板边上的小木桌上会放一杯牛奶，还总会有一个装满蜂蜜的小熊容器。她把蜂蜜挤出来喝，就好像从瓶里喝一样。她相信牛奶和蜂蜜有滋补的效用。偶尔，为了让我重新振奋起来，她会把蜂蜜挤到我嘴里，把一块布浸到冰凉的牛奶中，为我擦拭。夏天，我浑身汗酸味。有一天，当我进门时，妈妈发现了异样。我和 C 的婚外恋一直是偷偷摸摸的，就在那一刻，我骗她说，我在奶油厂找到了工作。

可她听错了。

"啥？公墓[①]？"

"是的，"我说。

这就是我为什么到普路托公墓上班的原因。第二天，我晃悠了一天想找份工作。这样一来，我的谎言就不会被揭穿了。一个叫戈特沙尔克的人雇了我，他几乎一辈子都在公墓上度过。小小的办公室里贴满了剪报和讣告。他把墓地在地图上标识出来，对每个葬在这儿的人了如指掌：他们什么时候到镇上来的，干了些什么事，他们家为什么会选中某块墓碑，什么时候死的，怎么死的，死后又留下哪些财产。我的爷爷库茨已经葬在这儿了，他的墓前有一块高高的方尖碑，底下刻着：死亡也是大自然的恩赐之一[2]。他边上空着一块地，本是给他妻子的，可她再婚了，就没用上。我的父亲也葬于此，大气的黑色墓碑宽得足够两人用。他的墓志铭还引用了一句话，不过不是拉丁语。他喜欢梭罗（也许正是因为这样，他才待在北达科他州），他厌恶一切琐事。从不看报的人有福了，因为他们能够看到自然，而从自然中，看到上帝[3]。妈妈已把名字刻在他的名字边上，还有她的生日，而她的死亡日期还空着。我不喜欢这做法，可她却觉得很心安。

戈特沙尔克给我指出一些空地，他发现我爷爷已买下很大一块家族墓地了。我和我妻子，甚至还有几个孩子，都能葬在这儿。当时看来，买这么大一块地实属想得太远，也很可笑。可如今，我对此挺感激，祖先旁边还有空地正等着我们。我曾看着杰拉尔丁，心想她是否愿意葬在我身边，但一直没胆子问。

十七岁时，我开始为普路托镇上去世的人挖墓穴。我用细线测量，用帐篷桩把线固定成长方形，随后用石灰粉勾勒出来，画线器就是中学里用来画足球场地的那种。我用挖土机像剥头皮似的把草皮一块块铲掉，铲下来的草皮则放在一块打湿的粗麻布上[4]。接着，我用一把直铲，亲手把墓穴挖好。下葬完成后，我会把棺材埋起来，上面堆个土堆，这样一来，墓地就不会因为棺材下沉凹陷进去。我也会修剪草坪，用的割草机很讲究，是用汽油的。我学会了修剪树木，让它们长成自然又优雅的形态。我还学会了怎么有序地保存死亡记录。过了一阵子，我

---

① “creamery”（奶油厂）与“cemetery”（公墓）发音相近。

②出自培根《论死亡》，是斯多葛派哲学家的观点。原文为拉丁语。

③出自1861年4月梭罗与帕克·皮尔斯伯里的通信。《圣经·马太福音》中指出有八类人是受到保佑的，是为“八福”。此处梭罗指出另一福：想要得到上帝拯救的人应该从自然中寻找上帝。在梭罗看来，新闻报道只是罗列事实，缺乏对生命真谛的深层理解，只有在自然中思考、探索，才能发现上帝的启示。

④在美国，这些草皮通常连根铲起，铺到空地上去，或卖给他人，以充分利用资源。

也能像戈特沙尔克一样熟记墓地的地图。我能驾轻就熟地给人指路，帮他们找到死去的亲戚。要是有人想去看战争纪念碑、华丽的俄罗斯铁艺十字架，抑或是很久前被杀的一家人不起眼的墓碑，我都能帮上忙。

问题是，这份工作本该是份暑期工，之后我还要去上大学。但自从和 C 上过床后，我就上瘾了，离不开她，也离不开小镇。况且，正如戈特沙尔克所言，每天和死人待在一起，我渐渐地习惯了平和安静的生活。我甚至开始搜集趣闻轶事，哪些人有趣，哪些地方好玩，哪些事情带劲，我把它们贴在戈特沙尔克的剪报栏上。当时有一场论战，因为镇上脱衣舞酒吧泛滥，人们都在讨论应该规定舞娘裸露到何种程度。我们收集了所有相关的报纸社论。

“要是人们看到我们干的活，”戈特沙尔克说，“不管丁字裤带有多细，舞娘露多少，最后我们还不都得埋到地下。”

说完那话的六个月后，我为他挖了墓洞，好好准备他的长眠之所。他曾那么悉心地护送镇上的人走过最后一程，我为他这么做是理所当然的。实在是没人想接管他的活，因此，在二十岁时，我成了普路托镇公墓的管理人。靠着这份活，我的恋情一直没被人发现——没人愿意和我约会。

我可不是说这份活儿吓退了女人。恰恰相反，她们似乎对我很感兴趣，可她们也清楚，和我是不会有未来的。虽然我会去酒吧之类的场所，但她们看出我对这份工作很知足后，我就再也没被女生看上过。我极力支持舞娘把上衣脱光，因为我喜欢看坎迪[①]表演。她会在可调节的丁字裤带上挂上棒棒糖，扔给我们。糖的包装都很卫生。曾经，一位顾客可能因为看到她的新动作太兴奋，不小心把糖柄吸了进去，差点丧命，不过好在最后没死，我不用把他给埋了。她发的糖和杂货店卖给小孩的糖是一样的，事实上，她就是从杂货店那儿弄来的糖——没花一

① 这一名字在英语中有“糖果”的意思。

分钱。我认识了坎迪后，想照顾她的生意，同时也很高兴 C 吃醋，和我吵架。

我和坎迪约会那阵儿，事实上，我们只是暧昧罢了，C 把老屋翻新了一番，为了待在我附近。

公墓以前在小镇最西边，可随着人越来越多，现在它被成块的居民区包围了。也许是出于礼貌，也许是出于恐惧，房子都背对着墓石和墓碑。C 因为我的舞娘朋友和我吵架后，搬到家里办公，屋子的后院就在公墓边上。她重新装修了客厅，把门廊封起来，作为接待室。后院郁郁葱葱，非常私密。戈特沙尔克的办公室现在是我的了，我从办公室或是防风林边的棚屋走到 C 的后门，没人会看到。事实上，我们无法离开彼此。C 瘦了，整个人瘦了一圈。一段时间过后，她块头也没我大了。

❧

戈特沙尔克死后，我平平静静地过了五年。6 月上旬，丁香和山梅花凋谢后，我同往常一样开始在玫瑰、鸢尾和芍药丛中干活。缤纷的花色和扑鼻的花香令我飘飘然起来。每天早上一起床，我就着手打理屋边的花园，数不清的蜜蜂扇动翅膀，包围了我。我走到哪儿，它们就跟到哪儿，不过并不惹人厌。它们似乎知道我尊重它们的天性，欣赏它们的辛勤，也理解万物的生长离不开它们。我总是轻轻地将它们拂走。其实，我一生中只被蜜蜂蜇过两次。除完草、浇好水后，我轻手轻脚地走到妈妈的房间。她直挺挺地睡在床上，边上放着一瓶氧气。她的情况很严重，有时还会变得尖酸刻薄。但即使她身体糟糕时，我们还是喜欢陪伴着彼此。她是个瘦骨嶙峋的齐佩瓦小老太，喜欢开玩笑，非常爱我的父亲，也十分爱我。

“你去哪儿呢？”她嗓音有些粗哑。她当然知道我要去哪儿，但就是想多嘴一句。

“上班。”

“你很快就要给我挖个墓了！”

“不，我不会的。”

“你会的！”

她大喊出来，幸灾乐祸的。我把她推到卫生间门边，我在那儿装了栏杆，她撑着栏杆站了起来。

“去！走开！”

我关上门。我们都很害怕，有一天会连上厕所这样最后的一点隐私也会没有。我们都在考虑普路托养老院，可得卖了房子才能让她住进去。这栋老房子很漂亮，住着也舒服，周围还有一块空地，我种了好些花花草草和蔬菜。妈妈想把房子留给我，因此，她一直想方设法自杀，恨不得早点死掉。她绝食，想把身体搞垮，还试过半夜不插氧气，想窒息而死。可她天生强壮，这些招数都不管用。

“好了，我好了，”她喊道。她在厨房里吃了些吐司，啜着咖啡。我想尽办法让她喝点水，可她铁了心要让自己脱水。她每天都这样，还问我晚上要干什么。我几乎足不出户，这让她很担心。

“和你打牌啊，妈。然后我再看会儿电视，把灯关了。”

“你得找个老婆，你知道的。”

“是的。”

“和老妈呆坐在家里是找不到老婆的。”

“我有中意的了。”

“甩了那只强悍的老母鸡吧！”她毫不留情地说道。她知道 C 好一阵子了。

“去找只嫩鸡，再给我生个孙子或孙女，就叫巴兹尔[①]。她虽然治好了你的癌症，可其他一无是处。”

---

①库茨法官的全名是安东 · 巴兹尔 · 库茨，巴兹尔是中间名。

小时候，我头上长着奇怪的肿包，一块一块的。后来碰到 C，她用一种神奇的方法治好了——我记得一点儿也不痛，也没留下疤痕。妈妈一直确信我得了脑癌，但其实那不是囊肿就是瘊子。我没纠正她的错误想法，因为她觉得 C 是我的救命恩人，但这也让我们的情人关系越来越模糊。妈妈开始烦我时，我有时甚至会说，“要是没她，我也活不成了。”

❧

我总是很喜欢在初夏时去墓地。那时死的人少，来墓地的都是观光客。我在那儿工作时，那儿是全州风光最好的公墓，还印在宣传册上。日上竿头时，芍药的花苞绽开，艳丽缤纷的花瓣舒展开来。我带了一个玻璃罐，给 C 收集蜂蜜。通常，我会在五点刚过、她的客人离开后去她那儿。我沿着篱笆，小心翼翼地快速穿过她的后院。

那天我记得特别清楚，因为她就是在那天告诉我，她要结婚了，新郎是帮她翻新办公室的。

“只有这样，我才能摆脱这一切，”她说。

我有些困惑。“我年龄够大了。为什么不嫁给我呢？”

“你明明知道，我比你大太多了。”

我二十五岁。

“我以为，有一天年龄不再会是问题。”

“我以前也这么想。”

“你觉得我在乎别人怎么看吗？我根本不在乎！”

“我懂的。”

她得考虑自己的职业、地位，还有病人对她的信任。这话我听了一遍又一遍。

“我们就不能断了吗？”她疲惫地问道。

“不，”我语气生硬。

而且，我们并没结束，即使她和特德·波萨普，一个总承包商结婚后。特德比C小五岁。他相信能在普路托干出一番大事业，而且他的老婆刚死，给他省了不少麻烦。我把他老婆葬了——用的是便宜的松木。我觉得特德很小气，但也有可能这是他老婆自己要求的。她跟别人结婚了，我伤心极了，开始上法律的函授课程。爷爷和爸爸都干这行，而我发现自己也挺喜欢的。家里法律方面的藏书很丰富，满满都是两代人收集的法律和哲学书籍。还有小说和诗歌，不过这些我都读过了。一到晚上，我就闷头读书。正因为如此，我才找到了爷爷的论文，也因为他，我才开始阅读卢克莱修[①]、马可·奥勒留、爱比克泰德[②]和柏罗丁[③]。好一阵子，公元前300年以后的书对我来说都显得一无是处，不过判例法例外，它令我深深着迷，也让我知道自从人们写下这些案例以来，世界其实一点儿都没变。

因为我现在用功求学，妈妈晚上允许我待在家里。C结婚一年后，我和她分手了。我甚至忍住不朝她屋子的方向看。但我们还是离不开彼此。一个夏天的傍晚，空中尘土飞扬，我在公墓看着太阳变得白热，随后变红。我穿过松木林，跟随着西沉的巨大火球。我朝一直回避的方向看了眼，看到特德在一辆小型卡车里，从停车道上开走了。我走过墓群，同往常一样穿过后院。她在厨房后的台阶上等我。整整一年，每天下午五点，她都在那儿等我。她说自己情不自禁，但告诉自己不能让我知道，得让我好好过日子。

原来特德是去霍普丹斯争取一个小型建筑项目了，至少会在那儿待

---

①拉丁诗人和哲学家，著有长诗《物性论》，是现存最完整的伊壁鸠鲁物理理论的叙述，建立了原子论的主要原理。

②古罗马新斯多葛派哲学家，奴隶出身的自由民，宣扬宿命论，认为只有意志属于个人，对命运只能忍受。

③古罗马哲学家，新柏拉图学派主要代表，提出“流溢说”，著有《九章集》。

一小时，回来还得一小时。这两小时过得和以前截然不同。我们一直在做爱，在渐渐加深的暮色中，我们凝望彼此的脸庞，表情不断变化。我们看到了喜悦和温柔，愈发加深的无助感，我们之间有一种需求，一种美好但又病态的需求。

回去的路上，我在墓地穿行，想着那些年老的哲学家们唯一的问题，那就是他们不愿在情欲上多花费精力，因为人类的性爱太过沉重，令他们无法承受。他们充分认识到情欲会让他们无法理性地思考，会玷污一个人的荣誉。不过，我却接受了情欲。

特德从没发现过我们，但我告诉自己他可能根本就不在乎。在我看来，他对情爱可不怎么在乎。普路托镇上很多较新的房子都是特德盖的，丑极了，后院光秃秃的只有水泥。在他和C结婚前，我就讨厌他。不过后来我常常觉得，到时候要是能把他埋了，那该多好啊，草草挖个墓就行。和C重归于好后，我回到家想着特德整晚都和她睡一块儿，总会想如果把他埋了该多爽： 在他头上堆土，立起墓碑，随便找块廉价的次货，上面也不刻铭文。他就这样躺在妻子的松木棺材边上。我讨厌特德·波萨普——瞧瞧他是怎么毁了这个小镇的。他买下旧房产，其中有渐渐破败的漂亮老房子，也有几座老教堂。老教堂曾团结教众，而教众则渐渐变老，死去了。他把老建筑的橡木饰材、雕花大门或彩色玻璃窗扒下来，把这些珍宝全都卖给城里人。他把房屋框架肢解，盖起丑陋的公寓楼。大楼外墙或是铝制的，或是假砖块砌成，双重斜坡屋顶由木板钉成，内置阳台也是粗制滥造的。镇委会竟没看到这惨状，真是奇了怪了。他们也不想关注这事，因为普路托是个没有特色的小镇，不管东西多丑或多廉价，只要是新的就是最好的。特德拆掉旧火车站，盖起匡西特活动房屋[①]。他总是笑眯眯的，一副开心的模样。他不像我那样爱他的妻子；她也没救过他的命——她只治好了他的疝气。

---

① 美国一种用预制构件搭成的长拱形活动房屋。

她告诉我，尽管特德很耐心，对她很好，但他们之间没有激情。

我们和好后，我得避着别人行事，避开特德、C 的接待员和她所有的病人——事实上，是全镇的人。C 主动之后，我积极回应。我更爱她了。有时，我们真的很开心。一天下午，她让我走到车库和厨房间的通道，百叶窗都拉上了，一片漆黑。

“想吃蛋吗？”她问，“来点咖啡？”

“咖啡吧。”

“再来个三明治？”

“听上去挺不错的。有哪几种呢？”

“噢……”她打开冰箱，在嗡嗡声和灯光里倾身查看，“有沙丁鱼和通心粉。”

“沙丁鱼吧。”

她笑道：“一个沙丁鱼三明治。”

她认真地为我做三明治，把沙丁鱼放到面包片上，再放上生菜，用牛排刀在两片面包上都涂上芥末。然后，她把盘子放到我面前。每天的这段时间——五点到六点——我们都是在她的厨房里度过的，百叶窗阖上，而灯却开着，不管是晴天还是阴天。尽管特德随时都可能走进来，却不会发现我们说的、做的有什么不合适的，因此我们继续保持着情人关系，只不过没以前那么频繁。我们亲密无间，无话不谈。我所有的事都会对 C 说，无论是做的梦，还是读的书，甚至还会说起妈妈的身体状况。而她呢，也一样坦然相待。我们不再讨论未来了——她不愿意，我也只好随她。现在就足够了，不过我的工作每天都告诉我，要是你对当下不满，却又不采取行动的话，那么未来还是老样子。

我给自己挑好了墓志铭：宇宙即变化[1]。

C 在普路托镇上生了一个又一个孩子，我看着她的头发从暴晒过多

---

① 出自《沉思录》第四卷，指人看到的一切事物都是变化不止的。

后的浅金色越变越深。她把头发剪短，然后留长。当她做饭、转头、走路时，当她躺在我身边、在我身上晃动或是从身后抱住我时，波浪般的头发贴着她的脖子。灰色的发丝落在外面，又被她拢进宽松的发髻里。当她开始保养头发时，头发又变成阳光般的金色，越留越长。可渐渐，原本丝绸般光泽的头发黯淡下来。她的眼睛曾是青花瓷般碧蓝，深沉真挚，而现在呢，却变得暗淡模糊。她不断医治病人，而眼睛却渐渐变浑浊了，人慢慢变老。我还看到她的衣服变了，新买的裙子浆料渐渐变软，没了版型；原本穿去教堂的最好的衬衫污渍斑斑，她穿着给草坪浇水。我看到她的皮肤生出雀斑，喉咙处的皮肤松垮，牙齿松动，嘴唇皱缩。只有她的骨架没变，仍旧那么漂亮，充满活力。她皮肤紧致时的身材最好看。

一天，特德去法戈谈生意，这是个不可多得的机会。于是我们到地下室，那儿有一扇后门和边门。一条用作出入通道，另一条呢，则由她的狗博格看着。博格看到所有想进屋的人都会叫，连特德也是。我们很小心，从未被发现。一切如同往常一样。只不过，我们见面的间隔太长了，又太过小心翼翼，我们的情感愈发强烈。

从前，做爱对我们来说就像是出门旅游，但现在却成了回家。我们意识到自己深陷平淡无奇的生活中，以至于平时我们都没发现。但当我们做爱时，感到彼此长途跋涉后终于重逢，仿佛所有分开的日夜里，我们都在路上，顶着疲倦，最终到家了。当在家中拥抱着彼此、事后躺在清凉的地下室时，世界仿佛重新归位。整栋房子、后院和小镇似乎都应该有条不紊，就如同我们之间和睦亲密的关系一样。但我离开时，我只看到自己的公墓整洁有序，同我以往打理的样子毫无二致。只有死人才会平静。

回家路上，我想着 C 的皮肤，小小的雀斑，她手上洗洁精的气味，沙丁鱼油，白面包，还有她张开双腿时原始的冲动。我已习惯了这样令人窒息的空虚，每次分别时，我都会隐藏起自己的感情，又总会病态地渴望着。但这感觉终会平缓下来，在几个礼拜后渐渐过去。宇宙即变化。但对我们来说，万物都没变。

❧

刚进屋的一刻，我就知道有些不对劲。出事了——妈妈。一片诡异的寂静。焦急不安。仿佛我们在玩捉迷藏，等着我去找她。我走遍每个房间，叫她。如我之前所说，房子盖得很好，也很大。最后，我看到她倒在地下室的台阶脚下。灯没开。她可能绊倒了，但更可能是她故意摔了下去。她低吟一声，我拿起电话叫了救护车。接着，我蹲到她身边，不断揉捏着把她的四肢伸展开，检查呼吸。

她的手脚都没断，可她就像干柴一般又脆又硬。这一跤摔得她神志不清，她一会儿清醒，一会儿迷糊。医生告诉我说，她身体还不错，也许还能活好几年，也许只能活几小时，因为她总是想早死早了。她住院期间，我没个能商量的人。因此，我最终打了电话，觉得是时候把房子卖了，把她送到一个安全的地方。在那儿，她可以和其他老人谈心，过得舒服些，身体也有可能好转。

"没事的，"我说。她的双眼空洞，瞳孔扩散，直到我仿佛看到了她眼中的麻木。

我在医院给房产中介打电话，做好了她入住普路托疗养院的安排。有一间双人间还有空位，但我们想申请一间单人间，所以在候补名单上报了名。我把她的东西收拾到一个棕色皮箱里，从家开货车到了医院。行李箱以前是爸爸的，我记得有一次他要去俾斯麦，是妈妈为他收拾行李的。去疗养院的一路上，她一句话都不肯说。当我们到她房间时，她突然厉声喝道："我不想这样！"

她的身体虚弱得可怕。要是我把她带回家，她肯定会自杀。也许，即使在家，她也会不吃不喝。她鄙夷地看着布丁，喝了一小口咖啡又说道："我告诉你，我不想这样。"

她很快就适应了那地方，快得惊人。接下去的几个月，她和一个室友成了朋友，开始和其他人一起打牌，聊她喜欢的电视节目。她还胖了几磅，一个造型师每周都会来，帮她做头发和美甲。我不得不说，妈妈看上去很好，看来我的决定是正确的。我已忘了她在身体变差之前是多么喜欢社交。不过，即使我已降价，房子还是卖不出去。

"收入高、买得起房的人不会搬到这儿来，"一个中介说，"医生啊，律师啊等等，他们都在镇边上盖新房。"

"也许我们可以把房子卖给小镇做博物馆。你难道看不到我有多精心呵护它么？"

"你真的很爱惜这房子。我希望能买得起，把它买下。的确有人感兴趣，但我不知道该不该说，因为他刚在这儿说要把房子拆了。"

"特德，"我就知道。我想到过他会想要这栋房子。我永远也不会卖给他。

"特德·波萨普，"中介点点头说，"他接受你的出价。"

"毁灭之王，我可不想卖他。"

"好吧，"中介耸耸肩，"至少他能算做备胎。"

"把他塞到后裤袋里①！威廉姆·詹宁斯·布赖恩②来这儿做政治演说时就住我家。窗户都朝东，都是用大木箱运来的。内部的线脚和木构建都是桃花心木的，藏书室的嵌板——"

"你真的很舍不得，我知道。"

我对房子很有感情，舍不得卖——的的确确。我算了又算，但我们真的只有这房子。管理公墓没几个钱，只够这些年的开销，付医药费和我的学费。尽管维修活几乎都是我在干，后墙也让蜜蜂占了，但维护

---

① 即放在后裤袋里，当人坐下时，可以把他压垮碾碎。

② 美国民主党人，律师，政治家，曾三次竞选总统，均告失败，后任国务卿，主张和平外交，因对第一次世界大战严守中立遭到反对而辞职。

房子也得花钱。一到夏天，墙面都随着蜂群的飞舞而震动。一到冬天，又安静得好像睡着似的。我一边等房子卖出去，一边读完了法律学位，然后决定参加州司法考试。也许我能贷款，用房子作抵押，一旦工作后就还清贷款。晚上，我坐在后门廊发疯似的学习，听着蜜蜂在睡前采集最后的花蜜。嗡嗡声给整栋房子带来了生气，我不能舍弃房子，也无法抛弃蜜蜂。黄昏后，房间刚刚清扫过，灰尘都掸掉了，我坐在藏书室享受那份宁静以及房间里清爽的气息。我想，要是能和 C 住在这儿，那该多好啊；想着想着，我走了神。我坐着睡着了，还做了梦，又突然醒来，发现四周一片漆黑，意识到 C 永远也不会和我结婚。

那一刻，我知道那些殉情的人在想些什么；我看到在傻子般的决斗中，垂死之人的眼前闪过什么。我已把一生都浪费在一个女人上了，最后只剩这栋房子。我给中介打电话。

“好吧，”我说，“就卖给特德吧。”

❧

第二天，我把爸妈和自己的东西统统打包，住进一家旅馆。很快，我就听说特德已开工了。我知道他会做些什么。他的员工会拆除房屋内部，甚至会把储藏室里老旧的壁板撬走，把灯具组件拽出来，凿去壁炉边上深金色瓦片，拆掉线条优雅的楼梯，把彩色玻璃打包。一旦里面拆完，特德会租一套大型的新机器，机器装有一个巨大的锯齿铲，能把板条和石膏粉碎。

坐在蓝鸟旅馆的房间里，我想看看书。这个星期我就要考试了，但我无法集中精力。屋子仿佛正向我呼叫，告诉我它爱我，说我为了和 C 彻底断绝把它给毁了，太过残忍，根本没必要那么做。我不知道屋子会怎样，但我感到特德对屋子做的一切都在我身上应验。旅馆房间破旧不堪，印有燕子图案的墙纸褪色，摇摇欲坠的床板上放着一张凹陷的床垫，水池上灰色的陶瓷剥落。最糟糕的是，原本是想取悦顾客的一幅蓝鸟的画有画框却没玻璃遮挡，有些吓人。我感到自己被剁成一块块，内部被摧毁，一点点被凿下，被毁灭。最终，到了第三天，我瘦得只剩骨头，好比房屋只剩梁架，于是我决定行动。

我离开旅馆，在夏季闷热的空气中，走到C家。我第一次从前门进，也就是办公室的门，连门也没敲。她的接待员告诉我她正有个病人，在忙。当我径直从她面前经过，到检查室去时，接待员惊叫起来。房间里空空如也。我关上门，走到后面的厨房里。她正在往一台崭新的洗碗机里放碗碟。看到我，她很惊讶。她脱了白色外套，穿着一件浅色的棉质套衫，是哈密瓜色的。裤子是树蜜般的绿色，琉璃耳环和项链也是这两色。

我们望着对方，太阳躲到了云朵里。厨房里的光线从琥珀色变为灰色，而她的衣服也变深，成了铁锈红和灰绿色。

“特德跟你说过我把房子卖了吗？”

从她震惊的表情来看，我知道他没说，我也知道她马上就明白发生了什么事，因为我反复和她提到妈妈的情况。

“他……”

“他已经开始拆房子了。”

“我会阻止他！”

“随他去吧。”

“随他去？”

“把你的东西收拾一下，”我说，“我们现在就走。在城里，我们的年龄算不上什么问题，你也可以开家新诊所。离开特德和这房子。我们走。”

她身后的洗碗机不停地发出嗖嗖声，水进去了，开始加温。她转过头不看我，面向料理台。

“我忘记把咖啡杯放进去了，”她说。

当她打开洗碗机的柜门，放进一对咖啡杯时，一股蒸汽直冲而出。当她关上柜门、看着我时，我又爱上了她，无法离开她。

“从特德那儿把我的房子买下来，我会把钱还给你的。然后我们可以住那儿。”

“他正在那边动工吗？”

“是的。”

她仔细地擦着手，医生通常都那样擦手。

她想干什么？我跟着她走出前门。这儿到我家大约有一英里，这是我俩第一次在公众场合一起出现，我开心了一会儿。接着，当我们快到家时，我意识到，既然她让我俩被别人看见，那就意味着我们真玩完了。

❧

当我们到那儿时，我看到特德的一个手下正在拆卸前门的廊柱，还有一个开始拆屋的后墙。特德在后花园里。地上铺了护盖物，工人随意地走进走出，特德也不管管，开花的马齿苋和绿油油的景天被踩得稀巴烂。我走在路上看到这模样，差点儿倒抽一口气。蜜蜂到处飞，数量比往常多得多。我背叛了它们，突然感到一阵愧疚。我在屋后环视一圈，看到特德正在一台机器上，想把屋的后墙推倒。于是我轻声向蜜蜂道了声歉。C 朝他喊了声，让他停下。他关掉引擎。C 走到他边上，背对我，跟他说了几句。他站的角度挺微妙，我可以看到他一边在听她讲话，一边正盯着我看，仿佛我抢了他什么东西似的。他的神情严肃，眼神一闪，似乎知道了些什么。虽然我不常看到他俩在一起，但我非常清楚，他是知道的。在潜意识里，他就是知道，因为这是男人的直觉。他不理会 C，重新发动引擎——开着机器向前撞去。带有锯齿的机械铲撕裂了墙体，他往后退了些，又重新向前。突然，一阵巨响盖过了引擎声。黑压压的一片从我的房子里涌出，粗齿锯嘎嘎响。后墙里传来一阵蜂蜜的香甜，特德和C被蜜蜂包围了。

我只被蜇到过两次，我想也许是因为蜇我的蜜蜂还小，不认识我。

我把C直接拖回车库，等再跑去找特德时，他已被蜇得倒在地上，乌云般的蜂群在他上方飞舞。蜂蜜从护墙板上刚被他弄出来的裂缝中不断滴落。机械铲上也全是蜂蜜，正往下滴。我走到他边上，站着不动，看着蜂群飞过他的后背。蜂群的怒气似乎消了，有些蜜蜂飞回去修缮蜂巢。我在边上等他自己动弹一下，同时也伸出手在机械铲上蘸了点蜂蜜吃。蜂巢黑黝黝的，蜂蜜十分浓稠，多亏了我对花朵的悉心照料。我又拿了块大点儿的蜂巢，扫开在上面的几只蜜蜂，张嘴吃了下去。C走到车库的大门边上，目睹了我的所作所为，她说这是她见过最冷血的行为了——特德在蜂群下不省人事地躺着，而我却在旁边吃蜂蜜。

我一直都清楚，她还见过比这更糟糕的事。但就是我一个简简单单吃蜂蜜的动作，让她狠下心，在特德康复复工后继续拆掉我的房子。虽然他连蜂群的袭击都挺过去了，但一年后，一只小蜜蜂就送了他的命。他被蜇后，喉咙紧锁封闭了起来，还没来得及出声求救就翘辫子了。

我过了司法考试，决定专攻印第安法。我为一个部落打官司，给他们赢回了一些土地；又去了华盛顿，给一个涉及部落宗教的案件帮忙；忙完一桩桩事情后，我抓住了一个机会，终于回家。不过不是回到普路托，而是回到了保留地上。在那儿，我和杰拉尔丁结婚，同时，真相也得以揭开。

我们想让妈妈过来和我们一起住，但她拒绝了，坚持要待在普路托。我去看她时，总会在镇上走走，路过以前的房子。如今，那儿已是一片空地。特德还没来得及想好要搞些什么豆腐渣工程就一命呜呼了，这地也变得荒草丛生。

一天，我站在那块地上时，一辆车开过又停下了。一个年老的女人走了下来，穿着松松垮垮的夏季连衣裙，朝我走来。裙子上炫丽的粉色印花让我一下子没认出她来。随着她越走越近，我认出了她。是C。她以前从没穿过印花的衣服，只会穿纯色的。现在，她白发斑斑，像个骨质疏松的老太婆一样驼着背。看到我的表情时，她似乎很开心。

“我总有一天会变老的，难道我没说过吗？”

“我当时并不相信你的话，”我说。

对着我如此尴尬的表情，她似乎一点儿也不在意。相反地，我觉得她更加确定了，嘲讽道：“你以前是不是觉得我会一直都很漂亮吗？优雅地变老吗？”

我直视她的脸，看到了羞耻、蔑视，可能还有满足的表情，但却看不出一丝温柔。

“你让特德把房子给拆了，”终于，我说道。

“我必须这么做。只有这样，你才会离开。”

我朝她边上走了一步，但她却躲开，脚步沉重地回到了车上。我看着她开走。过了一会儿，我走上石灰石台阶，走过不复存在的橡木玻璃前门。这是我从小长大的房子。我缓缓走过门厅，踱到长方形的餐厅里，一只手抚过樱桃木的壁炉，接着又走进厨房。房子在我身边是如此真实，我都能闻到松木橱柜里抹布发霉的气味，炉灶上泄露的煤气味，我种在陶土盆里的天竺葵的浓郁气味。我就地躺下，身下曾是客厅放沙发的位置，沙发紧靠窗户。闭上双眼，所有的东西都回到了我身边。塞满书的书柜，嵌板，妈妈把牌甩到桌上的轻响声。

我昏暗的意识中有一座房子，我能从那儿看到一条小巷，接着又从小巷里看到一条路，通向小镇另一边。在小镇的最边上，死去的人静默无声。一座座墓中间是我常走的小道，沿着小道走，是她家的后门，她的脸，她那张永恒的床，她曾挺拔的骨架。我翻个身，想在野牛蒡堆上躺得舒服些。一两只蜜蜂在沉闷的空气中嗡嗡作响。蜂群已离开废墟，转而在底下筑起了巢。它们正在墓园里忙着，把白色的蜂巢建在头骨里，将黑色的蜂蜜酿在棺材里。

❧

婚礼后，大约过了一个月，我和杰拉尔丁坐在一起，一边看新闻报道，一边聊我和她以前得过的病。我们谈到了 C，随后杰拉尔丁说：“噢，那个不肯给印第安人治病的医生。”

“什么？”

自我认识 C 以来，同她做爱以来，我从没听说过这事儿。而我作为部落的一员竟然就这么长大了，可见我对保留地上的事多么无知。但说来也怪，作为一个法官，我竟然从没听说过，也没听我妈妈说过。接着，我记起来自己的头上曾有过肿块。

“你确定吗？”

“是的，她就是不愿意给印第安人治病。”

“怎么会这样呢？”

杰拉尔丁关掉电视，接着坐回我身边。不谈及 C 一直是我俩心照不宣的规矩。可现在规矩不仅打破了，更糟糕的是，杰拉尔丁不相信我说的。

“你肯定已经知道了。”

她知道我和 C 的事，这是她第一次明确表态。我有些想避开这个话题，永远也不要再提起，但却又有些想辩解，来证明我从不知情。

“我就是不知道啊。”

我都觉得自己说的是假话。我们之间突然坐得分开了些。我有些伤心，说了一句我一直希望能够收回的话。

“但她给我治病了。”

杰拉尔丁看向我，又移开视线。我看到了她眼中的失望。

“他们总是会有例外的，”她说。

杰拉尔丁告诉我，过去这些年 C 拒绝医治的几个患者——甚至还有病危的患者。她让大家都知道，她是不会医治我们的。大家都知道为什么。这可比你对花园里种什么挑三拣四严重多了。杰拉尔丁说，这里面有历史原因。那时我发现，我曾十分了解这个医生，却又对她一无所知。直到后来我才意识到：即使我和C同岁，我们也不会在一起。她治好了我头上的肿块，成了我的情人。我对她是一个特例，让她良心上好过些。每次我抚摸她，她都得到了宽恕。我搞清楚了整件事情——杰拉尔丁一边说，我一边理清了其中的历史原委。为什么科迪莉亚[①]会爱上我？她爱我，可她为什么无法忍受这点呢？为什么她不愿被别人看到和我在一起呢？为什么她不得不拆毁我的房子呢？为什么直到如今她仍孤身一人？要回答这些，我必须先接受我们种族之间往日的恩恩怨怨。

① 该名字英语中以“C”开头。

科迪莉亚·洛克伦医生

普路托的灾难邮票

普路托死去的人已比活着的人多了。从厨房看去，小镇东边的小山丘上布满了高高低低的白石墓碑。这儿没有酒吧、剧院、五金店，也没有乳品店或修车场，只有个加油站。连神父每周也只来教堂一次。每次他来时，草地几乎都没来得及修剪好，更别提有任何鲜花了。不过，他一来至少给小镇餐厅增添了点生意。

这儿有一家餐厅是件挺稀奇的事，而且餐厅不是在什么年久失修、阴森可疑的大楼里。当银行撤出时，因为免下车服务店被狂风摧毁而获得保险赔偿的一家人买下这栋房子，取名为4－B。花岗岩的外墙，拱形的窗户，二十英尺高的天花板，让这家餐厅显得格外气派，甚至有点豪华。餐厅里有一块黑板，上面写着当日的特价菜。收银处有一个雪茄盒，用来收集客人多余的零钱，以捐助当地一个男孩的医疗手术费。这个可怜的孩子在农活中出事，被截去了一只手。像普路托健在的大多数镇民一样，我每天大部分时间都在餐厅的包间里度过。现在已没必要修缮我们的政府大楼了，餐厅成了镇委会的办公场所，也成了俱乐部成员、教会团体和牌友的聚集地。这儿是出门购物默认的集合地点，人们会从这儿赶往六十八英里以南最近的商业区；这儿也是小镇里仅有的几位年轻妈妈谈天说地的地方，她们通常一边用脚来回推拉多用婴儿车，一边像她们的丈夫一样，在包间里呵斥和咒骂。还有些人会在这儿吃饭，他们或是没有子女，或是因为打仗啊，异地恋啊，感情渐渐变淡啊，像我一样没有配偶。也有离婚以及单身的，出于这样或那样的原因，最后只在北达科他州的普路托镇上拥有一处房产，没别处可去。

我们之所以还留在这儿，是因为现在的房价远不及当初买房的价格。要是卖了房，这么点钱只够我们在外面租房度日。然而，无论我们多么珍惜留恋这些院子、起居室和车库，每年总有一两户离开。我们的人正变得越来越少。小镇正在衰亡。我退休后，心不甘情不愿地被推上了普路托镇历史协会会长的位子。

就当时来看，即使小镇不能繁荣起来，至少我们还能稳步迈入新千年。但随后镇上的肥料厂破产，农用机器的代理商都移到保留地的另一头了。我们只剩下农业，但便宜的州际运输早已把我们踢下了竞争舞台。公路也年久失修，我们正一点点走向衰败。正像历史协会通常所做的那样，我成为了很多人倾诉的对象，知道了许多不为人知的故事。当人们明白保留秘密也已无济于事，或是意识到一个地方所能留下的一切最终会存在于档案资料中时，他们说出这些故事，希望记录下来的档案能反映真相。

我的朋友尼芙·哈普家是最初来这儿定居的几户人家之一。她的爷爷弗兰克·哈普是一个投机者，在第一批探险队测绘失败后来到这儿。当时，达科他与大北方城镇公司正沿着大北方铁路建设一系列城镇，他同公司员工一起到这儿，想大赚一笔。这些城镇方位精确地标示在地图上，供投机者参考，方便他们购买土地，安家置业。四面八方而来的农夫把粮食通过铁路运送到这儿后，会到镇上采购，也会去那儿花钱玩乐。

而如今，火车开走了，可我们还在这儿，搁浅了。

地图测绘队乘着巡逻车，选定了几个地方。他们一致认为这些地方是合适的，有其独特的自然风景，又或和其他城镇有一定距离。早在他们来到小镇所在地的好几年前，他们就已绘制地图了，再也取不出什么新地名：总统，外国首都，重要的矿石，伟大的政治家，北美的哺乳动物，以及他们孩子的名字都用完了。靠近东部的几个精心规划的城镇被命名为宙斯、尼普顿、阿波罗、雅典娜。他们把维纳斯排除在外，觉得这位女神的名字会让小镇变得放荡不堪。弗兰克·哈普提议将小镇命名为普路托[①]，很快通过了，可当时并没人意识到这是冥神的名字。人们一直用普路托这个名字，但直到1906年小镇才被正式命名为普路托。那一年小镇快速发展，在二十四年后，冥王星被发现。不无讽刺的是，这颗星体是太阳系中最寒冷、最孤单的，而且可能是最不适宜居住的一颗，但这从未对小镇有过任何影响。

普路托镇上发生过一些大事。1911年，一个家庭里的五个成员——父母，十几岁的女儿，八岁的儿子和四岁的小儿子，都被杀害了。当时一群人盛怒之下误认几个印第安人为凶手，可耻地动用私刑，即当时所谓“还算公正的处置”[②]。全镇的人都对这事三缄其口，我也没多加注意。后来人们很快发现一个邻居家的男孩疯狂地爱恋着这家的女儿，他也随之失踪了，许多年来他一直是本案唯一的嫌疑人。那家人中只有一位幸存者——一个七个月大的婴孩，她当时睡在婴儿床里，由于婴儿床在大床后面比较隐蔽，才躲过一劫。

1928年，普路托的国立银行行长携带着近乎全镇的存款，想跑路去巴西。他的兄弟追上他，并且说服他回来，这些钱也失而复得。然后，行长自杀了。他兄弟接手了银行。在小镇公墓所在的山顶建了个战争纪念碑。1949年，为了缅怀两次世界大战的英雄们，十七个名字被雕刻在大块花岗岩上。其中之一就是托贝克·赫斯，这个男孩曾被公认为杀人案的凶手。他去了加拿大参军，参加了第一次世界大战。当时，他的死讯传到了他姐姐伊莱克塔那儿。她嫁给了一名镇委会成员，不愿像少年嫌疑犯的父母一样离开当地。她坚持认为他该被列入烈士名单。但不知小镇上哪些人从石头上凿去了他的名字，因此他原本的名字处现在只剩一块凹凸不平的痕迹，在退伍军人节上，在纪念碑周围的地

---

① 希腊神话和罗马神话中的冥府之神，前太阳系九大行星之一冥王星的得名由来。
② 没有诉诸正当的法律手段而动用私刑。

上只插十六面旗帜。

这儿有干旱，有可怕的意外事故、由于情欲而犯下的罪行。但同时，也有一些好事发生。杀人案中幸存下来的七个月大的婴儿，被男孩的姐姐收养。奥里克·霍格和伊莱克塔·霍格这对夫妻很溺爱这个孩子，孩子长大后，花了很多钱送她去东部的一所大学就读。他们并不指望她还会回来。可九年后她却回来了，成了一名医生，当地的第一名女医生。她在镇上开起诊所，重建了她继承的房屋，正是那场杀人案发生的地方——现在是一家精致的小型农场住宅，装有护墙板，在小镇的西边，边上就是公墓。房屋和牲口棚外有六百八十英亩的农地。出租农地获得的收入足以让她维持一个诊所和雇用一个护士，即使在病人付不起医疗费时，她也能开下去。

她有一个污点，令她感到羞耻。大家都知道她拒绝为印第安人看病，觉得她心胸狭隘。但实际上，在印第安人面前，她总是没法克制自己，对病人如此，对她的情人也是如此。比起她爱上的那个人来说，她太老了，他对她来说又太年轻了，并不合适。在他面前，她总是不能自已。这是命中注定，或者如今在她看来是发了一场疯。但同时，那些情感似乎又是她生活中唯一理智的表现。为了和他断绝关系，她结婚了，可丈夫后来去世了。最终，她和一个大学游泳教练好上了。他没法长时间离开大学。两人一直以为等到男方退休后，他就会搬到普路托。但后来，他却娶了一个学生，为了有个一年四季都能用的游泳池，还搬去南加利福尼亚。

❧

默多·哈普是那个自杀的银行家的兄弟。他是小镇土地测量员的儿子，也是我朋友的父亲。尼芙和我一样已是七十多岁的人了；我们每天一起散步，活动活动关节。她结过三次婚，曾被绑架过一次——她都挺了过来。她现在用的是她未出嫁时的名字，住在父亲留给她的房子里。她个头高高的，因为饮食缺钙而略显驼背。尽管在我的建议下现在她摄入大量钙质，却依然驼背。她和一些人一样，想还原小镇真实的历史。我俩坚持活动。每天，无论天气如何（甚至是暴风雪的情况下），我们都绕着小镇散步两三英里。

“我们就像两颗古老的卫星在绕轨道而行，”有一天她对我说。

“如果冥王星上有人居住，他们可以根据我们来给时钟对时，”我答道，“或者把我们当神一样崇拜。”

我们笑了，想象着自己是星球女神。

大部分的院子和地皮都闲置着。小镇已好几年拿不出钱修马路了，大部分的路没修缮过，甚至成了砂砾地。现在只有主干道上铺了沥青，但崎岖不平的路面对我们来说却不错，不那么容易让人跌倒。到了我们这个年纪，伤到髋关节是最吓人的。一旦动不了，就无异于死人。

“我一直想告诉你，为什么默多的兄弟，也就是我叔叔奥克塔夫企图逃往巴西，”她说，仿佛这桩丑闻才刚刚发生一样。“我想让你记下整件事的经过，发表到《历史新闻通讯》上，将真相写入我们官方的记录。”

我让尼芙等我们散完步后到餐厅里坐定时再说，这样我可以做些笔记。但奥克塔夫的故事在她心中扑腾着翅膀，不知怎的，在那天早上蠢蠢欲动，于是她还在路上时就忍不住说了。

“正如你记得的那样，”尼芙说，“奥克塔夫在河水水位最低的时候溺死了，水才两英尺深。他得强迫自己潜入一个水坑才能把自己溺死。当时人们认为，只有女人才可以使一个男人用这样可怕的死法来折磨自己，但这并不是因为爱情。他并非为爱而死。”尼芙沉默了一会儿，沉思着又走了大约一百码路，然后接着往下说。“你记得集邮吗？当时那些邮票有多重要？掀起了一阵热潮？”

我说我的确记得。人们至今还收集邮票，我告诉她。

“很多人都像我兄弟爱德华一样只是玩玩，”她说，“可奥克塔夫不一样，邮票就是他的一切。他在银行的主金库里存放他的藏品。这个小镇最不为人知的秘密之一就是这些收藏到底值多少钱。1932 年，银行被抢时，强盗们冲入金库。他们只搜刮了那儿所有的现金，完全没注意那五十九本集邮簿和二十二个特制的乌木镶框展示盒。邮票的价值是被偷走的现金好几倍。事实上，它们的价值相当于整个银行里所有的钱。”

“后来那些邮票怎样了？”我好奇极了，这件事我只听说过一些不靠谱的传闻。

尼芙狡猾地斜睨了我一下。

“我兄弟虽然拿了些，却完全不知道有多值钱。银行易主时，大部分邮票都到了我手上。我喜欢对着它们看，这比电视可好看多了。藏品就放在我的前屋的一张桌子上。你看到过集邮簿，但你从没对此说过些什么。你从没看过里面的邮票。如果你看过，你也会像我一样为它们精美的设计、精致的细节和无穷无尽的种类而心醉。接着，你会想了解这些邮票，渴望知道它们背后的历史，你会着迷。我兄弟和叔叔就是这样，最近我也迷上了邮票。不过好在我的迷恋程度轻得多。当然，你有自己的兴趣所在。”

“是的，”我说，“感谢上帝。”

经过教堂时，我们看到神父也在，朝他打了个招呼，那可怜的人也向我们挥了挥手。草坪完全被人遗忘了，所以只好由他来割草。他看上去有些忧伤，操劳过度。

“他们把好人当牲口一样对待，”尼芙说。然后，她耸耸肩，我们继续前行。“我读了叔叔以前的信件，还查看了他的文件后发现，他有个特别的喜好。所有的集邮爱好者不知什么时候起都会有自己的喜好，你也许会把这叫做集邮的阴暗面。”

我看着尼芙，虽然想到自己曾亲眼看到过她阴暗的一面，但邮票也有阴暗面，这倒是头一回听说。

“他收集到了圣杯级[①]的邮票——英属圭亚那洋红色一分邮票[②]，瑞典在1855年发行的三分邮票[③]（应为蓝绿色，却错印成橙黄色），还有很多托恩和塔克西斯邮政发行的邮票[④]，以及一些高价的马尔雷迪信封[⑤]的标本，品相极好。我叔叔患有忧郁症，这让他格外喜欢错版的邮票。在我看来，那瑞典的三分邮票是一切的祸端。”

“好吧，”我说，“连我都知道有张邮票上面的飞机上下印倒了。”

“就是那张二十四美分玫瑰紫红加蓝的‘倒置的珍妮[⑥]’，没错！”她似乎很欣喜。“我一直在翻阅他的笔记和藏品，就是为了找到这张。他说他开始收集错色邮票，比如瑞典的错色票，很难到手；然后是加印邮票，无齿孔的、没标面值的、漏印花饰的，以及其他稀奇古怪的邮票。他有一整页集邮簿用来存放弗兰克·巴普蒂斯特的邮品，这个十七岁的男孩曾用手动操作的印刷机为联邦政府印制邮票。我还没找到那一页，但我相信会找到的。”

尼芙走过一块砾石地，兴奋地跟我讲着。而我也紧跟着她，不想错过她的故事。她有些喘不上气，靠在树上对我说，在奥克塔夫逃跑的六年前，他开始收集灾难中幸存下来的邮票和封面（信封和其他类似的材料）。这些灾难往往考验着人们，也夺去了人们的性命。这些东西背后都有故事，品相不同，价格也不同。有的上面有水渍，有破损，甚至还有血迹。而这些缺陷则是它们真正吸引人的地方。

说到这儿，我们已经到了以前银行所在的餐厅，我很高兴可以坐下

---

① 即极度珍贵。

② 发行于1856年，洋红底，黑色图案，是世界珍贵的邮票之一。

③ 又称“黄色三先令”，为错版邮票。黄色是当时八先令邮票的颜色。

④ 德国家族，十六世纪欧洲主要的邮政服务提供者。

⑤ 世界上最早的邮资已付信封，于1840年5月1日发售，1840年5月6日开始使用。

⑥ 美国1918年发行的第一枚航空邮票，每枚面值二十四美分，在圈内有“美邮之王”称号。

来，记下尼芙的故事。我向店主借了纸笔，随后我们点了咖啡和三明治。我总是会点一个丹佛三明治，而尼芙点的是不加培根的 BLT 三明治[①]。她是普路托唯一的严格素食主义者。我们呷了几口咖啡。

“我买了本集邮的书，刚看完，”尼芙说，“书上说集邮为迷茫的人提供了精神上的庇护所，为堕落的灵魂注入新的活力。我想奥克塔夫曾希望能从中获得这样的力量。但父亲说，他越沉迷其中，反而越痛苦。每当找到新的珍贵藏品时，他会容光焕发。他和世界各地的人打交道，这真是不可思议。我有很多文件夹，里面保存着他与邮票经销商的通信。他会花几年找寻一张在灾难中幸存下来的邮票或信封。这其中当然包括战争：美国独立战争，克里米亚战争[②]，以及第一次世界大战。士兵们常把信件带在身上，却想不到这些信最后会落入收藏家之手。但奥克塔夫更喜欢天灾，其次是人祸。”尼芙轻叩她的咖啡杯。“他应该会对兴登堡事故[③]着迷，肯定会有一两张邮票在某个地方保留了下来。当然他也喜欢我们现代社会的灾难。”

我突然明白了她在想些什么——第三十五届总统[④]去世的那天，寄出的信上都盖了当日的邮戳；总统夫人杰奎琳的钱包里可能有贴了邮票、准备寄出的白宫感谢信。一想到这些星星点点的纸片中有很多可能落入了卖家手中，被贩卖给全世界像奥克塔夫那样的人，我心都凉了，十分难过。尼芙和我的感受是一样的，我看到她正要往咖啡里加糖——自从她患上糖尿病以来，每次心情低落时都会这样。

“别这样，”我说，“你晚上会睡不着的。”

“我知道。”她还是加了糖，然后把玻璃小罐放回桌上。“你难道

---

①培根、生菜、番茄做成的三明治。

②1853 年至 1856 年沙俄与英、法、土、撒丁王国之间的战争，以俄国战败告终。

③1937 年 5 月 6 日，兴登堡号德国载人飞艇在着陆时爆炸，九十七名乘客和工作人员中三十五人死亡。

④即约翰·肯尼迪，于 1967 年 11 月 22 日遇刺身亡。

不觉得奇怪吗？时间竟能让过去的事件不再可怕，不再撼动我们。但我刚刚告诉你这些，只是为了解释奥克塔夫为什么要逃去巴西。”

“还带着这么多钱。现在，我想他是为了寻找某张邮票。”

“完全正确，”尼芙说。“昨天我和我兄弟聊天时，他竟然还记得父亲曾告诉过我们，奥克塔夫在找什么。当时邮票落入了一个西班牙富婆手中。在他的集邮笔记里，他提到了许多东西：一封从1883年喀拉喀托火山[①]喷发中幸存下来的信，刚写好的信上贴有一张荷兰邮票，被送上了汽船。1888年新罕布什尔州的一名邮递员在东部海岸的暴风雪中丧命，他的背上刚好冻着一袋信件，我叔叔得到了其中一封。他还有泰坦尼克远洋邮局经手的一封邮件，经过鉴定是真品。据他考证，应该有很多像这样出于机缘巧合重新找到的邮件，但他对海难兴趣不大。当时他在寻找的是一封公元79年的信件。”

我从没听说过那时就有邮政服务，但尼芙向我保证那封信非常古老，希罗多德[②]说过“无论雨雪，或是深夜”[③]之类的名句。在公元79年的五百年前，维苏威火山爆发，整个庞培城都堙没于火山灰下。“你可能知道，”她接着说道，“庞贝古城在重见天日后的一个半世纪里，没有任何维护措施，被寻宝的人洗劫一空。当时，许多古董都落到了收藏家手里。一封可能是老普林尼[④]准备写给小普林尼[⑤]的信在伦敦风光

---

① 在爪哇和苏门答腊巽他海峡中心一个小岛上的火山。1883年的大喷发造成历史上最严重的灾难之一，澳大利亚、日本和菲律宾等国都能听到爆炸声，大量火山灰洒落，引起海啸，造成爪哇和苏门答腊三万六千人死亡。

② 公元前五世纪古希腊历史学家，被誉为“历史之父”，著有《历史》，叙述了希腊波斯战争史，是西方第一部历史著作。

③ 出自希罗多德所著《历史》，原句为：“鹅毛大雪，倾盆大雨，炎炎烈日，昏暗夜色，没有什么能阻挡信差的脚步。”

④ 古罗马作家，共写过七部作品，现仅存百科全书式著作《博物志》三十七卷。

⑤ 老普林尼的养子，古罗马作家，曾任执政官、比西尼亚总督，以其描述罗马帝国社会生活和私人生活的九卷信札著称。九卷信札中就包括了描述维苏威火山爆发的一封信。

一时，撩拨着收藏家们的心。但当奥克塔夫联系上卖家时，这份珍品已被盗。然而，经销商打探邮件的踪迹，发现东西秘密转售给了葡萄牙橡胶大亨的妻子。她和奥克塔夫一样有着自己的嗜好——不过她并不集邮，她只是喜欢所有有关庞贝的东西。她家的墙上完完全全地还原了庞贝壁画——女人们互相鞭打，等等场面。”

“真令人难以想象啊！在巴西！”

“这的确很稀奇。而一个北达科他州的小镇银行家竟拥有世界级的邮票藏品，也是件稀罕事。”

我也这么认为，同时努力回忆着尼芙叔叔的一切。

“当然了，他是个单身汉。”

“生活也很朴素。尽管如此，他的钱也远远不够买下普林尼的信件。他打算带着银行的钱和他的藏品离开这个国家，但邮票却没让他出成国。我想海关官员对他的藏品起了疑心——是否该允许它们被携带出境等等问题。因为，比如说，弗兰克·巴普蒂斯特的邮票对美国历史来说是一条有趣的旁注。默多在纽约找到了他。当时，奥克塔夫已崩溃，躺在某个旅馆的房间里动弹不得。他很害怕他的集邮品会被没收。回到普路托后，他开始酗酒，自那以后，彻底变了个人。”

“那么庞贝信件后来怎样了？”

“巴西的那位女士来了一封信，说她可以把信的残片卖给奥克塔夫。她的信上满是涂改的痕迹，泪痕斑斑。”

“一封灾难信件？”

“是的，我就猜你会这么说。她三岁的儿子不知怎地拿到了庞贝信件，把它撕得粉碎。所以从某种意义上来说，来信的这个女人伤透了奥克塔夫的心。”

已经没什么可以说的了。我俩都陷入了沉思。我们吃了摆放在面前的三明治。

我和尼芙晚上不出门，在家里安安静静地看书或看电视，听音乐，独自一人吃简单的晚餐。要是有一座火山从古老的河床里升起并爆发，我们突然之间葬身于火山灰里，那么我想，我们会成为宁静的两尊塑像，像命运三女神[①]一样正襟危坐，目光聚焦于一幅画或是一个词。我在书里看到过其他的石膏像。当火山岩浆吞没庞贝居民时，人的肉体灰飞烟灭，在坚实的火山灰岩中留下了一片片的空隙。当时这些空隙对人们来说一直是个谜。直到把石膏倒进去，凿去周围的灰岩时，人们才发现，这些空隙原来代表了人类生命的最后的一刻，可悲可叹。有时，在实实在在的石膏像前，我觉得自己更像一片空虚。与那最终成形的实体相比，我更像石膏铸模前岩石中的空隙。当一个人长久以来都与自己做伴，那么他已经消失了。我就是这样一个人。

然而，我觉得从黄昏到午夜的这段时光很美好。我并不孤单。我知道自己时日不多，没多长时间可以享受奢侈的安静和独处，因此我很珍惜我所习以为常的这个环境。而尼芙呢，则想念着她的两个继子继女和孙子孙女。很多个晚上，她都打电话和他们聊天，尽管他们就住在法戈，她还常去看他们。我和尼芙都无法相信我们老了，我们惊叹于光阴飞逝——尼芙经历了三次婚姻和一次绑架，而我也经历过疯狂的感情。我们从镜中瞥见自己时，常常惊于镜中所见。

我时常想，在我这个年纪还能有一个像尼芙这样的好朋友，真幸运啊。不过，她有时的确悠哉游哉地沉浸在阴暗的想法里。

那天晚上，因为咖啡里加了糖，她又睡不着，情绪低落。但当她打电话给我时，我并没直接说她的情绪很糟糕。她说道绑架她的那个绑匪很帅，但又有些吓人，还说在他后屋的床垫上她教了他什么，或是他教了她什么。绑匪后来当了兵，戴着勋章从朝鲜回来后，愈发有领袖气

---

①希腊神话和罗马神话中司掌人类命运的三位女神，通常被描述为三位老妇人。

质，变得乖僻——他成了一个宗教领袖，教义晦涩难解。后来，该教仅剩的几个教徒搬走了，因为日子过得太苦转而加入了其他教团。比利强盛的性欲我不知听过了多少次。我转移话题，她终于挂了电话。但接着，她发现了一件怪事。

电话铃响起时，我正在两盏明亮台灯的包围下，静静地读着一本甜蜜得腻味的小说，这是我参加的书友会寄给我的。尼芙上气不接下气地告诉我，她整晚都在用放大镜浏览集邮簿。她终于明白了一件事，她早该明白的事。

“真的藏品在我兄弟手上，”她尖声道，语气中透着极大的痛苦。“我拿了钱，让他翻了集邮簿。我当时并不知道，根本没想到他是有目的地翻阅的，为了找那套邮票。结果就是：我手上的这些一文不值，而他的……”她说不下去了。接着，她嘴唇贴着话筒，轻声说道：“可能值一百万。他骗了我。”

我忍住没笑，也没说：“大家都知道是你把他给骗了！”

她仔细查阅了奥克塔夫的文件和信件，又发现了一些东西，令她感到沮丧。在她从未打开过的一个文件夹里有一叠信，大约八九封，收信人是同一个。信上有盖过邮戳的邮票，纸张有些变形，似乎受过潮，上面的字迹也模糊了。每张邮票与其他的都有细微的不同——邮戳上有些许缺陷，一道细细的裂痕。她有些困惑，于是检查了一下，发现其中有一张紫罗兰色本杰明·富兰克林的五十分邮票，可邮戳日期却是泰坦尼克号沉没前不久，比邮票的发行年份还要早两年。

“事实显而易见，但我却很难接受，”她说，“因为我很喜欢我叔叔。我想他当时正在伪造灾难信件，而我的发现就是确凿的证据。”她听上去很气愤，仿佛他是把这些东西卖给她似的。“他把这些伪造信给了伦敦的一个经销商，想让他开具鉴定书，可最终没弄成。”

我试图劝说尼芙平静下来，但每当她陷入这样的情绪状态，所有的愤怒与哀伤都会向她席卷而来，似乎她有责任严厉地谴责整个世界，或者为每个受害者哀悼。她在别的地方有几个远房亲戚，不愿像我一样永远被困在这儿。但我不想她走。我立马挂了电话，放下手头无聊的小说。尼芙的情绪感染了我，我努力摆脱这突如其来的巨大恐惧。不知不觉间，我走进卧室，打开床脚处的柜子，翻看着家人的衣服——大部分东西都被已被销毁或是拿走了，但殡仪馆的人把衣服留了下来，洗干净（我想他是出于好意），并在我搬进这房子时给了我。我发现了一个颜色暗淡的信封，上面写着“乔根森殡仪馆”，一张情人节卡片从信封里滑了出来。卡片也自带了一个信封，这肯定是先前藏在某人的衣服口袋里的。信封挺滑稽的，纸制花边，上面写满了肉麻的话。我第一次注意到信封上贴了一枚佛罗里达州胡格诺派①纪念碑的五分纪念邮票。这样的一段历史竟然放在一张情人节卡片上，真见鬼，但转念一想，却又歪打正着，十分合适。

有时候我怀疑在我大脑最黑暗的角落里是否隐藏着恐惧和痛苦以及猎枪的巨响。要是人们三天后才发现我，那么我可能已脱水而死。但我不记得这些了，一点儿都没印象。我也从未反常地害怕口渴，或是一心想着食物和水。别人告诉我，是一个印第安人救了我，可他后来却被绞死了。我的童年非常幸福，什么都不缺——秋千、小狗、宠爱我的父母。好事都被我遇上了。我喜欢考试拿高分，也喜欢交朋友。我被选为学校的舞会女王。当人们突然提到我的过去时，我从不感到震惊，因为我很小就听说了这个故事，渐渐接受了自己的身份。不过，有一件事值得一提：我一直以为杀害我家人的罪犯就是那群被绞死的印第安人，而且在我碰到尼芙前，没人纠正过我的想法。尼芙给我看了所有的剪报，还让我知道了人们对这案件的不同想法。现在，我想，我的养母当时甚至怀疑真正的凶手并非托贝克，而是另有其人——某个不引人

---

① 十六至十七世纪法国新教教派，因内战失败而丧失政治权利，受到迫害并被迫改宗，随后四十多万名教徒逃亡至英国、美国等地。

注意的、心怀愧疚的凶手。他可能仍旧逍遥法外，就在我们身边。我和伊莱克塔总会发现用心叠好的钞票，藏在我们能找到的地方——花盆底下，我的树上小屋里，自行车的空心把手里——我们总是拿起折好的纸钞说："圣诞老人又来过了。"但说实话，我只记得童年里一些小小的忧伤难过，对那件事没什么印象。我能活下来实在是出乎意料，也许正因为如此我充满感恩。也许是我的家人揽下了所有本该降临到我身上的不幸。我轰轰烈烈地爱过，过着平凡却幸福的生活，而且我有幸可以帮到人们，帮助大多数人。我并不会为谁哀悼到发疯的程度，也没有后悔的事希望重头再来一遍。

那么，当姐姐的情人节卡片摩挲着我的脸，当我触摸她那叠好的亚麻布衣服，当我碰到我兄弟们的罩衫，还有我母亲离世那天系的围裙，我父亲洗烫过后带有干草味道的旧衣服，当我把这些都捧在怀里时，为什么，当我把属于我家人的遗物都抱在双臂中时，我会疯狂呼吸，无法控制，就像有一阵黑色的风将我卷起呢？就在此时，为什么我会飞向一些模糊却无法磨灭的记忆呢？它们如星尘般，以令人头晕目眩的速度，似乎要远离我，一直在远离我。

当普路托最后空无一人，这所房子归于尘土，当战争纪念碑被推倒，银行和餐厅中的黄铜和花岗岩被卸下，当小镇仅剩我们收集的《历史新闻通讯》——它们装订成册，被赠与北达科他州大学时，接下来又会如何呢？我该说些什么呢？我该怎样描述事实呢？

情人节卡片告诉我，那个男孩的名字不该在战争纪念碑上被人抹去，因为他根本不是凶手。无辜的人被处以绞刑，受到残酷杀害，正义并未得以伸张。我姐姐也同样爱着他，不然她不会把这封信带在身上。如果他们相爱，那么他可能是出于悲伤和绝望才出逃的。也许他在案发现场，看到她死了。可怜的托贝克。但如果男孩不是凶手，那到底是谁呢？我的父亲吗？不，他是被人从背后击倒的。我们找不到可以指控的人。凶手应该还在镇上，或是去外地了。当时他曾暗中跟踪我哥哥们，在他们逃去牲口棚时杀害了他们。他看到美貌的姐姐和妈妈，开枪把她们打死了。但他得到什么好处呢？一样东西都没少，他什么也没拿。这一场谜样的屠杀，没带给他一丁点儿好处，他究竟想干吗？

大约二十年前，我遇到一个非常棘手的病人。他是个年老的农夫，在保留地的最边上过了一辈子。沃伦·沃尔德是一个沉默寡言的怪人，不过却挺擅长和动物打交道。他有许多与众不同的想法。我听说过他对美国政府的看法。有些话题从未在他耳边提起——议会，宪法的修正案等。没人会和他讨论政治，生怕他勃然大怒。即使和他谈一些中规中矩的话题，他也会以一种尖锐的目光看着对方，令人感到不安。但每次我去农场给他看病时，他从不这样。两个星期前，农场昂贵的种牛顶了他，还踩踏了他，伤口主要集中在腿上。他打死不愿去看医生，结果伤口感染，发高烧，伤口组织坏死。他很强壮，并且激烈地反抗，不肯去医院。因此，他的家里人打电话给我，看看我是否能治好他的腿。

我的确能，也这样做了，尽管治疗的过程痛苦又艰难。我每天要去看两次，这让我的日程很不好安排。每次换敷料、做清创术时，我都想给沃尔德服用吗啡，但他不肯。他还不信任我，害怕失去知觉后再醒来时，发现腿被截了。渐渐地，我终于治愈了伤口，也让他平静下来。我第一次来治疗他时，他一看到我就吓得要命，这种情况在我行医生涯中还是头一回碰到。这种恐惧中夹杂着惊慌，后来程度有所减缓。他只是一脸疲倦地不说话。腿渐渐痊愈，我来看他，他不再拒绝。当他可以拄着拐杖走动时，他似乎开始盼着我来，这样的温柔和可怜样儿吓了家人一跳。他们说，只有在我面前，他才会暂时抛开原先可怕又古怪的性格，一旦我走后，他就变得怒不可遏、无法平静了。虽然他康复了，可再也干不了以前能干的一些活儿。在那之后的几年时间里，他身体很健朗。后来，他实在是太老了，被送到了州医院。他寿终正寝，睡梦中一块血块堵塞了动脉。让我惊讶的是，几个星期后一个律师找到了我。

律师说他的委托人沃伦·沃尔德留了一个包裹给我，于是我让他邮寄过来。包裹到手时，地址一栏的字迹很难看，可能是沃尔德写的。我立即打开了盒子。上万张纸钞，面值不一（大多是小面额的）。我当然认出了纸钞的叠法，和我小时候找到的一模一样。我打电话给那律师，他帮我联系上了发现沃尔德死亡的护士。我问她知不知道他的精神状况怎样。

是音乐把他害死的，她说。

我又问，是什么音乐。她告诉我有个叫皮斯的人来看望朋友，他在公共休息室里拉了一曲小提琴曲。当时，沃尔德倒下了，当晚就去世了。我向护士道了声谢。一听到皮斯这个名字，我真的感到很难过。要是没有这么多细小、古怪的线索揭露出真相，我差点就相信沃尔德是因为同情我的过去、感谢我治好了他，才给我这些钱的。这个名字，属于这个名字的小提琴和音乐。头几次去给他看病时，我记得他会害怕地躲着我，只躲开我一个人，让人觉得他可怜。从他的脸上可以看出，他似乎回想起了过去的噩梦——当时我就这么觉得——之后他性格大变，这也让我起了疑心，感到一股寒意。

❧

如果你们中有人是《历史新闻通讯》的忠实读者，那么您该知道我们的订阅量正在减少，我们不得不控制文章的长度。所以我必须就此打住了。但无论如何，既然只有历史协会的财务主管尼芙·哈普和我负责通讯的保存等事务，只剩我俩还在撰写通讯，我们就不再招募新成员了。我们宣布协会解散。然而，我们还会继续绕着小镇散步，直到我的脚步没入地下。最后，作为普路托镇历史协会会长，我想挑一天定为小镇的节假日，来纪念那一年我救了杀害我全家的凶手一命。

风会继续吹。魔鬼会继续出现。所有欢度节假日的人会变成幽灵，归于尘土。什么都不会留下。举目所及，只有永恒飞扬的尘土。

天啊，如末日般，太可怕了。我心里一边想着，一边走到尼芙家，帮她度过这个不眠之夜。尘土在尘土上起舞！老太太们可以在晚上外出，享受微风，这样的城镇很少，而普路托就是其中之一。我拄着拐杖摸索着，因为天漆黑一片，我想已经没人看得见我们了。

图书在版编目(CIP)数据

鸽灾/(美) 路易丝·厄德里克(Louise Erdrich)著;
张廷佺,邹欢译.—上海:上海译文出版社,2017.6
(厄德里克作品)
ISBN 978-7-5327-7400-5

Ⅰ.①鸽… Ⅱ.①路… ②张… ③邹… Ⅲ.①长篇小
说—美国—现代 Ⅳ.①I712.45

中国版本图书馆 CIP 数据核字(2016)第 261344 号

图字:09-2013-171 号

鸽灾
[美] 路易丝·厄德里克 著 张廷佺 邹 欢 译
策划/黄昱宁 责任编辑/顾 真 装帧设计/蒋小发

上海世纪出版股份有限公司
译文出版社出版
网址:www.yiwen.com.cn
上海世纪出版股份有限公司发行中心发行
200001 上海福建中路 193 号 www.ewen.co
上海景条印刷有限公司印刷

开本 890×1240 1/32 印张 10.5 插页 4 字数 200,000
2017 年 6 月第 1 版 2017 年 6 月第 1 次印刷
印数:0,001—4,000 册

ISBN 978-7-5327-7400-5/I·4511
定价:45.00 元